Envoûtée par le duc

KASEY MICHAELS

Envoûtée par le duc

BestSellers

Collection : BEST-SELLERS

Titre original : HOW TO TEMPT A DUKE

Traduction française de HELENE ARNAUD

HARLEQUIN®
est une marque déposée par le Groupe Harlequin

BEST-SELLERS®
est une marque déposée par Harlequin S.A.

ÉDITIONS HARLEQUIN

83-85, boulevard Vincent Auriol, 75646 PARIS CEDEX 13.
Service Lectrices — Tél. : 01 45 82 47 47

www.harlequin.fr

ISBN 978-2-2803-0952-3 — ISSN 1248-511X

« A ma nouvelle éditrice, la seule et unique Margo Lipschultz, qui a la patience d'une sainte. »

Prologue

Rafe grelottait dans son uniforme trempé. Paris commençait déjà à perdre de son attrait tapageur. Et pourtant ils avaient tous rêvé depuis si longtemps du jour où, vainqueurs de Bonaparte, ils feraient une entrée triomphale dans la cité des cités ! Tout au long de cette interminable guerre, quand leurs godillots s'enfonçaient dans la boue espagnole, que les vivres n'arrivaient pas et que leurs ventres vides se creusaient, parler de Paris et de ses beautés allégeait leurs cœurs.

A présent, au terme de cinq jours d'une pluie froide ininterrompue, ils se demandaient quand Wellington se déciderait enfin à renvoyer ses troupes en Angleterre. Bien entendu, il pleuvrait sans doute aussi là-bas, mais au moins ce serait la bonne vieille pluie anglaise.

Mais pour Rafe et son ami Swain Fitzgerald, dit Fitz, l'heure de s'entasser dans des vaisseaux à destination de Douvres ou d'autres ports anglais n'avait pas encore sonné. Ils venaient d'apprendre qu'ils faisaient partie des contingents assignés à l'escorte de Bonaparte jusqu'à son nouvel empire de l'île d'Elbe. Ils resteraient ensuite là-bas au moins quelques semaines.

Selon Fitz, ils pouvaient en tirer fierté : ils allaient participer à un événement historique, une aventure unique dont ils pourraient un jour régaler leurs petits-enfants ! Cette remarque avait agacé Rafe, qui, pour couper court à la discussion, avait sommé son compagnon de leur trouver une taverne où se soûler rapidement.

C'était là, dans l'établissement choisi par Fitz, qu'il tentait à présent de se réchauffer, installé devant la trop faible flamme qui dansait dans l'âtre. Il glissa les doigts dans sa chevelure brune trop longue, qu'il avait négligé de couper ces derniers temps, et sentit sur ses mèches la saleté et le sable dont il désespérait de pouvoir se débarrasser un jour. Puis il frotta sa barbe naissante : il faudrait à tout prix dénicher un rasoir neuf avant de se présenter à l'état-major, ainsi qu'une chemise propre… Une chemise sèche pourrait aussi faire l'affaire.

— Eh bien, regardez-moi ça ! dit Fitz. Voilà que tu te recroquevilles près du feu comme une vieille fille que personne n'aurait jamais réchauffée ! Désirez-vous une couverture, ma petite dame ?

— La barbe, Fitz ! grommela Rafe avec un frisson.

Quand la fièvre le prenait ainsi, il se demandait s'il parviendrait jamais à se réchauffer de nouveau.

— Alors, où est-elle, cette bière que tu m'as tant vantée ? ajouta-t-il.

— Que d'impatience pour un homme habitué à dormir dans les fossés depuis des années ! s'exclama son ami en hélant l'aubergiste. Au diable la bière, où sont les petites femmes de Paris ? *Parlez-vous the English mon-sié ?*

Pour toute réponse, le gros aubergiste roula des yeux et cracha en français quelques insultes bien senties qui firent pouffer Rafe. Aussitôt, celui-ci vola au secours de son ami, glissant une pièce dans la main de l'aubergiste.

— Deux chopes de votre meilleure cuvée, je vous prie, et deux plats chauds, ordonna-t-il dans un français impeccable. Peu importe quoi, ce que vous avez en cuisine fera l'affaire.

L'aubergiste s'inclina avant de retourner au bar en serrant la pièce dans sa main.

— Fichus *froggies* ! On dirait qu'ils n'ont pas compris qu'on les a vaincus, hein, Rafe ?

— Evidemment qu'ils l'ont compris, et c'est bien pour cela qu'ils nous haïssent ! Je dirais que la seule chose qui joue en notre faveur, c'est que les Parisiens reprochent à Bonaparte de les avoir entraînés dans cette aventure. Il paraît qu'on a encore ajouté des gardes autour de ses quartiers aujourd'hui, pour le protéger de ses propres sujets, autrefois si loyaux ! Si tu veux mon avis, nous ferions mieux de nous retirer et de les laisser s'arranger entre eux. Tu te rends compte ? On lui accorde une escorte personnelle de mille hommes à lui, armés et en uniforme, et on le nomme empereur de l'île d'Elbe ! Si c'est pour ça qu'on s'est battus…

— Je suis d'accord avec toi ! On dirait vraiment qu'on cherche à le ménager ! Mais, d'après toi, combien de temps sommes-nous supposés rester là-bas, toi et moi ? Ce n'est pas que je sois pressé de retourner à Dublin, remarque bien… Ici aussi, on gèle, mais les femmes sont bien plus expertes à nous réchauffer que celles de chez moi !

— Ça, répliqua Rafe, c'est parce que les femmes de Dublin te connaissent toutes et qu'elles prennent bien soin de ne pas t'approcher…

— Je te l'accorde, dit Fitz en caressant sa barbe bien taillée, tandis que ses yeux verts étincelaient de malice. Bel homme comme je suis, j'ai peut-être un peu trop tiré sur la corde avec les belles Irlandaises. Quoi qu'il en soit, voudrais-tu répondre à ma question ? Combien de temps sommes-nous censés surveiller ce cher Bonaparte ?

Rafe avala une longue goulée de bière. A cet instant, la serveuse arriva avec deux bols de ragoût fumant, qu'elle posa sur la table avant de s'éloigner avec un clin d'œil à son intention. Son joli postérieur se mit alors à chalouper en une invitation provocante, qu'il se sentit curieusement peu enclin à accepter. En revanche, s'il la payait, peut-être voudrait-elle bien laver sa chemise pendant qu'il faisait un somme ?

— Combien de temps ? répéta-t-il en se retournant vers son ami. Eh bien, d'après les ordres que nous avons reçus, pas moins de six mois. Et j'espère que, pendant tout ce temps, je trouverai au moins une occasion de discuter avec ce sacré bonhomme…

Sur ces mots, il plongea la cuillère de bois mal lavée dans l'épais ragoût en songeant qu'il valait mieux manger en fermant les yeux, sans chercher à identifier la viande qui y trempait. Fitz le dévisagea avec étonnement.

— Discuter avec Bonaparte ? Et qu'est-ce que tu veux lui dire ?

Rafe secoua la tête, agacé.

— Je me demande pourquoi je continue à me confier à toi ! Tu sais bien que j'ai l'intention d'écrire un livre sur cette guerre. Or, est-ce que tu te rends compte, Fitz, que pas une seule fois pendant toutes ces années sous les ordres de Wellington nous n'avons rencontré Bonaparte lui-même sur le champ de bataille ?

— En même temps, personne n'en avait vraiment envie. Alors, si je comprends bien, tu veux faire une ode à Bonaparte, comme Byron ?

— Pas du tout ! Non, je pense à une histoire très simple, Fitz, de celles que personne ne lira jamais, pas même ces hypothétiques petits-enfants que tu essaies de me mettre sur les bras. Quoi qu'il en soit, j'espère que nous serons tous les deux en Angleterre pour Noël, et que tu comptes toujours accepter mon invitation de demeurer quelques mois chez moi.

— Et comment ! confirma Fitz, la bouche pleine. Tu m'en as tellement raconté sur ta maison que j'ai l'impression de déjà la connaître. Je tiens plus que jamais à rencontrer cette famille extraordinaire que tu m'as tant vantée, bien que je ne me rappelle pas avoir vu la moindre lettre te parvenir de leur part durant toutes ces années. Il ne me semble pas t'avoir vu leur écrire non plus, maintenant que j'y pense… Et d'ailleurs, que va-t-il se passer pour toi à notre retour, Rafe ? Ton oncle, le duc, va-t-il te rendre les rênes de ton domaine imaginaire ?

Rafe reposa sa cuillère. Cette discussion lui coupait ce qu'il lui restait d'appétit.

— Je n'ai jamais tenu les rênes de ce domaine, Fitz, et tu le sais bien. Les époux successifs de ma mère s'en sont chargés, chacun se montrant encore pire que le précédent en matière d'intendance. Dieu merci, ils ont au moins suivi les conseils de ma mère et refusé l'un après l'autre les offres répétées de mon oncle, le duc, de placer l'un de ses propres hommes à ce poste.

— Cela n'aurait pas été préférable ?

— Non, parce que mon oncle n'a qu'une idée en tête : s'enrichir. Et en plus ma mère le déteste.

— Mais le domaine de Willowbrook t'appartient, maintenant, c'est bien ça ? Tu étais très jeune quand tu as quitté l'Angleterre, mais à présent tu es majeur et ces terres te reviennent.

— Dans un monde parfait, tu aurais raison, soupira Rafe.

Il se frotta les yeux. Que lui arrivait-il donc, ce soir ? Il avait beau lutter pour les garder ouverts, il lui semblait que ses paupières s'alourdissaient de plus en plus.

— Mais c'est ma mère qui est censée en garder le contrôle jusqu'à mes trente ans, dit-il en soulevant sa chope. Seulement, crois-tu qu'elle se soucie d'en prendre soin ? Qu'elle protège comme il se doit l'héritage de son fils ? Pas du tout ! Elle se marie, Fitz, elle multiplie les époux successifs, c'est tout ce qui l'intéresse !

— Dans ce cas, elle aura peut-être envie d'épouser un jeune et charmant Irlandais ! répondit Fitz en donnant à son ami une bourrade dans le dos. Moi, je te laisserai avec joie diriger le domaine comme tu l'entends, fiston. Et pendant ce temps, ta mère et moi, nous… Ma foi, que pourrons-nous faire, Rafe ?

— Je ne veux même pas me poser une telle question ! De toute façon, ma mère achevait son deuil après la perte de son dernier mari en date quand je suis parti. A l'heure qu'il est, j'ai sans doute un nouveau beau-père à Willowbrook ! Et mes sœurs ont dû être renvoyées chez le duc, tandis que la chère lady Helen joue les jeunes mariées rougissantes.

— Allez, tout ne va pas si mal ! assura Fitz, visiblement soucieux de le calmer. Il me semble bien me rappeler que tu as passé un bon bout de temps chez ton oncle, toi aussi, avec ses fils. Et puis c'est lui qui t'a acheté ta charge de capitaine. Je connais pire destin que de tomber entre les griffes d'un oncle aussi généreux !

— Oui, c'est ce que Charlie me disait aussi.

Il s'interrompit. Cette phrase lui avait échappé et il sentit monter une bouffée de nostalgie. Il y avait si longtemps qu'il n'avait pas pensé à elle…

— Ah, Charlie… reprit-il. C'était un vrai petit monstre et elle me rendait fou. Mais, comme toi maintenant, elle avait raison.

— Elle ? coupa Fitz en jetant un regard théâtral à leurs chopes. Nous ne sommes pas encore soûls, me semble-t-il. Il reste encore trop de bière dans nos verres pour ça. Alors je te signale que Charlie est un nom de garçon !

Rafe eut un sourire en se remémorant la fille maigrichonne, tout en jambes et en coudes pointus, qui s'amusait à le pourchasser comme s'ils étaient deux chevaliers en armes.

— Excuse-moi, j'aurais dû dire Charlotte… Charlotte Seavers. La propriété de son père est imbriquée dans celle de mon oncle, un peu comme une part coupée dans un gâteau. Rose Cottage, la maison des Roses, et les terres qui lui sont rattachées représentent une épine dans le pied du duc. Une épine encore plus gênante que le domaine de Willowbrook.

— Eh oui, qui dit roses dit épines, c'est bien connu ! répondit Fitz.

Mais Rafe ne l'écoutait pas ; pour quelque obscure raison, les souvenirs remontaient en masse à sa mémoire, des images qu'il ne pensait pas avoir gardées en lui durant toutes ces années. Il se souvenait du jour où, parti se cacher dans le verger pour échapper à son précepteur, il avait soudain levé la tête et aperçu Charlie. Perchée sur un arbre, elle l'avait interpellé. Comment s'y prenait-elle pour savoir chaque fois où il irait et pour s'y poster avant lui ? Cela était toujours resté un mystère !

L'attention que cette fille lui portait à l'époque le flattait, mais elle l'ennuyait aussi parfois. Ce fameux jour, la découvrir dans le verger l'avait agacé, au point qu'il avait ramassé une pomme et l'avait lancée dans sa direction, sans réelle intention de l'atteindre.

Quel geste stupide ! Il aurait pu la toucher, ou tout simplement la surprendre et la faire tomber de son perchoir. Elle aurait pu se blesser…

Bien au contraire ! La petite diablesse avait rattrapé le projectile au vol et le lui avait aussitôt renvoyé. Il en avait gardé un œil au beurre noir pendant trois semaines !

— Rafe ? Tu rêves ou quoi ! Je viens de te dire qu'il y avait pire destin que de tomber entre les griffes d'un oncle généreux…

Revenant à la réalité, Rafe chassa ses souvenirs d'enfance d'un mouvement de tête qui ne fit qu'aggraver la migraine qui s'annonçait.

— C'est vrai. Vois-tu, Fitz, je lui suis reconnaissant de la froide charité qu'il m'a accordée, mais il n'est pas question que je continue à l'accepter dorénavant. L'adolescent que j'étais à dix-neuf ans n'a plus rien à voir avec l'homme que j'espère être devenu à vingt-six. Pour le moment, je ne peux pas faire grand-chose pour aider mes sœurs et je le remercie de ce qu'il fait pour elles. Mais, pour ma part, j'ai décidé de voler de mes propres ailes.

— Ce qui veut dire ? demanda Fitz en terminant son bol de ragoût.

— Ce qui veut dire que, puisque mes sœurs sont en sécurité chez mon oncle, je vais pour ma part rester dans l'armée. Après tout, la seule chose que je sache réellement faire, c'est me battre.

— Dans ce cas, fit Fitz d'un air de conspirateur, tu vas

être déçu, parce que je crois bien que notre pays a épuisé la liste des ennemis qu'il avait à vaincre.

Rafe lança à son ami le sourire que ce dernier attendait sans doute et, quand la serveuse reparut, il l'attira à lui et l'assit sur ses genoux en lui chuchotant quelque chose à l'oreille. La fille gloussa, acquiesça et glissa la tête dans le creux de son cou, qu'elle se mit à mordiller, tandis que Fitz grommelait que Rafe avait décidément toujours toutes les veines.

Il n'avait pas tort. On pouvait estimer que c'était une chance d'avoir un oncle comme le sien… Cependant, qu'il soit damné s'il revenait vivre à ses crochets ! Quand, comme lui, on possédait si peu de chose, la fierté n'en devenait que plus importante !

D'autant qu'il devait penser à ses sœurs. Lorsqu'il était parti pour le continent, les jumelles n'étaient encore que des fillettes moqueuses et assez insupportables, plus jeunes que Charlie de plusieurs années. A présent, elles devaient avoir seize ans, et il était fort peu probable que leur mère, lady Helen, ait envisagé quelque chose pour leur avenir.

Sous quel angle présenterait-il la chose à son oncle, il n'en savait rien encore. Toutefois, il espérait bien qu'avec l'aide de sa tante Emmaline il parviendrait à le convaincre d'engraisser les petites dots prévues par leur père pour que Nicole et Lydia puissent bénéficier d'une Saison à Londres. Et sa mère, qu'en ferait-il ? Quel sort réserver à une femme aussi superficielle, attachante, dépensière… et tristement volage ? Depuis quelque temps, cette question lui donnait des insomnies.

Pour lui-même, en tout cas, il n'accepterait plus la moindre faveur. Il avait subi, trop d'années durant, les brimades de son cousin George, comte de Storrington, qui les qualifiait de mendiants chaque fois qu'avec ses sœurs ils étaient déposés sous le porche du manoir du duc ! Il avait ravalé son orgueil et était prêt à accepter de l'aide pour les jumelles, mais lui-même ne demanderait plus un seul penny. C'était là une promesse qu'il s'était faite depuis déjà longtemps.

Peut-être pourrait-il profiter des six ou neuf mois qu'il allait passer à garder Bonaparte pour élaborer des projets d'avenir ? Durant les années de guerre qu'il venait de vivre, il n'avait pensé qu'au futur immédiat, à la prochaine bataille, à la prochaine recherche de nourriture et d'abris pour ses hommes. Par un accord tacite, Fitz et lui n'avaient jamais évoqué d'avenir plus lointain, peut-être parce que, pour l'un comme pour l'autre, cela portait malheur.

Mais la guerre était gagnée à présent et ils s'en étaient sortis indemnes tous les deux, par miracle peut-être. Il n'était plus possible, désormais, de fuir l'avenir…

Il porta la main à son front. Toutes ces pensées décousues aggravaient son mal de tête. C'était comme si son crâne allait exploser, comme si son corps tout entier allait exploser…

— Allons, soldat, lui lança Fitz, cette pauvre fille se tue à la tâche pour te faire réagir un peu, si tu vois ce que je veux dire, et toi, tu restes là, comme un sac, les bras ballants, à regarder le feu ! Tu ferais mieux de me l'envoyer. Moi, au moins, je sais quoi faire d'une femme entreprenante.

A ces mots, Rafe s'extirpa de sa mélancolie. La serveuse le dévisageait avec un mépris non dissimulé.

— Je m'excuse, ma chérie, dit-il en français en la faisant descendre de ses genoux. Tu es vraiment charmante, mais je suis trop fatigué pour la bagatelle. Par contre, le chevelu qui est là a de l'argent pour toi, ajouta-t-il en désignant Fitz d'un mouvement de tête.

La serveuse reporta instantanément son attention sur l'intéressé et alla se jucher sur ses genoux avec un sourire.

— Voilà qui est mieux ! s'exclama Fitz. Vas-y, ma chérie, remue pour moi ce joli postérieur rebondi que tu as… Au diable les belles statues et les jardins de Paris ! Tout ce que je veux connaître de cette ville, moi, c'est là, déclara-t-il tandis que la jeune femme approchait ses appâts de son visage. Excuse-moi, Rafe, mais tu sais ce que c'est…

— Je te reconnais bien là, Fitz ! répondit Rafe. Seulement, je te conseille de me confier ta bourse avant de monter à l'étage avec elle, si tu vois ce que je veux dire…

Tout en prononçant ces paroles, Rafe secoua la tête dans l'espoir de chasser la somnolence. Bon sang, qu'il avait sommeil !

— Je me demande ce qu'ils ont bien pu mettre dans cette bière, murmura-t-il. Tout tourne autour de nous…

— Tu n'as pas encore assez bu pour voir les choses tourner, objecta Fitz. Tu sais, tu n'as vraiment pas l'air dans ton assiette. Tiens, laisse-moi jouer les infirmières, je voudrais toucher ton front…

Joignant le geste à la parole, il se pencha et posa le dos de la main sur le front de son ami, sans pour autant lâcher la serveuse qui roucoulait toujours sur ses genoux.

— Bon sang ! s'exclama-t-il. Tu es brûlant !

— C'est impossible, protesta Rafe d'une voix faible, je meurs de froid. Ça doit être à cause de cet uniforme mouillé.

Il serra les dents pour les empêcher de claquer, tandis qu'un violent frisson le parcourait. A défaut de la serveuse elle-même, il regrettait à présent la chaleur de son corps contre le sien…

— Non, Rafe, ton uniforme n'a rien à voir là-dedans. Ce doit être la fièvre que tu as attrapée à Albuera. Tu fais une rechute, j'en mets ma main à couper ! Allez, viens : je te ramène dans nos quartiers avant que tu t'évanouisses. Je n'ai pas l'intention de te porter sur mes épaules sur tout le trajet, comme à Vittoria.

Rafe repoussa son ami d'un geste vague.

— Mais non, va t'amuser… Si c'est vraiment la fièvre qui revient, je suis déjà au plus bas, ça ne pourra pas être pire. Allons, emmène donc cette fille à l'étage et fais-la profiter de ta virtuosité irlandaise… Je t'attends ici, près du feu.

Sur ces mots, il posa la tête sur ses bras croisés et ajouta :

— De toute façon, je suis trop fatigué pour rentrer sous cette pluie battante…

Il s'apprêtait à plonger dans le sommeil lorsqu'une voix s'éleva devant lui.

— Votre Grâce ? Je vous demande bien pardon du dérangement, mais j'ai à vous parler… Votre Grâce ?

Persuadé qu'il rêvait déjà, il ne bougea pas.

— Rafe, lui chuchota Fitz en lui décochant un coup de coude dans les côtes. Il y a là un monsieur qui veut te parler. Enfin, je suppose que c'est à toi qu'il s'adresse, parce que ça ne peut pas être à moi : il dit « Votre Grâce ». Redresse-toi, mon ami : ce bonhomme est vraiment très bizarre…

Luttant contre le sommeil, Rafe dut faire un effort démesuré pour rouvrir à demi les yeux. Il découvrit alors l'expression stupéfaite de Fitz, qui fixait l'autre côté de la table.

— Nom d'un chien, jura-t-il entre ses dents en se relevant péniblement.

Devant lui se tenait un petit homme dépenaillé qui posait sur lui un regard suppliant. Enfin, en y regardant de plus près, Rafe en discerna plus d'un… Il y avait là, peut-être, une demi-douzaine de petits Anglais dépenaillés qui gesticulaient et se confondaient sous ses yeux. Il tenta d'en isoler un pour lui adresser la parole.

— Je vous demande pardon, lui dit-il, mais en quoi pouvons-nous vous aider ?

— Vous êtes bien Rafael Daughtry ? demanda l'inconnu. Oh ! je vous en prie, dites-moi que c'est bien vous, Votre Grâce ! Je vous cherche depuis près d'un mois ; depuis que la fin de la guerre a été annoncée et que l'on peut franchir librement la Manche. Je suppose que vous n'avez reçu aucune des lettres de votre tante ?

— Tu entends, Rafe ? s'exclama Fitz. Il a dit « Votre Grâce » ! Il vient de le répéter !

Dans son excitation, il repoussa la serveuse, qui se

leva et s'éloigna, non sans cracher un torrent d'injures en français.

— En effet, j'ai bien dit « Votre Grâce », reprit le petit homme. Puis-je m'asseoir, monsieur ?

Rafe échangea un regard perplexe avec Fitz tout en désignant d'un geste la chaise qui lui faisait face.

— Oui, bien sûr, répondit-il. Seulement, je crains de ne pas bien comprendre ce qui vous amène…

— Je vais tout vous expliquer, Votre Grâce. Je me nomme Phineas Coates, et je suis chargé d'un triste message pour vous. Il est de mon devoir de vous annoncer que votre oncle, Charlton Daughtry, treizième duc d'Ashurst, et ses deux fils, le comte de Storrington et l'honorable lord Harold Daughtry, sont tragiquement décédés il y a six semaines dans le naufrage de leur navire au large de Shoreham-by-Sea. Conformément aux lois de la succession, c'est vous, Rafael Daughtry, dernier descendant Daughtry par votre père, qui devenez donc quatorzième duc d'Ashurst, comte de Storrington, et vicomte de… de… de quelque chose dont le nom m'échappe à l'instant. Monsieur ? Votre Grâce, est-ce que vous m'entendez ?

Non, Rafe ne l'entendait plus : il avait abandonné la lutte contre la fièvre et laissé sa tête retomber dans ses bras pliés sur la table. La voix de l'homme ne lui parvenait plus que déformée par le sifflement de ses oreilles. *C'est drôle*, pensa-t-il : *la dernière fois que la fièvre m'a pris, j'ai vu des anges, et pas des drôles de petits Anglais mal fagotés dans des vestes d'équitation et des pantalons rouges crasseux… En toute honnêteté, je préférais les anges…*

Fitz le secoua de nouveau.

— Rafe, réponds au monsieur ! Est-ce que tu as entendu ce qu'il a dit ?

— Oui, oui, j'ai entendu… Mais maintenant laissez-moi tranquille… Il s'est passé quelque chose en mer…

— Un naufrage, oui, à Shoreham-by-Sea, monsieur, répéta le fameux Phineas. La sœur de feu monsieur le duc, lady Emmaline Daughtry, m'a également demandé de vous remettre une lettre, dans laquelle elle vous invite à rentrer à Ashurst dès que possible. Je vous présente mes condoléances, Votre Grâce, et… euh… et aussi toutes mes félicitations… Votre Grâce ?

Fitz écarta quelques mèches humides du visage de Rafe. Celui-ci avait cessé de résister au sommeil.

— Je ne crois pas que Sa Grâce vous ait entendu, Phineas, dit-il. Mais si vous m'en disiez un peu plus au sujet de ce duché ? Il y a de l'argent derrière tous ces titres grandiloquents ?

— Ah, pour ça, il a décroché la timbale, on peut le dire ! Euh… Enfin, je veux dire que Sa Grâce est à la tête d'une belle fortune désormais.

— Tu entends ça, Rafe ? s'exclama Fitz en lui donnant une bourrade. Allez, réveille-toi, on va trinquer à ta bonne étoile ! Mais c'est ta tournée, bien sûr : tu n'as plus à être regardant, maintenant !

Malgré l'agitation de son ami, Rafe n'eut pas la moindre réaction. Fitz continua de le secouer vigoureusement, sans succès.

— Regardez-moi ça, Phineas : le pauvre bougre… Tous ses problèmes sont résolus, ses soucis viennent de s'envoler, et il est le seul à ne pas le savoir ! Sa Grâce va encore dormir un bon moment, mais elle se sentira mieux demain, comme toujours.

— Je vois : il est ivre, commenta Phineas d'un air entendu.

— Malheureusement pour lui, non ! Moi, par contre, je n'attends que ça !

— Bien sûr, capitaine, je comprends bien, répondit Phineas en jetant un regard affamé sur le bol de ragoût presque intact que Rafe avait laissé. Dans ce cas, et comme j'ai reçu l'ordre de ne pas quitter Sa Grâce des yeux une fois que je l'aurai trouvé, accepteriez-vous que je dîne avec vous, capitaine ? Je dois vous avouer que ce ragoût me paraît délicieux…

PREMIÈRE PARTIE

Ashurst Hall, novembre 1814

L'amitié est un amour sans ailes.

LORD BYRON

1

Charlotte Seavers s'était mise en chasse et elle ne ferait pas de quartier…

Quelques minutes plus tôt à peine, elle était encore installée dans le séjour douillet du petit manoir de ses parents, profitant du spectacle du premier gel blanc de novembre sur les branches nues des arbres que l'on voyait par la fenêtre. C'était alors qu'une lettre était arrivée par le courrier du matin, apportée par la gouvernante et signée de son amie Emmaline.

Charlotte avait pris le temps de terminer son thé avant d'en entamer la lecture. Alors, au fil des phrases, elle avait senti l'angoisse et l'appréhension naître, puis grandir à mesure que sa douce ignorance se transformait en une juste colère.

A présent, elle marchait dans le froid, toute grelottante car elle avait quitté la maison sans prendre le temps de chercher un manteau assez chaud. Elle s'était contentée de saisir celui qui pendait à un crochet de la cuisine et qu'elle n'utilisait que pour jardiner. Tout en marchant sur le chemin bordé d'arbres qui reliait le petit manoir à l'allée cavalière du château d'Ashurst Hall, elle fulminait.

— Les petites menteuses ! Les canailles sans scrupule ! Elles ont comploté contre moi et moi, comme une imbécile, je me suis laissé prendre ! Elles auront de la chance si je ne les étrangle pas !

Depuis des mois, Nicole et Lydia Daughtry — mais surtout Nicky, puisque Lydia se contentait de suivre sa jumelle — lui avaient jeté de la poudre aux yeux. Et pas seulement à elle : tout le monde était tombé dans le panneau ! Leur frère Rafe, et leur tante Emmaline… Et aussi, bien entendu, Mme Beasley, leur gouvernante. Cela dit, il n'était pas bien difficile de duper cette dernière, d'autant que les jumelles avaient une longue expérience en la matière !

Tout avait commencé au printemps, lorsqu'on avait reçu des nouvelles de Rafe, qui indiquait qu'il se portait bien et qu'il venait d'apprendre le décès de son oncle et de ses cousins.

Bien décidée à écorcher vives les sœurs Daughtry — verbalement, bien sûr —, Charlotte ne contrôlait plus son agitation. Soudain, elle glissa sur un tapis de feuilles détrempées et s'effondra au beau milieu du chemin.

— Bon sang ! Nom d'un chien !

Elle se releva et jeta un discret coup d'œil alentour. Pourvu que personne ne l'ait entendue jurer comme un charretier ! Elle frotta vigoureusement le dos du manteau pour le débarrasser des feuilles mortes et de la mousse qui s'y étaient accrochées, puis prit quelques profondes inspirations, dans l'espoir de se calmer. Elle devait se reprendre : n'était-elle pas censée être une femme bien éduquée, civilisée ? Et voilà qu'elle chargeait entre les arbres comme un sanglier !

Mais pour en revenir aux jumelles… Les petites pestes avaient passé l'été et une partie de l'automne à envoyer à leur tante des lettres signées de leur frère, et à leur frère des lettres signées de leur tante ! Des missives qu'elle-même avait lues aussi. Ah, comme elles avaient dû glousser dans leurs mouchoirs, se gausser devant sa crédulité ! Et le petit manège aurait continué longtemps si elle n'avait pas reçu cette lettre d'Emmaline, en totale contradiction avec celles que les jumelles lui montraient !

Dès les premiers mots, ses soupçons s'étaient éveillés. Cette lettre ne semblait pas rédigée de la même main que celles reçues au château par les jumelles. Des soupçons qui s'étaient ensuite mués en certitude à la lecture d'un certain passage :

Je dois t'avouer, Charlotte, que lorsque je lis les lettres de Rafe j'ai parfois l'impression qu'il est une sorte de Nicky en pantalons : cette enfant n'a jamais su orthographier convenablement le moindre mot de plus de quatre lettres.

Sur le moment, Charlotte avait songé que Rafe avait dû souffrir de l'éducation décousue qu'il avait reçue en compagnie de ses cousins. Sans doute avait-il développé un sens de la grammaire et de l'orthographe assez rudimentaire, s'était-elle dit. Une fois de plus, l'indignation monta en elle.

— Les garces, elles me le paieront !

Dans sa rage, elle repoussa une boucle châtain échappée de son chignon, laissant par la même occasion une traînée de boue sur sa joue.

Pauvre Emmaline, qui profitait tranquillement de sa lune de miel dans le Lake District avec la certitude que Rafe était rentré à Ashurst Hall prendre ses nouvelles responsabilités dès qu'il avait appris le décès de son oncle !

Et pauvre Rafe, toujours en poste sur l'île d'Elbe, persuadé qu'Emmaline dirigeait le domaine d'une main de maître et prenait soin de ses nièces en attendant la fin de son assignation ! En réalité, pendant tout ce temps, les jumelles avaient été livrées à elles-mêmes !

Charlotte releva haut sa jupe pour se frayer plus rapidement un chemin sur la route boueuse.

— Dire que je me suis laissé duper par deux gamines à peine sorties de la salle d'étude ! Et encore ! Comme si elles l'avaient beaucoup fréquentée depuis le début de leur petit manège ! Quand je pense que je m'inquiétais pour elles, que je craignais que leur frère leur manque !

Elle avait même ri avec elles de leur tante, qui semblait avoir perdu tout sens de la raison, aveuglée par un amour naissant ! Et pendant ce temps les filles vivaient en vraies sauvages dans la maison, abandonnant leur chambre d'enfants et se débarrassant de la gouvernante en arguant que leur frère leur avait écrit qu'il serait enchanté — non, « enchenté » — de leur accorder toute la liberté qu'elle souhaitait. Leur frère leur avait écrit cela ? Oh ! mais elle allait se servir leurs têtes sur un plateau !

Obsédée par sa soif de vengeance, Charlotte déboucha comme un boulet de canon de l'allée bordée d'arbres pour s'engager sur la route de graviers qui serpentait jusqu'au parc soigné d'Ashurst Hall. Au même instant, un cavalier au galop surgit de nulle part. Pétrifiée, Charlotte n'eut que le temps de se protéger le visage de ses bras, tout en poussant un cri de terreur. Le cheval répondit par un hennissement, aussi surpris qu'elle de cette rencontre inattendue. Le cavalier dut alors tirer sur les rênes un peu trop brutalement, car la bête rua, agitant ses sabots dans les airs comme si elle tentait de grimper à une échelle invisible. Désarçonné, le cavalier alla lourdement atterrir sur la route.

Charlotte n'était pas femme à se laisser dépasser par les événements, et il ne lui fallut guère de temps pour recouvrer sa présence d'esprit. Elle s'empressa d'attraper les rênes pour empêcher le cheval de s'enfuir, même si celui-ci semblait avoir repris son calme ; puis elle s'approcha du cavalier. Pourvu qu'il ne soit pas blessé et qu'il parvienne à se relever sans son aide ! songea-t-elle, vaguement intimidée.

— Est-ce que tout va bien, monsieur ? demanda-t-elle.

Elle se pencha vers l'homme, dont le visage était dissimulé sous le fouillis des nombreux revers du manteau, et se risqua à reprendre la parole :

— Je suis désolée… Cet incident est entièrement ma faute… Cependant, il serait plus poli de votre part, et plus digne d'un gentleman, de prétendre le contraire…

Pour toute réponse, l'homme grommela des mots que Charlotte ne put distinguer. Pas étonnant : il ne parvenait pas à se dépêtrer de son manteau à la dernière mode ! Toutefois, il n'était pas difficile de supposer qu'il ne s'agissait pas de formules de politesse…

— Je vous prie de m'excuser, reprit-elle, consciente qu'elle ne faisait qu'envenimer les choses, mais peut-être que si vous dégrafiez votre manteau il vous serait plus facile de vous en libérer ? Il est tout juste un peu déchiré, il ne faudrait pas risquer qu'il le soit davantage… Voulez-vous que je… Dois-je aller chercher de l'aide ?

— Seigneur, non ! s'exclama-t-il en se redressant pour se remettre sur ses pieds. Je me sens bien assez ridicule comme ça, merci bien ! Je n'ai pas besoin de me donner en spectacle par-dessus le marché !

Le visage masculin émergea enfin du fouillis de tissu, tandis qu'une épaisse chevelure noire retombait sur les yeux du cavalier.

— Où est passé ce foutu chapeau ?

Charlotte s'empressa de lui tendre le couvre-chef qu'elle avait ramassé.

— Le voici, dit-elle. Il est à peine déformé et je suis persuadée qu'il sera comme neuf quand vous l'aurez laissé sécher et que vous en aurez gratté la boue.

Occupé à mettre de l'ordre dans les plis et les revers de son manteau de voyage, l'homme ne releva pas les yeux vers elle. Charlotte compta quatre revers, chacun plus long que le précédent. Quelle architecture impressionnante ! Un revers de plus, et l'homme passait pour un dandy ; un de moins, et sa silhouette aurait paru démodée. Cependant, même un travail aussi remarquable, qui devait être l'œuvre d'un élégant tailleur londonien, perdait toute prestance une fois retourné sur la tête de celui qui portait le vêtement.

— Et je suppose, madame, que je devrais me réjouir de ces conseils de blanchisserie ? lança l'inconnu. Quelle chance j'ai eue, de tomber sur vous pour apprendre que mon manteau n'était *que* déchiré — ah ! et en deux endroits ! — et que mon chapeau neuf est *à peine* déformé !

Quelle chance, vraiment ! J'imagine que vous attendez des remerciements ?

— Vous n'avez en tout cas aucune raison de vous montrer aussi rustre, monsieur, rétorqua Charlotte.

En revanche, l'homme avait toutes les raisons d'être hors de lui, songea-t-elle. A cause d'elle, il était tombé de cheval et avait gâché des vêtements auxquels il semblait tenir. Au vu de la situation, il serait sans doute malvenu de lui faire remarquer que, s'il n'avait pas tiré si brutalement sur les rênes, son cheval n'aurait pas rué. Non, il valait mieux passer ce détail sous silence…

— Je n'avais aucune intention de vous faire tomber, vous savez, dit-elle. C'était un accident…

— Un accident, bien sûr ! s'écria l'homme. Je suppose que l'imbécile qui a déclenché le grand incendie de Londres a dit la même chose ! Vous avez jailli comme un beau diable sur la route, madame ! Mais j'imagine que vous allez me rétorquer que je suis le seul responsable, parce que je me trouvais au même endroit au mauvais moment…

— Ne soyez pas ridicule, répondit sèchement Charlotte, qui se sentait perdre patience. Vous avez tous les droits de vous trouver ici au moment que vous voulez.

Sauf que peu d'étrangers foulaient le sol de cette petite route de campagne, qui ne menait qu'à Ashurst Hall.

— D'ailleurs, que faites-vous ici ? s'enquit-elle, curieuse.

L'homme ne prit pas la peine de répondre. Il lui arracha le chapeau des mains et le plaqua sur sa tête d'un geste agacé. Mais à peine avait-il fait cela qu'il poussa un cri de douleur et rejeta le couvre-chef à quelques mètres de là. Inquiète, Charlotte se hissa sur la pointe des pieds et entreprit d'examiner le crâne de l'inconnu. Dieu, comme il était grand et imposant…

— Que se passe-t-il ? demanda-t-elle. Vous vous êtes blessé à la tête ? Je ne vois rien…

Comment l'aurait-elle pu, de toute façon ? L'homme était beaucoup plus grand qu'elle et avait de surcroît une carrure impressionnante. Bien qu'elle-même ne fût pas particulièrement grande, elle n'avait rencontré que très peu d'hommes qui la dépassaient ainsi de la tête et des épaules. A côté de lui, elle se sentait toute petite…

Le cavalier se tâta l'arrière du crâne, puis examina sa main ensanglantée.

— Bon sang ! s'exclama-t-il. Six ans de guerre sans une égratignure, et voilà que je me blesse la tête à moins d'un mile de chez moi ! Et par-dessus le marché, par la faute d'une femme !

« Chez moi » ? Il avait dit « chez moi » ? Avait-elle bien entendu ? Mais oui, il n'y avait aucun doute possible : c'étaient ces mots-là qu'il avait prononcés. Sous le coup de la surprise, Charlotte écarquilla les yeux. Elle le vit tirer un mouchoir de sa poche pour le plaquer sur sa blessure et son opinion fut faite : ce ne pouvait être que lui, ce ne pouvait être que Rafael Daughtry, le compagnon de son enfance qu'elle n'avait pas revu depuis son départ à la guerre. Enfin… sauf dans ses rêves fantasques de jeune fille…

Seulement, il n'avait rien du Rafael de ses souvenirs ! L'adolescent insouciant qu'elle avait connu et dont le sourire la troublait tant devait peser vingt livres de moins… Les cheveux, en revanche, étaient du même noir charbonneux, mais l'homme qui lui faisait face les portait plus longs. Quant à ses traits, ils s'étaient durcis, et son visage, exposé aux éléments pendant tant d'années, avait pris le hâle des laboureurs. Sa peau semblait plus rugueuse et de petites rides naissaient au coin de ses yeux.

— Rafe ? hasarda-t-elle d'une voix timide.

Il se tourna vers elle sans cesser de presser un mouchoir sur sa blessure et, pour la première fois, la regarda enfin…

Elle soutint son regard, désireuse de retrouver quelque chose du garçon qu'elle avait connu. Elle ne le vit pas dans ses yeux : ceux-ci avaient bien le même brun profond qu'autrefois, mais leur éclat était si dur… C'était un regard d'homme mûr, à mille lieues des yeux rieurs du Rafe de son enfance. Oui, ces yeux-là avaient dû voir des choses qu'elle-même ne pourrait jamais imaginer…

Elle réprima un frisson. Comment avait-elle pu ne pas songer une seule fois que Rafe reviendrait changé de l'expérience qu'il avait vécue ? De ces six longues années de guerre loin d'Ashurst Hall…

— Vous connaissez mon nom, madame ? Dans ce cas, je crains que vous n'ayez un coup d'avance sur moi !

— Ce serait bien la première fois, Votre Grâce, répondit Charlotte avec une révérence moqueuse. Peut-être aurais-je dû vous faire tomber de cheval il y a six ans, lorsqu'avec George et Harold vous avez vanté devant moi les charmes de la nouvelle serveuse de la taverne comme si je n'étais pas là !

— Encore une fois, madame, je crains bien de ne…

Il n'acheva pas sa phrase. Avec une attention soudaine, il se pencha vers elle pour l'examiner de près.

— Charlie ? s'exclama-t-il. Seigneur, c'est toi ? Je vois que tu continues à mettre les choses sens dessus dessous, même à Ashurst Hall ! A vrai dire, j'aurais dû m'en douter ! Tu aurais peut-être dû me lancer une autre pomme à la tête, histoire de me rafraîchir la mémoire ! Tu as toujours été quelqu'un de dangereux…

De dangereux ? A ces mots, Charlotte réprima une folle envie de lui administrer une gifle bien sentie.

— Et Votre Grâce, quant à elle, a toujours été une brute insensible, répliqua-t-elle… Mais avant tout mon nom est Charlotte, pas Charlie. Je déteste qu'on m'appelle Charlie.

— Vraiment ?

Oh ! ce sourire ! Si le visage et le corps de Rafe avaient changé, son sourire, lui, restait toujours aussi troublant…

— Pour ma part, « Charlie » me plaît beaucoup, ajouta-t-il. D'ailleurs, quelle femme sensée demanderait à être appelée Charlotte ?

Un point pour lui ! Ce prénom qu'on lui avait donné à la naissance, seule condition exigée par une tante généreuse contre la promesse d'une dot, elle ne l'avait jamais aimé…

— Tout le monde m'appelle Charlotte, déclara-t-elle d'un ton laconique, mais toi, je veux que tu m'appelles miss Seavers.

— Du diable si je fais une chose pareille ! répliqua-t-il en examinant son mouchoir, qu'il rangea ensuite dans sa poche, apparemment satisfait. Qu'est-ce que tu as grandi ! Tu dois avoir vingt-deux ans, maintenant, c'est bien ça ?

— Pas encore tout à fait.

— Mais presque. Et tu n'es toujours pas mariée ? Tu as dû prendre soin d'effrayer tous les hommes qui ont voulu t'approcher… En tout cas, moi, tu me faisais peur…

Sur ce, il lui reprit des mains les rênes de son cheval et se tourna en direction d'Ashurst Hall, laissant à la jeune femme le soin de ramasser son chapeau et de lui emboîter le pas, ou bien de rester plantée au milieu de la route.

— Méfie-toi, lui lança-t-il par-dessus son épaule. Bientôt, tu n'auras plus que le choix entre te faire engager dans une famille pour élever des marmots insupportables et te résigner à passer ta vie à servir le thé à tes vieux parents…

Quel culot ! pensa Charlotte, furieuse. Elle baissa les yeux sur le chapeau hors de prix qu'il avait abandonné dans la boue et, relevant ses jupes, l'envoya dans les buissons d'un coup de pied rageur. Puis elle pressa le pas pour rejoindre Rafe.

— Sachez que je n'ai aucune intention de rester vieille fille, Votre Grâce, lui susurra-t-elle quand elle fut à sa hauteur. C'est juste que j'attendais votre retour pour pouvoir vous épouser, car je vous aime depuis toujours. Ne l'aviez-vous pas compris ? C'était pourtant évident…

Voilà, elle avait enfin capté son attention ! Et dire que, pour cela, elle n'avait eu qu'à lui avouer la vérité… Une vérité qui la mettait terriblement mal à l'aise et qui était justement la seule chose que Rafe n'irait jamais croire.

— Tu as toujours aimé plaisanter, Charlie ! En ça, je te reconnais bien… Cela dit, tu as marqué un point, et il convient que je m'excuse : que tu sois mariée ou non, ce n'est pas mon affaire. Dis-moi, à présent que nous nous sommes retrouvés et que je me suis assuré que ma blessure n'était pas mortelle, si tu m'expliquais pourquoi tu étais si pressée ?

Charlotte allait lui répondre, lorsqu'elle se ravisa. Rafe avait déjà bien assez de soucis comme cela ; inutile de lui révéler que ses sœurs s'étaient jouées de lui et de tout le monde en son absence. Mieux valait mentir.

— Je… Je me dépêchais de rentrer me réchauffer. Je ne m'étais pas rendu compte du froid qu'il faisait quand j'ai quitté la maison…

Rafe ne parut pas mettre sa réponse en doute. Ils parvinrent bientôt au dernier virage du chemin et la silhouette d'Ashurst Hall se dressa devant eux.

— Sait-on que j'arrive ? demanda-t-il en désignant le château d'un geste. J'ai écrit à Emmaline de Londres, mais je pense avoir été plus rapide que la poste.

— J'imagine que oui, répondit Charlotte, évasive, en tordant nerveusement ses mains gantées. Sauf qu'en fait Emmaline n'est pas là en ce moment…

Elle lui jeta un rapide regard : que savait-il au juste ?

— Elle est partie en lune de miel au Lake District avec son époux, ajouta-t-elle.

— Ah oui, le duc de Warrington ! Je me suis renseigné à Londres. D'après ce que l'on m'a dit, c'est un homme de qualité en tout point. Mais, dans ce cas, qui s'occupe des jumelles ?

Voilà une excellente question, songea Charlotte.

— Moi, bien sûr ! répliqua-t-elle sans réfléchir.

— Toi ? dit-il en la toisant de sa haute stature. Mais tu es à peine sortie de l'enfance !

— Tu viens pourtant de me condamner à venir bientôt grossir le troupeau des vieilles filles, il me semble, fit-elle remarquer avec acidité.

Dans le même temps, elle ajouta mentalement une ligne à sa liste des raisons d'assassiner les jumelles : *Elles m'obligent à mentir à Rafe.*

— Si je comprends bien, reprit ce dernier, tu résides donc à Ashurst Hall. Je croyais que tu venais en visite, mais en fait tu y retournes après avoir fait une promenade.

Charlotte acquiesça et, s'efforçant de garder son calme, réfléchit à toute vitesse. Jusqu'où pourrait-elle s'enfoncer pour couvrir Nicole et Lydia avant que la vérité n'éclate ?

— Oui, je me suis un peu promenée. En fait, je suis allée rendre visite à mes parents. Maman a… Maman a attrapé un rhume qui n'en finit pas…

— Elle a peut-être été assez insouciante pour sortir dans le froid alors qu'elle n'était pas assez couverte, suggéra Rafe avec un sourire. Le genre de chose dont on pourrait tirer une leçon, tu ne penses pas ?

Charlotte préféra ignorer la moquerie. Elle était trop occupée à conserver un peu de cohérence dans son mensonge.

— En fait, je ne suis pas seule à veiller sur les jumelles, poursuivit-elle. Il y a Mme Beasley, leur gouvernante, bien sûr, et aussi une quarantaine de domestiques. Je te rassure, Nicole et Lydia n'ont pas eu à se débrouiller seules…

Dieu merci, Rafe semblait détendu et, visiblement, il la croyait. D'ailleurs, pourquoi en aurait-il été autrement ? Quel motif aurait-il eu de soupçonner un mensonge ? Emmaline avait bien raison : les hommes étaient vraiment crédules…

— Et ma mère ? demanda Rafe. Est-ce qu'elle habite aussi à Ashurst Hall ?

— Non. Ta mère — ou plutôt la duchesse douairière d'Ashurst, comme elle demande à être appelée — est à Londres pour la Petite Saison. Après ça, je crois qu'elle a l'intention de se rendre dans le Devon pour assister à une fête.

— Duchesse douairière ? Oui, je suppose que c'est le terme approprié… Mon Dieu, que ce titre doit lui plaire !

— A l'exception du terme « douairière », précisa Charlotte.

Elle sourit en se remémorant le dilemme qu'avait

eu Helen Daughtry : comme il lui avait été difficile de décider si le titre si prestigieux de duchesse méritait qu'elle prenne le risque d'être jugée suffisamment âgée pour être la mère d'un duc !

— Je crois qu'elle s'en tient à « lady Daughtry ».

— Ma mère ne s'en tient jamais à quoi que ce soit, Charlie, affirma Rafe. Elle n'a pas de limites.

Ils allaient atteindre les imposantes portes d'Ashurst Hall lorsque Rafe s'immobilisa et leva les yeux vers la façade. Il semblait mal à l'aise et Charlotte retrouva sur son visage un peu de l'ancien Rafe, rongé de doutes et dénué de toute confiance en lui.

— Je n'y crois toujours pas, tu sais, lui confia-t-il. J'ai l'impression d'être un mendiant qui vient demander la charité…

Le regard profond qu'il lui jeta la troubla et elle sentit une fois de plus un chatouillement désagréable au creux des reins. Quelle idiote elle faisait ! Pourquoi n'était-elle pas capable de mieux contrôler ses émotions ? Et d'où lui venaient de tels élans de compassion envers cet homme qui paraissait un étranger ?

— Un mendiant ? s'écria-t-elle. On croirait entendre ton cousin George !

— Tu as raison. Quand je pense qu'ils sont tous morts ! Je n'arrive pas à y croire. Je me demande parfois si je ne suis pas en train de faire un long rêve éveillé qui se brisera au moment où l'on me conduira dans mon ancien refuge, à côté de la chambre d'enfants !

— On a déjà préparé les appartements du duc pour toi, répondit Charlotte avec douceur. Ta tante Emmaline y a veillé.

— Tout cela me paraît tellement irréel… la mort de mon oncle. De mes cousins…

— Qu'ils reposent en paix, répondit Charlotte en laissant elle aussi son regard s'attarder sur la façade du château.

C'était une imposante bâtisse de quatre étages, qui comptait une douzaine de cheminées et non moins de trente pièces… Et puis, quelque part au cœur de tout cela, il y avait deux petites chafouines, qui ne se doutaient pas qu'elles étaient sur le point de tomber sous la coupe d'une miss Charlotte Seavers dans tous ses états…

— En voilà, des condoléances de pure forme ! s'exclama Rafe.

Charlotte tressaillit en sentant le regard masculin la transpercer.

— Tu n'appréciais pas beaucoup George et Harold, n'est-ce pas ? poursuivit-il.

— Je ne les connaissais pas si bien que ça, répondit-elle, tremblante. D'autant que, ces dernières années, ils passaient le plus clair de leur temps à Londres.

— Oui, dans l'hôtel particulier de Grosvenor Square. Je m'y suis arrêté une semaine avant de venir ici : ma garde-robe avait besoin d'être renouvelée. J'ai acheté ce manteau et ce chapeau… Au fait, où est-il, Charlie ?

Son chapeau ? Et puis quoi encore ? Il était soldat, et un soldat n'était-il pas censé se débrouiller seul ?

— Je m'appelle Charlotte, Votre Grâce, répliqua-t-elle, et je vous informe que j'ai la charge de vos sœurs, pas de votre chapeau.

— Ah, je reconnais bien ce ton insolent ! Tu as laissé mon chapeau neuf sur la route pour me punir de t'avoir traitée de future vieille fille, c'est ça ?

— Sur la route ? Certainement pas ! protesta-t-elle en toute innocence.

— Bien sûr que non… En fait, c'est moi qui l'ai laissé là-bas, c'est ça ? Soit, j'en prends la responsabilité, dit-il, avant de poursuivre d'une voix sombre : tu sais, Charlie, je ne l'avouerais à personne d'autre que toi, mais je me sens intimidé à l'idée de devenir propriétaire de tout ça.

Il embrassa d'un grand geste Ashurst Hall, le domaine, tout son héritage inattendu.

— Je comprends, Votre Grâce : quand on se retrouve en charge de responsabilités qu'on n'a pas sollicitées, on se sent un peu déconcerté…

C'était exactement ce qui lui était arrivé à elle lorsqu'elle s'était retrouvée en charge des jumelles… Elle poussa un soupir.

— A Londres, le majordome s'est lassé de m'appeler « Votre Grâce » parce que je ne me rendais pas compte qu'il s'adressait à moi et que je n'avais pas la présence d'esprit de répondre, reprit Rafe. Je sais bien que la mort du duc m'a été annoncée il y a plusieurs mois déjà, mais ce n'est que depuis mon retour en Angleterre que je commence à mesurer toutes les conséquences que cela va avoir pour moi. Tu vois, je me sentais bien mieux dans la peau du capitaine Rafael Daughtry… Je ne suis pas sûr d'être à la hauteur de ma tâche et de mon titre, Charlie…

Quel touchant élan d'honnêteté, quelle humilité ! Elle retrouvait bien là le Rafe qu'elle avait connu… Emue, Charlotte posa la main sur son bras dans une tentative de le réconforter.

— Tout ira bien, Rafe. Tout le monde te soutiendra à Ashurst Hall, ne t'en fais pas.

— Tu m'appelles enfin de nouveau Rafe, je préfère cela ! s'exclama-t-il. Je t'en prie, à partir de maintenant, appelle-moi toujours par mon prénom, Charlie ! Enfin, Charlotte…

Il poussa un profond soupir, avant de paraître se redresser. Sans doute venait-il de se souvenir qu'il avait à présent un rôle à tenir, celui de duc d'Ashurst, et qu'il devait donc bannir de son comportement toute trace de vulnérabilité.

— Allons, dit-il, voilà trop longtemps que je t'oblige à piétiner dans le froid. Rentrons !

A ces mots, Charlotte imagina avec délices la mine que feraient les jumelles en se retrouvant face à leur frère, cet homme si grand et si imposant… Et quand elles la découvriraient, elle, aux côtés de ce dernier ! D'un regard, elle saurait leur faire comprendre qu'elle avait percé à jour leur petite machination !

— Oui, répondit-elle, allons-y ! De toute façon, quelqu'un va devoir s'occuper de ta tête.

— Amusant ! On croirait entendre mon ami Fitz, bien que ses sous-entendus à lui ne soient pas aussi délicats que les tiens… Je suis persuadé que vous deviendrez vite bons amis, tous les deux.

— De quoi parles-tu ?

— Peu importe, tu comprendras plus tard : Fitz ne va plus tarder, maintenant, il arrive avec ma voiture. Inutile que je me lance dans des explications sans fin pour le moment…

Elle renonça à poser d'autres questions. Déjà, ils parvenaient sur la première marche de l'imposant perron et les portes du château s'ouvraient en grand.

— On dirait que les valets de mon oncle sont toujours aussi curieux, souffla Rafe à l'intention de la jeune femme. On nous a vus arriver, on nous observait. Heureusement que je n'ai pas tenté de te conter fleurette, sinon tu pouvais dire au revoir à ta réputation…

Elle fronça les sourcils.

— Tu n'aurais pas osé me déshonorer, tout de même ? demanda-t-elle, ne sachant si elle devait le prendre au sérieux.

— Mais non, n'aie crainte ! Je ne me permettrais pas une chose pareille avec toi. Tu es déçue ?

Vraiment, elle allait devoir apprendre à garder son calme et à ne pas laisser ses pensées s'égarer comme cela !

— Tu sais, Rafe, répondit-elle, tu n'es pas aussi drôle que tu sembles le croire.

— Oui, je sais, Fitz ne rate pas une occasion de me le rappeler.

Sur ces mots, il lui prit galamment le bras et l'entraîna dans le vaste hall d'entrée, tandis que les portes se refermaient derrière eux sur le froid humide de novembre.

— Sa Grâce est de retour de l'île d'Elbe, annonça Charlotte à un jeune valet qui se tenait là.

Planté sans réaction, bouche bée devant son nouveau

maître, ce dernier en oubliait de le débarrasser de son manteau.

Charlotte le rappela à l'ordre sans brutalité.

— Billy, aidez Sa Grâce à se dévêtir, s'il vous plaît.

— Eh ben, qu'est-ce qu'il est grand… lui glissa le jeune garçon à mi-voix.

Il dévisageait Rafe sans esquisser le moindre geste. Soudain, Grayson, le majordome guindé d'Ashurst Hall, apparut et se dirigea à grands pas vers les nouveaux venus.

— Si Sa Grâce veut bien me permettre ! lança-t-il.

Sans attendre de réponse, il fit prestement glisser le manteau de Rafe de ses épaules tout en effectuant une parfaite révérence, curieux mélange de convenance et de déférence admirative.

— Puis-je me permettre de vous souhaiter la bienvenue chez vous ? ajouta-t-il. J'ai pris la liberté d'envoyer quelqu'un chercher lady Nicole et lady Lydia. Toutes deux vous attendent dans le grand salon.

— Je vous remercie, Grayson, répondit Rafe du ton qui convenait à un duc, avant de débarrasser Charlotte de son propre manteau. Cela fait du bien de rentrer chez soi. Ma voiture devrait bientôt arriver. Veillez à ce que l'on s'occupe de mes bagages, et portez une attention toute particulière à mon ami Fitz, qui est blessé et qu'il faudra conduire directement à sa chambre.

— Ce sera un honneur, Votre Grâce, affirma Grayson avec une nouvelle révérence.

— Un honneur ? chuchota Rafe à Charlotte, tandis qu'ils traversaient le hall dallé de noir et de blanc en direction du grand salon. Le pauvre homme est sur le point d'éclater de dépit d'être obligé de me saluer ainsi… Il est évident qu'il préférerait me jeter dehors ! Tu sais que j'ai glissé un crapaud dans son lit, une fois ?

Charlotte pouffa au creux de sa main.

— Oui, je sais. En fait, tu en avais même mis deux : un sous l'oreiller et le deuxième au milieu des couvertures, pour mieux le surprendre.

Rafe lui offrit son bras. De nouveau, un frisson la parcourut dès qu'il la toucha, mais cette fois elle s'efforça de ne pas y attacher d'importance.

— Il y a une chose que tu ne sais peut-être pas, ajouta-t-elle sur le ton malicieux de la confidence. Il y a un détail, dans l'architecture du hall, qui permet d'entendre le moindre chuchotement venu de n'importe quel recoin…

— Tu ne pouvais pas me le dire plus tôt ? souffla Rafe avec un sourire.

Tous deux se tournèrent vers Grayson, qui, à l'autre extrémité du hall, se tenait toujours très droit. Seule la rougeur inquiétante de ses oreilles trahissait son émoi.

— Vous pouvez retourner vaquer à vos occupations, Grayson, lui lança Rafe.

Puis il serra le bras de Charlotte pour l'entraîner vers le salon. Billy, le valet, se précipita pour les devancer et leur ouvrir les portes.

— On dirait que je n'ai pas fait un début très brillant, glissa Rafe à Charlotte.

— Oh ! On ne sait pas, répondit-elle en fouillant le salon du regard.

Où étaient donc Nicole et Lydia ?

— Pour moi, en tout cas, reprit-elle, te jeter à mes pieds pour nos retrouvailles était un geste plein d'attention… Ah, poursuivit-elle en apercevant les deux jeunes filles, voilà tes chères et tendres sœurs, qui sont très pressées de souhaiter la bienvenue à leur frère bien-aimé !

Elles se tenaient debout devant un canapé, figées comme si leurs mollets étaient collés au satin qui le recouvrait. Allaient-elles reconnaître leur frère ? se demanda Charlotte. Et lui, que dirait-il de ces jumelles de seize ans, qui devaient lui sembler bien différentes des fillettes qu'il avait laissées en partant à la guerre ?

Nicole et Lydia étaient de fausses jumelles et elles ne se ressemblaient pas pour deux sous. Nicole avait hérité des mêmes cheveux noirs que son frère, mais ses yeux, loin d'avoir le brun profond de ceux de Rafe, étaient violets ; une couleur que Charlotte n'avait retrouvée chez personne, et que de longs cils noirs surmontés de sourcils arqués rendaient plus surprenante encore... Ensorcelante, avait un jour estimé le père de Charlotte. Il n'avait sans doute pas choisi ce mot au hasard ; quelques siècles plus tôt, des yeux de cette couleur auraient suffi à conduire une femme au bûcher... Nicole avait de surcroît une remarquable peau d'un blanc laiteux, mais, comme elle sortait toujours en cheveux et adorait se promener dans la campagne, son nez et ses pommettes étaient mouchetés de taches de rousseur. Ce teint rosé, qui lui allait certes à merveille, ne convenait pas vraiment à une lady... En résumé, Nicole donnait l'image d'une enfant de la nature, d'une créature espiègle, voire indomptable.

Lydia était tout le contraire et ressemblait à sa mère, lady Helen. Elle arborait une chevelure blonde et lumineuse couleur maïs et ses yeux avaient le bleu limpide d'un ciel d'été. Quant à sa peau immaculée, elle ne présentait pas la moindre tache de rousseur. Bien entendu, la jeune fille prenait bien soin de ne jamais sortir sans chapeau — non qu'elle eût craint de prendre des couleurs, mais parce qu'on lui avait appris qu'une femme ne devait pas se promener en cheveux.

Timide, calme et studieuse, Lydia évoquait un bouton de rose. Elle baissait la tête, afin de ne pas attirer l'attention sur elle, craignant peut-être qu'on l'arrache à son coin de verdure avant qu'elle n'ait éclos.

En cet instant même, elle regardait le sol, de sorte que son menton touchait presque sa poitrine. Tout ce que Charlotte pouvait apercevoir de son visage était une expression coupable. A l'inverse, Nicole levait haut le menton en signe de défi.

Si un peintre avait été présent pour saisir ces deux expressions sur sa toile, il aurait sans doute dépeint leurs caractères respectifs avec plus de justesse qu'un millier de mots : leur attitude même dénotait leur différence de personnalité et le lien de domination qui les unissait.

Après un silence qui lui parut durer un siècle, Charlotte prit énergiquement la parole :

— Quelle joie, les filles ! Votre frère vous revient enfin ! Je lui ai déjà expliqué que votre tante Emmaline m'avait chargée de vous chaperonner depuis son départ, et je lui ai raconté les délicieux moments que nous avons partagés depuis que je me suis installée ici pour attendre son retour. Allons, ne restez pas plantées là comme des piquets ! Venez l'embrasser et lui souhaiter la bienvenue !

A ces mots, Lydia avait levé vers elle un regard stupéfait, incrédule sans doute devant cette avalanche de mensonges. Nicole, en revanche, ne trahit pas sa surprise et renchérit sans se démonter à l'intention de son frère :

— Ce n'est pas un chaperon, c'est un dragon ! Elle ne nous laisse pas un instant de répit ! Elle tient tellement à ce que nous soyons dignes de notre nouvelle position… Car vous êtes duc, maintenant ! C'est merveilleux, n'est-ce pas ?

Tout en parlant, elle avait traversé le tapis qui la séparait de son frère et, à présent, elle se jetait dans ses bras. Rafe la serra maladroitement contre lui en lançant à Charlotte un regard alarmé. Enfin, Nicole recula d'un pas et lui décocha son plus beau sourire.

— Tu… Tu as grandi, balbutia-t-il. Je ne m'étais pas rendu compte à quel point vous…

Il eut une petite toux nerveuse, cherchant clairement à dissiper son trouble, et poursuivit :

— Au fait… Laquelle des deux es-tu ?

— Je suis Nicole, voyons ! Mais vous m'appeliez Nicky, ce que je détestais à l'époque. Maintenant, je trouve ça plutôt mignon.

Elle se tourna vers sa sœur.

— Lydia ! Ne reste pas plantée là avec tes yeux de poisson mort ! Viens dire bonjour à Rafe ! Elle, il faudra continuer à l'appeler Lydia, ajouta-t-elle à l'intention de son frère, parce que, franchement, je ne vois pas quel diminutif on pourrait trouver pour un prénom aussi pompeux !

Charlotte aurait aimé pouvoir donner un coup de coude discret à Rafe afin de l'engager à prendre la parole. Il devait absolument réagir, remettre sa sœur à sa place, sous peine de perdre à jamais tout contrôle sur elle ! Mais il restait silencieux. De toute évidence, Nicole lui avait fait perdre ses moyens, à lui, le frère aîné… Tout cela ne présageait rien de bon pour le jour où elle serait lâchée dans Londres ! Heureusement, Lydia, de sa voix calme et posée, détourna l'attention vers elle :

— Bienvenue chez vous, Votre Grâce.

Elle esquissa une révérence, s'avança et tendit la main à son frère, pour la retirer aussitôt. Sans doute craignait-elle qu'il se sente obligé de lui faire le baise-main, songea Charlotte.

— Merci, Lydia, répondit Rafe.

Sans attendre, la jeune fille retourna s'asseoir sur le canapé en arrangeant les plis de ses jupes.

— Et Lyddie ? reprit Rafe en s'adressant de nouveau à Nicole. Je ne l'ai jamais appelée Lyddie ?

Nicole secoua vigoureusement la tête.

— Vous n'auriez pas osé ! Vous savez ce que dit maman. Elle dit que nous avons de la chance de ne plus être sous la coupe du pape, sans cela, Lydia aurait depuis longtemps couru s'enfermer dans un couvent ! Enfin, n'ayez crainte : vous n'aurez pas de problèmes avec elle. Il suffit de savoir la manier…

— Ce que tu fais à merveille, dit Charlotte, agacée. Et en te débrouillant toujours pour en tirer avantage !

— C'est ma jumelle, je la protège, répliqua Nicole, dont les yeux violets lancèrent des éclairs. Votre Grâce ? poursuivit-elle à l'attention de son frère. Puis-je vous servir un verre de vin ? Dès qu'on nous a dit que l'on vous avait aperçu sur la route, j'ai demandé à Grayson de remonter de la cave l'une des meilleures bouteilles de feu oncle Charlton. Je vais servir tout le monde ! Il faut porter un toast au retour du duc !

A ces mots, Rafe se tourna vers Charlotte d'un air surpris.

— Tu les laisses boire du vin ? demanda-t-il.

— Certainement pas ! répondit-elle en fusillant Nicole du regard. Tu boiras de la limonade, jeune fille, et ce n'est pas négociable !

Nicole eut une brève moue de dépit, qui disparut derrière un large sourire.

— Vous voyez ce que je vous disais ? lança-t-elle. Un dragon de bienséance, Rafe ! N'est-ce pas, Charlotte ? Honnêtement, je ne sais pas ce que nous aurions fait sans elle durant toutes ces semaines, depuis que tante Emmaline est partie…

Rafe ressemblait à un soldat sans armes entouré d'ennemis supérieurs en nombre.

— Toutes ces semaines ? répéta-t-il. Emmaline est absente depuis plusieurs semaines ? Mais elle ne m'en a rien dit !

— Bien dressée par le dragon qui me chaperonne, déclara Nicole pour toute réponse, je vais de ce pas sonner Grayson pour qu'il vous apporte le vin !

Elle se précipita vers la porte, et ne se retourna que pour lancer à Charlotte un regard désespéré qui semblait dire : « Nous pouvons nous en tirer si tu ne gâches pas tout maintenant. »

De plus en plus mal à l'aise au vu de la masse de mensonges dans laquelle elle s'embourbait, Charlotte se tourna vers Rafe, qui la dévisageait d'un air inquisiteur. Elle n'avait plus le choix : elle devait monter à l'assaut. Aussi l'interrogea-t-elle d'un ton cinglant :

— Si je comprends bien, tu ne me trouves pas assez fiable pour veiller sur tes sœurs, c'est ça ?

— Euh… Non, non, bien sûr… bafouilla-t-il. Pardonne-moi ! Si Emmaline t'a jugée capable de t'occuper d'elles, qui suis-je pour remettre sa décision en cause ? Mais elles… Enfin, ce ne sont plus des enfants, Charlie, n'est-ce pas ?

— Charlotte ! dit-elle, rectifiant sans grand espoir. Et non, ce ne sont plus des enfants, en effet. Mais ce ne sont pas encore des femmes non plus, contrairement à ce que Nicole voudrait croire. Tu sais, la semaine dernière, je l'ai surprise dans la chambre d'Emmaline en train de se bricoler un chignon. Elle portait même une paire de boucles d'oreilles d'or et de rubis si tape-à-l'œil qu'Emmaline a dû regretter de les avoir achetées sitôt sortie de la boutique !

Rafe jeta un coup d'œil vers le canapé où les jumelles s'étaient de nouveau installées côte à côte en se tenant les mains et en chuchotant avec excitation.

— Je commence à regretter la guerre… soupira-t-il. Dis-moi, qu'est-ce que je suis supposé faire de ces deux-là ? Elles sont trop âgées pour qu'on les confine aux jeux d'enfants, mais trop jeunes pour faire leur première Saison…

— Eh bien, tu n'as qu'à les laisser ici, à la campagne, pendant que tu iras briller en société à Londres ! répliqua Charlotte. Fais comme tout le monde : débrouille-toi pour les oublier en attendant l'heure de les fagoter comme des sapins de Noël et de les lancer sur le marché, pour les adjuger au plus offrant, en priant pour ne pas avoir à les ramener avec toi à la fin de la Saison. Qu'est-ce que les familles font d'autre de leurs filles ?

Rafe eut un drôle de sourire et demanda :

— Je me trompe, ou je détecte une pointe de blâme dans ta voix, Charlie ? Serais-tu de ces filles qu'on a ramenées à la campagne et qui ne font qu'encombrer ? Oui, ce doit être ça… A croire que les Londoniens sont aveugles ! A moins que tu n'aies bel et bien attendu mon retour, comme tu le prétends ?

Charlotte sentit ses joues s'enflammer sous ce compliment. Mais non, elle ne devait pas se laisser émouvoir : il était hors de question qu'elle attache la moindre valeur à ce genre de remarque !

— Si j'ai dit cela, c'est seulement parce que tu m'as agacée, prétendit-elle.

Elle fut sauvée par l'arrivée de Grayson, qui annonça à Sa Grâce que son ami, le capitaine Fitzgerald, venait d'arriver. Charlotte fut si soulagée de cette interruption qu'elle aurait serré le majordome dans ses bras.

— Je dois dire que c'est un gentleman assez… singulier, Votre Grâce, ajouta Grayson d'un air pincé, montrant clairement qu'il ne s'agissait pas là d'un compliment. Il désire vous voir, monsieur.

— Il désire, hein ? ironisa Rafe. Je pense plutôt que mon bon ami, le capitaine Fitzgerald, a exigé ma présence…

— Oui, Votre Grâce. D'ailleurs, j'ai compris en quoi il était votre ami dès l'instant où il a ouvert la bouche.

— L'art d'envelopper une insulte dans un bel écrin de velours… commenta Rafe. Je vous remercie, Grayson.

Saisissant alors Charlotte par le bras, il entraîna celle-ci dans le hall.

— Viens avec moi, je vais te présenter mon compagnon de débauche…

— Je ne voudrais pas m'imposer, protesta-t-elle.

— N'aie crainte ! Je te dois une fière chandelle, tu sais : avec Emmaline en voyage, je ne sais pas ce que j'aurais fait si je m'étais retrouvé seul face à mes sœurs aujourd'hui ! Heureusement que tu étais là, tu es restée une véritable amie… Et je tiens donc à te présenter mon frère d'armes.

Charlotte répondit par un sourire qu'elle aurait voulu plus enjoué. Magnifique, vraiment magnifique… Il la considérait comme une amie ! Une amie d'enfance, et rien de plus… Elle n'était pour lui que la petite Charlie. Il avait dû se sentir bien angoissé en revenant ici, avec ces toutes nouvelles charges qui pesaient lourd sur ses épaules. Dire qu'il n'avait même pas reconnu ses sœurs ! Et elle-même non plus, d'ailleurs… En somme, elle lui était aussi chère qu'une paire de chaussettes bien douillettes après une longue marche en godillots…

Et elle, pendant tout le temps de son absence… Que ressentait-elle pour lui à présent ? Elle ne le savait pas vraiment. Bien sûr, elle avait aimé le Rafe d'autrefois. Du moins, la fillette qu'elle était à l'époque l'avait aimé… Mais qui était le nouveau Rafe ? Restait-il en lui quelque chose de l'ancien, ou les expériences trop dures qu'il avait vécues l'avaient-elles métamorphosé ?

En tout cas, il ne voyait en elle rien d'autre qu'une amie. S'il serrait sa main entre les siennes, ce n'était qu'en ami… Aurait-il un jour de vrais sentiments pour elle ? Et, dans ce cas, que ferait-elle ? Lui avouerait-elle son secret ? Si elle le faisait, comment ce regard déjà si inquiétant se poserait-il sur elle ensuite ?

Allons ! se reprit-elle. Quel ramassis d'insanités ! Il était temps de redescendre sur terre ! Rafe le guerrier était de retour et il s'apprêtait à lui présenter son compagnon d'armes. Il ne fallait pas chercher midi à quatorze heures. Qui vivra verra ! se dit-elle.

2

Rafe et Charlotte trouvèrent le capitaine Swain Fitzgerald dans le hall d'entrée. Il tendait sa jambe cassée au-dessus du sol et s'appuyait sur deux valets, formant avec eux un étrange tableau.

— Ah, te voilà enfin ! s'exclama-t-il en les voyant arriver. Aucun de ces fichus imbéciles ne comprend donc le bon vieil anglais de chez nous ? Je veux mes béquilles, mais ils refusent de me les donner ! Ils répètent sans arrêt que Ta Fichue Grâce leur a ordonné de me transporter dans ma chambre ! Bon sang, Rafe, je ne suis quand même pas un bébé, je ne vais pas me faire balader comme ça, sans toucher le sol !

Rafe se tourna vers le majordome avec un sourire.

— Veuillez faire ce qu'il vous demande, je vous prie, Grayson, lui ordonna-t-il en lâchant le bras de Charlotte pour s'approcher de son ami. Si tu te comportes comme un bébé, poursuivit-il, tu seras traité comme un bébé, Fitz. Ça te dérange tant que ça d'accepter un peu d'aide ? Tu préférerais peut-être ramper jusqu'à ton lit, qui est à l'étage ?

— Mon lit ? Alors, ça, sûrement pas, Rafe Daughtry ! Il est hors de question que j'accepte de me retrouver mis en quarantaine dans une chambre de malade, malgré tout ce qu'a pu te raconter cet abruti de chirurgien de Londres ! Je vais très bien, merci, et je peux me débrouiller seul. Tout ce que je veux, c'est qu'on me donne mes foutues… Oh ! s'exclama-t-il, s'interrompant en remarquant soudain la présence de Charlotte. Mais je ne vous avais pas vue, mademoiselle ! Bien le bonjour !

Rafe ne put réprimer un sourire : cette brusque volte-face était typique de son ami…

— Oui, Fitz, dit-il, Charlotte est une demoiselle, en effet. En d'autres termes, elle n'a rien à voir avec tes habituelles fréquentations féminines. Alors promets de bien te comporter et je ferai les présentations, espèce de grand singe irlandais…

— Un joli brin de fille ! lui souffla Fitz en se penchant vers lui. C'est l'une de tes sœurs ? Ou bien ai-je le droit de tenter ma chance avec elle ?

— Tout dépend de toi, répondit Rafe, amusé. Tes intentions sont-elles honorables ?

— Elles ne l'ont jamais été, voyons ! Pas une fois, en vingt-six ans passés sur cette terre !

— Je vous entends tous les deux, vous savez ! lança soudain Charlotte depuis la porte du grand salon.

Fitz tourna un regard paniqué vers Rafe.

— Non, elle n'a pas pu m'entendre ! s'exclama-t-il. Dis-moi qu'elle n'a pas pu !

Rafe éclata de rire.

— Je suis désolé, Fitz, mais c'est un fait, elle t'a entendu.

Ce qui le surprenait, cependant, c'était que Charlotte ait osé le mentionner. En même temps, qu'est-ce qui ne le surprenait pas chez elle, depuis son arrivée ? Elle était d'une beauté saisissante, lui répondait toujours avec malice, ne semblait guère impressionnée par son titre tout neuf et le raillait même en lui manifestant une déférence exagérée. Oui, la nouvelle Charlie l'intriguait profondément…

La jeune femme s'approcha de Fitz et le jaugea de la tête aux pieds, comme pour évaluer la gravité de sa blessure. Enfin, elle lui décocha un franc sourire.

— Honnêtement, je ne pense pas que vous tenterez votre chance où que ce soit avant un bon moment, capitaine, déclara-t-elle.

— Appelez-moi Fitz, madame, je vous en prie… Et veuillez accepter mes excuses. Voyez-vous, il y a bien longtemps que je n'ai pas eu la chance de me trouver en compagnie d'une dame de qualité ; et je préciserai d'ailleurs que je n'en ai jamais connu d'aussi charmantes que vous.

— Vous me flattez, capitaine, commenta Charlotte avec une révérence. Et je vois bien que je vais devoir me méfier si je ne veux pas laisser le voyou que vous êtes, avec votre langue bien pendue, briser mon pauvre cœur de jeune fille…

A ces mots, Rafe éclata de rire et s'oublia au point de donner à Fitz une grande claque dans le dos qui manqua de le déséquilibrer.

— Oh ! désolé, Fitz ! dit-il aussitôt. Je ne voudrais pas casser la jambe vaillante qu'il te reste en t'envoyant au tapis, d'autant que miss Seavers vient de le faire pour moi. Charlotte Seavers, permets-moi de te présenter mon ami et frère d'armes, le capitaine Swain Fitzgerald, dit Fitz. Fitz, salue Charlotte, je te prie.

— Bonjour, Fitz, lança Charlotte. Je suis ravie de vous rencontrer. Comme vous le voyez, nous ne sommes pas très à cheval sur l'étiquette, ici, à la campagne. Je vous autorise donc à m'appeler Charlotte.

— Alors c'est elle, ta Charlie, Rafe ? C'est incroyable que tu ne m'aies jamais signalé que cette femme était parfaite ! Comment as-tu pu quitter une beauté pareille pour partir à la guerre ? Franchement, je ne te comprends pas !

Rafe se tourna vers Charlotte, qui baissa les yeux.

— Et voilà ! poursuivit Fitz. Lui, je l'énerve, et vous, je vous embarrasse, n'est-ce pas, miss Seavers ?… Pardon : Charlotte. Je vous prie de m'excuser, et je vous assure que je suis très honoré de faire votre connaissance. Ah, voilà enfin mes béquilles ! ajouta-t-il en tournant la tête vers la porte d'entrée, où venait de se profiler un valet. Passez-les-moi, s'il vous plaît.

— Certainement pas, lança Rafe en direction du domestique. Ne les approchez pas de lui ! Il risquerait de m'assommer avec quand je lui aurai dit ce que j'ai à lui dire ! Si j'ai demandé qu'on les apporte, c'était juste pour te faire taire, Fitz. Grayson, assurez-vous de bien les cacher et portez le capitaine Fitzgerald jusqu'à sa chambre.

— Va pourrir au plus profond de l'enfer, Rafe ! Je ne me laisserai pas porter où que ce soit !

— Très bien, on t'y traînera, dans ce cas. D'une façon ou d'une autre, tu vas à l'étage.

— Que je sois maudit si je… Oh ! je suis vraiment désolé de m'exprimer ainsi, Charlotte ! Pardonnez-moi…

Fitz inclina la tête en direction de l'intéressée, qui répondit avec un large sourire dans lequel Rafe crut discerner une sorte de jubilation diabolique.

— Oh ! ne vous inquiétez pas pour moi, Fitz. Il y a si longtemps que je n'avais pas assisté à une bonne altercation…

— Tu sais bien ce qu'a dit le chirurgien, Fitz, reprit Rafe dans une nouvelle tentative de raisonner son ami. Je t'aurais laissé à Londres si tu ne m'avais pas juré sur tes ancêtres que tu m'obéirais au doigt et à l'œil dès notre arrivée…

— Ah, tu m'as cru ? répliqua son compagnon. Mais il est hors de question que je me laisse faire, Rafe, sache-le ! Tu veux me laisser moisir dans un lit pendant deux mois ? Il n'en est pas question : je deviendrais fou !

Sans plus prêter attention à ses paroles, Rafe fit signe aux quatre valets qui s'étaient rassemblés.

— Emmenez-le, s'il vous plaît.

— Non ! s'écria Fitz. Rafe, je te préviens ! Laissez-moi, pitoyables…

Peiné, Rafe regarda son ami, qui, traîné à l'étage, alternait malédictions à son égard et insultes aux valets qui le portaient. Arrivé en haut des marches, il finit enfin par se taire, sans doute rappelé à l'ordre par la douleur que lui occasionnait sa blessure.

Charlotte choisit ce moment pour prendre la parole :

— Le pauvre homme… Que s'est-il passé ?

— Je suppose que je devrais le laisser te le raconter, répondit Rafe. Il travaille sa version de l'incident depuis une semaine… Si je me rappelle bien, dans la dernière, il s'est blessé en sauvant un enfant — non, deux enfants et leur gouvernante — qu'une voiture emballée sur la route menaçait de renverser. Un vrai héros, ce bon capitaine !

— Mais que s'est-il vraiment passé ? insista la jeune femme.

Rafe lui reprit le bras pour retourner dans le grand salon, mais songea soudain que ses sœurs devaient toujours s'y trouver. Il se détourna alors et se dirigea vers l'arrière du château.

— Ce qui s'est vraiment passé ? C'est simple : Fitz était si pressé de mettre pied à terre, après notre traversée mouvementée au milieu d'une tempête épouvantable, qu'il s'est précipité sur la passerelle et a posé le pied sur quelque chose de glissant. Il a fait une impressionnante pirouette avant d'atterrir sur des sacs de marins qui traînaient sur le quai.

— Mon Dieu, quel malheur ! Mais ne t'en fais pas : son secret est bien gardé avec moi. Tu ne veux pas retourner dans le grand salon ? ajouta-t-elle.

— Franchement, j'aimerais mieux retourner sur l'île d'Elbe ! J'ai l'impression d'être un intrus ici, et je dois avouer que mes sœurs me tétanisent… Je ne devrais pas dire cela mais, après tant d'années passées loin de la civilisation, les femmes me mettent mal à l'aise…

— Moi y compris ?

Tandis qu'ils conversaient ainsi, Charlotte avait conduit Rafe jusqu'au bureau de feu le duc, qui était à présent son bureau à lui. Il dut combattre un instant son ancien réflexe de frapper à la porte et d'attendre la permission d'entrer.

— Toi ? fit-il en se tournant vers Charlotte, qui semblait guetter sa réponse. Honnêtement, je crois que tout et tout le monde ici me donne envie d'aller me trouver une bonne guerre ailleurs…

— Désolée, je n'en ai pas à te proposer ! répliqua-t-elle

d'un ton dénué de violence. Bon, je te laisse retrouver tes repères. Tu vas voir : rien n'a vraiment changé.

Elle ouvrit la porte et Rafe la suivit quelques instants des yeux tandis qu'elle entrait dans la pièce et faisait mine de s'intéresser à une étagère de la bibliothèque. Il retrouvait bien en elle la fillette qui les pourchassait autrefois, Harold, George et lui. Elle était amusante, à l'époque : plutôt grande pour une fille, assez maigre, avec de longues jambes… Sa chevelure trop épaisse se coinçait souvent dans les branches quand elle courait derrière eux dans les bois, et il s'était plus d'une fois arrêté pour l'aider à se libérer.

Mais aussi, quelle petite peste elle était parfois ! Elle avait huit ans de moins qu'Harold, six ans de moins que George, et était de quatre ans sa cadette à lui. Quand il était parti prendre son poste dans l'armée, il avait dix-neuf ans et elle n'en avait que quinze…

Lorsqu'il l'avait rencontrée sur la route, en arrivant, il n'avait pas songé une seconde que ce pût être elle. Bien que toujours longiligne, elle avait pris des rondeurs féminines et son imposante chevelure châtain avait été domptée, impitoyablement tirée en arrière pour couler en boucles souples le long de son dos.

En revanche, ses yeux noisette n'avaient pas changé : son regard chaleureux n'avait pas vieilli. Il aimait aussi son nez, droit et pourtant mutin. Et sa bouche, devenue pulpeuse, un peu vulnérable…

En réalité, il ne retrouvait vraiment la Charlie de son souvenir que lorsqu'elle ouvrait cette bouche. Elle avait toujours dit ce qu'elle pensait sans prendre de gants. C'était là un trait de caractère qu'il appréciait chez elle, même dans les moments où il cherchait à tout prix à la fuir…

A présent, cependant, il n'avait plus aucune intention de la fuir, bien au contraire…

Etait-elle sincère lorsqu'elle avait prétendu avoir été amoureuse de lui au moment de son départ ? Ce souvenir était-il embarrassant pour elle ? Elle en avait plaisanté, là-bas, sur la route, mais il n'avait pu percer le fond de sa pensée… Comment le voyait-elle, désormais ? Il n'avait plus rien de l'adolescent un peu sauvage qu'elle avait connu. Avait-il suffisamment changé pour qu'elle voie en lui un homme attachant ? Sans doute pas…

Qu'arrivait-il à l'innocence d'un amour de jeunesse, ou à la bêtise de l'enfance, lorsque les personnes concernées mûrissaient, année après année ? Serait-il condamné à endosser son rôle de duc et à reléguer au rang d'un souvenir inerte l'adolescent qu'il avait été ? En grandissant, Charlotte avait-elle laissé Charlie se noyer dans les limbes ?

Oui, sans doute. Ils n'étaient plus que des étrangers l'un pour l'autre ; des étrangers qui pensaient pourtant se connaître sur le bout des doigts autrefois…

Coupant court à ses pensées, la voix de Charlotte s'éleva :

— Rafe ? Je t'ai posé une question.

Il reprit pied dans la réalité, presque étonné de se retrouver au milieu de cette pièce aux lambris sombres. Que de réprimandes il avait reçues ici de la part d'un oncle qui craignait de le voir ressembler à sa mère en grandissant ! Il improvisa une excuse :

— Pardonne-moi, Charlotte… Je repensais au jour où j'ai donné une râclée à George, qui avait traité ma mère de traînée embourgeoisée… Oncle Charlton m'avait fait venir ici, dans ce bureau, et il m'avait clairement expliqué que je pouvais être plus grand, plus fort, et même plus futé que ses fils, je n'en restais pas moins inférieur à eux. Je devais apprendre à tenir mon rang, m'avait-il dit… Maintenant que je suis là, j'ai l'impression qu'il peut à tout moment surgir comme une furie pour me chasser de son sanctuaire !

Charlotte s'assit dans l'un des grands fauteuils de cuir qui encadraient la cheminée et s'y pelotonna.

— Il n'est plus là, Rafe, répondit-elle, comme pour le rassurer. Ils sont tous partis, tous les trois. Et c'est la raison pour laquelle tu te retrouves maintenant là où nul n'aurait imaginé te voir. Mais toi, penses-tu mériter cette nouvelle position ? Ou te sens-tu débordé par les événements ?

C'était bien là sa Charlie ! Qui d'autre aurait osé lui poser une telle question de but en blanc, demander au quatorzième duc d'Ashurst si son titre ne le gênait pas un peu aux entournures ? Même Grayson, qui était loin de nourrir pour lui une profonde estime, ne s'y serait pas risqué…

Il s'assit sur le rebord du bureau de son oncle.

— Qu'en penses-tu, Charlie ? demanda-t-il. Est-ce que je ressemble à un duc, comme ça ?

— Difficile à dire. Assieds-toi donc sur sa chaise, derrière le bureau, pour voir… Ou plutôt sur ta chaise. Tout ça t'appartient maintenant ; et tu le transmettras à ton fils, qui le transmettra au sien. Tu es bel et bien le duc d'Ashurst, désormais.

— Oui… Je suppose qu'oncle Charlton pensait aussi que c'était le destin de ses fils à lui de le devenir…

Il fit lentement le tour du bureau et s'installa avec précaution sur la haute chaise de cuir.

— Et pourtant, continua-t-il, George et Harold ne sont pas partis au front, eux. Ils n'ont pas risqué leur vie pour le roi. Et voilà que je suis là et qu'eux sont partis… Tu crois que c'est ça, le destin, Charlie ? Ou bien que je suis simplement devenu duc par hasard ?

Charlotte prit une profonde inspiration.

— Est-ce que je peux te dire quelque chose ? demanda-t-elle d'un ton posé.

— Je t'en prie, répondit-il en s'autorisant enfin à s'adosser à la chaise, heureux de constater que cela ne réveillait pas le fantôme courroucé de son oncle.

— Rafe, tu es un âne.

Après un instant de surprise, il éclata de rire.

— Eh bien ! Je te demande pardon, Charlie…

— Oui, en effet, tu dois bien me demander pardon. Tu es duc et ce titre t'appartient. Tous ces nouveaux titres t'appartiennent. C'est un fait et tu as déjà eu plusieurs mois pour t'y habituer. Ce bureau t'appartient, ce vaste château t'appartient. Les terres, les métairies, les bois et les moulins t'appartiennent. Le bateau de George aussi aurait été à toi s'il n'avait pas coulé. Et sa fortune est à toi : une fortune considérable, et même plus que ça encore ! Alors ne penses-tu pas qu'il est temps de cesser de jouer au pauvre neveu reconnaissant et à l'intrus qui ne mérite pas son sort ? Tu es duc ! Ne penses-tu pas que le moment est venu de commencer à te comporter comme tel ?

— Ma foi, dit-il, ébranlé, je…

— Tout d'abord, ne joue pas avec Grayson, déclara-t-elle en l'interrompant. Tu risquerais de lui donner plus de pouvoir qu'il n'en mérite. Je sais bien que ton arrivée était inattendue, mais tu es ici depuis une bonne heure déjà et il n'a toujours pas pris la peine de rassembler le personnel pour te souhaiter la bienvenue.

— Tu sais, je n'ai pas besoin de…

— Bien sûr que si, tu en as besoin ! Tes domestiques ont été placés sous les ordres de Grayson depuis huit mois maintenant et, durant tout ce temps, cet homme a pris l'habitude de donner les ordres sans plus en recevoir. Il faut placer tout de suite les limites que tu veux faire respecter, Rafe. Prends les choses en main. Tu as été capitaine de l'armée royale, tu as su diriger des hommes, je suppose. Tu as su les plier à ta volonté. Tu les as menés au front, bon sang : et ils se sont battus, ils sont même morts pour toi !

— S'occuper de la bonne marche d'une maison, ce n'est quand même pas pareil…

— Tu crois ça ? lança-t-elle. Pauvre petit soldat naïf ! Ces derniers mois, Grayson a passé son temps à mettre des bâtons dans les roues à Mme Piggle, la gouvernante, et le reste des domestiques s'est rangé dans un camp ou dans l'autre. Depuis la mort de ton oncle, Ashurst Hall est un véritable champ de bataille, je peux te le dire ! Tu dois faire respecter ton autorité aujourd'hui si tu ne veux pas subir une mutinerie !

— Sérieusement ? Tante Emmaline devait pourtant avoir les choses en main… Et je ne vois pas qui que ce soit, même Grayson, oser contredire ses ordres…

Charlotte avait jusque-là regardé Rafe sans ciller. A ces mots, elle baissa les yeux.

— Elle… Ta tante était en deuil de son frère et de ses neveux… fit-elle remarquer d'une voix moins assurée.

— C'est vrai. Et puis elle s'est mariée. Il est sûr qu'elle devait avoir d'autres choses en tête que les problèmes domestiques…

— Exactement ! s'exclama Charlotte, s'engouffrant dans la faille que Rafe venait d'ouvrir pour étayer son mensonge. Oui, c'est tout à fait ça. En tout état de cause, tu dois reprendre la situation en main. Après tout, Emmaline ne va pas revenir de si tôt, pas maintenant qu'elle est duchesse de Warrington et qu'elle s'apprête à donner un héritier à son époux.

— Elle attend un enfant ? Mais elle n'en a rien dit dans ses lettres !

— Bien sûr que non ! Ça ne se fait pas !

De nouveau, Charlotte baissa les yeux, de peur que ses regards ne la trahissent.

— Elle ne voulait pas confier quelque chose de si intime à un homme, sans doute, ajouta-t-elle. J'ai reçu ce matin une lettre d'elle qui m'annonçait la nouvelle. Même les jumelles ne sont pas au courant, acheva-t-elle en baissant plus encore la tête.

— Et nous voilà de retour aux jumelles ! Mes chères sœurs pas encore adultes, mais trop grandes pour être traitées en petites filles… Tu trouves que je me suis mal débrouillé avec elles aussi, je suppose ?

— Ça aurait pu être mieux… J'aurais aimé que Lydia se montre un peu plus enthousiaste de te voir. Et Nicole un peu moins… Tu n'auras aucun problème avec Lydia, Rafe.

— Et avec Nicole ?

Charlotte ne put réprimer un soupir.

— Tant que tu auras conscience de ce qu'elle est capable de faire, tu devrais réussir à la canaliser…

— Vraiment ? Et comment fais-tu cela, toi qu'Emmaline a chargée de veiller sur elles ?

— J'essaie simplement de me figurer toutes les choses que Nicole ne doit absolument pas faire, puis je pars du principe que c'est exactement ce qu'elle a en tête. Mais ma stratégie a aussi des faiblesses : je me suis rendu compte que mon esprit est loin d'être aussi intrépide que le sien…

— Cela ne présage rien de bon… Si je me souviens bien, tu ne reculais pas devant grand-chose non plus, dans le temps. Tu étais toujours embourbée dans quelque mauvais coup, ou bien échappée d'un autre de justesse… A l'époque, je pensais que tu allais devenir un désastre total en grandissant…

— C'est ce qu'on m'a dit, déclara Charlotte.

Elle se leva et se dirigea vers la porte. Il était temps de mettre fin à cette conversation embarrassante…

— Dois-je sonner Grayson ? demanda-t-elle. Tâche de le remettre à sa place. Plus tu attendras, moins ton autorité aura de chances d'être respectée.

— Je vais le faire, répondit Rafe en se levant à son tour. Mais je vais peut-être me changer avant de parader, les mains dans le dos, pour recevoir solennellement les saluts et les révérences de mes domestiques faussement enchantés… Mon Dieu, Charlie, j'ai l'impression que je vais éclater de rire ! Je ne pourrai pas m'en empêcher… Franchement, quelle image cela donnera-t-il de moi ?

— Eh bien, cache une épingle dans ta main et pique-toi avec dès que tu sens les gloussements monter, suggéra Charlotte en atteignant la porte.

— Bonne idée ! Que ferais-je sans toi, Charlie ?

La main sur la poignée, Charlotte se retourna vers lui. Un sourire illuminait enfin le visage masculin.

— Ce que Sa Grâce ferait sans moi ? demanda-t-elle en

dissimulant son trouble. Ma foi, que Sa Grâce m'appelle encore une fois Charlie, et elle le découvrira très vite.

Elle sortit sur cette réplique, tandis que l'éclat de rire de Rafe résonnait derrière elle.

Dès la porte refermée, Rafe se sentit envahi par un profond sentiment d'abandon. Pourquoi donc ?

Il attendit quelques instants avant de sortir à son tour, espérant que son valet Phineas aurait eu la bonne idée de demander un bain pour lui et de défroisser l'une de ses tenues.

En gravissant l'escalier, il poursuivit sa redécouverte de ce qui était à présent sa demeure. Il en avait pourtant exploré chaque recoin les fois où il y avait résidé. A l'époque, toutefois, il n'était que le fils de son père défunt, un pauvre neveu délaissé par une mère volage…

Il se sentirait mieux dans quelques jours, sans doute… Il allait devoir prendre le temps de s'habituer à sa nouvelle situation.

Heureusement qu'il était tombé sur cette chère Charlie — non, Charlotte… Avec Fitz reclus dans sa chambre à coucher, elle serait sa seule alliée dans la maison…

3

Charlotte accéléra le pas en arrivant en haut de l'escalier et prit à droite pour atteindre la chambre de Nicole. Il n'était plus question de laisser ses pensées vagabonder en songeant à Rafe : une mission très délicate l'attendait…

Elle entra sans frapper et claqua la porte derrière elle.

— Toi ! s'exclama-t-elle.

Nicole, qui peignait ses longs cheveux bruns devant la coiffeuse, sourit en la voyant.

— Rebonjour, Charlotte, et toutes mes félicitations !

Charlotte traversa la pièce, et les luxueux tapis d'Aubusson étouffèrent ses pas de façon exaspérante.

— Tes félicitations, Nicole ? Pour ne pas t'avoir étranglée devant tout le monde ?

— Oui, bien entendu. Et aussi parce que je ne sais toujours pas comment tu as pu percer à jour notre petite tromperie… J'ai su que tu savais dès que je t'ai vue arriver. J'ai commis une erreur ? Ou est-ce une chose que mon frère t'a dite ? Je ne peux pas imaginer comment tu aurais pu comprendre ce qui se passait sans ça…

— Et moi, je ne peux pas imaginer comment tu as pu t'en tirer aussi bien pendant tous ces mois ! rétorqua Charlotte.

Elle saisit la brosse d'argent et entreprit de coiffer Nicole sans la moindre douceur.

— Non seulement tu as trompé ta tante et ton frère, mais tu m'as trompée, moi aussi.

— Et c'est ce qui te reste en travers de la gorge, pas

vrai ? demanda Nicole avec un tressaillement, car la brosse venait de se coincer dans un nœud.

— Etant donné que je suis la seule ici à avoir lu ces lettres, oui, cela me reste en travers de la gorge ! Pourquoi ne m'as-tu pas plutôt dit ce que tu avais en tête ? J'aurais pu t'aider.

C'était vrai. Elle aurait probablement aidé les jumelles à vivre au château sans personne responsable pour les surveiller… Après tout, Emmaline méritait bien de profiter de son bonheur l'esprit tranquille, et Rafe avait clairement choisi de ne pas modifier son projet d'escorter et de protéger Bonaparte en exil malgré le décès de son oncle. Et puis les jumelles n'avaient pas non plus été abandonnées dans une grotte perdue au milieu de nulle part. Il y avait eu les domestiques au château et elles n'avaient couru aucun danger…

Nicole s'écarta de Charlotte pour libérer ses cheveux et lui décocha un nouveau sourire.

— Moi, je savais bien que tu nous aurais aidées, dit-elle. Mais c'est Lydia qui n'a rien voulu entendre…

— Menteuse ! répliqua Charlotte en replaçant la tête de Nicole droite pour continuer sa besogne. Tu le sais aussi bien que moi : Lydia te suivrait jusqu'au bout du monde, toi et tes fantaisies. Avoue-le : c'est toi qui n'as pas voulu me mettre dans la confidence. Vous avez dû en passer, des heures, à rédiger toutes ces fausses lettres ! J'aurais pu vous y aider. Et surtout j'aurais pu améliorer ton orthographe désastreuse !

— Dans ce cas, accepte mes excuses. Mais tu sais comme Lydia peut être bornée, parfois… Elle n'a bien voulu participer que si elle n'était pas mêlée à l'écriture des lettres… Tu ne vas rien dire à tante Emmaline, n'est-ce pas ?

— Même si je le voulais, je ne le pourrais pas. Elle m'a écrit ce matin que sa grossesse était déjà bien avancée, qu'elle est rentrée chez elle avec son époux et qu'elle ne peut plus voyager jusqu'à la naissance du bébé. Il ne serait pas bon de lui donner du souci maintenant…

— Emmy va avoir un enfant ? Mais c'est merveilleux !

Nicole sauta sur ses pieds pour embrasser Charlotte, sans doute sous le coup de l'émotion ; mais elle se reprit bien vite.

— Non, finalement, ce n'est pas si merveilleux, poursuivit-elle. Si Emmaline a un bébé, qui va nous accompagner à Londres au printemps pour la Saison, Lydia et moi ?

Ainsi, elle venait de comprendre les conséquences qu'aurait cet événement sur son plan bien huilé…

— De toute façon, tu ne passeras pas la Saison à Londres cette année, petite peste : tu n'as que seize ans !

— Dix-sept le mois prochain ! affirma Nicole. Et Louisa Madison avait dix-sept ans lors de sa première Saison à Londres !

— Certes, et elle en est revenue trois semaines plus tard, humiliée et bafouée parce qu'elle avait eu la bêtise de se laisser embrasser par un officier à demi-solde dans les jardins de lady Castleragh ! Est-ce que tu tiens vraiment, toi aussi, à finir mariée au troisième fils d'un vicaire ?

— Louisa a toujours été stupide, estima Nicole avec un haussement d'épaules. Moi, je n'embrasserai jamais un officier à demi-solde ! En fait, je refuserais même tout net de danser avec un homme qui serait en dessous du rang de comte.

— Eh bien, voilà qui soulagerait ton frère, j'en suis sûre… Quoi qu'il en soit, tu n'iras pas cette année : tu es trop jeune, et il n'y a personne qui puisse te chaperonner là-bas.

— Si, toi ! répondit Nicole avec un grand sourire.

— Alors, là, certainement pas ! Je n'ai pas l'âge d'être un chaperon ! Et, de toute façon, je préférerais encore qu'on m'enferme à Bedlam plutôt que d'avoir à veiller à ce que tu aies un comportement correct au moins cinq minutes d'affilée ! C'est sérieux, Nicole, arrête de rire bêtement ! Et cesse de me regarder comme ça !

Nicole se leva alors et courut vers la porte, ses longs cheveux détachés dans son dos.

— Nicole, où vas-tu ? cria Charlotte. Qu'est-ce que tu comptes faire ?

— Ce que je compte faire ? lui répondit Nicole en se retournant. Il me semble pourtant que c'est évident. Je viens de passer un long moment assise ici, les nerfs en pelote, tourmentée par la honte de ce que j'avais fait ces derniers mois : j'ai trompé ma chère tante et mon frère bien-aimé sans scrupule… Je n'ai plus qu'une chose à faire, maintenant : aller voir Rafe et lui confesser mon péché…

— Misérable… Tu n'oseras pas faire ça !

— Mais enfin, Charlotte, on ne peut quand même pas laisser ce malheureux Rafe dans l'ignorance… Tu le comprends, n'est-ce pas ? Même si tu l'as toi-même été, trompée par deux gamines qui ont à peine abandonné leurs jeux d'enfants…

Nicole marqua une pause théâtrale, avant de reprendre son discours, dans un soupir :

— Mon Dieu ! Qu'est-ce que Rafe va penser de toi quand il saura la vérité ?

— Peut-être que je me moque de ce qu'il peut penser, répliqua Charlotte, espérant que sa tension soudaine ne la trahissait pas.

— Là, je ne peux que répondre ce qu'aurait répondu Mme Beasley : pfffft… Bien sûr, que tu te soucies de ce qu'il pense de toi ! Tout le monde sait que tu as toujours été amoureuse de lui ! La preuve : tu portes toujours la vieille écharpe qu'il t'a offerte, je t'ai vue avec ! Même que Mme Beasley dit que ça ressemble à l'un de ces mauvais romans qu'on imprime sur du papier qui noircit les doigts !

Charlotte voulut protester, mais c'était inutile : elle savait qu'elle avait déjà perdu cette manche…

— Très bien, répondit-elle. Oui, en effet, j'ai pu me croire amoureuse de lui, mais c'était il y a très longtemps.

Tout ce que je veux éviter, maintenant, c'est qu'il me prenne pour une parfaite idiote. Alors, que veux-tu que je fasse ? Je te l'ai dit, je ne peux pas être votre chaperon. Je suis peut-être déjà une vieille fille, mais il vous faut quelqu'un qui ait plus de connaissances mondaines que moi ; quelqu'un qui sache mieux que moi ce que vous devez faire, Lydia et toi, pour que tout se passe comme vous l'espérez. Vous êtes les sœurs d'un duc, maintenant, ne l'oublie pas ! Moi, je n'étais pas grand-chose, je faisais partie de ces centaines de jeunes femmes sans importance qui n'ont jamais eu le droit de mettre les pieds au Almack's. Je n'ai connu aucun bal officiel… Oh ! je n'arrive pas à croire que je rentre dans ton jeu et que je te raconte tout ça !

Pour toute réponse, Nicole se dirigea vers le secrétaire et en tira une feuille de papier plié en deux, qu'elle lui tendit.

— C'est une liste de toutes les femmes de notre entourage, expliqua-t-elle. Il y a déjà plusieurs semaines que je l'ai écrite, parce qu'il vaut mieux être préparée aux changements de dernière minute… C'est Lydia qui m'a appris ça. De toute façon, les femmes sont tout ce que nous avons, tu sais… Rafe est le seul gentleman du côté de papa, et Dieu sait qu'on ne peut pas compter sur la famille de maman : il n'y a que des traîne-misère, ou des gens qu'on a enfermés pour avoir triché au jeu…

— Pas du tout, protesta Charlotte en dépliant la feuille. Qui t'a dit cela ?

— Maman. Et elle est bien placée pour le savoir, non ?

— Oui, je suppose…

Charlotte parcourut la courte liste qu'elle avait sous les yeux.

— Où as-tu trouvé ces noms ? demanda-t-elle.

— Je les ai recopiés du livre de famille, dans le bureau d'oncle Charlton… enfin, le bureau de Rafe.

— Alors, je comprends mieux ! Voyons… Margaret, la sœur de ton grand-père, vit en Ecosse. C'est une hypocondriaque qui refuse de se déplacer. Emmaline me l'a dit quand elle préparait la liste d'invités pour les funérailles de ton oncle et de tes cousins.

— D'accord, mais ce n'est pas le seul nom sur la liste !

— Deuxième nom, donc : Irene Murdoch. Est-ce que tu te souviens de cette créature grossière et embarrassante qui était venue passer trois jours ici ? Elle n'a pas bougé de son fauteuil du grand salon et n'a cessé de piocher dans un pot de dragées qu'elle faisait constamment remplir et qui était posé sur ses gros genoux. En plus, elle répétait à qui voulait l'entendre qu'elle avait toujours adoré la broche de grenat de feu la duchesse et qu'elle était persuadée qu'Emmaline la lui offrirait en souvenir. Tu t'en souviens ?

— Cette sans-gêne ? C'était elle, cousine Irene ? Ah, non, ça n'ira pas du tout ! Quels noms reste-t-il ? ajouta Nicole en se penchant pour examiner la liste.

— Eh bien, étant donné que je suis presque sûre d'avoir entendu dire que ta tante Marion est morte il y a plus de trente ans, reprit Charlotte avec un sourire, je suis tentée de penser qu'il ne reste plus que ta mère pour vous escorter à Londres.

— Maman ? Mais tu as dit qu'il nous fallait quelqu'un de respectable ! En plus, comme elle est encore entre deux époux, je suis sûre qu'elle posera ses griffes sur tous les hommes qui pourraient s'intéresser à Lydia ou à moi ! Ce serait un désastre !

— Oui, je pense que tu as raison. Mais il y a une autre solution. Maintenant que Rafe est duc, il va devoir se soucier de sa descendance, tout comme le duc de Warrington et Emmaline. Laisse-lui un an pour trouver une duchesse, qui se fera ensuite un plaisir de vous escorter toutes les deux dans le monde ; parce qu'honnêtement je ne vois aucune femme ayant un minimum d'intelligence qui ne soit pas pressée de vous voir, Lydia et toi — mais surtout toi —, quitter Ashurst Hall au plus vite…

Pourquoi donc avait-elle ressenti un tel pincement au

cœur en évoquant le possible mariage de Rafe avec une autre ?

Nicole saisit la feuille de papier, la déchira en mille morceaux, puis se mit à faire les cent pas dans la chambre.

— Une duchesse ? marmonna-t-elle. Oui, bien sûr, Rafe a besoin d'une duchesse… Et Lydia n'est pas encore tout à fait mûre pour sa première Saison, contrairement à ce que j'espérais… Moi, je serai vite mariée, et elle, elle restera sur le carreau, comme cette pauvre Charlotte, c'est certain… Une vraie sœur ne peut accepter ça, et Lydia serait perdue sans moi, de toute façon…

Charlotte croisa les bras, canalisant tant bien que mal son agacement en lançant de petits coups de bottine sur le tapis moelleux.

— J'ai l'impression de me répéter, aujourd'hui, remarqua-t-elle, mais je t'entends, Nicole.

— Pardon ? reprit Nicole à voix haute en lui lançant un sourire angélique. Oh ! je m'excuse, Charlotte ! Mais attends ! Et toi ? Est-ce que tu accepterais d'épouser Rafe ? Il n'est pas laid, après tout, et il est très riche ! En plus, je crois qu'il t'apprécie beaucoup… Et puis l'avantage, c'est que tu nous connais déjà, Lydia et moi, et que tu admets avoir aimé mon frère. Nous n'aurions donc pas besoin de… enfin, de te briser, comme il aurait fallu le faire avec une étrangère.

Charlotte baissa les yeux. Elle allait devoir apprendre à contrôler ses émotions !

— Tu ne peux pas tirer de plans sur la comète, Nicole… Rafe se mariera un jour ou l'autre selon son bon vouloir.

— Tiens donc ! Et pourquoi ça ? Toi, tu n'allais pas te marier selon ton bon vouloir, me semble-t-il ! Quand on est duc, on fait un mariage de raison, un point, c'est tout !

— Ecoute, Nicole, j'ai changé d'avis, lança Charlotte en ravalant les larmes qui lui montaient aux yeux. Va tout lui dire ! Va raconter à Rafe ce que tu as fait et soulage-toi de ce poids ; même si cela m'oblige ensuite à lui avouer que je lui ai menti, même si je dois lui révéler qu'Emmaline est partie depuis plus de six semaines, que je n'ai absolument pas été choisie pour vous chaperonner et que vous m'avez jeté de la poudre aux yeux, à moi comme à tous les autres. Dis-lui tout ça.

— Je t'ai blessée ? Oh ! je suis désolée, Charlotte… Je suis brutale et égoïste, je ne pense qu'à moi. Je me suis simplement dit que vous iriez bien ensemble, puisque vous vous connaissez déjà si bien. Et puis tout serait simple : nous sommes déjà amies… et tu as dis à Rafe que tu vivais ici, avec nous. C'est bien ce que tu as dit dans le salon, tout à l'heure, non ?

Charlotte sentit le sol se dérober sous elle.

— Oh ! mon Dieu ! s'écria-t-elle. J'ai dit ça aussi ? Comment ai-je pu oublier ce mensonge-là ?

— Et tu as osé penser qu'inventer des histoires était facile ? s'exclama Nicole. Mais chaque petit détail compte quand on ment ! Pour ma part, je considère le mensonge comme un art ; un art que, visiblement, tu ne maîtrises pas… Alors, que fait-on maintenant, Charlotte ? Est-ce qu'on demande à Grayson de courir chez toi prendre des affaires pour les apporter ici ? Le repas commence dans une heure, et tu ne peux décemment pas t'y présenter dans cette vieille robe affreuse…

Charlotte jeta un regard incrédule sur la robe grise de coupe simple et un peu démodée qu'elle portait depuis plusieurs saisons.

— Mon amie, ajouta Nicole, si tu ne vois rien à reprocher à ton accoutrement, alors je te l'accorde : tu ne pourras pas être chargée de nos nouvelles garde-robes, à Lydia et à moi, quand nous irons à Londres…

— Franchement, je ne comprends pas ce qui te fait croire ainsi que ton frère acceptera de vous y emmener !

— Ah bon ? Oh ! bien sûr, je n'insisterai pas pour y aller cette année. Je suis capable d'entendre raison, rassure-toi ! Mais, quand Rafe s'y rendra au printemps, il devra nous prendre avec lui, il n'aura pas le choix ! Je pense que, ça, tu peux le comprendre… Tu te rends compte que nous avons été enfermées ici ou à Willowbrook toute notre vie ! Nous allons avoir dix-sept ans bientôt et il est hors de question que nous nous morfondions dans notre chambre d'enfants une année de plus ! Pas après cette liberté à laquelle nous avons goûté ces six derniers mois ! Imagine seulement toutes les sottises que je pourrais faire si Rafe nous laisse ici !

— Je préfère me faire renverser par une voiture emballée que de voir ça, soupira Charlotte.

— Parfaitement ! Dans ce cas, trouvons un compromis, toutes les deux. Tu pourrais nous accompagner en tant qu'amie, tu fais presque partie de la famille. Tu vois ? Je suis ouverte à la négociation…

— Méfie-toi, Nicole… Tu es à deux doigts de dépasser les bornes, répondit Charlotte, fatiguée de ce petit jeu. Je peux encore aller voir Rafe et tout lui raconter ; et si c'est moi qui lui dévoile le pot aux roses, Lydia et toi, vous ne sortirez jamais d'ici, encore moins pour aller à Londres !

Entendant cela, Nicole se jeta dans ses bras et l'embrassa.

— Je suis désolée… Je t'en prie, pardonne-moi… Nous ne devrions pas nous disputer comme ça alors que nous tenons tant toutes les deux à ne pas vendre la mèche.

— Hélas, oui. Bon, si Grayson doit filer à Rose Cottage et y récupérer assez d'affaires pour rendre crédible mon emménagement ici, nous allons devoir le soudoyer… Combien d'argent de poche as-tu ?

— Moi ? J'ai tout dépensé au village la semaine dernière ! Tu te rappelles ma nouvelle pelisse ? Mais je sais que Lydia, elle, économise ses sous comme une vieille avare. Elle a au moins huit livres dans la bourse qu'elle a cachée au fond de son armoire. En fait, elle en avait dix, mais la pelisse n'était pas la seule chose que je voulais acheter… Dans la boutique de Mme Halbrook, j'avais vu de ravissants escarpins beiges… Et, comme elle m'a dit qu'ils venaient de Londres, il fallait que je les achète !

— Tu as emprunté de l'argent à ta sœur ? Ou est-ce que tu t'es contentée de piocher dans sa bourse ?

— Oh ! Ne fais pas ta sainte-nitouche ! répondit Nicole avec un nouveau sourire. Je les lui rendrai au trimestre prochain et elle n'en saura jamais rien. De toute façon, elle ne ferait que gaspiller son argent pour acheter des livres !

— Tu es insupportable, Nicole…

— Je sais ! D'ailleurs, je suis sûre que Lydia me les aurait prêtées, ces deux livres dont j'avais besoin, mais c'était bien plus amusant de se glisser dans sa chambre et de… Bref, je te promets de ne plus jamais faire ça à ma chère sœur jumelle. Vois-tu, je me dis parfois qu'en fait Lydia a hérité de tout le bien, et moi, de tout le mal… Si je dois bientôt faire mes débuts à Mayfair, je dois apprendre à mieux me comporter.

— Excellente idée, acquiesça Charlotte sans y croire un instant, et tu commenceras à la première heure demain. Mais d'abord apporte-moi ces huit livres pour que j'aie une petite conversation avec Grayson.

Cinq minutes plus tard, Charlotte débouchait dans le couloir, l'argent en poche, et s'adossait contre le panneau de la porte. Que lui arrivait-il ? Il fallait être folle pour espérer se dépêtrer d'un tel nœud de mensonges !

En fait, sa seule chance était le fait que Grayson méprise profondément Rafe et soit persuadé qu'il n'avait pas les épaules d'un duc. Peut-être que, si elle parvenait à le brosser dans le sens du poil et à lui faire croire qu'il allait jouer un bon tour à son maître dans son dos… Oui, dans ce cas, le majordome pourrait coopérer.

Mais non : ne valait-il pas mieux aller voir Rafe et tout lui avouer ? Elle ne pouvait s'y résoudre, et d'ailleurs à quoi bon ? Rafe semblait vraiment perdre pied depuis son retour, même si elle le connaissait assez bien pour savoir qu'il trouverait rapidement sa place dans son nouvel environnement. Quoi qu'il en soit, il n'y avait aucune raison valable de lui apporter un souci supplémentaire : après tout, les jumelles allaient bien, il ne s'était rien passé qui puisse entacher leur réputation et la maison n'avait pas brûlé. Non, il ne s'était rien passé de grave depuis le départ d'Emmaline…

Et puis, raconter la vérité à Rafe l'obligerait à tout dire également à Emmaline et, ça, elle s'y refusait, surtout en sachant que son amie attendait un enfant…

— Ça y est ? Tu t'es convaincue ? s'interrogea-t-elle à voix haute.

Oui, elle avait pris sa décision… Elle gagna l'escalier pour descendre retrouver Grayson, tout en se répétant que préserver Emmaline représentait sa vraie motivation. Non, elle n'agirait pas ainsi par crainte que Rafe, en apprenant la vérité, ne la considère comme une menteuse doublée d'une imbécile qui s'était laissé berner par des jeunes filles de seize ans.

Elle s'immobilisa en haut de l'escalier. En bas, le grand hall d'entrée grouillait de servantes, de valets, de cuisiniers et de bonnes… Et au milieu de toute cette agitation se tenait Rafe.

Elle prit soin de se dissimuler derrière la rambarde et observa la scène depuis le premier étage.

Accompagné par un Grayson plus guindé que jamais, le nouveau duc — les mains bien serrées dans le dos, remarqua-t-elle — avançait entre deux rangées de domestiques. Il prenait soin d'esquisser un signe de tête à chaque présentation faite par le majordome, à chaque salut, à chaque révérence.

Qu'il était élégant dans ses habits londoniens ! Sa chevelure sombre, encore un peu humide du bain, brillait sous la lumière du grand lustre. Il avait probablement mis à profit le temps qu'elle avait passé à comploter avec Nicole pour se nettoyer de la poussière du voyage…

Elle dut refouler des larmes d'émotion en le voyant parvenir devant les six enfants du chef cuisinier, alignés par ordre de taille au bout de la rangée, et accepter un gâteau de la part du plus jeune, auquel il ébouriffa les cheveux. Enfin, Grayson frappa trois fois dans ses mains, renvoyant ainsi tous les domestiques à leur travail.

— Je vous remercie, Grayson, déclara Rafe d'une voix qui monta dans le hall déserté.

Seuls deux valets restaient là pour reprendre leur poste près de la porte d'entrée, comme s'ils attendaient l'arrivée imminente du prince régent.

— Merci, Votre Grâce, répondit Grayson en tendant une main gantée pour récupérer le gâteau sur son assiette d'argent. Laissez-moi vous décharger de cela, je vous prie.

— Certainement pas ! répliqua Rafe. C'est à moi que ce petit l'a offert. Il est d'ailleurs le seul à avoir pensé à me nourrir depuis mon arrivée… Grayson, écoutez-moi. Je pense vous avoir laissé à votre nostalgie assez longtemps, car je sais combien vous étiez attaché à mon prédécesseur. Mais je vous préviens : je n'accepterai plus aucune insolence de votre part, ni de la part du moindre domestique attaché à Ashurst Hall. Le personnel vous obéit, Grayson, mais vous n'êtes pas aussi irremplaçable que vous le pensez. Et je doute fort que vos sujets soient assez loyaux pour vous suivre si vous prenez la porte, si vous voyez ce que je veux dire…

— Bien entendu, Votre Grâce, répondit Grayson avec un profond salut.

Sur ces mots, le majordome s'éloigna, menton levé et dos bien droit, et disparut derrière une porte. Rafe se détourna et, levant la tête, aperçut Charlotte en haut des escaliers. Il lui lança l'un de ces sourires qui l'avaient toujours troublée plus que de raison et, prenant le gâteau à la main, déclara :

— Eh bien, ça s'est plutôt bien passé, tu ne trouves pas ? Je n'ai même pas eu besoin de me piquer avec l'aiguille, finalement !

Sans lui laisser le temps de répondre, il mangea le gâteau et s'éclipsa dans le grand salon.

Bouleversée, Charlotte demeura un instant sur place. Si elle tentait de bouger, ses jambes risquaient de se dérober sous elle.

Que lui avait donc dit Nicole, quelques instants plus

tôt à peine ? Ah, oui, elle lui avait demandé si elle accepterait d'épouser Rafe. « Il n'est pas laid, après tout, et il est très riche ! avait-elle ajouté. Et je crois qu'il t'apprécie beaucoup… »

— Moi aussi, je l'apprécie beaucoup, murmura-t-elle en pressant la joue contre la rambarde de fer forgé. Vraiment beaucoup…

4

Quelle dextérité ! songea Rafe en regardant Phineas tailler aux ciseaux la barbe de Fitz, toujours alité.

— J'espère que tu t'es bien reposé, dit-il à son ami. Comment va ta jambe ?

Après un ultime coup de ciseaux, Phineas entreprit de replier la serviette étalée sur la poitrine de Fitz, puis se redressa.

— Il vous dira qu'il va bien, Votre Grâce, répondit-il à la place du malade, mais le domestique qui l'a veillé m'a dit qu'il avait gémi toute la nuit dans son sommeil.

— Est-ce à vous qu'on s'adresse, Phineas ? s'écria Fitz en envoyant un bras hasardeux hors du drap pour chasser le petit homme, qui l'évita facilement. Je vais très bien, Rafe, et j'ai très bien dormi. Ma jambe a juste été un peu secouée dans la voiture hier. Mais les os se sont bien réajustés maintenant, et je veux mes béquilles !

— Tu peux les vouloir tant que tu veux, tu ne les auras pas ! déclara Rafe en s'asseyant sur le bord du lit. Et la fièvre, Phineas ?

— Disparue ce matin, Votre Grâce. Suivant les ordres du chirurgien, nous avons retiré l'attelle pour que votre ami se sente mieux. Vous vous sentez mieux, n'est-ce pas, capitaine ?

— Allez vous faire pendre…

Malgré ses paroles, la voix de Fitz ne trahissait aucune rancœur. Il se redressa pour frotter sa cuisse gauche avec précaution.

— Si j'étais un cheval, reprit-il, vous auriez tous ordonné qu'on m'abatte, et je commence à croire que vous m'auriez fait une fleur… Combien de temps est-ce que tu comptes me garder enfermé ici, Rafe ?

— Deux mois, comme l'a dit le chirurgien, répondit Rafe, sincèrement peiné pour son ami. Nous allons devoir trouver de quoi te distraire…

— Très bien. Dans ce cas, j'apprécierais qu'on me renvoie cette petite soubrette rousse qui est venue allumer le feu ce matin.

Rafe le reconnaissait bien là…

— Blessé, mais pas hors course, c'est ça ?

Il attendit que le valet ait quitté la pièce pour poursuivre d'un ton confidentiel :

— Honnêtement, je préférerais que tu puisses être en bas avec moi. J'ai rencontré mes sœurs, hier…

— Quel ton sinistre, mon ami… Sont-elles si laides ?

— Au contraire ! Malheureusement, je me suis laissé dire que les ceintures de chasteté ne faisaient plus partie de la garde-robe des jeunes filles à marier… Sans plaisanter, à présent, je remercie le ciel que Charlie ait été là pour me guider dans ces retrouvailles… J'étais moins angoissé sur le champ de bataille, crois-moi !

— Ah, cette charmante miss Charlotte, répondit Fitz d'un ton rêveur. Elle semblait me prendre en pitié, hier… Tu crois que son empathie irait jusqu'à rendre visite à un pauvre soldat blessé pour lui lire de la poésie ?

— Elle est ravissante, hein ? C'est bizarre, je n'arrive pas à me souvenir d'elle comme d'une jolie fille. Dans ma mémoire, elle n'est rien d'autre qu'une épine dans mon pied, une véritable peste. Ce qui ne l'empêchait pas d'être mon amie. Elle était même la seule amie que j'avais ici, à Ashurst Hall…

— Eh bien, répondit Fitz avec un grand sourire, elle peut devenir une épine dans mon pied à moi dès qu'elle le souhaite !

— Tu n'es là que depuis une nuit et tu as déjà des vues sur les demoiselles de la maison ?

— Tu la gardes pour toi, c'est ça ?

— Mais non, qu'est-ce que tu racontes ?

Rafe avait espéré donner à sa voix un ton de plaisanterie désinvolte, mais il n'était visiblement pas parvenu à cacher ses sentiments à son ami.

— Tu sais que tu es une saleté de fouineur, toi ?

— Et fier de l'être ! répliqua Fitz. Et je suis aussi fier d'être capable de te comprendre à demi-mot. Je n'insiste pas… Par contre, si tu refuses de m'envoyer Charlotte, peut-être pourrais-tu charger l'une de tes nouvelles bonnes de m'apporter de la lecture, histoire de passer le temps ? Ou mieux : quelqu'un qui me fasse la lecture ! J'imagine la douce voix de Charlotte se déverser sur moi pendant que je suis allongé ici, les yeux fermés, dans une adoration complète. Et chaque syllabe serait comme un baume sur mon mal… Feu ton oncle avait bien des livres, non ?

— Des milliers ! Mais je ne me souviens pas avoir vu quiconque ici les lire. Je ne peux pas te promettre que la lecture de Charlotte soit si agréable, tu sais… Et puis, tu es assez en forme pour tenir un volume entre tes mains et le lire seul, me semble-t-il.

Sur ces mots, Rafe se releva. L'inquiétude le traversa lorsqu'il vit le visage de son ami se crisper sous le mouvement du matelas.

— Peut-être qu'il vaudrait mieux attendre demain pour tous ces projets…

— Hélas, oui, tu dois avoir raison, murmura le blessé, frottant de nouveau sa cuisse avec une grimace de douleur. Tu me promets de ne raconter à personne la vérité sur cette blessure, n'est-ce pas ? Je me suis déjà assez mal débrouillé comme ça, sans que tu ne parcoures la maison comme un crieur de rue en racontant à tout le monde à quel point je suis maladroit…

— Excuse-moi, Fitz, mais je l'ai quand même dit à Charlie. Oh ! N'aie crainte, ton secret est bien gardé avec elle. Cela te laisse libre de concocter pour les autres une histoire aussi héroïque et exotique que tu le souhaiteras…

— La voiture emballée ne t'impressionne pas ?

— En fait, je pensais que tu aurais pu trouver une aventure liée à ces Français que nous avons pourchassés sur l'île d'Elbe, une semaine avant notre retour.

— Ceux qui venaient sauver leur empereur ? Non. Ce n'est pas moi qui ai eu des soupçons en les remarquant à la taverne et je n'ai vu que leur dos pendant qu'on les pourchassait en direction de leur chaloupe. Non, non, cette histoire est la tienne, mon ami. Après tout, c'est toi qu'ils ont failli tuer ! Merci de vouloir me l'offrir, mais je trouverai ma propre histoire, et elle sera tout aussi héroïque… Maintenant, va-t'en, s'il te plaît. Le pauvre soldat blessé a besoin de repos…

Obéissant, Rafe quitta la chambre à regret. Il avait déjà retardé son premier jour en tant que duc autant qu'il le pouvait…

On était en novembre. Quels pouvaient donc être les devoirs d'un duc, au mois de novembre ? Quand il n'était ni à Londres ni à une fête, son oncle se promenait toujours à cheval à droite et à gauche, accompagné de son intendant… Oui, bien sûr, il allait trouver ce dernier pour arpenter avec lui le domaine !

Sa décision prise, Rafe retourna à ses luxueux appartements et y trouva Phineas déjà en train de sortir sa tenue d'équitation.

— Parfait, dit le valet, je n'aurai pas à vous chercher dans toute la maison ! miss Seavers vous demande de vous habiller rapidement, Votre Grâce. J'ai recousu et brossé votre redingote de cheval. Par contre, il n'y a pas moyen de remettre la main sur votre chapeau de castor, mais miss Seavers m'a dit qu'elle avait sa petite idée de l'endroit où il se trouvait, et elle a ajouté que vous en auriez besoin parce que le fond de l'air est frais. J'avoue que j'ignore totalement ce que vous allez faire. Votre miss Seavers ne m'a rien dit de plus précis que : « Il serait bon que le duc aille se montrer… »

— Ah, elle a dit ça ?

Pourquoi Charlotte continuait-elle à lui dicter ainsi le comportement qu'il devait adopter ? C'était lui, le duc, après tout ! Cependant, il fallait reconnaître que, jusqu'à présent, elle avait été de bon conseil…

— Vous savez, Phineas, ce n'est pas *ma* miss Seavers ! ajouta-t-il. Et puis je n'ai peut-être pas envie d'aller me montrer, comme elle dit… Oh ! bon sang ! Allons, aidez-moi à enlever cette veste !

Le petit homme s'approcha pour s'exécuter et ôta le vêtement — un véritable chef-d'œuvre de tailleur — des épaules de Rafe.

— Les hommes sont toujours aux ordres de commandants en jupons, affirma Phineas. C'est en tout cas ce que disait mon père. Qu'on soit roi ou mendiant, disait-il, on est toujours sous la coupe d'une femme…

— Je vous remercie de me faire profiter des maximes de votre père, Phineas, mais je ne suis sous la coupe de personne. Je ne suis les conseils de miss Seavers que parce qu'elle a plus l'habitude de…

Il s'interrompit, agacé.

— Et d'ailleurs je ne vois pas pourquoi je m'épuise à argumenter avec vous !

— Pour sûr, je n'en ai aucune idée, moi non plus, Votre Grâce, répondit le valet en tournant les talons, mais pas assez vite cependant pour dissimuler son sourire. Je vais veiller à suspendre votre veste, sachant que vous n'avez que trois tenues ici, en attendant l'arrivée de vos autres habits de Londres.

Ne l'écoutant que d'une oreille, Rafe se regarda dans le miroir pour ajuster sa veste d'équitation. Sa nouvelle garde-robe était décidément à mille lieues de l'uniforme qu'il avait porté, dans lequel il avait vécu et même dormi plusieurs années durant, et qui avait partagé avec lui plus de poux et de vermine qu'il ne voulait se l'avouer… Cet uniforme dans lequel il avait cru bouillir pendant tant d'étés et geler pendant tant d'hivers…

— Phineas ? Où est mon uniforme ?

— Brûlé, Votre Grâce.

L'intéressé avait répondu d'une voix désinvolte en brossant la veste de Rafe.

— Je ne pouvais quand même pas le vendre à un camelot. Vous imaginez ? Des traîne-misère de Londres se pavaneraient avec à Piccadilly, comme s'ils étaient de vrais soldats ! De toute façon, votre uniforme ne vous était plus bon à rien, Votre Grâce.

— Brûlé ? Alors il n'en reste plus rien ?

Il aurait tellement voulu le revoir encore une fois… Bien sûr, cela n'avait rien de rationnel, mais il avait fait partie intégrante de sa vie pendant si longtemps… Rafe avait même pensé le porter jusqu'à sa mort. Mais c'était avant que l'on vienne lui annoncer sa nouvelle et surprenante destinée.

— S'il n'en reste rien ? reprit Phineas. Oui, on peut dire ça, sauf bien sûr les rubans, les galons et les boutons, Votre Grâce. A présent, Monsieur, votre miss Seavers vous attend sans doute déjà en bas…

— Très bien.

Rafe se tourna vers le miroir une dernière fois. Evidemment, sa nouvelle tenue de cheval brun et sable était élégante, très à la mode… Mais le rouge vif de l'uniforme lui manquait. A l'époque, au moins, il savait qui il était.

Qui était-il, désormais ?

Arrivé au sommet de l'escalier, il aperçut Charlotte dans le hall. Elle portait une veste courte ajustée bleu marine sur une amazone taillée dans le même tissu. Une casquette assortie était élégamment posée sur le côté de sa tête. Elle tapait le sol dallé de sa botte, trahissant son impatience dans le rythme que frappait aussi contre sa cuisse le chapeau de Rafe qu'elle tenait à la main.

Qu'elle avait changé, décidément… Et qu'elle était devenue jolie ! Il devait à tout prix ordonner à un valet de les accompagner, quelle que soit leur destination : une femme si charmante, un aussi beau parti, ne devait en aucun cas être autorisée à se promener seule avec un homme.

Comme s'il allait se jeter sur elle aussitôt le manoir hors de vue ! Quelle idée absurde ! Une idée qui l'avait cependant traversé plusieurs fois déjà…

— Excuse-moi, Charlie, dit-il tandis qu'il descendait rapidement la volée de marches. Je n'ai reçu tes ordres qu'il y a quelques minutes…

— Mes ordres ? répéta-t-elle d'un ton surpris.

— Oui, répondit-il en la rejoignant pour récupérer son chapeau. Il paraît que je dois me montrer.

A ces mots, Charlotte eut un tressaillement comique.

— J'oublie toujours que les domestiques ont l'affreuse manie de répéter mot pour mot ce qu'ils feraient mieux d'oublier, et aussi celle d'oublier ce qui est important. Je suis vraiment désolée, Rafe. J'ai juste pensé que tu ne devrais pas trop attendre pour te présenter aux gens de ton domaine. Nous pourrions commencer par l'exploitation forestière, puis nous ferons la tournée des fermes et nous terminerons par le moulin. A moins que tu ne veuilles aller d'abord au village.

— Nous aurions aussi pu en discuter au dîner, hier soir, si tu avais daigné te montrer.

— J'avais des choses à faire, répondit-elle d'un ton désinvolte, mais en baissant tout de même les yeux. Je devais aller chez mes parents avec une servante, ajouta-t-elle, pour récupérer des affaires dont j'avais besoin. Je te prie de me pardonner : je ne pensais pas que tu serais à ce point perdu sans moi…

— Touché, Charlie, un point pour toi ! Oui, ta présence m'a manqué. Et puis, c'était cruel de m'abandonner seul au bout de cette grande table face à mes sœurs, qui m'ont d'ailleurs ignoré. Nicole n'a pas cessé de répéter qu'elle avait absolument besoin de rubans pour regarnir ses coiffes, et Lydia m'a prouvé, s'il en était encore besoin, que je la terrifie…

— Lydia s'y fera. Elle, tout ce qui l'intéresse, c'est lire : elle est très calme… D'ailleurs, je pense que tu devrais t'en réjouir : n'oublie pas qu'elles sont jumelles. Elles pourraient être toutes les deux comme Nicole…

— Grâce au ciel, ce n'est pas le cas ! s'exclama Rafe en levant ses mains en un simulacre de prière. Alors, comme ça, Lydia aime lire ? Ce n'est pas bon pour elle, elle risque de devenir plus brillante que les hommes qui l'entoureront à l'avenir… Mais, dis-moi, ce n'est tout de même pas un bas-bleu en herbe, si ?

— Pas vraiment. Mais c'est une jeune femme très sérieuse. Enfin, une jeune fille… Elle a toujours le nez dans un livre et passe le plus clair de son temps dans la bibliothèque, pelotonnée dans l'embrasure d'une fenêtre, à feuilleter ses dernières découvertes.

Rafe demeura songeur.

— Je suppose qu'elle est donc la personne la plus indiquée pour sélectionner quelques ouvrages pour Fitz… Il m'a supplié que quelqu'un vienne lui faire la lecture…

— Je serais très étonnée que Lydia accepte d'entrer dans la chambre d'un monsieur… Mais je peux lui demander de choisir quelques titres que Fitz pourrait apprécier et les faire porter par un domestique.

— C'est sans doute la meilleure solution, en effet. Je ne veux pas dire que Fitz pourrait… Enfin, Lydia n'est encore qu'une enfant, et… oh, bon sang, Charlie, je ne m'en sors pas ! C'est peut-être lâche de ma part, mais je dois t'avouer que je n'ai aucune idée de la façon dont je dois m'occuper de mes sœurs… Hier, par exemple, pendant le dîner, j'ai cherché en vain un sujet de conversation qui pourrait les intéresser. Mais comment pourrais-je deviner ce qui intéresse des filles de cet âge ?

Charlotte le regarda d'un air absent. Comprenait-elle sa détresse ?

— Tu as peur qu'elles ne t'apprécient pas, c'est ça ?

demanda-t-elle. C'est très attentionné de ta part… Franchement, rares sont les hommes qui se soucieraient de ce que leurs sœurs de seize ans pensent d'eux…

— Quelqu'un doit bien les prendre en charge !

— Les prendre en charge est une chose, mais toi, tu t'en soucies vraiment. Et c'est très gentil…

— Charlie, répète une fois de plus que je suis gentil ou attentionné et je te promets que je te plante là pour aller vider la cave à vins de mon oncle !

— Très bien, retournons à nos devoirs ! Tu as déjà rencontré les domestiques, mais ce ne sont pas les seuls qui dépendent du duché pour manger et avoir un toit au-dessus de leur tête. Tes gens doivent te voir. M. Cummings est un excellent intendant, mais ils sont restés trop longtemps sans véritable maître…

— Charlie, est-ce que tu te rends compte que je ne sais pas davantage ce que je dois faire avec tous ces gens ou ce que je dois leur dire que je ne sais m'occuper de Nicole et Lydia ? En fait, je suis soldat…

— Oui, et tes fermiers attendent de toi que tu te comportes comme avec tes hommes au front : que tu prennes la tête des opérations, que tu leur apportes courage et énergie et surtout que tu les guides. Ils ont foi en toi. Ils savent que tu ne les abandonneras pas et que tu ne les exposeras pas à des dangers inutiles. Prends soin d'eux ; sois bon, même quand tu fais appliquer tes ordres, et tu gagneras leur loyauté.

— Que ça paraît simple, dit comme ça ! Mais tu sais aussi bien que moi que c'est loin d'être facile…

Billy, le valet dont Rafe avait retenu le nom dès son arrivée, lui tendit ses gants et sa cravache et Rafe suivit Charlotte sur le perron. Sur le parvis, d'autres domestiques tenaient les rênes de leurs montures déjà prêtes.

— Je ne vois pas de cheval pour le valet, dit Rafe.

— Vous pensez que nous avons besoin d'un chaperon, Votre Grâce ? rétorqua Charlotte en lui décochant un regard surpris. Nous sommes en plein jour et nous n'allons qu'à la scierie. Je doute que nous ayons le temps de commettre un crime sur une si courte distance…

— Soit, oublions le valet, répliqua Rafe, tentant de chasser sa gêne. Et monte sur ton cheval…

Charlotte attendit qu'on l'ait aidée à se mettre en selle et que tous deux soient engagés sur l'allée cavalière, loin des oreilles indiscrètes, pour reprendre la parole.

— J'ai pensé à quelque chose qui pourrait t'aider pour cette première rencontre avec tes gens. Tu te souviens de ce qu'on nous avait appris quand nous étions petits, pour faire face à un chien méchant ?

— Oui, je me souviens, répondit Rafe avec un sourire. Tiens ta position et ne montre pas ta peur. Ça veut dire que tu compares mes gens à des chiens enragés ?

Charlotte fronça le bout du nez, comme chaque fois qu'elle était agacée, ce qui la rendit plus ravissante encore… Ne pouvait-il donc s'empêcher de penser à sa beauté un instant ? se demanda-t-il. Ne venait-elle pas de se moquer de lui sans vergogne lorsqu'il avait évoqué l'idée d'un chaperon pour leur promenade ?

— Je me suis sans doute mal exprimée, reprit-elle. Mais je maintiens mon conseil. Sérieusement, Rafe, il est temps de t'y faire : tu es le duc d'Ashurst.

— Et je n'ai piétiné que trois cadavres pour en arriver là, répliqua-t-il, choqué lui-même par la dureté de ses paroles.

Pensait-il vraiment ce qu'il venait de dire ? Est-ce qu'il se sentait à ce point un intrus dans son propre domaine ? Se voyait-il réellement comme une sorte de goule venue rire et danser sur la tombe de son oncle et de ses cousins ?

Ils poursuivirent leur route en silence. Bientôt, ils arrivèrent à l'entrée d'un chemin défoncé, flanqué de part et d'autre par un sous-bois très dense qui venait par endroits mordre la route.

Rafe sentait le regard de Charlotte se tourner régulièrement vers lui, comme si elle cherchait à lui dire quelque chose, à lui faire un aveu difficile.

— Tu sais, Rafe, déclara-t-elle finalement, il n'y a pas de corps. Les corps, on ne les a jamais retrouvés. Quand on a abandonné tout espoir, Emmaline a organisé une cérémonie dans la chapelle familiale, mais il n'y avait rien à inhumer dans le mausolée. On a simplement posé des plaques de laiton sur ce qui était censé être leur sépulture. Comme tu le vois, ta tante a fait de son mieux.

— La lettre qu'elle m'a fait parvenir par Phineas parlait d'un navire neuf et d'une tempête… J'aurais dû me douter qu'on ne les retrouverait pas facilement.

— Je suis désolée de te dire ça, mais l'incident aurait pu être évité… L'équipage a voulu retourner au port lorsque le ciel s'est fait menaçant, mais quelqu'un — ton oncle, ou peut-être l'un de tes cousins — a fait taire le capitaine. Le seul homme qui a survécu assez longtemps pour être secouru par un autre navire a parlé de beuverie et de filles à bord. Pas des femmes de qualité, Rafe, des filles… Excuse ma franchise, mais tes cousins ont toujours été des coureurs de jupons. Je n'arrive d'ailleurs toujours pas à comprendre pourquoi ton oncle, lui, a accepté de participer à une expédition pareille…

— Oh ! S'il y avait des filles à bord, il n'a pas dû être très difficile à persuader.

Tout en parlant, Rafe songea à l'appétit immodéré de son oncle pour les femmes les moins respectables ; appétit dont ses fils avaient d'ailleurs hérité…

— J'imagine comme Emmaline a dû se sentir embarrassée en entendant tout ça, ajouta-t-il. Et aussi à quel point cela doit être difficile pour toi de me le dire…

Charlotte se détourna, cherchant clairement à paraître indifférente : il était évident qu'elle ne lui confiait que ce qu'elle jugeait nécessaire.

— En fait, ce n'est pas si difficile, puisque je ne me soucie pas vraiment d'eux… Ils sont morts, après tout. Quelle importance cela peut-il encore avoir ?

— C'est vrai, dit Rafe. Et nous avons de la chance d'avoir eu quelques bribes d'information, bonnes ou mauvaises. J'ignorais qu'un marin avait survécu.

— Oh ! ce n'était pas un marin. C'était un certain Hugh Hobart. Il a écrit à Emmaline pour lui raconter les derniers instants à bord. Selon lui, lorsque la vague est arrivée, George et Harold se trouvaient dans leurs cabines, victimes du mal de mer, avec leurs… leurs compagnes. Ton oncle et M. Hobart se tenaient sur le pont pour guetter la côte. Ils avaient enfin décidé de rentrer au port, mais c'était trop tard.

— Mon Dieu… Ils ont dû être terrifiés. Nous avons nous-mêmes traversé une tempête sur la Manche en rentrant. Notre navire était un galion espagnol capturé par la marine britannique, un bateau extraordinaire, et pourtant il était secoué comme une coque de noix. Je n'ose même pas imaginer ce que les mêmes eaux peuvent faire subir à une embarcation moins imposante.

— C'est donc pour cela que ton ami Fitz était si pressé de retrouver le plancher des vaches… Pour en revenir au naufrage, le dernier souvenir de M. Hobart, d'après sa lettre, a été les folles embardées du bateau et la vague qui s'est élevée pour frapper ton oncle de plein fouet. Il est sans doute mort sur le coup. Je suis vraiment désolée, Rafe…

— Et moi donc ! répondit-il comme Charlotte dirigeait sa monture sur l'étroit chemin qui menait à la scierie.

Ashurst Hall était situé près des bois du Sussex, ce qui permettait à la scierie d'entrer pour une part importante dans les revenus du domaine, surtout depuis qu'on avait pris l'habitude de replanter des rejets partout où des arbres étaient abattus. Rafe crut entendre de nouveau les leçons que son oncle donnait à George, son fils aîné : il lui enseignait que se contenter de couper les arbres était une preuve d'avidité et de manque de discernement. Il disait souvent que l'on n'accédait à la vraie richesse qu'en acceptant de remettre un penny en terre quand on en avait extrait une livre. L'ancien duc était peut-être un homme très dur, mais n'en demeurait pas moins un excellent gestionnaire de ses terres…

— M. Hobart a été invité à la cérémonie funéraire, reprit Charlotte, mais il a décliné, en affirmant qu'il n'était pas encore remis de ses propres blessures. Emmaline souhaitait pourtant le rencontrer pour en apprendre plus sur les derniers instants de son frère et de ses neveux…

— Je devrais peut-être lui parler, moi aussi, dit Rafe en voyant des hommes accourir de partout pour se ranger en ligne sur leur passage. Je suppose que c'était un ami de George et de Harold ?

— Je ne sais pas. Tu devras le lui demander. Je n'avais jamais entendu parler de lui avant qu'Emmaline me montre sa lettre. D'ailleurs, elle non plus ne le connaissait pas, mais ça ne veut pas dire grand-chose : tes cousins avait beaucoup d'amis. Ah, voilà M. Cummings, ajouta-t-elle comme un cavalier approchait. Tu ne le connais pas : ton oncle l'a pris quand M. Willard nous a quittés pour aller passer ses dernières années auprès de sa fille, dans le Hampshire. Ne t'inquiète donc pas de ne pas le reconnaître. Quoi qu'il en soit, appelle-le John.

— Oui, m'dame ! répondit Rafe, amusé. Tu sais, je viens de penser à quelque chose : est-ce que ça ne vaudrait pas mieux que je me débarrasse de lui pour t'engager à la place ? Tu saurais si bien mener à la baguette Ashurst Hall… ainsi que ma propre vie…

Il lui sembla voir un rapide nuage traverser le regard brun de Charlotte, une chose qu'il ne parvint pas à identifier. De la colère, peut-être ? Non. Et ce n'était pas vraiment de la douleur non plus. De quoi s'agissait-il ? De culpabilité ? Mais elle n'avait aucune raison de se sentir coupable…

— J'essaie simplement de t'aider, Rafe, répondit-elle à mi-voix.

— Oui, je sais, Charlie. Excuse-moi, ajouta-t-il en tendant la main vers elle comme ils maintenaient leurs chevaux à l'arrêt. Je sais bien que je serais perdu sans toi…

Elle sourit, mais son regard demeura énigmatique.

— Oh ! Tu n'auras pas besoin de moi bien longtemps, tu sais, répondit-elle. J'ai confiance en toi : tu as ce qu'il faut pour faire un très bon duc. N'oublie pas, Rafe : *Certains naissent pour la grandeur, d'autres l'obtiennent, et d'autres encore...*

— *D'autres encore la voient fondre sur eux.* Oui, Charlie, je n'oublie pas mes classiques. J'ai suffisamment étudié Shakespeare avec George et Harold pendant mes séjours forcés ici. Mais je ne suis pas né pour la grandeur, je n'ai rien accompli que l'on puisse qualifier de vraiment grand, et ce titre m'est tombé dessus sans aucun effort de ma part...

Ces paroles parurent exaspérer Charlotte, qui poussa un soupir.

— Tu sais, Rafe, il faut vraiment arrêter avec ça ! C'est fatigant et lassant. Est-ce que George ou Harold avaient mérité de naître dans leur position ? Est-ce qu'on naît avec le rang que l'on mérite ? Ce sont tes actes qui détermineront la façon dont le monde te verra, et la façon dont tu te verras toi-même. Bien, maintenant, tourne un peu ton chapeau : on voit une petite bosse, ce n'est pas idéal pour ton image...

Rafe se mit à rire de bon cœur.

— Tu aurais fait un très bon adjudant ! dit-il en réajustant son chapeau. Et mes bottes ? Est-ce qu'elles présentent assez bien pour le passage en revue ?

Charlotte ne répondit à cette gaieté soudaine que par un geste qui se voulait méprisant et un « Pfft » ostentatoire.

— Votre Grâce, déclara M. Cummings en s'arrêtant à une dizaine de pas des deux cavaliers et en ôtant son chapeau. On nous a dit d'attendre votre visite ce matin. Bienvenue chez vous, Monsieur !

— Merci, John, répondit Rafe en s'approchant pour lui serrer la main. Je vais être honnête avec vous : je suis entièrement entre vos mains. Est-ce qu'il y a des choses que vous souhaitez me montrer ce matin ?

— Eh bien, miss Seavers pourrait…

Cummings lança un rapide regard à Charlotte. Rafe la vit secouer brièvement la tête sans répondre.

— Je veux dire que je serais honoré de vous montrer notre scierie, Votre Grâce. Elle a été bien améliorée… Nous avons… euh, j'y ai apporté quelques changements depuis le regrettable décès de Sa Grâce ; et les accidents sont maintenant réduits de moitié. J'ai le plaisir d'annoncer à Votre Grâce que nous n'avons pas perdu de doigt ou de main depuis plus de six mois !

Rafe jeta un regard à Charlotte, dont les joues s'étaient enflammées. Que diable se passait-il ?

— Vraiment, John ? Que c'est louable de votre part… Je serais très heureux de voir ces améliorations.

— Je vous laisse donc y aller tous les deux, dit Charlotte.

Elle voulut faire faire demi-tour à sa monture, mais Rafe en saisit les rênes. Il lui semblait qu'il se tramait quelque chose dont il voulait obtenir l'explication.

— Non, je vous en prie, miss Seavers, dit-il. Je ne peux vous laisser regagner Ashurst Hall sans escorte. Accompagnez-nous, j'insiste.

Charlotte lui lança un sourire de façade tout en le fusillant du regard.

— Ce sera un honneur, Votre Grâce.

Ils suivirent donc John Cummings jusqu'à la scierie, passant devant la longue file d'ouvriers qui levaient leurs chapeaux ou bien saluaient — suivant leur âge et leur position, sans doute…

— Bienvenue chez vous, Votre Grâce ! entendit-il de toutes parts.

Les saluts étaient polis, sinon enthousiastes. Cependant, il perçut également de nombreuses exclamations destinées à Charlotte.

— Dieu vous bénisse, miss Seavers !

— Longue vie à miss Seavers !

Une fillette se précipita hors d'une maisonnette, sans

doute celle du gardien, et tendit à Charlotte un petit bouquet de fleurs.

Tout en adressant un signe aux ouvriers — à *ses* ouvriers —, Rafe déclara avec un sourire figé :

— Y a-t-il quelque chose que je devrais savoir, miss Seavers ? Quelque chose qui se serait passé entre la mort de mon oncle et mon retour à Ashurst Hall ? Ou bien préfères-tu me ménager ce genre de petites surprises partout où je vais ?

— Très bien, Rafe, répondit-elle d'une voix lasse. Vois-tu, à la mort de ton oncle, Emmaline a tout d'abord été effondrée, noyée dans sa tristesse. Ensuite… eh bien, ensuite, il y a eu le duc de Warrington. John Cummings est un homme compétent, mais même les hommes compétents ont besoin d'être guidés. Et disons que j'étais… disponible.

— Et volontaire. Tu as toujours eu le don de fourrer ton nez partout, n'est-ce pas ? J'avoue que je ne suis pas surpris d'apprendre que tu as pris une part active à la gestion d'Ashurst Hall avant mon arrivée. Mais j'aurais aimé qu'Emmaline m'en parle dans ses lettres.

— Et, si elle l'avait fait, serais-tu rentré plus tôt pour me décharger de cette corvée ? A moins que ce ne soit pour me mettre dehors ?

— L'un ou l'autre, sans doute. Mais à quoi pensait donc Emmaline ?

— Je ne peux pas répondre pour elle. Mais, en tant que fiancée de ton cousin Harold, il était normal que je…

Stupéfait, Rafe immobilisa sa monture à ces mots. Deux cents mètres plus loin, John Cummings venait de mettre pied à terre devant la scierie.

— Excusez-nous un moment, lui lança Rafe.

Il descendit de cheval et aida Charlotte à faire de même sans la laisser protester.

— Répète-moi ce que tu viens de me dire, ordonna-t-il.

— Franchement, Rafe, il est inutile de monter sur tes grands chevaux, répondit Charlotte en faisant mine d'inspecter le bouquet qu'elle tenait dans sa main gantée. J'ai juste dit : en tant que fiancée d'Harold…

— Oui, c'est bien ce que j'ai entendu ! dit-il.

Mais d'où lui venait cette rage qui l'envahissait ? Pourquoi son regard se brouillait-il ainsi ? Charlie, sa Charlie, fiancée à cette brute sadique d'Harold ? Il aurait voulu pouvoir cracher, frapper quelque chose, hurler des insultes…

— Explique-moi pourquoi tu ne m'en as pas informé hier, demanda-t-il simplement.

Charlotte agrippa sa cravache, sur la défensive.

— Je n'ai pas pensé que c'était important, répondit-elle.

— Tu n'as pas pensé que c'était important ? Tu t'apprêtais à épouser mon cousin, et tu estimes que ce n'était pas important ?

— C'était… C'était une décision très récente, Rafe. Nous n'avons été fiancés qu'une quinzaine de jours avant sa mort.

— Oui, noyé sur une couchette du navire de son frère, en train de célébrer ses fiançailles avec la femme qu'il aimait — du moins, je l'espère — par des ébats joyeux avec une prostituée ! J'imagine ton bonheur en apprenant cela de ce M. Hobart…

Frémissante, Charlotte détacha enfin son regard des fleurs.

— Non, ce n'est pas ça… En fait, ce n'était pas ce genre de mariage-là, et je ne me faisais aucune illusion…

— Dans ce cas, pourquoi avoir accepté de l'épouser ?

Si ce n'était pas un mariage d'amour, qu'est-ce qui avait bien pu la pousser à faire une chose pareille ?

— Je n'ai pas à répondre à cette question, dit Charlotte, dont les yeux lancèrent à Rafe une mise en garde qu'il ne put ignorer. Mais je vais le faire quand même, puisque tu ne me laisseras pas en paix sans cela. Le duc voulait récupérer Rose Cottage. Il l'a toujours voulu, et son père, avant lui, le voulait déjà. Papa a finalement accepté. Le mariage… Le mariage devait servir de monnaie d'échange, comme une sorte de dot. Les arrangements de ce genre ne sont pas rares, tu sais, et j'ai déjà passé l'âge convenable pour une jeune fille à marier. Cela semblait être un compromis assez raisonnable…

— Et tu as accepté ? Tu as été d'accord pour jouer le jeu de ce marché ?

Elle garda les yeux baissés.

— Un fils cadet n'est jamais un premier choix pour une jeune femme, mais le fils cadet d'un duc est loin d'être méprisable. Comme tu l'as dit, j'aurai bientôt vingt-deux ans. Et je préférais de loin épouser Harold, qui ne m'aurait pas ennuyé longtemps avant de filer retrouver les plaisirs de Londres, plutôt que de rester vieille fille. Oui, Rafe, je sais que tu n'as pas envie d'entendre ça, mais j'ai accepté. Et maintenant cesse de me dévisager comme si tu ne me connaissais pas et retourne auprès de John Cummings. Tu as l'air ridicule.

Rafe se passa la main sur le menton sans détacher les yeux de la jeune femme.

— Non, je ne te crois pas. Je ne peux pas croire que tu aies accepté d'épouser Harold, aussi raisonnable que puisse paraître un tel compromis. Il y a quelque chose qui cloche, Charlie…

— Non, rien ne cloche, Rafe, excepté qu'un autre homme me remercierait de mon aide pendant ces derniers mois et ne me traiterait pas comme au temps de l'Inquisition, répondit Charlotte en attrapant le pommeau de la selle à deux mains. Maintenant, aidez-moi à remonter, Votre Grâce.

— Cette discussion n'est pas terminée, Charlie. Loin de là !

— Pour moi, elle est close, répliqua-t-elle sèchement. Est-ce que tu as l'intention de m'aider ou pas ?

— Oui, mais seulement parce que John Cummings et la moitié des ouvriers sont en train de nous dévisager. Mais j'insiste, Charlie : nous reparlerons de tout cela !

— Tout cela, comme tu le dis si bien, s'est achevé avec la mort de ton cousin. Et ça ne te concerne pas du tout !

— Bien sûr, que ça me concerne ! Allez, bon sang, donne-moi ton pied !

Rafe se pencha et croisa ses doigts pour permettre à Charlotte de se mettre en selle en lui offrant ses mains en guise de marchepied. Il la regarda ensuite un moment avant de remonter à son tour sur son cheval, qui piaffait d'impatience.

Soudain, un coup de feu claqua et la détonation se répercuta entre les arbres. La monture de Charlotte s'emballa et la jeune femme eut toutes les peines du monde à la maîtriser.

— Rafe ! hurla-t-elle.

Aussitôt, Rafe se précipita et fut auprès d'elle en un instant. Laissant parler son instinct de soldat, il l'attrapa par la taille et la fit descendre de cheval tout en dégageant ses propres pieds des étriers. Ils s'écroulèrent ensemble sur le chemin. Soucieux de la protéger de la dureté du sol, Rafe avait pris soin de se placer au-dessous. Puis il roula sur le côté, la couvrant de son corps allongé, tout en jetant de rapides regards à droite et à gauche.

Il compta jusqu'à dix. Puis jusqu'à vingt.

Il n'y eut pas de second coup de feu.

Allongée contre lui, Charlotte essayait de reprendre son souffle, coupé par la violence de leur chute.

— Qu'est-ce que… Qu'est-ce que…

Rafe tendit le bras pour rattraper son chapeau et y découvrit deux trous : celui par lequel la balle était entrée, et celui par lequel elle était ressortie. Quelques centimètres plus bas et ce serait dans son propre crâne que le projectile se serait fiché…

— Intéressant, murmura-t-il pour lui-même. Pas amusant, mais intéressant…

— Intéressant ? reprit Charlotte en le repoussant. Relève-toi ! Tu as failli être tué et tout ce que tu trouves à dire, c'est « intéressant » ?

— Pourquoi me repousses-tu comme cela ? protesta-t-il, incapable de détacher les yeux des lèvres pulpeuses qui n'étaient qu'à quelques centimètres de lui. Je me sens plutôt bien dans cette position…

John Cummings et une poignée d'ouvriers venaient déjà vers eux, aussi n'eut-il pas d'autre choix que de se relever et d'aider Charlotte à faire de même.

— Ce n'était qu'un braconnier, Charlie, assura-t-il pendant qu'elle essuyait sa jupe et réajustait son chapeau. Un braconnier imprudent sorti chasser. C'est un accident, une balle perdue…

Charlotte secoua la tête.

— Tu n'en sais rien ! On a peut-être essayé de te tuer !

— Veux-tu soumettre cette théorie à John Cummings ?

Elle leva les yeux pour le dévisager un moment, avant de secouer une nouvelle fois la tête.

— Non, répondit-elle, il ne vaut mieux pas. Mais nous en reparlerons, Rafe.

— Eh bien, nous allons devoir parler de beaucoup de choses, toi et moi.

Il fit ensuite quelques pas en levant les bras afin de signifier à tous qu'il n'était pas blessé.

5

— Redis-moi tout ce qui s'est passé à la scierie, demanda Fitz en glissant le doigt dans l'un des trous du chapeau de Rafe.

— Bah, que veux-tu que je te dise ! La route est longée par des sous-bois de chaque côté. Et Boney tournait sur place comme un cheval de manège quand le coup a retenti, de sorte que je n'ai aucune idée de l'endroit d'où il venait.

— Et c'est tout, tu n'as pas cherché plus loin ?

— Cherché quoi, Fitz ? soupira Rafe, qui, accoudé à la cheminée, jouait avec son verre de vin. Il n'y a que deux possibilités : soit c'était un braconnier qui ne sait pas viser, soit quelqu'un a tenté de me tuer.

— De te tuer, ou de tuer Charlotte ! répondit Fitz en secouant la tête. Enfin, non, pas elle… Ce devait être toi, la cible. Tu es bien sûr qu'il n'y a pas un autre Daughtry qui se balade dans la nature et qui aimerait bien mettre la main sur un duché ? Qu'en dit Charlotte ?

— Pas grand-chose, étant donné que j'ai évité de la croiser depuis que c'est arrivé. J'ai pris ça comme un accident et nous sommes allés à la scierie nous extasier sur une lame grande comme ton lit, voilà tout.

— Et tu ne penses pas qu'il aurait été sage d'envoyer une dizaine d'hommes fouiller les bois à la recherche de celui qui t'a tiré dessus ?

— Celui qui m'a tiré dessus, ou qui a tiré un lapin, dit Rafe.

— Tu ne ressembles pas vraiment à un lapin, tu sais…

Tu es trop grand. Quoique… je dois admettre qu'il y a peut-être quelque chose d'approchant au niveau des oreilles…

— Merci du compliment ! s'exclama Rafe avec un sourire. Quoi qu'il en soit, je n'ai pas l'intention de me créer des insomnies en songeant qu'il y a quelqu'un dans le coin qui cherche à me tuer.

Il hésita. Peut-être était-il temps de révéler enfin à son ami la vraie raison de sa venue dans la chambre ?

— En fait, je suis là parce qu'il y a quelque chose de bien plus grave qui me travaille…

— Cette entrée en matière me semble de mauvais augure, commenta Fitz en essayant de se redresser sur ses oreillers, avant d'y renoncer en grimaçant. Ne voudrais-tu pas que je tire le rideau du lit entre nous pour mieux tenir mon rôle de confesseur ?

— Ce n'est pas une confession, Fitz, répondit Rafe sans sourire. C'est à propos d'une chose que j'ai apprise, et que je préférerais oublier.

Il approcha une chaise et la retourna pour s'installer à cheval dessus. Puis il posa le menton sur ses bras croisés et regarda son ami dans les yeux.

— Figure-toi que Charlie était fiancée à mon cousin Harold.

Fitz fronça un instant les sourcils, puis haussa les épaules.

— Désolé, je ne comprends pas. Qu'est-ce qui te dérange là-dedans ?

— Si j'avais la réponse, mon ami, tu serais le premier à le savoir… Pourquoi ne me l'a-t-elle pas dit plus tôt, Fitz ? Ce ne sont pas les occasions qui ont manqué, en particulier quand je lui ai demandé pourquoi Emmaline l'avait chargée du domaine à son départ. Et d'ailleurs cela n'a pas été le seul moment propice ! Qu'est-ce qui l'a empêchée de me le dire, au détour d'une conversation : « Hé, au fait, tu savais que j'étais sur le point de me jeter entre les griffes d'Harold avant qu'il ne se transforme en casse-croûte pour les poissons ? »

— Et je ne doute pas qu'elle l'aurait dit exactement de cette manière, déclara Fitz. Etre fiancé, c'est être presque mariés… Tu penses qu'ils ont… enfin, tu vois ce que je veux dire ?

Rafe releva brusquement la tête.

— Non, Fitz, je ne pense pas. Et de toute façon je ne veux pas le savoir. Tu seras gentil de ne plus parler de ce genre de choses à l'avenir.

— Ah bon ? Veux-tu que je te dise ce que je pense de ta réaction, Rafe ? Je pense que tu es jaloux.

— Ne sois pas ridicule ! s'écria Rafe, excédé. C'est juste qu'Harold était un tel… Mais non, on ne doit pas dire du mal des morts !

— C'était un tel quoi ? Un tel balourd ? Une brute ? Un brigand ? Une buse ? Ça, c'est pour les *B*. Quoi d'autre ? Allez, donne-moi un indice, Rafe ! Donne-moi une lettre !

— *L*, répondit Rafe d'une voix contenue. Licencieux. Libertin. Libidineux. Malotrus. Mufle. Misérable…

— Arrête-toi, ou on va y passer tout l'alphabet ! En gros, ce n'était pas quelqu'un de bien ?

— Oui, on peut le dire comme ça. En fait, j'ai longtemps pensé qu'il était juste un fanfaron, à voir la façon dont il étalait devant moi, son petit cousin crédule, ses aventures sexuelles. Tout comme George, d'ailleurs. Et puis, un jour, je l'ai surpris dans les écuries, en train de satisfaire son… appétit.

— On dirait que maintenant c'est moi qui n'ai pas envie d'en entendre davantage… Mais je pense que tu ferais mieux de me le raconter quand même. Ça me permettra de comprendre ce qui te dérange dans ses fiançailles avec Charlotte.

— Si tu veux, mais je te préviens, ce n'est pas joli joli… Voilà. Un soir que je rentrais tard d'une course au village, j'ai entendu des sortes de gémissements venus d'une stalle et je suis allé voir. Là, j'ai découvert Harold qui chevauchait l'une des filles de cuisines à la manière d'une bête de somme ! Elle avait les fesses nues et il la fouettait avec sa cravache… Bon Dieu, il avait même passé un harnais autour de la tête de la pauvre fille et en avait enfoncé le mors entre ses dents !

— Mon ami, quel beau tableau tu me brosses là !

— Non, ce n'était pas beau à voir, crois-moi, dit Rafe en se massant les tempes, comme si cela pouvait effacer le terrible souvenir. Je me suis précipité sur Harold, je lui ai arraché sa cravache et je l'ai battu jusqu'à lui faire perdre connaissance. C'était un gars costaud mais, avec les jambes coincées dans son pantalon baissé, il n'a pas pu se défendre. J'avoue que le combat n'était pas équitable et… et j'ai failli le tuer, Fitz ! Il a fallu trois valets pour me maîtriser !

— Si j'avais été là, je me serais débrouillé pour les retenir sans arrêter de t'applaudir !

— Je veux bien te croire, répondit Rafe avec un faible sourire. Et nous aurions pu être pendus ensemble… Bref, c'est après cet incident que le duc m'a offert ma charge de capitaine. J'ai quitté Ashurst Hall deux jours plus tard, à l'aube, et je n'ai plus jamais revu ni Harold, ni George, ni mon oncle.

— Je comprends maintenant pourquoi tu m'en as si peu raconté sur ta famille pendant toutes ces années… Mais je ne suis pas sûr de bien saisir : en fait, le duc t'a récompensé d'avoir fouetté son fils ?

Surpris, Rafe considéra son ami.

— Oh ! ce n'était pas une récompense ! J'étais jeune, et un peu tête brûlée. Quand j'ai découvert que les écuries étaient le terrain de jeu favori d'Harold, j'ai prévenu le duc que si je trouvais encore mon cousin là, en train de maltraiter une femme, je le tuerais. Je pense que mon oncle savait que j'en étais capable, tout comme il savait qu'Harold continuerait à y emmener toutes les filles qu'il voudrait, consentantes ou pas. Il m'a expliqué que ce genre de pratiques n'avaient rien de surprenant chez les jeunes hommes en bonne santé, et que la bonne y avait sans aucun doute pris du plaisir. « Va-t'en mourir ou mûrir », voilà ce qu'il m'a dit. Tu vois, pour mon oncle, c'était moi qui me conduisais mal, tandis qu'Harold faisait simplement ce qu'on attend d'un homme…

— Ce qu'on attend d'une canaille, tu veux dire ! Ce garçon était un barbare ! Tu crois que Charlotte était au courant ?

Rafe haussa les épaules.

— Je ne peux pas le savoir, Fitz. Mais ce n'était un secret pour personne : tout le monde savait qu'Harold et George étaient les portraits crachés de leur père. Sais-tu seulement combien de bâtards qui ont pour père Charlton Daughtry vivent autour d'Ashurst Hall ? J'en connais au moins onze ! Ma mère me les montrait quand j'étais petit, surtout les filles, pour que je n'épouse jamais l'une d'entre elles. Elle devait avoir peur d'avoir des petits-enfants avec des oreilles d'âne ou Dieu sait quelle difformité…

— Eh bien, mon ami, dit Fitz en tendant son verre de vin pour que Rafe le remplisse de nouveau, je t'avoue que je ne sais pas vraiment quoi te dire, ni ce que tu voudrais entendre… En fait, ton amie d'enfance t'a déçu, d'une certaine façon, c'est ça ?

— Peut-être bien, oui. Elle m'a expliqué que ce mariage avait été décidé en échange de la terre de son père, pour assurer sa sécurité et sa position. Que ce n'était pas un mariage d'amour. Je… Peut-être que je suis seulement surpris. Oui, cela me choque de penser qu'en grandissant Charlotte est devenue le genre de personne capable de… Oh ! peu importe…

— Le genre de personne capable de vendre son âme contre l'espoir de devenir un jour duchesse ? Après tout, il n'y aurait plus eu qu'un seul obstacle entre elle et le titre : George. Les femmes nourrissent souvent ce genre de petites ambitions…

— Non, répondit Rafe, incapable de croire à cette

version des faits. Non, ce n'est pas possible, Charlie n'a jamais été comme ça…

Il devait exister une autre explication à la décision de Charlotte, il en était sûr… Il suffisait d'y réfléchir un peu…

— Ashurst Hall ! s'exclama-t-il soudain. Elle l'a fait pour Ashurst Hall !

Mais oui, cela ne pouvait être que ça !

— Ce n'était pas le titre qui l'intéressait, mais le domaine lui-même. Les domestiques, les employés, Fitz ! Elle l'a fait pour que l'on remplace la lame de scie et qu'on rajoute une couche de chaume sur les cottages des laboureurs et… Il faut croire que ces motivations-là lui avaient fait perdre la raison !

— Je ne me permettrais pas de préjuger de sa logique, répondit Fitz avec un sourire. Mais la tienne ne vaut pas un rond, Rafe : une femme qui se marie dans l'espoir de pouvoir jouer les intendants, ça n'existe pas !

— Tu dois avoir raison. Ce n'est pas Harold qu'elle devait épouser pour ça, mais mon oncle. De cette façon, il aurait obtenu le domaine qu'il convoitait, et elle, elle aurait eu Ashurst Hall comme terrain de jeux…

— Tu devrais boire plus, Rafe, ou alors beaucoup moins… Mais là tu n'es pas en état de penser clairement. Tu sais quoi ? Je vais te donner un conseil : si tu tiens tant à savoir ce qui a poussé Charlotte à se fiancer avec ton affreux cousin, tu n'as qu'à lui poser la question, tout simplement.

— Elle refuse que nous en reparlions.

— Ah, vraiment ? Mademoiselle refuse ? Et toi, tu comptes en rester là ? Toi, le capitaine Rafael Daughtry, qui a pendu par les pieds un contremaître jusqu'à ce qu'il te dise où il avait caché les provisions qu'il avait volées et sans lesquelles tes hommes allaient mourir ! Oyez, oyez, bonnes gens, le capitaine Rafael Daughtry se laisse dicter sa conduite par une donzelle ! Ma foi, j'aurais mieux fait de mourir sur ce quai pour ne pas voir ça… Honte à toi, Rafael Daughtry ! Honte à toi !

Mais Rafe n'écoutait plus. Que signifiait donc cet éclat inhabituel qu'il avait capté dans les yeux de Charlotte, là-bas, à la scierie ? Mais oui ! Ce ne pouvait être que cela : de la honte. De la honte, et un peu de peur… Il y avait de la honte dans son regard lorsqu'elle avait prétendu qu'elle n'avait que très peu fréquenté George et Harold les dernières années. D'ailleurs, il avait surpris la même lueur dans les yeux de la jeune femme chaque fois qu'il était question des deux garçons… De la honte doublée de crainte. Mais pourquoi ? Pourquoi ?

Il revint à la réalité.

— Arrête, Fitz, lança-t-il, je n'ai pas peur de cette femme !

Son ami reprit aussitôt son sérieux.

— Dans ce cas, de quoi as-tu peur ? Qu'est-ce qui t'empêche de lui demander ce que tu veux savoir ?

Rafe répondit dans un murmure et Fitz dut tendre l'oreille pour l'entendre :

— C'est peut-être sa réponse que je redoute…

A présent que le duc était au château, les jumelles n'avaient plus besoin de chaperon, aussi Charlotte avait-elle résolu de retourner à Rose Cottage. La veille, elle avait fait jurer le secret à ses parents lorsqu'elle était venue demander à Marie, sa femme de chambre, d'emballer ses affaires et de la suivre à Ashurst Hall…

Désormais, il n'y avait plus aucune bonne raison pour qu'elle reste. Cela l'obligerait à demeurer empêtrée dans ses mensonges, et c'était hors de question !

Mais était-ce vraiment ce qui la poussait à quitter les lieux, au lendemain de sa visite à la scierie avec Rafe ? Non, bien sûr : elle fuyait parce qu'elle éprouvait le besoin de souffler un peu… Elle n'en pouvait plus de voir Rafe la suivre de pièce en pièce, la regarder sans cesse avec l'espoir qu'elle lui confie des choses auxquelles elle ne voulait même pas penser, et qu'elle était encore moins disposée à lui avouer… Dans une telle situation, impossible de trouver la paix !

Sa mère, qui vivait dans l'univers restreint de ses rosiers et de sa serre, s'aperçut à peine qu'elle était de retour. Peut-être même n'avait-elle pas remarqué son départ… Son père, qui, en revanche, n'ignorait rien de ce qui se passait, prit soin de l'éviter. C'était d'ailleurs ce qu'il faisait depuis le fameux soir où le duc d'Ashurst s'était présenté chez lui et lui avait expliqué pourquoi Rose Cottage, qui appartenait à la famille Seavers depuis six générations, devrait dorénavant s'intégrer au domaine d'Ashurst… Et pourquoi Charlotte devait devenir l'épouse d'Harold…

La jeune femme réintégra donc son foyer et vécut ainsi pendant cinq jours entre l'indifférence de sa mère et la honte de son père. Le sixième jour, elle prit son courage à deux mains et, au petit déjeuner, elle décida de leur parler.

— Voilà une semaine que le nouveau duc est rentré. Il est plus que temps d'aller lui présenter nos condoléances pour la perte de sa famille, me semble-t-il.

Pour toute réponse, Edward Seavers grommela quelque chose dans sa barbe.

— Pas tant que je vivrai, crut-elle comprendre.

Elle le dévisagea : son père avait vieilli du jour au lendemain à la suite d'un coup dont il ne se remettait toujours pas, même après plusieurs mois… Dire qu'à une époque cet homme était son rempart, son refuge, auprès duquel elle trouvait toujours du réconfort… Désormais, même s'il s'efforçait de dissimuler les sentiments qu'elle lui inspirait, elle ne voyait plus en lui qu'un accusateur.

— Père, je vous en prie… Tout est fini, maintenant. Emmaline a retrouvé le contrat de mariage et, toutes les deux, nous l'avons brûlé dans la cheminée et avons dispersé les cendres ! Rose Cottage est toujours à vous, et l'arrivée du nouveau duc n'y changera rien.

— J'ai donné ma parole d'honneur, répondit son père. J'ai donné ma fille pour ce qu'elle était ; et je ne me le pardonnerai jamais. Rose Cottage ne représente plus rien pour moi.

Charlotte se tourna vers sa mère, qui, installée au bout de la table, n'écoutait pas. Comme à son habitude depuis cette nuit fatale, la pauvre femme fixait un point dans le vague… Georgianna Seavers avait toujours été bonne, sujette au pardon à outrance et à de vagues angoisses. Elle aussi avait bien changé ces derniers mois… Elle s'était mise à parler toute seule, et quand Charlotte sondait le bleu délavé de ses yeux elle n'y voyait qu'un vide qui la terrifiait.

— Papa, insista-t-elle, Rafe ne nous prendra pas Rose Cottage : je le connais bien, il ne ferait jamais une chose pareille ! Je vous promets que maman restera en sécurité ici. Nous devons aller le voir comme si nous n'avions rien à cacher, rien à craindre. S'il vous plaît… Nous pourrions au moins aller lui rendre une visite matinale, ce serait plus informel. Maman paraît presque elle-même ce matin, elle est assez en forme pour s'asseoir à la table du duc. C'est le moment idéal !

— C'est un Daughtry. Comment veux-tu lui faire confiance ?

— Je lui fais confiance parce qu'il ne ressemble pas plus à George et Harold que vous-même.

— Dans ce cas, il est urgent que j'aille tout lui raconter. Cela me soulagera de ce poids… soupira son père. Je pensais être au moins un homme d'honneur, à une époque…

Charlotte avait senti son corps se raidir.

— Non, papa, vous ne devez pas lui dire ! J'ai détruit le contrat de mariage ! Nous pourrions être envoyés en prison si quelqu'un apprenait que j'ai fait ça !

Edward Seavers pointa l'index sur sa fille.

— Tu dis que c'est quelqu'un de bon. Un homme bon ne nous fera pas jeter en prison. Soit il est bon, soit il ne l'est pas, Charlotte ! Toi, tu l'as vu. Moi, je ne me souviens que d'un jeune homme impatient qui ne faisait que s'apitoyer sur ses propres malheurs.

— Mais il ne faut pas lui dire, papa ! Je vous en prie… Je sais que vous voulez bien faire, mais songez à moi…

Elle surprit une lueur de déception dans les yeux de son père. Une lueur fugitive, mais qu'elle avait aperçue plus d'une fois dans le regard paternel ces derniers mois…

— Vous m'en voulez encore, papa, c'est ça ?

— Mais non, ma chérie. Bien sûr que non ! Seulement, si tu n'étais pas sortie seule ce soir-là…

Il jeta un regard à son épouse, qui suivait du bout du doigt les motifs que l'ombre des rideaux de dentelle ensoleillés projetait sur la nappe.

— Ne parlons plus de ça, Charlotte, ajouta-t-il. Cela fait bien trop mal.

— Oui, d'accord, répondit-elle d'une voix morne.

Une fois de plus, son père profitait de sa gêne pour mener la discussion là où il le souhaitait…

Pourtant, Rose Cottage n'avait pas toujours été un lieu de honte et de secrets… Charlotte y avait vécu une enfance heureuse et insouciante. A présent, son père la regardait comme s'il eût préféré ne pas devoir prendre sa présence en compte. Et sa mère ? Ah, combien de fois elle aurait aimé pouvoir se réfugier dans ses bras pour y trouver du réconfort !

— Donc, reprit Charlotte, si je comprends bien, vous préférez ne pas rendre visite au duc, papa ?

— Transmets-lui nos respects si tu le croises et explique-lui que ta mère ne se porte pas bien.

— Très bien, répondit-elle en repoussant sa chaise. Puis-je quitter la table, à présent ?

— Oui, bien sûr. Comptes-tu retourner à Ashurst Hall aujourd'hui ?

— Non, papa. Ils n'ont pas besoin de moi là-bas. Je pensais plutôt aider maman dans la serre.

Edward se tourna vers sa femme, qui continuait à

s'amuser avec les ombres de la dentelle sur la nappe, et répondit :

— Ça lui fera plaisir. Tu entends ça, Georgianna ? Charlotte va t'aider à t'occuper de tes plantes.

Georgianna leva enfin les yeux et dévisagea tour à tour son époux et sa fille.

— Oh ! bonjour ! Quelle désastreuse maîtresse de maison je fais ! J'en oublie mes invités… Aimeriez-vous voir mes jolies fleurs ?

Charlotte refoula les larmes qui lui montaient aux yeux.

— Oui, bien sûr, madame. Je vous remercie. Ça me plairait beaucoup…

Elle aida sa mère à se lever et saisit sa main fine et fraîche pour l'entraîner à l'extérieur.

Une heure plus tard, l'une des bonnes emmenait Georgianna prendre son remède du matin et faire la sieste. Charlotte rentra alors dans la maison, se nettoya les ongles de la terre avec une brosse dure et revêtit sa tenue d'équitation. Elle avait besoin de se vider l'esprit et une promenade sur sa jument ferait un excellent remède…

Elle refusa de se faire accompagner par un valet, promettant de ne pas dépasser les limites du domaine de Rose Cottage et des champs d'Ashurst Hall. Elle n'avait pas l'intention de s'approcher du village ni d'aucune des routes qui bordaient la propriété. De toute façon, le valet ne pourrait tenir l'allure de Phaedra et il le savait bien, aussi se contenta-t-il d'acquiescer et de mener la jument près du marchepied.

Charlotte guida Phaedra au pas jusqu'à la sortie de la cour des écuries et ne laissa la fougueuse jument prendre le petit galop qu'une fois hors de vue de la maison et des étables.

— Allons-y, murmura-t-elle en se penchant sur l'encolure. Allons-y !

Les oreilles de Phaedra se dressèrent et Charlotte sentit ses muscles se bander : l'animal se rassemblait avant de s'élancer au grand galop.

Le cœur de Charlotte battait au rythme des sabots qui heurtaient le sol du pré. La jeune femme gardait la tête basse pour mieux encourager sa monture, savourant la morsure de cette fraîche matinée de fin novembre sur sa peau et espérant que le vent qui séchait ses joues mouillées de larmes parviendrait à chasser aussi de son esprit les pensées malheureuses qui s'y bousculaient.

La haie basse séparant les terres de Rose Cottage de celles d'Ashurst Hall approchait, mais en la voyant Phaedra ne manifesta aucune hésitation. Elle ne ralentit même pas l'allure. Au lieu de ça, elle accéléra encore et s'élança dans les airs au tout dernier moment. Cheval et cavalière s'élevèrent pour passer l'obstacle et atterrir en douceur de l'autre côté.

— Bonne fille ! s'exclama Charlotte en encourageant encore sa monture. Tu cherches à t'envoler, on dirait ! Alors, volons ensemble ! Volons très loin d'ici !

Une deuxième haie apparut et fut très vite laissée loin derrière elles, puis encore une troisième. Enfin, Charlotte fit à regret ralentir sa monture, qui reprit un petit galop, puis revint peu à peu au pas.

La jeune femme scruta les environs pour s'orienter. Elle n'avait pas prévu d'aller aussi loin et se trouvait maintenant trop près du château.

— Viens, ma fille, dit-elle en faisant faire demi-tour à la jument. Il est temps de rentrer à la maison.

Cette fois, il n'y aurait ni galop fou ni sauts exaltants par-dessus les haies. Ses idées étaient redevenues claires. Que devait-elle faire ? Elle ne pouvait se contenter de fuir ses problèmes, même si cela aurait été plus simple…

Elle s'approcha de la barrière qui lui faisait face et amena Phaedra tout contre le bois pour soulever la boucle de corde qui la maintenait fermée. Soudain, un bruit de sabots la fit hésiter et elle leva les yeux. C'était Rafe qui approchait au petit galop sur son hongre bai.

Cette vue suffit à raviver son angoisse. Etait-ce simplement parce qu'elle ne voulait pas le voir ? N'était-elle pas plutôt partie dans cette direction dans l'espoir de le rencontrer ? Les émotions brouillaient son discernement…

Bien droit sur sa selle, Rafe était magnifique. Toutefois, le rebord du chapeau dissimulait ses yeux et Charlotte ne pouvait deviner l'expression qu'il arborait… Etait-il heureux de la voir ? Ou était-il encore hanté par toutes les questions qu'il se posait et comptait-il profiter des circonstances, loin d'Ashurst Hall et des oreilles indiscrètes, pour exiger des réponses ?

Elle n'était pas prête à ça. Elle ne le serait jamais, d'ailleurs. Guidée par une impulsion soudaine, elle détacha la corde de la barrière, prête à fuir. Vivre en affrontant le regard déçu de son père était une chose ; mais elle ne pourrait supporter la même déception venant de Rafe…

— Attends, Charlie ! lança-t-il. J'étais justement en route pour rendre visite à ta famille, allons-y ensemble !

Charlotte poussa un profond soupir et replaça la corde : après tout, elle ne pourrait pas le fuir éternellement… Elle attendit qu'il soit arrivé à sa hauteur pour répondre :

— Est-ce que je peux te demander de repousser ta visite, Rafe ? Ma mère est encore souffrante…

— Toujours ce maudit rhume ? demanda Rafe en relevant la corde pour que sa monture puisse pousser la barrière de son large poitrail.

— Comment ? Oh… Oui, c'est ça : elle est toujours enrhumée, affirma-t-elle en guidant Phaedra par l'ouverture.

Elle garda le silence pendant que Rafe refermait la barrière et la rejoignait.

— Je lui dirai que tu t'es soucié de sa santé. Merci…

— Oui, dis-le-lui. Je voulais vous convier à dîner à Ashurst Hall. Vous serez mes tout premiers invités, Charlie… Je sais qu'il me faudra donner des dîners pour mes voisins : le comte, les propriétaires, le vicaire… Mais je pensais commencer par toi et tes parents. Après tout, vous me connaissez depuis mon enfance…

— Tu veux t'entraîner avec nous, c'est ça ? répondit

Charlotte avec un sourire. Nous en sommes honorés, c'est certain…

L'expression embarrassée de Rafe l'amusa.

— Bon sang, tu m'as percé à jour ! répondit-il. Oui, c'est sûr, je voulais m'entraîner un peu avec vous à tenir mon rôle. Mais avant tout je voulais te parler. C'est pour ça que cette idée d'invitation m'a semblé une bonne façon d'y parvenir. Ça fait presque une semaine que tu m'évites, Charlie. Pourquoi ?

La jeune femme laissa son regard se perdre dans le paysage, non qu'elle vît vraiment quoi que ce soit, mais elle se sentait incapable de regarder son compagnon en face. Au moins, elle avait une explication assez raisonnable toute prête pour lui :

— Ça n'a aucun sens, Rafe… Maintenant que tu es rentré, il n'y a plus aucune raison que je reste à Ashurst Hall. Les filles sont très bien chaperonnées par Mme Beasley. J'ai peur de m'être tellement… installée au château depuis le départ d'Emmaline que les domestiques auraient eu tendance à me rendre des comptes à moi plutôt qu'à toi, et ce n'est pas bon. Tu dois pouvoir prendre ta place de maître des lieux.

— Ah bon ? C'était donc ça que j'étais supposé faire, au lieu de passer mon temps à admirer des pierres de meule et à hocher la tête devant des champs mal irrigués sans comprendre le moins du monde ce qu'on me racontait ? Bon sang, Charlie, tu aurais au moins pu me laisser un mode d'emploi ! Je ne comprends rien à rien. Je suis perdu sans toi…

Elle se tourna enfin vers lui. Oh ! ce sourire, encore ! Pourquoi chacun de ses sens réagissait-il à cet homme de cette façon ? Cet homme si délicieusement insouciant…

— Tu n'as pas besoin de moi : il y a Grayson et Mme Piggle.

— Oui, à propos de Mme Piggle, d'ailleurs…

— Quelle voix sinistre… Cette femme n'est pas toujours facile à vivre, je sais… Est-ce que Grayson a encore essayé de la remplacer à la direction des cuisines ? Comment va-t-elle ?

— Elle n'est pas facile à vivre, dis-tu ? A-t-elle toujours l'habitude de rester au fond de son lit en refusant d'en sortir dans les moments particulièrement délicats ?

Charlotte se mordit la lèvre pour ne pas rire.

— Oui, c'est sûr qu'elle donne souvent l'impression de se la couler douce… Est-ce si grave ?

Rafe attrapa les rênes de Phaedra et l'immobilisa.

— Arrêtons-nous là, tu veux bien ? Allons faire quelques pas au sol pour discuter tranquillement…

Il mit pied à terre et conduisit les deux chevaux vers un arbre auquel il attacha les rênes. Puis il se tourna vers Charlotte, les bras levés pour l'aider à descendre.

Elle le laissa l'attraper par la taille et posa les mains sur ses épaules, puis passa la jambe par-dessus le pommeau de la selle et se laissa glisser le long du corps de Rafe jusqu'à toucher le sol.

Il l'observa alors d'une étrange façon, comme s'il lisait ses pensées. Mon Dieu, heureusement qu'il ne pouvait faire cela : il n'aurait pas aimé ce qu'il y aurait vu…

— Merci, dit-elle en reculant d'un pas.

Faisant cela, elle posa sa bottine sur une pierre, glissa et perdit l'équilibre. Mais Rafe la rattrapa de justesse par la taille et la ramena contre lui.

— Doucement, dit-il en la fixant dans les yeux. Fitz m'avait prévenu que les femmes se jetteraient à mes pieds maintenant que je suis duc, mais je n'ai pas pensé que tu serais du nombre…

— Très amusant, Rafe ! répondit Charlotte en tentant de lui faire lâcher prise. Mais souviens-toi que tu t'es toi-même jeté à mes pieds il n'y a pas si longtemps. Je suppose que maintenant nous sommes quittes…

— Seulement si je t'arrache ce joli chapeau, et que je le jette par terre pour danser la gigue dessus, répliqua-t-il, avant de perdre brusquement son sourire. Charlie… Charlotte, tu m'as manqué ces derniers jours, tu sais…

Il était si près d'elle ! Ses mains fermes lui maintenaient la taille et son souffle lui caressait le visage…

— Je suis… Je suis désolée…

— Ah, tu t'excuses ! Donc tu m'as bel et bien évité durant tout ce temps. Pourquoi, Charlotte ? Qu'est-ce que j'ai fait de mal ?

Elle le regarda, surprise.

— Toi ? Mais tu n'as rien fait de mal !

Il retrouva instantanément le sourire.

— Parfait, dans ce cas ! Tu es donc entièrement responsable, c'est toi la fautive !

Il plaisantait, bien sûr ! Malgré tout, les larmes montèrent aux yeux de Charlotte, que Rafe gardait toujours contre lui… Elle posa les mains sur ses avant-bras. Que faire d'autre ?

— Tu veux tout savoir au sujet de ce qui s'est passé avec Harold et moi, je ne veux pas te le raconter. Donc, oui, je suppose que je suis fautive de ne pas vouloir assouvir ta curiosité.

— Ma foi ! C'est bien envoyé !

Rafe pencha la tête sur le côté et la dévisagea comme pour scruter ses pensées, puis il hocha la tête.

— Très bien, Charlotte… Tu remarqueras que je t'appelle Charlotte, maintenant, comme tu me l'as demandé. Il y a aussi dans ma vie des événements, des choses que j'ai faites et que je préférerais que tu n'apprennes jamais. Il me paraît normal que je t'accorde le même droit.

Charlotte fut si soulagée à ces mots qu'elle sentit ses genoux se dérober sous elle.

— Vraiment ? Tu acceptes de ne plus me poser de questions au sujet de mes fiançailles avec ton cousin ?

— Je préférerais même me persuader qu'il n'y a jamais eu de fiançailles.

— Merci, Rafe, répondit-elle doucement. Vraiment, merci d'avoir compris cela…

Il secoua la tête en dénégation.

— Non, Charlotte, tu te trompes. Je n'ai pas compris.

Mais si, en voulant que tu m'expliques, je te pousse à continuer à m'éviter, je m'arrangerai pour ne plus aborder le sujet.

— Oh ! Rafe, je suis désolée…

— Non, je ne veux plus de « je suis désolée ». Tiens, j'ai une idée. Puisque nous avons enfin cessé de nous disputer et que nous avons fait table rase du passé, pour ainsi dire, nous devrions sceller de nouveau notre amitié…

— Sceller notre amitié ? Mais tu es fou ! Si tu penses que je vais accepter de m'entailler le doigt pour que nous mélangions nos sangs, comme tu me l'as fait faire quand j'avais dix ans, je te préviens que je ne suis plus le genre de personne à…

Le baiser qu'il posa sur ses lèvres la prit par surprise. La bouche souriante et chaude de Rafe se pencha vers elle et de petites étincelles s'allumèrent soudain dans tout son corps, partout où elle était en contact avec lui…

Les mains masculines l'enveloppèrent et l'attirèrent plus près. Elle lui agrippa les bras. Elle avait besoin de se raccrocher à quelque chose comme un navire à son ancre… Sans cela, elle se serait probablement envolée. Une immense légèreté l'envahissait, une véritable sensation de liberté…

Lorsqu'il tenta d'insinuer sa langue entre les lèvres qu'elle tendait vers lui, la panique tétanisa la jeune femme. Elle se raidit et le repoussa. Vite, l'éloigner, mettre fin à cette étreinte !

Elle fit un pas en arrière et baissa la tête, la respiration courte, presque douloureuse.

— Charlotte ? fit Rafe. Qu'est-ce qui ne va pas, ma chérie ? Je suis sûr qu'Harold…

Harold ? Il pensait donc qu'Harold l'avait embrassée ? Et ce, plusieurs fois, peut-être ? Qu'il l'avait embrassée et qu'elle l'avait même laissé aller plus loin avec elle… Comment le regarder en face après ça ?

— Bon Dieu, que je suis stupide ! dit Rafe en posant les mains sur ses épaules.

Elle s'en libéra et se détourna de lui.

— Je suis navré, reprit-il. Je suppose que je suis juste bon à demander à Fitz de m'envoyer rouler du haut de l'escalier avec sa jambe valide ! Charlotte… Charlie… je t'ai promis de ne plus te parler d'Harold, et la première chose que je fais, c'est briser cette promesse… De toute évidence, tu… tu étais attachée à lui. Je t'en prie, pardonne-moi…

Stupéfaite, Charlotte laissa tomber les mains et se retourna vers Rafe.

— Attachée à lui ? C'est vraiment ce que tu crois ? Tu te trompes, Rafe, tu te trompes du tout au tout ! Cet homme me faisait horreur ! Bon sang, Rafe, est-ce qu'on peut simplement arrêter d'en parler ? Il est mort, il ne compte plus !

— Si, il compte encore, Charlotte, répondit Rafe sans se départir de son calme. Et il comptera, tant que tu ne m'auras pas fait assez confiance pour m'en parler, pour que je t'aide à l'oublier… Mais si tu y tiens tant, nous ferons semblant de ne rien savoir, aussi longtemps que tu le voudras… Donc, laisse-moi te raconter ce qui s'est passé entre Grayson et Mme Piggle.

Ce qui s'était passé entre Grayson et Mme Piggle ? Elle l'aurait serré dans ses bras pour le remercier de sa compréhension, si elle avait osé… Elle se contenta cependant de prendre une profonde inspiration et de lui demander ce que Mme Piggle avait fait.

— Ah ! Donc tu sais déjà que le fond du problème est dû à quelque chose qu'elle a fait ! Tu te doutais qu'elle fomenterait des mauvais coups et tu ne m'as pas prévenu, Charlie ?

— Je t'ai prévenu qu'il fallait se méfier de Grayson et le reprendre en main sous peine d'avoir des problèmes, précisa-t-elle en commençant à marcher le long de la haie.

Elle se détendait enfin… Comment Rafe s'y était-il pris pour réussir à les ramener si vite à leur ancienne amitié, franche et facile ? C'était décidé : puisqu'il faisait des efforts, elle en ferait aussi.

— J'ai un problème, oui, c'est certain, reprit Rafe. Et cela devient même infernal ! Figure-toi que ce matin, de bonne heure, Mme Piggle est allée mettre le feu au lit de Grayson.

Abasourdie, Charlotte s'immobilisa et dévisagea Rafe.

— Quoi ? Mais la maison entière aurait pu flamber, bon sang ! Elle est devenue folle ou quoi ? Qu'est-ce qui ne tourne pas rond chez elle ?

— Pour sa défense, je dois te dire qu'elle n'a pas eu l'intention de faire brûler la maison. D'après Nicole, que j'ai envoyée voir Mme Piggle pour connaître sa version de l'histoire, Grayson aurait passé outre son autorité en fixant lui-même les menus de la semaine avec la cuisinière.

— Hélas, ce n'est pas la première fois qu'il fait ça, soupira Charlotte.

— C'est bien ce que j'avais compris. Quoi qu'il en soit, Mme Piggle a fait irruption dans sa chambre pour s'expliquer avec lui. Grayson a riposté — ce qui paraît normal, vu qu'elle l'a surpris en train de changer de caleçons. Mais peut-être ne devrais-je pas prononcer ce mot-là devant toi, je ne sais pas… Désolé, j'ai été soldat bien plus longtemps que je n'ai été duc…

Charlotte essaya de lui rendre un sourire, mais sans succès.

— Ne t'en fais pas pour ton vocabulaire. Raconte-moi la suite.

— Très bien. Donc, Grayson, indigné, a lancé lesdits caleçons à la tête de Mme Piggle, qui a alors attrapé un petit chandelier pour le jeter à la tête du majordome. Seulement, le chandelier a atterri sur le lit et Grayson a semble-t-il utilisé ses caleçons pour essayer d'étouffer le petit feu qui a débuté à la suite de ça. A présent, j'hésite entre les renvoyer tous les deux et les marier sur-le-champ… De toute manière, je suppose qu'après ça la pauvre femme est compromise. Qu'en penses-tu ?

Charlotte avait hoché la tête pendant toute l'explication de Rafe, mais sa dernière question provoqua un mouvement de recul involontaire. Pourquoi le mariage devait-il toujours être imposé aux femmes à la moindre anicroche avec un homme ?

— Je pense qu'avoir vu Grayson sans ses caleçons est une punition suffisante en soi… Mais plus sérieusement, Rafe, tu dois faire quelque chose. Cette querelle risque de dégénérer si on ne la règle pas.

— Je sais. S'ils avaient été soldats, je les aurais sans doute traînés en cour martiale. Mais là je ne sais pas trop quelle décision prendre, d'autant que Nicole et Lydia soutiennent Mme Piggle envers et contre tout. Et Grayson est à Ashurst Hall depuis mes plus vieux souvenirs… Des domestiques ne se seraient jamais battus comme ça à l'époque de mon oncle : il ne l'aurait pas permis.

— Tout le monde avait peur de lui, répondit Charlotte en s'arrêtant pour mieux le regarder. Cela permet que les choses tournent rond, mais personne n'est heureux. A sa mort, les domestiques ont cru retrouver une liberté complète. Tout le monde adore Emmaline, tu sais, et on a conservé un semblant d'ordre tant qu'elle était là. Mais, pour reprendre ton expression, c'est infernal depuis son départ. A mon avis, tu devrais renvoyer l'un des deux, ou même les deux. Cette querelle ne pourra pas se régler autrement.

— Oui, j'étais sûr que tu dirais ça…

Il fit demi-tour et reprit lentement la direction des chevaux en l'entraînant avec lui.

— Fitz m'a dit à peu près la même chose, poursuivit-il. Dis-moi, Charlotte, accepterais-tu de m'aider dans cette affaire ?

— Tu veux que ce soit moi qui les renvoie ? demanda Charlotte, étonnée.

— Non, bien sûr que non ! Mais, sans Emmaline, je n'ai aucune idée de ce qu'on doit demander à une gouvernante dans une telle maisonnée, et je risque, pour finir, d'engager quelqu'un de pire que Mme Piggle.

— Tu sais, à bien y repenser, je déteste l'idée de la voir partir : elle est très compétente, confia Charlotte, laissant parler son affection naturelle pour la gouvernante. Et puis elle n'est pas vraiment en faute. C'est Grayson qui l'a poussée à bout en agissant comme si la cuisinière était sous ses ordres à lui. Tout le reste, je veux dire ce qui est arrivé après, n'était que… de la malchance…

— Je commence à comprendre que la hiérarchie des domestiques est bien plus importante que celle du reste de la société. Il y a des rangs bien définis. C'est devenu clair pour moi. Mais c'est tout de même elle qui a mis le feu.

— Mais pas intentionnellement ! rétorqua Charlotte avec vivacité.

Du calme ! C'était seulement de Mme Piggle que l'on parlait, pas d'elle ! Du moins, Rafe, pour sa part, ne pensait qu'à la gouvernante…

— Grayson porte la faute autant qu'elle, reprit-elle. Mais je sais bien qu'il est toujours plus facile de blâmer les femmes pour tous les maux de la terre.

Rafe tourna vers elle un regard surpris et la força à s'arrêter en lui attrapant le bras.

— Vraiment ? C'est comme ça que tu vois le monde, Charlotte ?

— C'est comme ça que le monde agit, Rafe. N'est-ce pas pour cela que vous, les hommes, vous nous empêchez d'être propriétaires, d'avoir notre mot à dire en politique et de gagner notre vie autrement que par les métiers les plus serviles, et aussi…

— Et aussi de choisir qui vous voulez épouser ?

Charlotte se sentit perdue. En fait, elle tentait de mener deux conversations à la fois, une avec Rafe et la seconde avec elle-même, et ce n'était pas possible.

— Oui, si tu insistes : de choisir qui nous voulons épouser. Nous devons être bien dangereuses, nous autres les femmes, pour que vous ressentiez un tel besoin de nous maintenir sous votre coupe.

— Tu devrais en discuter avec mon majordome : car, lui, il prétend tout le contraire… Mais nous y reviendrons plus tard. Est-ce que tu veux bien m'aider ?

— Eh bien, je… je suppose que je pourrais parler à Mme Piggle pour toi.

— En fait, je préférerais que tu reviennes à Ashurst Hall, déclara Rafe. Aucun lit n'a pris feu quand tu y vivais pour chaperonner les jumelles. Reviens au moins le temps que je règle cette histoire.

Bien sûr ! Elle aurait dû s'en douter ! Du temps de son enfance, Rafe n'abandonnait jamais quand il avait une idée en tête. Il la pousserait dans ses retranchements, profitant du souci qu'elle avait de ce qu'il pensait d'elle, jusqu'à ce qu'elle se laisse convaincre, et accepte de faire tout ce qu'il lui demandait.

Toutefois, elle ne se rendrait pas sans combattre.

— Nous n'avons pas besoin d'en arriver à une telle extrémité. Je peux très facilement faire tous les jours le trajet à cheval. De plus, c'est à toi seul de régler le problème avec Grayson.

— Non, non… J'ai besoin que tu sois présente jusqu'à ce que j'aie trouvé une solution, quelle qu'elle soit. S'il te plaît ! En amie ! Si j'accepte de parler à Grayson, tu reviendras à Ashurst Hall ? Mme Piggle n'est plus gouvernante qu'en apparence, pour le moment, elle ne s'occupe plus de rien. Et puis, je n'ai pas vécu en compagnie de femmes pendant six ans, je ne me suis pas non plus assis à une table civilisée, maintenant que j'y pense ! Je ne crois pas pouvoir supporter un autre repas avec Nicole et Lydia, qui ne parlent que de leur voyage à Londres avec moi au printemps prochain. Voyage qui n'aura pas lieu, soit dit en passant…

— Ah, ça explique pourquoi tu tenais tant à inviter mes parents ! Tu voulais t'en servir comme d'un bouclier contre deux gamines qui commencent à peine à se désintéresser de leurs poupées.

— Peut-être. Et sache que j'en ai honte, répondit Rafe en souriant. Je suis un duc déplorable, un lâche, un vrai déserteur, un froussard. Je ne mérite que ton mépris. Est-ce que tu viendras m'aider ? S'il te plaît ? Honnêtement, je ferais mieux de retourner au champ de bataille. Là-bas, au moins, je sais qui est l'ennemi, et il ne porte pas de jupons.

— Bon, très bien, répondit Charlotte avec un soupir exagéré. Je ne devrais pas, mais je vais le faire. Sache cependant que c'est seulement parce que tu devrais t'occuper de problèmes bien plus importants sur ton domaine que des querelles de domestiques.

— Non, tu le fais parce que tu sais que je te poursuivrai jusqu'à ce que tu acceptes. Et, là encore, j'ai tellement honte de moi…

— Non, tu n'as pas honte : tu n'as jamais honte ! Et tu te débrouilles toujours pour parvenir à tes fins.

— Non, pas toujours, Charlie, protesta-t-il, tout en se penchant pour lui faire un marche-pied de ses mains afin qu'elle remonte en selle. Mais il est vrai que je n'abandonne jamais…

6

Depuis la promenade avec Rafe, les choses avaient bien changé pour Charlotte. Au lieu d'aller de Rose Cottage à Ashurst Hall plusieurs fois par semaine, comme elle l'avait fait depuis le mariage d'Emmaline pour surveiller les jumelles et gérer le domaine avec John Cummings, elle n'empruntait plus la route que de temps à autre, pour rendre visite à ses parents, avant de se réfugier de nouveau au château.

Quel horrible mot : se réfugier ! Franchement, était-ce là le comportement d'une fille aimante et dévouée ?

Etait-elle en train de devenir superficielle ou égoïste, ou même les deux à la fois ? Etait-elle désormais une fille dénaturée ? Il y avait sans doute un peu de tout cela…

Elle passait beaucoup de temps à chercher les moyens d'éviter Rafe… Elle ne voyait celui-ci qu'aux repas, ou le soir dans le grand salon, et jamais en tête à tête. De toute manière, il descendait rarement dans le salon après dîner, préférant tenir compagnie à son ami Fitz.

Comme il semblait lui aussi vouloir la fuir, elle se sentait moins coupable. Et cela lui facilitait grandement la tâche, se disait-elle tandis qu'elle cheminait sur la route où elle s'était heurtée à Rafe le jour de son retour.

Il était cependant facile de deviner quelle stratégie il adoptait : il lui laissait du répit avant de revenir à la charge avec ses questions. Et elle-même acceptait ce moment de calme avec reconnaissance…

Perdue dans ses pensées, Charlotte avançait toujours

en direction d'Ashurst Hall. Finalement, s'éviter était assez simple pour tous les deux.

Rafe se promenait presque toujours à cheval à travers champs, et elle-même prenait soin de ne pas quitter le sentier lorsqu'elle se rendait chez ses parents.

Comme il se levait tôt et déjeunait tous les matins dans la salle à manger avant de rejoindre John Cummings, elle prenait pour sa part son chocolat chaud dans sa chambre avant de descendre.

Elle ne doutait pas qu'il guettait l'occasion de pouvoir l'interroger au sujet d'Harold et elle s'ingéniait donc à parler jupons avec Nicole dès qu'un silence s'installait dans la salle à manger, sachant que les « babillages de femmes », comme il disait, le mettaient mal à l'aise et l'incitaient à quitter rapidement la table.

Dès que l'une des jumelles lançait une conversation, elle-même s'évertuait à chercher le moyen de la relancer encore et encore pour éviter que le sujet ne s'épuise.

C'était ainsi que, la veille au soir, elle avait fini par autoriser les filles à discuter de leur garde-robe en prévision de leur voyage à Londres.

Nicole avait frappé dans ses mains en hurlant depuis l'extrémité de la table :

— Vous voyez, mon frère ! Charlotte est d'accord pour que nous vous accompagnions à Londres en mars, quand vous irez là-bas avec le capitaine Fitzgerald. Elle dit que nous ne pouvons plus rester à moisir ici.

— Je n'ai pas dit ça ! avait protesté Charlotte, tout en reconnaissant en elle-même qu'elle l'avait bel et bien sous-entendu. Mais il est vrai que tu dois aller à Londres au printemps, Rafe.

Sachant que Rafe tentait de se rapprocher de ses sœurs, et qu'il le faisait d'une façon maladroite et typiquement masculine, elle avait poursuivi son discours :

— Les jumelles ne sont jamais sorties du domaine, si je ne me trompe pas. Il paraît cruel de ne pas leur accorder un petit séjour en ville.

— Oui, Rafe, avait renchéri Nicole, jubilante. Ça serait vraiment cruel ! Et puis, il ne faut pas oublier à quel point il pourrait être dangereux de nous laisser ici livrées à nous-mêmes ! Vous n'avez aucune idée des ennuis dans lesquels Lydia peut se fourrer quand elle décide de faire des bêtises…

— Nicole ! s'était exclamée Lydia en rougissant jusqu'aux oreilles, elle d'ordinaire si posée et si maîtresse d'elle-même.

Charlotte avait dissimulé un sourire dans sa serviette. Nicole savait comment noyer le poisson pour parvenir à ses fins. Un peu comme son frère, d'ailleurs…

— S'il vous plaît, avait supplié Nicole en joignant les mains. Charlotte a raison, vous savez ! Nous ne sommes jamais allées nulle part !

Pourvu que Rafe ne cède pas… Mais voilà qu'après un premier moment de surprise il s'était tourné vers Charlotte et l'avait fixée avec intensité, comme s'il était plongé dans une intense réflexion. Puis il avait souri. Un sourire machiavélique, avait-elle estimé.

— Très bien, avait-il dit. Je vous emmènerai, mais uniquement si Charlotte accepte de venir aussi pour vous surveiller. Qu'en dis-tu, Charlotte ?

— Mais ce ne serait pas convenable ! Et puis surveiller ces deux-là à l'extérieur est une tâche pratiquement impossible !

— Tu te trompes, Charlotte : c'est tout à fait convenable, et même réalisable, avait-il persisté. Vois-tu, j'ai reçu une lettre de ma mère qui m'informe qu'elle me rejoindra à notre hôtel particulier de Grosvenor Square pour la Saison. Ta présence n'aura donc rien de déplacé, les convenances seront sauves si nous ne nous retrouvons pas en tête à tête. Et de toute façon c'est la seule condition à laquelle j'accepte d'emmener les jumelles.

Et voilà ! Elle allait devoir retourner à Londres, invitée cette fois dans l'hôtel particulier d'un duc à Grosvenor Square. Rien à voir avec la petite maison de Half Moon

Street que ses parents avaient louée pour la seule Saison qu'elle avait passée là-bas, quatre ans plus tôt.

Bien que les jumelles ne fassent pas officiellement leurs débuts cette année, Rafe serait inondé d'invitations à des bals et des fêtes, il aurait son balcon privé au théâtre et peut-être même obtiendraient-ils l'autorisation d'aller danser au Almack's. Bien sûr, elle ne s'attendait pas à ce que ces invitations la concernent, mais ce n'était pas impossible. Après tout, elle serait l'invitée officielle de lady Daughtry, et il serait difficile de faire comme si elle n'existait pas…

Et puis elle se trouverait à des kilomètres de Rose Cottage et de tout le malheur qui y régnait, de ces souvenirs qu'elle cherchait à fuir. Plus important encore, il y aurait Rafe. Rafe serait à Londres avec elle…

Revenant à la réalité, Charlotte se réprimanda à voix haute, en enjambant une racine :

— C'est incroyable, ma pauvre ! Tu perds la tête ! Comment peut-on imaginer qu'il pourrait se passer quoi que ce soit entre Rafe et moi ? C'est impossible ! Il le verra bien lui aussi quand il aura compris à quel point un duc est un personnage important…

Alors qu'elle se parlait ainsi à elle-même, le capuchon de son manteau s'accrocha à une branche basse. Bon sang ! Elle la connaissait pourtant bien, cette branche-là ! D'ordinaire, quand elle passait par ce chemin, elle prenait soin de l'éviter !

Elle s'arrêta et se contorsionna pour dégager son capuchon. Surprenant, comme les bois étaient calmes, soudain… Il n'y avait plus ni chants d'oiseaux, ni grattements de petites pattes sous les feuilles mortes.

— Ce n'est pas vrai ! grommela-t-elle en tirant violemment sur le capuchon. Bien sûr, qu'ils ne font plus de bruit : ils sont tous partis se cacher, ce qui veut dire que la pluie n'est pas loin. Et moi qui suis coincée dans cette stupide branche !

Le soleil, qui atteignait facilement le sous-bois à cette

période de l'année où la plupart des feuilles étaient déjà tombées, avait disparu derrière de gros nuages gris qui semblaient recouvrir tout le ciel. La lumière tenait à présent plus du crépuscule que du grand jour.

A ce moment, comme obéissant à un ordre silencieux, le vent se leva du sud-ouest. Un vent qui n'avait rien d'une petite brise qui se serait contentée de faire frémir les feuilles mortes à ses pieds… Non, c'était de véritables bourrasques qui hurlaient dans la cime des arbres et qui tordaient les branches tout en soulevant les feuilles mortes, la terre séchée et même quelques cailloux, le tout en un ballet discordant.

Quant à la température, elle était tombée brutalement, comme si la nature avait soudain décidé d'ouvrir une fenêtre sur l'hiver. Charlotte frissonna. Ses doigts tremblants luttaient toujours pour libérer le capuchon de la branche, qui la tirait violemment en arrière à présent. En fin de compte, elle se résolut à se défaire du manteau pour éviter de suffoquer sous la pression des rubans tendus.

Le cœur battant la chamade, elle lutta ensuite pour libérer le manteau de l'arbre. Il n'y avait aucune raison à un tel déchaînement de vent ! En vingt-deux ans, elle avait vu de nombreuses tempêtes, typiques de la fin novembre, mais aucune n'avait été aussi brutale, avec si peu de signes annonciateurs.

Cependant, elle avait lu des textes qui parlaient d'orages de ce genre. Tout le monde connaissait ces récits, et certains, comme elle, avaient lu la chronique dans laquelle Daniel Defoe décrivait la dévastation subie par l'Angleterre un siècle auparavant. Plus de sept cents navires avaient coulé dans la Manche, presque autant sur la Tamise. De Bournemouth à Londres, et même au-delà, le bilan avait été catastrophique : les champs noyés, les maisons détruites, les arbres abattus et des milliers de morts…

Combien de ces infortunés avaient été surpris dehors, comme elle, par les premières bourrasques ?

Dans le livre aussi, la tempête était arrivée d'un coup,

sans prévenir, et ne s'était éloignée que deux jours plus tard. Après cela, le sud de l'Angleterre avait changé de visage à jamais.

— Arrête ça tout de suite ! se dit-elle. Ce n'est qu'un gros orage !

Sa voix fut étouffée par le vent. Lorsqu'elle réussit enfin à dégager son manteau de l'arbre, elle s'en enveloppa et rabattit le capuchon sur son visage pour se protéger de la poussière qui s'infiltrait dans ses yeux et sa bouche. Se retournant pour se mettre dos au vent, elle fut pratiquement propulsée sur la route.

Il devenait dangereux de rester là, au milieu des arbres qui pouvaient se briser et s'écraser sur elle à tout moment. Elle devait à tout prix trouver un abri, et vite !

Bien qu'elle fût plus proche du château que de Rose Cottage, elle n'hésita pas une seconde et se dirigea vers la maison de ses parents.

Ashurst Hall était un bâtiment imposant, en pierres ; il supporterait la tempête. Rose Cottage, au contraire, était en briques, l'étage était fait de bois et de stuc, et le toit était en chaume. En outre, la maison était exposée aux vents de tous côtés depuis que l'on avait abattu les arbres alentour. Sans parler de la serre de sa mère, toute de verre des murs au plafond…

Lorsqu'elle avait quitté Rose Cottage, un peu plus tôt dans la journée, son père était parti au village acheter chez l'apothicaire les remèdes de sa mère. Celle-ci, pour sa part, rempotait ses plantes dans la serre. Et elle ne voyait jamais rien de ce qui se passait autour d'elle…

— Oh ! mon Dieu, je vous en supplie… pria-t-elle avec ferveur en poursuivant sa lente avancée contre le vent.

Elle progressait de tronc d'arbre en tronc d'arbre. Son manteau, qui battait furieusement dans son dos, ralentissait encore sa marche.

Elle résolut alors de défaire les rubans et le vêtement s'envola immédiatement pour aller se percher au sommet d'un arbre. Charlotte se retrouva seulement vêtue de la fine robe de mousseline qu'elle portait ce jour-là.

C'est alors que la pluie arriva. Elle se déversa comme un mur, de tous côtés, frappant au visage Charlotte, qui se retrouva instantanément trempée jusqu'aux os. Il devenait impossible de garder les yeux ouverts, tant les aiguilles acérées de la pluie semblaient autant de dagues agressives, et elle avait peine à respirer aussi.

Un craquement sinistre retentit derrière elle et elle se retourna juste à temps pour voir l'arbre mort sous lequel elle s'était réfugiée quelques instants auparavant s'arracher du sol et s'écrouler en travers de la route, emmêlant ses branches aux troncs alentour.

Terrorisée, Charlotte aurait voulu pouvoir pleurer. Comme elle eût aimé trouver un tronc solide derrière lequel s'abriter pour se soustraire aux dangereuses bourrasques. Elle rêvait de se rouler en boule quelque part en se bouchant les oreilles pour ne plus entendre les hurlements du vent…

Elle ne s'arrêta pas, toutefois. La pluie qui tourbillonnait l'aveuglait et les plus petits arbres étaient maintenant abattus tout autour d'elle, transformant à tel point ce chemin qu'elle connaissait si bien qu'elle craignait de se perdre dans les bois. Mais il fallait avancer : rester sur place n'était même pas envisageable…

Ce fut à cet instant qu'elle aperçut Rafe qui venait à sa rencontre. Elle ferma les yeux. Elle devait rêver. Cela ne pouvait être vrai ! Elle était en proie à des hallucinations !

Lorsqu'elle les rouvrit, cependant, Rafe était toujours là et se précipitait vers elle, moitié courant, moitié trébuchant ; ou plutôt c'était le vent qui le précipitait vers elle…

Il ne portait pas de chapeau et ses cheveux noirs lui collaient au visage. Il avait sa redingote de cheval et ses guêtres lui tenaient lieu de chaussures, ses bottes neuves s'étant sans doute noyées dans le marécage qui avait remplacé le chemin.

Lorsqu'il parvint près d'elle, il la prit dans ses bras et

la serra contre lui. Alors, enfin, elle put se laisser aller et se mit à sangloter contre sa poitrine.

— Oh ! merci, mon Dieu ! hurla-t-il contre le vent, inondant ses cheveux et ses joues de baisers. Merci, mon Dieu !

Il se détacha d'elle un instant, la tenant par les épaules pour l'observer.

— Tu vas bien ? Tu peux marcher ? lui cria-t-il pour se faire entendre au-dessus des éléments déchaînés.

Elle n'était qu'à quelques centimètres de lui, mais elle distingua à peine sa voix. Elle hocha la tête, prise d'incontrôlables frissons. Alors, il l'embrassa sauvagement et elle s'agrippa plus encore à lui, abandonnant sa terreur et s'abreuvant de la force qu'il dégageait. Elle aurait dû craindre une telle intimité, mais la tempête effaçait tous ses cauchemars, du moins, pour le moment.

Rafe la prit alors contre lui et entreprit de l'aider à avancer. Ensemble, ils se dirigèrent vers l'endroit d'où il était venu. Penché vers elle, il la protégeait tant bien que mal des bourrasques qui continuaient à souffler avec la même violence. Protection illusoire : ils étaient l'un comme l'autre à la merci des éléments.

Comme si cela ne suffisait pas, le sol se mit brutalement à trembler et un éclair s'abattit si près de Charlotte qu'elle en resta aveuglée quelques instants. A quelques mètres, un arbre se fendit alors en deux et l'odeur de bois brûlé plana dans l'air.

— Rafe ! hurla Charlotte. Qu'est-ce qui se passe ? On dirait la fin du monde !

— Ne parle pas ! répondit-il, criant à son oreille. N'ouvre pas la bouche ! Contente-toi de marcher !

Le visage dégoulinant de pluie, les cheveux plaqués sur son front et ses joues, il lui adressa un sourire d'encouragement.

— Allez, Charlie, ajouta-t-il. Ne me dis pas que tu es une fillette ! Ne me dis pas que tu as peur !

Incapable de se contenir davantage, Charlotte éclata en sanglots à ce mots. Une vraie fillette, si…

Elle enfouit le visage dans le creux du bras de Rafe, ne réfléchissant plus, ne craignant plus de se faire écraser par un arbre. Elle ne devait plus penser qu'à placer un pied devant l'autre, à concentrer tous ses efforts pour résister au vent.

L'une de ses bottines avait déjà été engloutie par la boue, et elle perdit la seconde en arrivant au bout du sentier. Elle ne s'en aperçut même pas.

Hors de l'abri des arbres, le vent et la pluie se montrèrent plus violents encore, et Rafe faillit perdre l'équilibre tandis qu'ils poursuivaient leur route vers la haie de Rose Cottage.

— Mon Dieu ! s'exclama-t-il en s'immobilisant soudain, pour serrer Charlotte dans ses bras plus fort que jamais.

Au prix d'un immense effort de volonté, Charlotte releva la tête pour regarder sa maison.

Rose Cottage arborait plusieurs cheminées, dont deux qui se dressaient à chaque bout, dépassant largement du toit. Du moins, elles étaient encore là toutes les deux le matin même. Il n'en restait plus qu'une, à présent, qui s'élevait au-dessus du toit de chaume partiellement détruit. La seconde, emportée par le vent, s'était écrasée sur la serre.

Enfin, sur ce qu'il restait de la serre… Il ne devait plus y avoir là un seul panneau de verre intact, et la structure fragilisée par les carreaux détruits ressemblait moins à un bâtiment qu'à un enchevêtrement de poutres jetées là par le vent.

— Maman ! hurla Charlotte en luttant pour se libérer de l'étreinte de Rafe.

Sans la lâcher, ce dernier la guida fermement vers la porte de la maison. Il la souleva pour lui éviter de glisser sur les marches de marbre et la déposa enfin à l'abri du profond porche, avant de se saisir du heurtoir de cuivre et de frapper furieusement à la porte.

En vain. Les domestiques devaient être terrés au fond

de la maison et, de toute façon, on ne pouvait entendre le frappement du heurtoir au milieu des bourrasques.

— Reste là ! ordonna Rafe.

Le dos à la porte, Charlotte n'eut que le temps d'acquiescer avant de s'écrouler, à bout de forces. C'était si bon d'être hors d'atteinte du vent et de la pluie… Elle aurait pu rester là à tout jamais, sans chercher à découvrir l'horreur qui l'attendait de l'autre côté de la porte.

Elle regarda d'un œil presque indifférent Rafe, qui, les cheveux rejetés en arrière, examinait le paysage défait depuis l'abri relatif du porche. Après avoir lancé un coup d'œil à droite, puis à gauche, il repartit affronter la tempête. Il fut de retour quelques instants plus tard, tenant à la main le chien en fonte dont on se servait pour ôter la boue des semelles.

Comment avait-il réussi à libérer la pointe métallique qui le fixait au sol ? Charlotte n'eut qu'à lever les yeux sur lui pour avoir la réponse : Rafael Daughtry semblait si déterminé à pénétrer dans Rose Cottage que rien ne paraissait devoir l'arrêter.

— Charlie ! Protège ton visage avec ta jupe ! ordonna-t-il en levant l'objet au-dessus de sa tête comme une massue.

Charlotte s'exécuta aussitôt, luttant pour remonter ses jupons détrempés à hauteur de son visage et se détournant de la lourde porte de chêne percée de six panneaux de verre coloré.

Il fallut plusieurs tentatives à Rafe pour briser le premier carreau. Les autres se montrèrent moins coriaces une fois la structure fragilisée.

Charlotte se releva alors pour voir Rafe s'attaquer au reste de la porte avec le pic métallique. Qu'il était fort… Elle connaissait le poids de l'objet en fonte, qu'il levait pourtant pour frapper encore et encore… Il avait dû être un grand soldat…

Enfin, il laissa tomber le grattoir et glissa une main à l'intérieur pour tâtonner à la recherche du loquet. Charlotte entendit un juron.

— Ça ne s'ouvre pas ? demanda-t-elle. Ils ont dû tout verrouiller pour se protéger de l'orage ! Qu'est-ce qu'on fait, maintenant ? Rafe, il faut absolument que j'entre ! Maman…

Il se pencha soudain et saisit l'ourlet de la robe en mousseline, qu'il chercha alors à lui remonter au-dessus de la tête.

— Rafe ! Qu'est-ce que tu fais… ? s'écria-t-elle, aveuglée. Rafe, arrête !

— Calme-toi, Charlie ! Moi, je suis trop grand pour me glisser dans l'un de ces trous, mais toi, tu dois le faire. Lève les bras en l'air, voilà, c'est bien… Et maintenant, glisse-toi à l'intérieur pour récupérer la clé. Je fais juste ça pour que tu ne te blesses pas avec le verre qu'il reste sur la porte. Il serait dommage d'abîmer ce joli visage, non ?

Sur ces mots, Rafe lui retira complètement sa robe et l'enveloppa dedans. Puis, sans lui laisser le temps de protester, il la souleva en serrant entre ses bras les cuisses de la jeune femme, à peine protégées par ses culottes bouffantes — que la pluie avait plaquées à sa peau —, et la fit passer la tête la première par la porte brisée. Un peu à la façon d'un bélier humain, ne put-elle s'empêcher de penser… Au moins, il avait pris soin de briser le verre avant, en vrai gentleman… Il attendait sûrement des remerciements !

Sentant le haut de son corps balancer dans le vide à travers la porte, Charlotte poussa un cri étouffé par ses jupes retournées par-dessus sa tête et tendit les bras devant elle, cherchant la pierre de seuil et priant pour l'atteindre rapidement.

Un instant plus tard, elle roulait sur le sol, la tête la première. Elle atterrit sur le dos dans un bruit sourd, le souffle coupé, la vue brouillée, luttant pour reprendre sa respiration.

— Tu comptes te reposer là toute la journée ?

Elle arracha la jupe détrempée de son visage et releva la tête pour découvrir Rafe penché dans l'ouverture de la porte. Avec horreur, elle constata que ses jupons étaient encore remontés jusqu'à la taille, et qu'elle ne portait en dessous rien d'autre que ses culottes mouillées qui lui collaient à la peau. En dessous du genou, ses jambes et ses pieds nus avaient été exposés dans la culbute.

Rafe semblait s'en rendre compte également, car il la couvrait d'un regard amusé.

— Oui, Charlie, j'avoue que le spectacle est charmant ! cria-t-il afin de couvrir le bruit de l'orage. Presque aussi charmant que tes fesses rebondies qui me sont passées sous le nez il y a un instant. Bon, j'adorerais rester là, avec cette tempête dans le dos, à admirer la vue, mais je t'en prie, Charlie, va chercher cette fichue clé !

La jeune femme se leva tant bien que mal en rabattant ses jupes du mieux qu'elle put, puis courut à la petite console du hall, pour attraper si brutalement le tiroir qu'elle faillit l'arracher. Si elle n'avait tenu la poignée avec fermeté, il se serait écrasé sur ses pieds nus. Son contenu s'éparpilla sur le sol.

— Envoyez une femme faire le travail d'un homme, déclara Rafe.

— Tais-toi ! rétorqua-t-elle.

Elle se mit à genoux pour chercher la grande clé métallique, puis courut vers la porte, qu'elle déverrouilla en un instant. Rafe entra et claqua le battant derrière lui.

— En espérant que cela servira à quelque chose si le vent tourne, marmonna-t-il. Allez, Charlie, il faut à présent trouver tes parents.

— Ma mère, précisa-t-elle.

Elle sentit son courage revenir lorsqu'il lui saisit la main pour l'entraîner à l'intérieur du cottage.

— Mon père était parti au village quand j'ai quitté la maison. Mon Dieu, pourvu qu'il soit encore là-bas, sain et sauf… Mais maman, elle, se trouvait dans la serre quand je lui ai dit au revoir. Et l'orage a été si brutal… Oh ! Rafe ! Imagine qu'elle s'y trouvait encore quand la cheminée s'est écroulée ?…

— Je suis sûr que non, répondit Rafe tandis qu'ils parcouraient le couloir qui menait dans la cuisine, jetant seulement de rapides coups d'œil aux pièces devant lesquelles ils passaient. Eperdue, Charlotte criait les noms des femmes de chambre, de la cuisinière et de tous ceux qui étaient susceptibles de lui répondre.

La cuisine était déserte lorsqu'ils l'atteignirent. Le feu s'était éteint, étouffé par les gravats et la suie qui s'étaient abattus dans l'âtre quand la cheminée avait cédé.

— Il faut aller voir dans la serre, déclara Charlotte.

— Non, pas encore, c'est trop dangereux. Il est peu probable que quiconque se soit réfugié à l'étage, avec le toit qui menace de s'effondrer. Vérifions donc le cellier d'abord.

Mais Charlotte ne l'entendait pas de cette oreille. Obstinée, elle continua à le tirer par le bras, pour l'entraîner dans le salon, dont la porte-fenêtre donnait sur la serre.

— Ils ont dû s'abriter dans le cellier, Charlotte, répéta Rafe. Surtout quand la cheminée est tombée. Ils ne sont sûrement pas restés à découvert.

Toutefois, la seule silhouette qu'ils découvrirent en parvenant en bas, pelotonnée dans un recoin du cellier, fut celle de Bettyann, la bonne, qui serrait ses genoux dans ses bras en se balançant d'avant en arrière, le regard fixe et effaré.

Rafe se dirigea vers elle, sans doute pour la questionner, mais déjà Charlotte avait fait demi-tour et se précipitait dans l'escalier, ne lui laissant d'autre choix que de la suivre.

— Charlie ! Tu ne peux pas sortir !

Il la rattrapa dans le salon et lui saisit le bras pour l'obliger à s'asseoir au fond d'un fauteuil.

— Bon sang, Charlie, je suis sérieux ! Si tu cherches encore à t'enfuir, je t'attache à ce fauteuil !

Elle acquiesça, docile. Il ne lui laissait pas le choix…

— Cherche-la, Rafe. Je t'en supplie…

Il exerça une rapide pression sur sa main pour la réconforter.

— Ne t'inquiète pas, je vais la trouver.

A travers la porte-fenêtre restée miraculeusement intacte, Charlotte apercevait les ruines de la serre. Dès que Rafe eut disparu de sa vue, elle s'en approcha avec prudence. Toujours pieds nus, elle veillait à ne pas marcher sur le verre brisé. Puis, quittant la serre des yeux, elle retourna dans la cuisine.

Sous la rangée de manteaux accrochés au mur, plusieurs paires de chaussures étaient alignées. Elle enfila les bottes à lourdes semelles de son père et revint dans le salon d'un pas pesant.

Rafe se tenait au milieu de la pièce. Elle fut incapable de déchiffrer son regard, mais vit ses mâchoires crispées se contracter derrière la ligne tendue de ses lèvres.

— Elle n'est pas dehors ? demanda-t-elle.

— J'ai besoin de quelque chose pour…

Il explorait la pièce des yeux, cherchant clairement un objet précis. Enfin, il se tourna vers une fenêtre et arracha d'un coup sec le lourd rideau de brocart.

— Rafe ? Qu'est-ce que tu fais ? Quoi que tu fasses, je viens avec toi ! Elle est dehors, c'est ça ? Maman est dehors et elle est blessée ? Tu ne peux pas m'empêcher de venir avec toi, Rafe ! Tu ne peux pas !

Rafe sembla hésiter, jeta un regard aux pieds bottés de la jeune femme, puis hocha la tête.

— Elle est vivante, Charlie, dit-il en posant la main sur son bras. Elle est vivante, mais — il prit une profonde inspiration — mais je ne veux pas que tu voies ça, d'accord ? poursuivit-il. Je vais te la ramener, mais je veux que tu restes ici. Tu me le promets ?

De nouveau, elle n'eut que la force d'acquiescer. Elle aurait promis n'importe quoi, du moment qu'il lui ramenait sa mère.

Rafe plia grossièrement le rideau et repartit affronter l'orage. Au moment où il ouvrait la porte-fenêtre, le hurlement du vent s'intensifia. Il la referma derrière lui avant de disparaître de nouveau.

Charlotte compta jusqu'à six, incapable même de tenir jusqu'à dix, puis le suivit.

Elle parvint à peine à rouvrir la porte contre le vent et eut tout juste le temps de se glisser par l'ouverture étroite avant que la bourrasque, qui tourbillonnait sauvagement dans les ruines de la serre, ne frappe de nouveau. La porte lui fut arrachée des mains et le gond supérieur lâcha. Il ne servait plus à rien de tenter de la refermer…

Pourtant, comme la serre se trouvait sous le vent, les bourrasques n'étaient plus aussi violentes qu'au moment où il s'étaient approchés du cottage, loin de là.

Du calme, se dit-elle, ce n'est pas le moment de perdre ton sang-froid.

Partout, les tables qui avaient porté les précieuses plantes de sa mère s'étaient renversées, l'empêchant d'avancer droit le long de la paroi. Des briques étaient dispersées partout, comme si la cheminée avait explosé en heurtant le toit de la serre et qu'elle avait aspergé tout le bâtiment de débris mortels.

Charlotte poursuivit tant bien que mal son parcours en direction de la silhouette de Rafe.

— Charlie, retourne dans la maison ! hurla celui-ci en l'apercevant. Bon sang, n'avance pas davantage !

— Oh ! mon Dieu !

Martha Grimsley gisait sur le sol et elle avait failli poser le pied sur elle… Elle n'avait pas vu la pauvre cuisinière ensevelie sous un monceau de briques ! Seul le haut de son corps apparaissait à la surface. Qu'était-elle venue faire ici, dans la serre ? Il n'y avait qu'une explication : quand l'orage avait éclaté, Georgianna Seavers soignait encore ses précieuses plantes. Et Martha, qui était au service des Seavers depuis trente ans, avait dû refuser d'abandonner sa maîtresse…

Charlotte fixa le corps sans vie, incapable d'en détourner le regard. Soudain, elle vit Rafe approcher en chancelant. Il tenait sa mère dans ses bras, enveloppée dans le rideau.

— Maman !

— Elle est vivante, Charlie ! Il faut rentrer maintenant… Mon Dieu ! Charlie, je t'en prie, bouge ! Tout de suite.

Charlotte suivit le regard de Rafe ; l'armature métallique tordue du bâtiment s'était mise à pencher de plus en plus dangereusement. Elle se rapprocha de Rafe et fouilla des yeux le fond de la serre. Si Martha était là, la femme de chambre de sa mère devait l'être aussi.

— Ruth ? Où est Ruth ?

Rafe remua la tête.

— Nous ne pouvons plus rien faire pour elle, pas plus que nous ne pouvons aider cette malheureuse cuisinière. Il faut emmener ta mère à l'intérieur. Vite, Charlie, le ciel est en train de nous tomber sur la tête !

Charlotte obéit enfin et se précipita en avant, ne s'arrêtant qu'une fois à l'abri dans le salon, hors d'haleine. Rafe la dépassa sans cesser de courir. Le salon, à présent en prise au vent lui aussi, n'offrait plus de protection pour sa mère inconsciente.

— Le cellier, Charlie ! Il faut l'emmener au cellier !

Charlotte le suivit, non sans avoir jeté un dernier regard en arrière. Comment pouvait-elle abandonner les corps des deux loyales domestiques à la tempête ? Soudain, un son horrible l'obligea à se couvrir les oreilles. La maison entière en trembla.

La serre, avec sa carcasse de bois et de métal solidement rivetée au bâtiment, abandonnait la lutte et s'écroulait, emportant avec elle les portes-fenêtres et une partie du mur. Incrédule et horrifiée, Charlotte s'immobilisa. La maison entière allait-elle s'écrouler sur eux ? Rose Cottage tenait bon depuis plus de cent ans, ce n'était pas possible ! Mais rien de ce qui se passait depuis une heure n'était possible…

— Charlie !

Ne sachant que faire d'autre, Charlotte repoussa la porte du cellier derrière elle, abandonnant cette vision d'apocalypse, et se précipita aux côtés de Rafe et de sa mère.

7

Rafe pénétra dans la chambre de Fitz, tenant de sa main valide deux verres à dégustation en cristal qui avaient appartenu à son oncle. Il avait également, coincée dans le creux de son bras, une carafe de son meilleur brandy. Il salua son ami avant de tout déposer sur une commode.

— On ne doit jamais boire seul ! lança-t-il en remplissant les deux verres, avant d'en tendre un à Fitz. Ma parole, encore en train de lire ? Tu deviens un vrai bas-bleu !

— Je t'avoue que j'apprends un certain nombre de choses. Est-ce que tu es venu pour que je t'ennuie avec ma science toute neuve ?

Fitz lui fit signe de poser le verre sur la table de chevet, puis ferma le livre en marquant la page avec son doigt.

— Ta sœur, lady Lydia, a été assez bonne pour m'apporter ça hier, dit-il en lui montrant la couverture, alors que nous nous demandions tous quand nous entendrions les cavaliers de l'Apocalypse en marche au-dessus de nos têtes.

Rafe jeta un coup d'œil au livre, surpris de l'initiative de sa sœur.

— Lydia est venue te voir ? dit-il, étonné. Elle t'a donné ce livre en main propre ? Et qu'est-ce que c'est ?

— C'est un récit de la tempête qui a balayé cette île il y a plus de cent ans. Ecoute ça, Rafe, et essaie d'imaginer !

Fitz rouvrit l'ouvrage et se redressa pour lire.

— Voyons, où était-ce ? Ah, voilà ! Ecoute :

« Aucune plume ne pourrait décrire cela, ni aucun

mot l'exprimer, ni aucune pensée le concevoir à moins de s'être trouvé au milieu de cette tourmente. Aucune tempête, depuis le Déluge, ne peut y être comparée, ni dans sa violence, ni dans sa durée. »

Rafe prit le volume des mains de Fitz et lut le nom de l'auteur sur la page de garde, avant de le reposer sur le lit.

— Daniel Defoe, précisa Fitz. Eh bien, cher Daniel, je ne suis pas d'accord avec vous. Même moi qui étais ici et qui ai tout vu, je suis incapable de décrire ce qui s'est passé !

— Tu n'étais pas dehors, objecta Rafe. Nous avons pourtant connu des orages violents sur le continent, mais rien qui ressemble à ce qui s'est passé hier. Maintenant que le soleil est revenu et que tout est de nouveau calme, on dirait qu'il s'agissait d'un cauchemar sans la moindre réalité… Mais deux de mes granges et plusieurs bâtisses ont été réduites en miettes et toutes les clôtures se sont éparpillées aux quatre vents. Une demi-douzaine de mes forestiers sont blessés et John Cummings m'a dit qu'on avait perdu une dizaine de moutons. Apparemment, Fitz, les moutons ont eu l'instinct de se rassembler dans les creux des prés pour se protéger de l'orage et ils n'en ont pas bougé, même lorsque le sens commun leur dictait de s'enfuir à tout prix. Ils sont morts noyés…

Il se passa une main nerveuse dans les cheveux.

— Bon sang, Fitz, reprit-il avec humeur, de quel bazar j'ai hérité ! Donne-moi une bonne guerre, n'importe où !

— Je comprends, oui, se moqua Fitz. Quel fardeau ! C'est vrai, tu es devenu duc et te voilà coincé dans ce domaine immense, obligé de supporter le poids de cette impressionnante fortune. Sincèrement, j'en pleurerais pour toi…

Rafe leva son verre en riant.

— Un point pour toi ! concéda-t-il. Au moins, cette baraque est encore en un seul morceau, contrairement à Rose Cottage. John et moi, nous y sommes allés cet après-midi, pour superviser la recherche des corps. On dirait que la maison a essuyé un tir de canons à bout portant. Je n'arrive toujours pas à croire que nous ayons pu sauver la mère de Charlie.

— Comment va cette pauvre femme, aujourd'hui ?

— A part une grosse bosse à l'arrière de la tête et quelques vilaines blessures à cause du verre brisé, je dirais qu'elle s'en sort assez bien. Enfin, elle est encore un peu sonnée… Je ne sais pas si elle s'est réfugiée sous la table d'elle-même ou si ce sont ses domestiques qui l'ont placée là quand la cheminée est tombée, mais c'est probablement ce qui lui a sauvé la vie.

— Non, c'est toi qui lui as sauvé la vie, mon ami ! dit Fitz. C'est très courageux, ce que tu as fait là-bas.

Rafe soupira : il ne se sentait pas si héroïque que cela dans toute cette affaire.

— Je me suis trouvé là au bon moment, c'est tout. Quoi qu'il en soit, on compte tout de même cinq morts, pour le moment : les deux domestiques des Seavers et trois habitants du village qui ont succombé quand leurs maisons se sont écroulées sur eux. Je ne sais pas encore jusqu'où la tempête a frappé. Ce que nous avons vécu n'était peut-être pas aussi violent que le cataclysme de M. Defoe, mais nous n'en étions pas loin…

Un coup discret frappé à la porte l'interrompit. Rafe se leva en voyant Lydia entrer, suivie de Mme Beasley. Cette femme ressemblait décidément à une petite souris grise, se dit-il. Elle pouvait avoir quarante ans, ou bien quatre-vingts ; impossible de trancher. La seule chose dont Rafe ne doutait pas, c'était qu'elle paraissait vieille et fatiguée, sans doute à force de se ronger les sangs pour Lydia et Nicole. Tenir le poste de gouvernante des jumelles ne devait pas être de tout repos…

— Ah, lady Lydia ! s'exclama Fitz. Une fois encore, je dois vous demander de me pardonner de ne pas vous saluer comme l'exige le protocole… M'avez-vous apporté de nouveaux livres ?

Lydia acquiesça. Elle restait à bonne distance du lit, les bras chargés d'ouvrages.

— J'ai pensé que, si vous avez aimé l'écriture de M. Defoe, vous pourriez apprécier l'un de ses plus célèbres romans : *Robinson Crusoé*.

Mme Beasley demeura en retrait jusqu'au moment où Fitz déclara qu'il aimerait beaucoup lire ledit roman, mais qu'il apprécierait plus encore que lady Lydia lui en fasse la lecture. Alors, la gouvernante se glissa jusqu'à un siège, dans un coin de la chambre, et tira un ouvrage de broderie du sac en tricot qu'elle avait apporté. Elle avait clairement la ferme intention de ne pas quitter la pièce avant la jeune fille.

— Me donnez-vous votre permission, Rafael ? demanda doucement Lydia en tournant ses grands yeux bleus vers lui.

Pourquoi cette tension soudaine ? se demanda Rafe. Fitz n'allait pas ramper hors de son lit pour la compromettre ! De toute façon, il était assez vieux pour être son… De fait, non, il n'était pas si vieux que ça.

Quoi qu'il en soit, il n'avait jamais entendu Fitz parler avec une intonation si douce, pas une seule fois durant toutes ces années passées ensemble. Et ce sourire qu'il adressait à Lydia ? Sourire qu'elle lui rendait timidement…

Allons… Pourquoi s'inquiéter de ce qui n'était qu'une démonstration d'amitié ?

Fitz ne verrait jamais Lydia comme une future conquête… Même si elle était devenue très belle en grandissant ; trop belle, peut-être, lorsqu'on était son grand frère et que l'on devait veiller sur elle… Oui, à présent qu'il était duc, il n'avait plus le choix : il était responsable de Lydia, et de Nicole, responsable d'Ashurst Hall et de tous ceux qui y vivaient. Responsable aussi de chaque grange en ruine, de chaque meule de foin dispersée et de chaque ferme qu'il allait falloir recouvrir d'un nouveau toit de chaume. Et responsable de chaque arbre tombé, de chaque mouton stupidement noyé et…

Il revint à la réalité et se rendit compte que tout le monde était tourné vers lui et attendait sa réponse.

— Je ne vois aucun problème à ce que tu lui fasses la lecture, bien sûr, déclara-t-il.

Il fit signe à la jeune fille de prendre sa place.

— Je vais seulement remporter ça, ajouta-t-il en tendant par réflexe sa main blessée vers la carafe à décanter, avant de se souvenir de l'entaille profonde qui la rendait inutilisable.

Geste qui lui remémora sa panique de la veille, lorsqu'il avait compris que Charlotte devait être dehors au déclenchement de la tempête. Quelle terreur, lorsque la pensée de la perdre l'avait traversé et décidé à affronter l'orage…

— En fin de compte, reprit-il, non, garde la carafe, Fitz, je reviendrai plus tard.

— Tu as l'intention de venir me border comme un bébé ? lança Fitz comme Rafe se dirigeait vers la porte. Rafe ? Tu vas bien ? Tu as l'air bizarre, mon ami.

— Non, non, tout va bien, assura Rafe sans regarder sa sœur installée au chevet de Fitz. Je viens seulement de me rappeler que je dois écrire à ma mère, pour la prier de venir nous rejoindre à Londres pour la Saison…

— Mais… Rafael, déclara Lydia, vous nous avez dit l'autre jour que maman vous avait déjà écrit à ce sujet !

Cette enfant ne parlait pas beaucoup, mais elle n'avait pas ses oreilles dans sa poche !

— Vous avez dit aussi, ajouta-t-elle, que sa présence permettrait à Charlotte de venir avec nous, puisque les convenances seraient ainsi respectées.

— Bien sûr, Lydia, répondit-il en essayant de paraître naturel, mais je dois à présent lui réécrire pour préciser les modalités de sa visite. Je me suis mal exprimé, c'est tout. Bien sûr, qu'elle m'a déjà écrit, puisque je l'ai dit !

Décidément, il s'embourbait dans ses mensonges. Mieux valait s'éclipser.

— Profite bien de ta lecture, Fitz, lança-t-il.

Rafe abandonna sur un guéridon du hall le verre à cognac qu'il tenait encore à la main. Il aurait bien aimé pouvoir se soûler pour faire disparaître toute trace de réflexion en lui, mais il devait à tout prix garder la tête froide. Il ne parvenait même pas à conserver un peu de cohérence à ses mensonges ! Du moins, pas quand ces mensonges concernaient Charlotte. L'image de la jeune femme envahissait désormais chacune de ses pensées…

Il se dirigea vers le bureau du duc — non, vers son bureau — et s'affala lourdement dans le fauteuil, les coudes appuyés sur la table et la tête entre les mains.

Depuis quand n'avait-il pas dormi ?

Il était en train d'inspecter un puits bouché aux côtés de John Cummings et cherchait désespérément quelque chose à dire, lorsque la campagne s'était tue brutalement. L'intendant avait alors relevé la tête comme un chien d'arrêt et reniflé la brise, avant d'annoncer :

— Un grain se prépare, Votre Grâce, et pas des moindres. Il sera bientôt sur nous. Vous feriez mieux de rentrer à Ashurst Hall.

— Et vous ? avait demandé Rafe en observant le ciel qui s'assombrissait.

Comme pour confirmer la prédiction de l'intendant, le vent s'était déjà mis à souffler sur les prés.

— Mon cottage est juste au-delà de ce champ, Votre Grâce, avait répondu John Cummings.

Une bourrasque plus brutale avait forcé les deux hommes à retenir leurs chapeaux et l'intendant avait repris :

— D'ailleurs, Votre Grâce, vous êtes plus près de Rose Cottage que de chez vous. Peut-être vaut-il mieux vous abriter là-bas ? Vous êtes également le bienvenu chez moi si vous le souhaitez, bien sûr !

S'abriter à Rose Cottage ? Quelle excellente idée, étant donné qu'il cherchait depuis des jours une raison valable pour rendre visite à Charlotte…

— Je vous remercie de votre invitation, John, avait

répondu Rafe, mais je vais aller à Rose Cottage, en effet. Ce sera l'occasion de me présenter…

Il n'avait pas terminé sa phrase. Un mur d'eau — qui ne méritait certainement pas le doux nom de pluie — s'était abattu d'un coup sur eux. Ils s'étaient alors mis en selle et séparés.

Le temps d'atteindre les petites étables de Rose Cottage, Rafe était trempé jusqu'aux os. Il s'était précipité vers la maison, avait tambouriné à la porte un long moment avant que quelqu'un entende son tapage de l'intérieur, derrière le hurlement du vent.

Une bonne lui avait finalement ouvert avec une révérence, tout en s'exclamant :

— Votre Grâce ! Est-ce que miss Charlotte est avec vous ? Nous nous faisons un sang d'encre ! Elle est repartie pour Ashurst Hall et son père est au village. Il n'y a que nous autres les femmes, ici, et on ne peut pas aller la chercher, Votre Grâce !

C'était la même domestique qu'il allait retrouver moins d'une heure plus tard enfouie sous les décombres de la serre…

Rafe aurait préféré oublier ce qui s'était passé ensuite, dès qu'il avait appris que Charlotte avait quitté la maison moins d'un quart d'heure plus tôt. Elle n'avait pas pu atteindre le château en si peu de temps…

Oui, il aurait préféré oublier sa panique, sa course sauvage à travers champs, sa plongée dans l'ombre des arbres grinçants sous le vent. Quelques minutes avaient passé avant qu'il ne l'aperçoive, si vulnérable, qui se débattait dans la tourmente.

Le vent plaquait la fine mousseline détrempée de sa robe contre son corps, soulignant sa poitrine généreuse, ses longues jambes fines, laissant même deviner la forme de son sexe entre ses cuisses…

Rafe se ressaisit.

Non ! Il était hors de question de laisser ses pensées divaguer ! Il devait bannir cette image de sa mémoire pour toujours ! Seul un rustre sans une once de moralité au cœur pourrait voir une femme dans une telle détresse et penser à autre chose qu'à la secourir, à apaiser sa peur !

Et pourtant cette image ne le quittait pas… Charlotte s'était agrippée à lui de toutes ses forces, il avait senti chaque parcelle du corps tremblant qu'elle pressait contre lui. Il avait plongé le regard dans ses yeux terrorisés. Il avait vu ses pommettes livides, ses lèvres pleines tremblant de peur et de froid. Il l'avait embrassée, empli de frayeur et d'angoisse pour elle ; et elle lui avait rendu son baiser.

Bon sang ! Mais qu'est-ce qui n'allait pas chez lui ? Il se projeta en arrière, contre le dossier de cuir du fauteuil, cherchant dans le choc à reprendre ses esprits. Il aurait été plus gratifiant, bien sûr, de se dire qu'il n'avait fait cela que dans un mouvement de soulagement en la découvrant saine et sauve… Cependant, il était peut-être fou, mais pas encore assez pour se persuader d'une telle bêtise !

Et comme elle avait été brave ! Même au pire moment, elle n'avait pas flanché, elle ne s'était pas laissée aller à une crise d'hystérie. Elle avait tenu bon, même lorsqu'elle lui avait désobéi et avait pénétré dans la serre pour découvrir le corps de la cuisinière écrasé sous la cheminée effondrée.

Ça n'avait été que bien plus tard, lorsque sa mère et elle s'étaient trouvées à l'abri dans le cellier et que lui-même avait fait plusieurs allers-retours hasardeux dans la maison pour chercher des couvertures, des bandages, du pain et du fromage, que la jeune femme s'était abandonnée à ses émotions.

Durant combien de temps l'avait-il serrée contre lui, dans la pénombre de ce cellier humide et poussiéreux, tandis que la tempête faisait rage au-dehors ? Trois heures ? Six ? Plus longtemps, peut-être… Et, durant toute cette attente, combien de pensées impures et déplacées avait-il dû refouler ? Bien plus qu'il ne voulait l'admettre. Même à présent, dans son bureau, il gardait le souvenir de la chaleur de son corps pressé tout contre lui…

Chassant une fois de plus ces pensées brûlantes, Rafe

se redressa et se rendit à la fenêtre pour observer la ligne d'horizon, à l'est du domaine. Deux fermiers vêtus de larges pantalons bruns et de blouses grises ramassaient des branches et des débris pour les charger sur leurs charrettes. A cette exception près, on ne voyait plus aucune trace de la tempête de ce côté d'Ashurst Hall.

On ne pouvait en dire autant de Rose Cottage. A une époque, pourtant, le domaine du père de Charlotte avait été protégé des intempéries. Mais Charlton Daughtry, obsédé par sa volonté de posséder Rose Cottage, avait employé des moyens de persuasion tout personnels : peu à peu, il avait abattu des arbres dans ses forêts, de façon à exposer le cottage et ses terres aux violents orages d'hiver.

Lorsque Rafe avait enfin trouvé le courage de quitter le cellier une nouvelle fois, il avait mesuré l'ampleur des dégâts : toutes les fenêtres du côté ouest de la maison s'étaient brisées, le vent s'était engouffré dans les pièces, il avait bousculé et détruit le mobilier, réduit rideaux et tentures en lambeaux.

Mais c'était le salon qui avait le plus souffert. En le rejoignant, Charlotte lui avait expliqué que cette pièce ne faisait pas partie de la structure originelle. Son père l'avait ajoutée au rez-de-chaussée dans le but d'offrir à son épouse un espace à elle et un accès direct à la serre, sans qu'elle ait à affronter le mauvais temps. De toute évidence, cet agrandissement ne s'était pas montré aussi solide que le reste de la maison.

Rafe accueillait donc les Seavers à Ashurst Hall le temps que Rose Cottage soit réparé.

Il leva les yeux au plafond, pensif. Si sa connaissance du bâtiment était correcte (ce qui ne faisait aucun doute), la chambre de Charlotte se trouvait juste au-dessus de sa tête.

Il n'aurait pas dû s'en soucier, mais il ne pouvait s'empêcher d'y penser. Il n'aurait pas dû non plus réfléchir au fait qu'elle y vivait, qu'elle y dormait, s'y lavait, s'y habillait, s'y déshabillait… Mais, encore une fois, il ne pouvait s'en empêcher.

Brusquement, il frappa du poing le montant de la fenêtre.

Bon sang, Rafe ! Qu'est-ce qui t'arrive ?

Il devait à tout prix se reprendre, respirer profondément et se calmer…

— Qu'est-ce qui ne tourne pas rond, chez toi ? murmura-t-il pour lui-même. Il ne s'agit que de Charlie ! Seulement de Charlie.

— Oui, en effet : seulement de Charlie.

Il se retourna brutalement. Il n'avait pas entendu Charlotte pénétrer dans le bureau. Il avait encore oublié de fermer la porte !

— Préfères-tu que je repasse plus tard ? demanda la jeune femme.

— Charlie, je… Eh bien, c'est que… bafouilla-t-il, avant de se ressaisir. Que veux-tu ? Quelque chose ne va pas ?

— Si quelque chose ne va pas ? Ça dépend de ce que tu entends par là.

Elle vint s'asseoir sur la chaise qu'elle occupait chaque fois qu'elle lui rendait visite dans son bureau et posa les mains sur ses genoux.

— Si tu veux des nouvelles de Rose Cottage, poursuivit-elle, on m'a dit qu'il resterait probablement inhabitable pendant des mois. Sans doute est-ce une mauvaise nouvelle pour toi, étant donné que tu as proposé de nous accueillir jusqu'à la fin des travaux. Et, si tu veux des nouvelles de ma mère, je suis heureuse de t'annoncer qu'elle recommence à manger et… et qu'elle est redevenue telle que je l'avais vue pour la dernière fois avant la tempête.

— Tu sais, commença Rafe d'un ton enjoué, cherchant à la mettre à l'aise, je suis persuadé qu'Ashurst Hall est capable d'héberger trois personnes de plus ! Et comment se porte miss Charlotte Seavers ?

Elle le dévisagea. Chaque fois qu'elle faisait cela, elle avait un regard si énigmatique qu'il ne pouvait rien deviner de ses pensées. Et ce n'était pas faute d'essayer !

— miss Charlotte Seavers se sent assez triste en ce moment, répondit-elle, bien qu'elle soit très reconnaissante au duc d'Ashurst de ses attentions. En fait, miss Charlotte Seavers ne parvient pas à imaginer quel destin les aurait attendues, sa mère et elle, sans le courage extrême et très imprudent dont a fait preuve le duc d'Ashurst. Pour en venir au fait, miss Charlotte Seavers a une dette considérable envers le duc d'Ashurst…

Amusé, Rafe répondit dans un profond salut :

— Le duc d'Ashurst s'est fait un plaisir d'apporter son assistance à miss Charlotte Seavers. En fait, le duc d'Ashurst pense que sa propre dette envers miss Charlotte Seavers, qui a si bien pris soin de son domaine en son absence, est loin d'être remboursée. Donc, s'il y a quoi que ce soit qu'il puisse faire pour rendre service à miss Charlotte Seavers, qu'elle le demande.

Charlotte leva les yeux vers lui, l'air surpris.

— Vraiment ?

Elle le dévisageait, le regard à demi voilé par ses longs cils. Peut-être en avait-il trop dit… Avec elle, mieux valait rester sur ses gardes. Bien sûr ! Comment avait-il pu penser qu'elle n'était venue que pour le voir, ou même le remercier ? Elle avait à coup sûr une idée derrière la tête ; une idée qui l'attristait, s'il en croyait son teint pâle et l'ombre qui noyait ses yeux.

— Oui, vraiment, répéta-t-il. Qu'y a-t-il pour ton service, Charlie ?

— Eh bien, répondit-elle, je commencerais bien par te demander de ne plus jamais m'appeler Charlie, mais je sais que ce serait peine perdue. Au lieu de ça, je vais te demander de ne jamais avouer à personne, et quoi qu'il arrive, comment nous avons réussi à pénétrer dans Rose Cottage pendant cette tempête. A personne, et surtout pas à mon père…

Rafe s'assit en face d'elle, souriant.

— Oh ! ça… Mais tu sais bien que nous n'avions pas le choix.

— Oui, peut-être, concéda-t-elle. Mais je ne pense pas qu'il était nécessaire de remonter mes jupes par-dessus ma tête comme tu l'as fait.

Il feignit la réflexion, avant de répondre d'un ton malicieux :

— Tu veux dire qu'il n'était pas nécessaire de te dénuder comme ça ?

— Tu ne m'as pas dénudée, Rafe, protesta-t-elle sèchement. J'avais encore… quelques vêtements. Ce que je veux dire, c'est que si mon père te demande comment… Non, je n'étais pas dénudée.

Rafe revit les culottes de coton fin détrempé collées à sa peau, presque transparentes. Comment aurait-il pu ne pas y prêter attention, alors qu'il l'avait portée pour lui faire franchir la porte brisée et que son postérieur était passé à quelques centimètres de son visage ? Comment oublier ces quelques instants où il l'avait vue, effondrée sur la pierre de seuil, étourdie par la culbute, ses tétons, tendus par le froid, clairement visibles à travers la mousseline mouillée de son corsage ?

Ils avaient beau s'être retrouvés piégés en plein enfer, un aperçu du paradis lui était apparu en cet instant. Oh, non, il ne pourrait pas l'oublier…

La voix nerveuse de Charlotte interrompit le flot de ses pensées.

— Rafe ? lança-t-elle. J'ai dit que je n'étais pas dénudée. Je veux te l'entendre dire aussi.

Il s'appuya sur l'accoudoir, se caressant la mâchoire d'un air absent. Elle avait peur. Impossible de savoir pourquoi, mais il n'y avait aucun doute sur ce fait. Qu'aurait-il bien pu dire à son père qui la terrifie à ce point ? Il n'était pas difficile de comprendre qu'il aurait beau jurer, promettre de se taire à jamais, elle ne lui ferait pas confiance.

Et elle l'effrayait aussi dans sa détresse… Comme il était terrible de la voir là, alors qu'elle semblait se sentir si… vulnérable. Il ne restait qu'une chose à faire pour lui redonner son énergie coutumière : la mettre en colère.

— Rafe, insista-t-elle, je t'en prie, dis-le !

Il laissa retomber sa main et se leva avec un sourire calculé. Il était avant tout un soldat, et il savait mieux que quiconque que, pour survivre, il fallait savoir quand attaquer et quand se replier. Dès qu'il aurait ouvert la bouche, la retraite serait la seule option qui lui resterait…

— Tu sais, Charlie, déclara-t-il d'un ton faussement sérieux, maintenant que tu m'y fais penser, je crois que cette situation t'a salement compromise. En fait, si nous prenons en compte la tache que nous avons portée à ta réputation de jeune fille, et ma responsabilité de gentleman dans la survie de notre espèce, je pense même que nous devrions nous marier sans tarder. Tu serais gentille de t'en occuper, s'il te plaît : tu es si douée pour l'organisation…

Il n'eut pas le temps de s'éloigner de plus de dix pas que l'un des chaussons de Charlotte siffla à son oreille pour aller frapper de plein fouet un buste de Zeus et retomber par terre.

Il le savait, pourtant, qu'elle était incapable de viser correctement ! Il l'avait découvert dans leur enfance, le jour où elle lui avait jeté cette pomme à la tête. Le projectile lui avait touché l'œil, mais elle lui avait avoué par la suite avoir visé son pied. Une fois, même, elle avait tiré une flèche sur une cible en papier que ses cousins et lui avaient clouée sur le mur d'une grange, et elle avait manqué le bâtiment…

Il ramassa le chausson et le lui rapporta.

— Tu as fini de tout dramatiser, maintenant ? demanda-t-il. Hier, nous n'avons fait que ce que nous avions à faire, Charlie : c'était nécessaire. Et ce que nous avons fait ne concerne que nous. Pourquoi as-tu pensé que j'irais raconter quoi que ce soit à ton père ?

— Parce que… Eh bien, j'ai…

Elle ne poursuivit pas, mais lui arracha le chausson des mains et se pencha pour l'enfiler de nouveau. Il comprit qu'elle cherchait encore à lui cacher ses sentiments…

— Je ne sais pas, reprit-elle enfin. Je suppose que je

n'ai toujours pas les idées claires, après tout ce qui s'est passé. C'est comme si le monde tournait à l'envers depuis la tempête, tu ne trouves pas ?

Il la regarda et la trouva si vulnérable que quelque chose s'éveilla en lui et lui serra le cœur.

— Oui, je suppose que c'est ça, répondit-il. Mais nous sommes toujours amis, n'est-ce pas, Charlie ?

Elle leva vers lui des yeux brillants de larmes.

— Oui, Rafe. Nous sommes toujours amis.

8

Charlotte remontait des cuisines avec le plateau de thé destiné à sa mère. Cela épargnerait de la peine à la nouvelle femme de chambre. Marie avait déjà passé ses premiers jours à Ashurst Hall au chevet de Georgianna Seavers et, à présent, elle reprenait le travail de Ruth auprès d'elle. La pauvre femme ne pouvait rester sans surveillance, sachant qu'elle avait tendance à se perdre, toute seule…

Charlotte montait lentement les marches étroites et raides, gênée par l'ampleur de sa robe de mérinos. Elle pouvait à peine deviner le bout de ses chaussures par-dessus le plateau, qu'elle tentait de maintenir en équilibre au prix d'un immense effort de concentration.

Sans doute était-ce pour cela qu'elle ne s'aperçut pas qu'elle n'était plus seule dans l'escalier. Brusquement, Nicole surgit de nulle part comme un diable sortant de sa boîte et la heurta de plein fouet, envoyant valser le plateau et son contenu sur les marches.

— Au nom du ciel, Nicky ! s'écria Charlotte. Mais qu'est-ce que tu fais, à débouler dans les escaliers comme ça ?

La théière roulait encore sur les marches, déversant son eau bouillante. Charlotte observa l'étendue des dégâts, consternée : les marches étaient jonchées de porcelaine brisée. Un service à thé qui appartenait probablement à la famille Daughtry depuis des générations !

— Tu n'as rien ? reprit-elle, plus calme, à l'intention de la jeune fille.

Nicole secoua avec colère les plis de son manteau.

— Si ! J'ai de la crème partout ! s'exclama-t-elle. Tu ne pouvais pas faire attention ?

Ce fut à ce moment que le détail frappa Charlotte : Nicole portait un manteau, à cette heure de la journée !

— Ah, c'est trop fort, s'exclama-t-elle, incrédule. Faire attention, c'est bien ce que tu as dit ? Oui, en effet, je suppose que j'aurais dû faire plus attention et prendre l'habitude de te ligoter aux montants de ton lit en mon absence ! Mais, dis-moi, qu'as-tu l'intention de faire dehors, à une heure aussi tardive ? Tu n'as donc rien appris depuis... Enfin, peu importe ! Aide-moi plutôt à ramasser ce qui reste du thé de ma mère !

Mais une voix montant des cuisines l'interrompit :

— Je m'en occupe, mademoiselle. On a entendu le boucan jusque-là, tous autant qu'on est ! La cuisinière pensait que c'était l'orage qui revenait ! Eh ben, mince, alors ! Quel désordre !

Charlotte se retourna sur le palier étroit pour voir l'une des domestiques qui, au milieu de l'escalier, s'activait déjà à ramasser les débris.

— Je vous remercie, Dara, dit-elle, mais vous devriez plutôt aller chercher un balai. lady Nicole va nettoyer ses propres sottises.

— Moi ? Alors là... répondit l'intéressée avant de s'interrompre sous le regard sévère de Charlotte.

— Après tout, affirma celle-ci, elle n'a rien d'autre à faire et nulle part où aller. N'est-ce pas, lady Nicole ? Tenez, laissez-moi descendre votre manteau à Dara, comme ça, nous ne le salirons pas davantage.

Nicole se rembrunit.

— Mais elle va voir que je... Enfin, je veux dire... non merci, je vais le garder. Il fait... plutôt froid, dans cet escalier.

Ainsi, Charlotte avait deviné juste... Quand Dara fut

partie chercher une pelle et un balai, elle reprit d'un ton calme :

— Je devrais le dire à ton frère, Nicole. Et cela mettrait un terme à tous tes projets de voyage à Londres, n'est-ce pas ?

— Oh ! Charlotte, je t'en prie, ne fais pas ça ! supplia Nicole en s'agenouillant pour ramasser les plus gros morceaux de porcelaine. Je sais que je suis intenable et que je mérite une punition, mais Lydia attend avec tant d'impatience de courir les librairies quand nous y serons… Elle en aurait le cœur bri… Aïe !

Elle lâcha l'un des morceaux qu'elle venait de ramasser. Charlotte lui attrapa la main : une longue coupure lui traversait la paume.

— Viens avec moi !

Comme la bonne les rejoignait avec le balai, Charlotte lui lança :

— Je dois m'occuper de la blessure de lady Nicole. Mais je suis persuadée qu'elle sera ravie de raccommoder ces vieux draps dont nous avons parlé dès que nous aurons pansé sa main. Apportez-les chez elle demain matin, voulez-vous ? lady Nicole n'a pas prévu de sortir de la journée.

— Raccommoder des draps ? répéta Nicole en devançant Charlotte d'une marche pour lui faire face. Je préférerais récurer des marmites en cuisine. Ça, au moins, je sais le faire… Grâce à toi !

Charlotte la suivit le long du couloir qui menait à sa chambre.

— Oh, oui, tu sais le faire, déclara-t-elle tout en marchant. Mais, d'ici à ce que tu retiennes la leçon, tu pourrais également avoir le temps d'apprendre comment éplucher des montagnes de pommes de terre et nettoyer les plaques de l'âtre. Ce n'est pas étonnant de voir avec quelle impatience Emmaline a épousé son duc ! Entre partir vivre avec lui et rester là à se miner la santé pour toi, le choix était vite fait !

— Mais je ne faisais rien de mal ! protesta Nicole alors que Charlotte refermait au verrou la porte derrière elles. Et puis ma coupure n'est pas si grave ! Je peux m'en occuper toute seule.

Charlotte tenta de contenir sa rage en plaquant les poings sur ses hanches. Enfin, elle parvint à articuler d'une voix maîtrisée :

— Enlève ton manteau.

— Oh ! ça va… D'accord, grommela Nicole.

Elle s'exécuta, dévoilant une paire de bottes de cheval, une vieille culotte de daim et une chemise qui avaient dû appartenir à George ou Harold des années auparavant. Malgré leur aspect dépenaillé, ces vêtements lui allaient à merveille et épousaient bien ses formes. Décidément, Nicole était plus femme que jeune fille, malgré ses seize ans à peine…

Elle avait tiré en arrière ses cheveux noirs et les avait attachés sur sa nuque ; une coiffure stricte qui ne faisait qu'accentuer le surprenant violet de ses yeux et la rare beauté de ses traits. Nul dans le pays ne pourrait la prendre pour un homme malgré ses vêtements, et si des messieurs avaient pu la voir ainsi…

— Tu es stupide et tu te mets en danger, soupira Charlotte. Où allais-tu comme ça ?

— Nulle part en particulier, affirma Nicole en se dirigeant vers son boudoir.

Elle versa un peu d'eau dans la cuvette de porcelaine et grimaça en y plongeant sa main blessée.

— Je n'ai pas eu l'autorisation d'aller voir les dégâts causés par la tempête, ajouta-t-elle. Rafe nous en a parlé, mais je voulais les voir de mes yeux, surtout Rose Cottage, où ces deux pauvres femmes sont mortes… J'allais juste partir pendant une heure à peine, et c'est presque la pleine lune !

— Pourquoi tiens-tu tant à voir l'endroit où Ruth et Martha sont mortes ?

Charlotte se saisit du savon et en frotta la plaie de

Nicole avec, peut-être, un peu trop de vigueur, mais Nicole n'osa pas se plaindre.

— Je n'en sais rien, moi ! répondit-elle finalement. C'était sans doute stupide, mais tout de même ! Il ne se passe jamais rien d'excitant à Ashurst Hall ! Chaque jour est une répétition de la veille. En plus, Lydia n'est plus jamais avec moi en ce moment, elle est toujours fourrée chez le capitaine Fitzgerald, à lui lire des récits de voyage ! Je m'ennuie à mourir, Charlotte, sincèrement ! Et tu sais mieux que personne ce qui se passe quand je m'ennuie comme ça…

— Oui, je le sais, acquiesça Charlotte en se détournant, le cœur lourd. Je sais très bien ce qui peut arriver dans ces moments-là. Allez, laisse-moi trouver quelque chose pour te bander la main, et ensuite tu quitteras ces vêtements, que tu ne reverras plus de ta vie.

— Ne prends pas cette peine : je n'aurais qu'à me glisser dans le grenier pour en trouver d'autres. Ce serait une perte de temps pour toutes les deux que de les cacher, tu ne penses pas ?

— Si ton frère savait…

— Mais il n'a pas à le savoir, n'est-ce pas ?

Nicole se tint tranquille lorsque Charlotte lui enveloppa sa main blessée dans une bande de lin propre, puis elle commença à se déshabiller sans la moindre pudeur.

Charlotte songea qu'elle devrait pourtant parler de l'incident à Rafe. Après tout, il était le frère de Nicole, et son tuteur, de surcroît. Toutefois, s'il cherchait des explications auprès de l'intéressée, Nicole pourrait lui dire, dans l'un de ses rares moments de franchise, que cette escapade nocturne était loin d'être la première. Elle pourrait même, pour tenter de sauver la face, lui révéler que Charlotte était au courant, depuis la nuit où elle l'avait surprise à cheval, grimée en homme, peu avant le décès du duc et de ses fils.

Et si jamais Nicole lui racontait tout cela, Rafe ne manquerait pas de venir la trouver, elle, et de lui demander… Non, c’était impossible ! Il ne fallait surtout pas lui raconter ce qui s’était passé ce soir !

La voix de Nicole la tira de ses réflexions.

— C’est la nuit que je dois sortir à cheval, quand personne ne peut me voir, tu comprends…

Charlotte se retourna vers elle. Elle était en train d’enfiler une chemise de nuit et bataillait pour passer les bras dans les manches. Quand son visage en émergea, elle avait le regard exalté.

— Tu ne peux pas savoir à quel point ça me fait du bien de monter Juliette avec une selle d’homme au clair de lune, poursuivit-elle. Et je peux te jurer qu’elle le sent, elle aussi, quand nous passons ensemble la barrière à l’ouest pour nous perdre dans les champs… C’est comme si nous volions ! Rien d’autre au monde ne procure une telle émotion !

— Tu fais sauter la barrière à Juliette ? demanda Charlotte, indignée. Mais elle est bien trop haute ! Personne n’est assez fou pour prendre ce risque ! Tu sais ce qui pourrait t’arriver si Juliette hésitait au dernier moment ? Ou encore si l’un de ses sabots se prenait dedans et que vous tombiez toutes les deux ? Tu serais seule, en pleine nuit, sans personne pour se soucier de toi, personne pour savoir que tu n’es plus dans ton lit ! Mon Dieu, Nicole, as-tu perdu la raison ?

— Apparemment, répondit-elle avec un sourire machiavélique en passant devant Charlotte pour regagner sa chambre. Je t’en prie, Charlotte, arrête de me gronder comme une vieille fille grincheuse qui n’a aucune idée de ce qu’est le plaisir ! A croire que tu n’as jamais pris le risque de profiter de la vie !

Charlotte poussa un soupir ; toutes ces simagrées commençaient à la fatiguer…

— Oui, bien sûr, c’est tout moi ! s’exclama-t-elle. Je ne suis qu’une pimbêche qui n’a absolument aucune idée de ce que peut être le plaisir ou l’aventure ! Maintenant, va te coucher, Nicole !

— Je suis sûre que tu vas tout lui raconter… Parce que je t'ai dit une méchanceté, tu vas te venger de moi auprès de lui ! Excuse-moi, je n'aurais pas dû te dire que tu n'as jamais su t'amuser !

Elle se jeta dans les bras de Charlotte et la serra vivement contre elle en poursuivant sa supplique :

— S'il te plaît, Charlotte… S'il te plaît, ne lui dis pas… Il pourrait me confisquer Juliette !

— Je ne pense pas que Rafe ferait une chose pareille, estima la jeune femme.

Elle se ravisa en son for intérieur. Mais si, bien sûr, qu'il le ferait ! Et ce serait une punition appropriée ; probablement même le seul moyen de protéger Nicole.

Le visage enfoui dans le cou de Charlotte, Nicole se mit à sangloter. Ses larmes semblaient si sincères qu'elles auraient fait fondre le cœur le plus dur…

— Tu sais, Charlotte, dit-elle entre deux hoquets, Lydia et Juliette sont tout ce que j'ai au monde. Il n'y a personne d'autre… Je t'en prie…

Charlotte l'attrapa par les épaules pour l'écarter et la regarder dans les yeux. Des yeux qui ressemblaient à présent à des violettes noyées de pluie…

— Nous partons pour Londres fin mars, déclara-t-elle. Peux-tu me promettre de ne plus sortir à cheval la nuit d'ici là ? Peux-tu me promettre que tu ne monteras Juliette que le jour, que tu te feras accompagner d'un valet chaque fois que tu sortiras du domaine, et que tu n'utiliseras plus que ta selle d'amazone ? Parce que, si je n'ai pas ta promesse solennelle…

— Tu l'as ! s'exclama Nicole. Je te le promets ! Je te le promets de tout mon cœur !

Au moins, elle paraissait sincère…

— Oh ! Charlotte ! ajouta-t-elle. Tu es la meilleure des amies ! J'espère vraiment que Rafe t'épousera, comme ça, nous deviendrons sœurs ! Est-ce que ce ne serait pas merveilleux ?

Six jours avant Noël, un nouvel incident vint secouer la maisonnée : alors que Rafe inspectait son domaine, son cheval s'emballa et le désarçonna. John Cummings et quatre fermiers durent le ramener sur une civière.

Cependant, Rafe reprit ses esprits avant d'atteindre Ashurst Hall. Peu désireux d'être transporté comme un impotent, il ordonna qu'on le laisse descendre.

— Mais, Votre Grâce, protesta John Cummings, vous vous êtes cogné la tête et vous avez perdu connaissance…

Sans l'écouter, Rafe se leva. Il ne ressentait qu'un vague vertige.

— Merci, John, je m'en suis aperçu, répondit-il en palpant avec précaution la bosse sur son front. Croyez-le ou non, je le sais mieux qu'aucun d'entre vous ! Ce que je ne comprends pas, en revanche, c'est ce qui a bien pu se passer. Boney ne s'est jamais comporté comme ça ! Il ne m'a désarçonné qu'une seule fois, il n'y a pas très longtemps, mais là, au moins, je savais pourquoi !

John Cummings échangea un bref regard avec l'un des fermiers. Un regard qui semblait soucieux…

— Messieurs ? lança Rafe en haussant un sourcil sévère… ce qui eut pour effet de relancer sa douleur au front.

Tant pis pour les apparences, songea-t-il après avoir lâché un juron. Puis il reprit de manière plus autoritaire :

— John ? Parlez !

— Eh bien, Votre Grâce, il semble que quelque chose clochait avec votre selle…

— Et… ? demanda Rafe en voyant l'intendant et ses hommes se consulter encore une fois du regard.

— Enfin, ce n'était pas précisément la selle, Votre Grâce, dit John Cummings. Je ne sais pas comment il est arrivé là, mais on a retrouvé un clou glissé entre votre tapis de selle et le dos de votre cheval. De sorte que, quand vous avez enfourché Boney… J'ai déjà vu des clous de ce genre, vous savez, chez le maréchal-ferrant. Ils servent à fixer les fers.

Surpris, Rafe se tourna vers sa monture, que l'un des fermiers conduisait à la longe.

— Est-ce que Boney va bien ?

— Oui, Votre Grâce. J'ai… Quand nous avons réussi à le rattraper, j'ai pu retirer le clou.

A ces mots, une pensée fit frémir Rafe.

— Ça veut dire que j'ai tranquillement monté Bonie toute la matinée, au risque d'être désarçonné à tout instant ?

L'un des fermiers — Joseph, se rappela Rafe — parut réagir à ces mots.

— Joseph ? demanda Rafe. Vous voulez ajouter quelque chose ?

— Oui, Votre Grâce. Je vous demande bien pardon, mais je ne crois pas que ça s'est passé comme vous dites. Je crois qu'en fait quelqu'un a placé le clou là pendant qu'on était au moulin. Si vous étiez allé du château jusqu'au moulin avec ce clou, la pauvre bête aurait réagi plus tôt. Y a pas moyen pour un cheval d'avancer avec ça, Votre Grâce.

— Merci, Joseph, ça sera tout, coupa l'intendant. Puisque Sa Grâce n'a plus besoin d'aide, veuillez tous retourner au moulin. Je vais escorter Sa Grâce jusqu'à Ashurst Hall.

Rafe remercia les quatre hommes, reprit les rênes et souleva légèrement la selle pour examiner la blessure de Boney.

— Il n'y a pas grand-chose à voir, Votre Grâce, commenta John Cummings. Le clou s'est enfoncé tout droit et j'ai pu le ressortir facilement.

— Alors vous pensez qu'on l'a placé là délibérément ? demanda Rafe en se remettant en route.

L'intendant haussa les épaules.

— C'est bien possible, Votre Grâce, répondit-il. Personne ne surveillait votre cheval quand nous étions dans le moulin. Drôle de blague, n'est-ce pas ? Je vous promets qu'une tête va tomber pour ça !

Rafe prit quelques instants de réflexion, avant de déclarer :

— Vous savez, John, ce n'est pas exactement ce que j'appellerais une blague. En tout cas, si on repense que quelqu'un a peut-être tiré volontairement sur moi il y a quelques semaines.

— Volontairement ! Mais, Votre Grâce… Vous aviez dit que ce devait être un braconnier, une balle perdue !

— Oui, en effet, je l'ai dit. Quand je pense que je viens de devenir duc… Il me semble que j'étais moins en danger dans l'armée, finalement : là, au moins, je voyais mes ennemis en face. Mais peut-être ai-je offensé quelqu'un, qu'en pensez-vous, John ?

L'intendant, visiblement embarrassé, se contenta de bafouiller :

— Je… Je ne sais pas quoi vous dire, Votre Grâce…

— Bien sûr que si ! Allons, éclairez-moi, je vous prie ! Dites-moi tout ce que vous avez pu entendre sur mon compte. Vous savez bien qu'un homme averti en vaut deux.

John Cummings demeura un instant silencieux.

— Pour être honnête, reprit-il d'une voix moins forte, il y a bien eu des médisances. Il y a des gens qui ont trouvé étrange que votre oncle et vos deux cousins soient morts tous les trois en même temps, dans une tempête qui n'était pas si violente que ça. En tout cas, pas assez pour couler un navire neuf manié par un bon équipage…

— Vraiment ?

Rafe s'était immobilisé. Ils venaient d'atteindre le croisement entre le sentier et la route principale qui menait à Ashurst Hall. Mieux valait rester hors de vue du château pour parler de tout ça…

— Je pense qu'il est grand temps que j'en apprenne un peu plus sur l'accident qui a causé leur mort à tous les trois. Que savez-vous à ce sujet, John ?

L'intendant haussa les épaules.

— Franchement, Votre Grâce, pas grand-chose… Je n'ai entendu que des bribes, ces derniers mois, mais on ne m'a rien confié personnellement. Le valet de votre oncle, qui avait voyagé avec lui jusqu'à Shoreham-by-Sea, puis était resté à l'attendre à l'auberge, n'est rentré que pour rassembler ses affaires et a quitté le domaine en affirmant que toute cette histoire lui paraissait une drôle de coïncidence…

— Ah bon, il a dit ça ? Et qu'a-t-il dit d'autre ?

— Rien de bien important, affirma John d'un ton nerveux. Il faut le comprendre, c'était la douleur de la perte qui parlait en lui. Personne n'y a vraiment prêté attention, de toute façon : il a raconté son histoire en attendant le coche pour Londres, à la taverne du village, le Bull and Grapes. Et, si je peux me permettre, il était très soûl à ce moment-là…

— Qu'a-t-il dit d'autre ? Si vous parlez bien de Richards — je n'ai connu que lui comme valet de mon oncle —, je sais déjà qu'il n'a pas dû dire du bien de moi. Racontez-moi tout !

L'intendant poussa un profond soupir, puis reprit la parole.

— Il a dit que vous étiez pauvre, Votre Grâce, et que vous aviez toujours été jaloux de vos cousins. Il a dit que vous aviez même essayé d'en tuer un, et que c'était pour ça que Sa Grâce avait dû vous payer une charge de capitaine : pour protéger ses fils de votre haine infondée. Il a dit que la guerre était finie — et c'était vrai, vous le savez — et qu'il ne serait pas étonné que vous ayez trouvé un moyen de rentrer secrètement en Angleterre pour faire couler le bateau. Ou bien… ou bien que vous ayez engagé quelqu'un pour le faire à votre place…

— Il a dit tout ça avant de partir ? demanda Rafe, stupéfait. Je savais que Richards a toujours eu une imagination débordante, mais tout de même… Donc, si je comprends bien, il m'a mis trois meurtres sur le dos ?

— Quelques-uns ont pu le croire, Votre Grâce. Tout le monde sait bien qu'on ne voit pas tous les jours un duché changer de mains après trois morts brutales, et pourtant c'est arrivé. Il est donc possible que quelqu'un cherche maintenant à vous le faire payer. Feu monsieur le duc, Dieu ait son âme, n'était pas un homme facile, et ses fils étaient des bons à rien — que Dieu leur pardonne — mais ils avaient quelques amis ici, qu'ils voyaient quand ils revenaient de Londres. C'étaient des amis peu fréquentables, Votre Grâce, des bagarreurs et des débauchés, si vous voyez ce que je veux dire…

— Oui, je me souviens d'eux.

Une série de noms lui revenait à l'esprit. George et Harold avaient trempé dans de nombreuses intrigues pendant leur jeunesse. Parfois, même, les conséquences de leurs bêtises avaient été si graves que même leur père n'avait pu leur éviter de passer quelques jours derrière les barreaux.

— Alors, comme ça, reprit-il, je devrais être puni pour ce qui est arrivé à ma famille ? Et comment ? En m'effrayant d'un coup de feu qui a failli faire mouche, ou en me brisant le cou en tombant de cheval ? Oui, c'est une bonne théorie, John, je vous en remercie. Dans ce cas, et comme je ne vois rien de plus sensé à faire, je pense que je vais aller jeter un coup d'œil au Bull and Grapes, un de ces jours…

— M'accorderez-vous l'honneur de vous accompagner, Votre Grâce ? s'enquit John Cummings.

Sans doute pour se donner des airs de garde du corps, il se redressa — ce qui ne se révéla guère impressionnant, étant donné sa petite taille — et rentra le ventre.

— Je vous remercie, John, ce ne sera pas nécessaire, répondit Rafe. Et merci aussi pour votre sauvetage de tout à l'heure, quoique la civière n'ait pas été vraiment nécessaire… Je vous retrouverai demain matin, à 9 heures, et nous continuerons notre inspection des greniers à grain en réparation.

— Comme vous voudrez, Votre Grâce, répondit l'intendant dans un salut, sans pour autant quitter son maître des yeux. Vous savez, Votre Grâce, personne ici ne toucherait à un cheveu de votre tête. Tous ces incidents doivent être dus à quelque tête brûlée du village… Je vous en prie, monsieur, restez sur vos gardes, quoi qu'il arrive.

Rafe le rassura d'une voix posée :

— Ne vous en faites pas, John. Je n'ai aucune intention d'être le prochain Daughtry à tirer sa révérence… Oh ! une dernière chose : pas un mot de tout cela à qui que ce soit ! Le clou a très bien pu se glisser sous le tapis de selle et se retourner tout seul. Quant au coup de feu, tout le monde semble vouloir penser qu'il venait d'un braconnier… Ce qui s'est passé aujourd'hui sera notre secret.

— Je comprends, monsieur, répondit l'intendant d'un air entendu. Je ne soufflerai pas mot de tout ça à miss Seavers, soyez tranquille. Vous avez ma parole, Votre Grâce.

— Elle vous intimide, vous aussi, alors ? demanda Rafe en souriant.

— M'intimider ? Mais pas du tout, Votre Grâce ! Qu'est-ce qu'on pourrait trouver d'intimidant chez elle ?

Bon sang ! se reprit Rafe. Encore une maladresse de ce genre et il risquait de trahir ses sentiments pour Charlotte, qui plus est devant son intendant !

— C'est sans importance, John, répondit-il. Ce n'était qu'une plaisanterie ratée. Je vous vois demain à 9 heures.

Demeuré seul, Rafe conduisit Boney le long de l'allée circulaire. Il était à mi-chemin lorsqu'un domestique accourut pour prendre la monture et la conduire aux écuries. Le palefrenier, indiqua-t-il, avait déjà préparé un cataplasme pour la blessure de la bête.

— Alors, comme ça, tout le monde est au courant ? demanda Rafe.

Le valet acquiesça, avant de s'éloigner avec le cheval.

— Parfait, grommela Rafe en palpant une fois de plus la bosse à son front. Connaissant Charlie, elle a dû me faire préparer un lit à côté de Fitz. Autant rassembler tous les malades dans la même chambre !

Il avait gravi les trois premières marches du porche

quand la porte d'entrée s'ouvrit à la volée, laissant apparaître une Charlotte à la mine sévère, un poing posé sur la hanche.

— Regarde-moi cette bosse ! s'exclama-t-elle. Quelle horreur ! Qu'est-ce que tu as fait cette fois, Rafe ?

— Tu sais, Charlie, répondit-il en passant devant elle pour ne s'arrêter que dans le hall d'entrée, si ma chère mère avait eu un semblant d'instinct maternel, je suppose qu'elle aurait sans doute dit quelque chose comme ça. Seulement, tu n'es pas ma mère…

— Je ne suis pas ta nounou non plus, mais il semblerait pourtant que tu en aies besoin. Je me demande comment tu as réussi à passer six ans de guerre sans être blessé. C'est un vrai miracle !

A ce moment, Grayson apparut dans le hall, arborant un air dédaigneux, et se racla la gorge pour ordonner à un valet de se charger des gants et de la veste de Sa Grâce.

Rafe hésita un instant. Ferait-il mieux de monter directement dans sa chambre et de demander qu'on lui prépare un bain, ou aurait-il une conversation avec Charlotte ? Après réflexion, il décida que le bain pouvait attendre…

Il salua donc la jeune femme d'une manière vaguement insolente, avant de demander :

— miss Seavers, accepteriez-vous de m'accompagner dans mon bureau ? Je suis certain que vous apprécieriez de pouvoir me réprimander en privé…

Sans relever la moquerie, Charlotte ordonna à Grayson qu'on lui fasse porter de l'eau froide et des serviettes, avant de le suivre.

— Fitz veut te voir dès que tu le pourras, déclara-t-elle lorsqu'ils parvenaient au bureau. Je suppose qu'il veut se moquer en face de ta seconde chute de cheval en si peu de temps… Le pauvre homme ! On le comprend : il a si peu de chose, invalide comme il est, pour illuminer sa journée… Sans doute veut-il te remercier des efforts que tu déploies pour le dérider.

— Je ne vis que pour vous amuser tous, tu le sais bien, répliqua Rafe.

— Dans ce cas, je suis navrée de te dire qu'en ce qui me concerne tu échoues lamentablement. Mon Dieu, mais que s'est-il passé ? Comment t'es-tu débrouillé pour te faire encore désarçonner ?

Rafe se servit un verre de vin. C'était décidé, il partagerait avec Charlotte ses conclusions sur l'accident. Après tout, si elle avait tenu bon dans la serre pendant la tempête, elle n'allait pas jouer les jeunes filles apeurées maintenant…

— En fait, je ne suis pas tombé de cheval, déclara-t-il donc. Boney m'a désarçonné alors que j'avais à peine mis un pied à l'étrier, parce que quelqu'un avait glissé un clou sous le tapis de selle. Alors, toujours aussi amusée par ma petite mésaventure, Charlie ?

Il se tourna vers elle, son verre à la main.

— Comment ? dit-il. Tu ne souris plus ? Peut-être ne suis-je pas aussi distrayant que Fitz, après tout… Quel dommage !

— Je… Je ne comprends pas.

A cet instant, un coup se fit entendre à la porte et Charlotte alla ouvrir pour faire entrer une servante chargée d'une vasque d'eau et de serviettes. La domestique posa le tout sur une table, puis quitta la pièce. Charlotte verrouilla la porte derrière elle, avant de s'adosser au panneau de bois.

— Rafe, reprit-elle, est-ce que tu essaies de me dire que quelqu'un a voulu te blesser ?

— Oui, ou me tuer, répondit-il en se saisissant d'une serviette mouillée pour l'appliquer sur sa bosse.

Dieu, que c'était bon de se rafraîchir !

— Si cela ne te dérange pas, poursuivit-il, je vais m'occuper moi-même de cette bosse. Je ne dis pas que tu n'as pas le toucher assez doux, bien sûr, mais…

Charlotte soupira.

— Rafe, ta blessure a l'air assez vilaine, alors ne compte pas sur moi pour t'obéir. Allez, viens t'installer. Non, pas derrière ton bureau, viens sur le divan et allonge-toi, les pieds en l'air. Et donne-moi cette serviette, que je puisse la poser comme il faut sur ta bosse.

Il s'allongea, contraint et forcé, pendant que Charlotte récupérait un plaid de velours sur le dossier du divan, visiblement décidée à l'en envelopper comme un bébé.

— Charlie, marmonna-t-il, cesse de t'agiter. Je me sens bien… En colère, mais bien.

A sa grande surprise, elle lui obéit, malgré des signes évidents de tension.

— Je… Je ne sais pas quoi te dire, Rafe, reprit-elle. Qui pourrait te vouloir du mal ? Et pourquoi ?

— John Cummings a une théorie sur le sujet, répondit-il en retirant la serviette pour la retourner, avant de la remettre en place. Selon lui, certains croient que j'ai provoqué la mort d'oncle Charlton et de ses fils afin de prendre leur place.

Charlotte poussa un soupir.

— Je vois…

A ces mots, Rafe se redressa d'un bond.

— Comment ça, je vois ? Qu'est-ce que tu entends par là ?

Elle approcha un repose-pied brodé du divan et s'assit dessus, avant de répondre :

— Je veux dire que Richards, le valet de ton oncle, est allé raconter cette histoire partout avant de partir. Mais je pense qu'il avait de la rancœur parce qu'il savait que tu ne le garderais pas à ton service… Personne n'a prêté attention à ses divagations.

— John pense au contraire qu'il a pu trouver un public au Bull and Grapes ; et j'en connais effectivement qui ont dû être ravis de l'écouter…

Charlotte sembla réfléchir un instant, avant de secouer la tête.

— Je ne crois pas, persista-t-elle. En tout cas, si tu penses aux frères Martin, Joshua et Jacob, qui étaient très liés à tes cousins, et à leur ami Samuel, c'est impossible.

Ils ne sont plus là, Rafe, aucun des trois : ils sont morts à la guerre sur le continent. Tu penses peut-être aussi à Henry, le cousin de Samuel, qui complétait leur petit cercle ? Lui, il a perdu une jambe en mer, quand un canon s'est détaché pendant une tempête. Je doute vraiment qu'il se soit préoccupé de venger leur mort.

Sentant ses soupçons s'évanouir, Rafe lança d'une voix éteinte :

— Sans compter qu'il lui aurait été difficile de se cacher dans un arbre pour chercher à m'abattre d'un coup de fusil.

— Tiens ! fit Charlotte avec un air faussement étonné. Dois-je comprendre que tu ne t'entêtes plus à faire passer ça pour un accident ? Ce n'est plus un braconnier maladroit qui t'a tiré dessus ?

— Peut-être que non… Quoique cela reste possible. Un braconnier visant un lièvre…

— Un lièvre étonnamment grand, alors…

— Fitz m'a déjà fait la même réflexion, je te remercie. Mais, avant que John ne m'explique l'histoire du clou, ce coup de feu ne me semblait pas aussi suspect… Tu sais que le jour où on a tiré, près de la scierie, Fitz et moi avons discuté un moment la possibilité que tu aies été la cible de cette agression ?

— Moi ?

Charlotte ouvrait des yeux ronds. Ah, ces grands yeux noisette…

— Qui donc pourrait chercher à me tuer ? Les gens m'aiment bien, tu sais !

— Alors que moi, ils ne m'aiment pas ? répliqua Rafe avec un sourire. C'est ce que tu veux dire ? Tu trouves donc ça plausible, que quelqu'un puisse me détester au point d'attenter à mes jours ! Je dois vous remercier de cette information, miss Seavers.

— Oh ! ça suffit ! s'exclama-t-elle en se levant.

En parfait gentleman, Rafe l'imita, ce qui la coinça entre lui et le repose-pied. Lorsqu'elle eut l'air de s'en apercevoir, elle eut un mouvement de recul instinctif et faillit tomber à la renverse.

— Doucement, murmura Rafe en la rattrapant par le bras et en la ramenant vers lui.

Elle leva les yeux, clignant une ou deux fois des paupières. L'atmosphère du bureau sembla alors changer brusquement, comme si la température était montée d'au moins cinq degrés. Charlotte leva la main vers le front de Rafe et palpa avec délicatesse sa blessure du bout des doigts, avant de murmurer :

— Quelle énorme bosse… Tu es sûr que tout va bien ?

— Oui, ça va, affirma-t-il en penchant la tête de côté, incapable de détacher les yeux de la bouche pulpeuse. Cet incident… Enfin, les deux incidents ne sont peut-être que des coïncidences…

— Oui, peut-être… Mais je pense quand même qu'il serait plus prudent de… d'être prudent. Prends soin de toi…

— Ne t'en fais pas, dit-il pour la rassurer. On ne peut pas continuer à entasser les ducs d'Ashurst Hall dans le mausolée. Nous finirons par épuiser la liste de remplaçants…

Charlotte tenta de se libérer pour se détourner de lui.

— Ce n'est pas drôle, Rafe.

Il aurait pu la laisser partir. Il aurait dû la laisser partir. Il aurait dû arrêter de la pousser dans ses retranchements pour débusquer ses secrets… Mais il ne put s'y résoudre.

— Charlie ?

— Quoi ? soupira-t-elle. Je me sens un peu bête, tu sais, debout comme ça.

— Je vais te laisser partir, assura-t-il, ne t'en fais pas. J'aimerais seulement que tu répondes à une question, tu veux bien ? Est-ce que cela t'aurait rendue triste s'il m'était vraiment arrivé malheur ?

Elle leva les yeux sur lui, apparemment surprise.

— Est-ce que… ? Oh ! Seigneur, Rafe, qu'est-ce que ça veut dire ? Bien sûr, que ça m'aurait rendue triste ! En fait, ça m'aurait… ça m'aurait… Bon, c'est tout ? Je dois aller voir ma mère, maintenant que je sais que tu n'as rien de grave !

— Ça t'aurait fait quoi ? insista-t-il dans un chuchotement.

Pourquoi donc n'osait-elle pas achever sa phrase ? Que lui cachait-elle ?

— Allez, parle-moi ! insista-t-il encore. Tu aurais été triste ? Désespérée ? Aurais-tu pleuré ton pauvre Rafe ? Aurais-tu souhaité que… que nous ayons pris le temps de mieux nous connaître ?

Charlotte le dévisagea en secouant la tête d'un air incrédule.

— Tu es impossible, tu sais ! On ne peut jamais savoir quand tu plaisantes et quand tu es sérieux ! Si du moins il t'arrive d'être sérieux, ce dont je doute fort… Nous ne sommes plus des enfants, Rafe ! Tu n'es plus le pauvre cousin qu'on tolère à peine et je ne suis plus la petite peste odieuse qui te pourchassait partout. Laisse-moi partir maintenant !

— Non ! rétorqua-t-il en se penchant vers elle. Non, tu ne partiras pas. Pas tout de suite…

Il trouva ses lèvres sèches sous les siennes, fraîches et crispées comme si ce baiser avait pour elle l'amertume du sel. Mais alors qu'il la serrait plus fort contre lui, la bouche de la jeune femme s'adoucit. Charlotte se laissa alors guider dans un léger soupir et lui passa les mains autour du cou.

Il ne devait pas commettre deux fois la même erreur… Il ne devait pas l'effrayer en rendant ce baiser trop passionné, trop intime. Mais, Dieu, que c'était dur de la tenir, là, contre lui, sans s'autoriser à aller plus loin… Oh ! tellement plus loin…

Rafe redressa la tête et la regarda dans les yeux.

— Tu vois ? Ce n'est pas si terrible, après tout…

— Ce n'est pas très délicat de me dire ça maintenant, tu sais.

Il descendit les mains jusqu'à ses hanches.

— Et depuis quand suis-je réputé pour ma délicatesse ? demanda-t-il en souriant.

— En effet, répondit-elle en lui rendant son sourire.

Cela le décida à poser doucement la main sur son visage. Il lui embrassa la tempe, puis la joue, avec lenteur. Il fallait la rassurer, ne pas la serrer de trop près…

Ainsi prit-il son temps, déposant les baisers sur sa peau, puis reculant, encore et encore. Son front, son oreille… Il caressa du pouce la ligne de sa mâchoire et, comme elle fermait les yeux, il lui embrassa les paupières.

Enfin, elle entrouvrit les lèvres. Tout son corps commençait à se détendre, comme si elle lui faisait tout à coup confiance…

Quand il l'embrassa, elle ne se raidit pas. Elle ne parut pas le craindre. Il s'efforçait toujours de ne pas se montrer pressant : il aurait bien le temps de lui apprendre l'art du baiser, de corriger toutes les erreurs que cette brute de cousin avait pu commettre…

Pour l'instant, la seule chose à faire était de la rassurer. Leur baiser demeura donc chaste. Elle ne devait pas se sentir menacée. Il se hâta donc de s'écarter d'elle, avant d'aviver plus encore le feu qui le consumait.

— Ça va de mieux en mieux, non ? demanda-t-il, le visage à quelques centimètres du sien.

Elle ouvrit les yeux, l'air surpris de le trouver encore si proche.

— Oui, peut-être.

C'est alors qu'elle lui sourit… Seigneur, ce sourire…

— Tu es quelqu'un de bien, Rafe…

— C'est tout ? demanda-t-il, moqueur. C'est donc que je me suis moins bien débrouillé que je ne le pensais… Peut-être devrions-nous nous entraîner plus souvent ?

— Nous devrions surtout arrêter de dire des sottises, répliqua-t-elle en s'éloignant vers la porte. Et toi, tu devrais monter dans ta chambre t'allonger un peu.

Au dernier moment, elle se retourna pour ajouter :

— Et je n'ai jamais eu peur que tu m'embrasses, tu

sais. Ni la première fois, ni encore maintenant. J'ai été… J'ai été seulement… surprise.

— Bien sûr, répondit-il. Et je suppose que tu es sur le point de me demander de ne jamais reparler de cela…

Elle acquiesça, les lèvres serrées.

— Très bien, Charlie, j'emporterai donc le souvenir de ce charmant moment dans la tombe. D'ailleurs, je ne devrais pas tarder à y arriver, si celui à qui je semble déplaire finit par atteindre son objectif…

— Rafe… déclara Charlotte, avant de s'interrompre en secouant la tête. Non, rien…

— Dis-moi ce que tu as à dire, Charlie, tu n'as pas l'habitude de tourner autour du pot.

— Bon… Seulement, je sais que ça va te mettre en colère. Je voulais juste dire que tu peux plaisanter à propos de ça tant que tu veux, mais je tiens à ce que tu me promettes que tu feras quand même attention à toi.

— Promis. Et maintenant dis-moi quelle est ta stratégie pour que j'y parvienne. Je t'avoue que je suis peu tenté par l'idée de me terrer dans ma chambre…

Elle secoua la tête.

— Je sais bien, soupira-t-elle. Mais tu as été soldat, Rafe. Tu dois savoir quoi faire quand un ennemi approche…

— Bien sûr, que je le sais. Donne-moi un régiment pour m'épauler et je te fais une démonstration ! Et, avant de te porter volontaire, sache que je ne te laisserai pas manier le moindre pistolet : tu viserais l'ennemi et parviendrais à me tuer, moi… Je n'ai pas oublié l'épisode de la pomme, tu sais.

Charlotte laissa libre cours à sa contrariété.

— Si tu refuses de rester sérieux un seul instant…

— Tu te trompes, Charlie, affirma-t-il. Je suis on ne peut plus sérieux. Je te promets de prendre toutes les précautions possibles. Par contre, il est hors de question que je passe mon temps à guetter l'apparition du croque-mitaine dans mon dos ! Après tout, ces deux accidents ne sont peut-être que des coïncidences.

— Tout comme je suis peut-être Son Altesse Royale la princesse Charlotte, répliqua-t-elle d'un ton exaspéré. Non, je ne suis pas une altesse, et toi, tu n'es pas invincible. N'oublie pas ça, Rafael Daughtry !

Sur ces mots, elle se retourna solennellement dans un froissement de jupons et actionna la poignée. Bien sûr, quand elle s'aperçut que la porte était toujours verrouillée, sa sortie théâtrale en pâtit quelque peu…

A n'importe quel autre moment, Rafe aurait éclaté de rire en voyant sa grimace rageuse lorsqu'elle ouvrit enfin la porte et la fit claquer derrière elle…

Mais cette fois-ci il ne lui vint pas même un sourire.

Il ramassa la serviette et la trempa de nouveau dans l'eau froide avant de l'emporter jusqu'au bureau, où il s'assit. Un grand portrait de famille trônait au-dessus de la cheminée, en face de lui. On y voyait son oncle, debout au bord de la rivière qui traversait le domaine, une canne à pêche entre les mains et deux chiens de chasse à ses pieds. Près de lui se tenait George, à seize ou dix-sept ans, assis sur un tronc couché, un livre ouvert posé sur ses genoux.

— Probablement le seul livre qu'il ait jamais ouvert de sa vie, murmura Rafe.

Enfin, il examina l'image de son cousin Harold, assis en tailleur dans l'herbe, le menton dans la main. Une parfaite représentation de la jeunesse et de l'innocence. Mais Rafe savait ce qui se cachait sous le vernis…

Il se leva et s'avança vers la cheminée sans quitter le portrait des yeux.

— Qu'est-ce que tu as fait à Charlie, Harold ? chuchota-t-il. Tu lui as forcément fait quelque chose. Qu'est-ce que tu lui as fait, bon sang ?

9

Par la suite, Charlotte fit de nouveau son possible pour éviter tout tête-à-tête avec Rafe. Ce n'était pas difficile puisque Rafe semblait de son côté tout aussi désireux de ne pas se retrouver seul avec elle.

Quels idiots ils faisaient, l'un comme l'autre ! Mais sans doute valait-il mieux que les choses se passent comme ça… Du moins, pour le moment. Il avait visiblement compris qu'elle avait besoin de temps. Peut-être devrait-elle le remercier ? Non, il en serait gêné… Et puis comment trouver les mots justes pour ne pas l'embarrasser ?

Ils s'évitaient donc avec précaution : Rafe semblait savoir quand elle allait à Rose Cottage pour superviser les travaux de réparation et il n'empruntait pas la route à ces moments-là. Tout comme elle savait qu'elle pouvait tranquillement bavarder avec les jumelles dans le grand salon à l'heure du thé, tous les après-midi, car il ne venait plus les y rejoindre.

Un matin, pourtant, ils s'étaient rencontrés par hasard dans l'escalier. Ils s'étaient certes souri et salués, mais l'instant avait été si étrange et tendu qu'elle avait dû retourner dans sa chambre pour se calmer avant de rendre visite à sa mère comme elle l'avait prévu.

Quoi qu'il en soit, l'immensité d'Ashurst Hall leur facilitait la tâche en matière d'évitement. Tout se passait donc bien, et nul ne pouvait se rendre compte de leur petit manège. A l'exception de lady Nicole, bien sûr…

Cependant, comme à son habitude, Nicole ne voyait

les événements qu'à la lumière des avantages qu'elle pouvait en tirer : sa jeunesse et son innocence jouaient donc en leur faveur…

La veille de Noël, alors que Charlotte et les jumelles travaillaient à une guirlande de houx pour décorer la cheminée du grand salon, Nicole fit une fois de plus preuve d'une franchise embarrassante.

— Tu sais, Charlotte, dit-elle, si tu savais mieux mentir, tu n'aurais pas à éviter Rafe comme tu le fais.

Charlotte sursauta et se piqua le doigt avec sa branche de houx.

— Je te demande pardon ? fit-elle en portant la blessure à sa bouche. Je n'évite absolument pas ton frère !

— Allons, bien sûr que si ! claironna Nicole avec un regard en coin à sa sœur.

Lydia se contenta de lever les yeux au ciel avec un soupir.

— Et d'ailleurs, poursuivit Nicole, je dois dire que j'apprécie beaucoup que tu ne sois pas allée lui répéter… eh bien, ce que tu sais… Depuis que c'est arrivé, je me comporte très bien, comme promis. Je m'ennuie à mourir, mais je me comporte bien. Donc je pense que rien ne t'empêche plus de recommencer à adresser la parole à Rafe. Ce n'est pas comme si tu pouvais encore le lui dire maintenant : il ne comprendrait pas pourquoi tu aurais tant attendu pour le mettre au courant… Alors, tu vois ? Nous n'avons plus rien à craindre !

— Halte là, jeune fille ! répliqua Charlotte. Si tu fais encore un seul faux pas, j'irai trouver ton frère et tu en verras de toutes les couleurs ! Et au diable les conséquences ! Est-ce que c'est bien clair ?

Lydia leva les yeux de son ouvrage.

— Tu ne devrais pas jurer, Charlotte, dit-elle d'une voix douce, avant de rougir jusqu'à la racine de ses cheveux. Vraiment, tu ne devrais pas.

— Mais si ce n'est pas au sujet de tu-sais-quoi, reprit Nicole, l'air soucieux, pourquoi est-ce que tu l'évites comme ça ? Est-ce qu'il a fait quelque chose de mal ?

Elle se pencha par-dessus la table avec un sourire machiavélique.

— Il a essayé de t'embrasser, c'est ça ? Oh ! regarde-la, Lydia ! Elle est presque aussi rouge que toi ! Il a essayé, n'est-ce pas ? Raconte-nous tout ! Tu sais, ce sera bientôt à nous d'affronter des prétendants, à Londres : nous devons savoir comment garder nos distances. S'il te plaît, raconte-nous. Est-ce que c'était désagréable ?

Heureusement, Lydia ne semblait pas prêter attention au bavardage de sa sœur : elle en aurait été encore plus embarrassée…

— Le capitaine Fitzgerald jure beaucoup, lui aussi, déclara-t-elle, comme pour elle-même. Il s'excuse platement après, mais il s'oublie chaque fois. Il jure surtout quand nous parlons de la guerre… Il dit : « Ce foutu Bonaparte ! » et beaucoup d'autres choses du même genre…

— Lydia, tais-toi ! s'exclama Nicole, les yeux toujours fixés sur Charlotte. Alors, il l'a vraiment fait ? Il t'a embrassée ? Mais pourquoi êtes-vous fâchés depuis ?

— Nous ne sommes pas fâchés, Nicole, persista Charlotte. Et toi, Lydia, tu as tout à fait raison à propos des jurons : d'ailleurs, tu ne devrais pas en dire, toi non plus, même pour répéter ceux du capitaine.

— Désolée, marmonna Lydia avant de déposer son ouvrage sur la table. C'est l'heure, je dois aller le retrouver : on va encore lire du Shakespeare aujourd'hui ! Il est si drôle quand il donne la réplique des trois sorcières :

« Double, double labeur et trouble, que le feu brûle et que le chaudron bouillonne ! »

Sur ces mots, elle quitta la pièce, suivie des yeux par sa jumelle. Dès la porte refermée, celle-ci annonça, l'air de rien :

— Elle s'imagine qu'elle est amoureuse de lui. Quelle petite écervelée, elle m'inquiète… J'ai bien peur de la récupérer le cœur brisé dans quelque temps. En tout cas, une chose pareille ne m'arrivera pas, à moi ! L'amour est seulement pour ceux à qui ça ne fait rien de souffrir. En ce qui me concerne, s'il doit y avoir des cœurs brisés pendant mon séjour à Londres, ce seront ceux de mes prétendants !

A ces mots, Charlotte éclata de rire. Quelles sottises ! Il n'était pas toujours facile de rester sérieuse en présence de Nicole ! Surtout lorsqu'elle prenait une mine aussi grave…

— Alors, comme ça, tu as l'intention de devenir une briseuse de cœurs, Nicky ?

— Bien sûr ! J'ai bien observé maman, tu sais : elle se marie chaque fois parce qu'elle se croit amoureuse, et puis son mari l'abandonne et ça lui brise le cœur.

— Ses époux ne l'ont pas abandonnée, Nicole, répliqua Charlotte, ils sont morts. Tu sais, il est rare de prévoir sa propre mort…

La voix de Rafe qui s'éleva alors de l'entrée du salon fit sursauter Charlotte, qui se piqua de nouveau le doigt avec sa branche de houx :

— Franchement, en ce qui concerne mon père et ses successeurs, je ne suis pas d'accord avec toi, Charlotte. Je pense que tous les trois ont dû accueillir leur décès comme une échappatoire bienvenue !

— Je me suis fait mal ! Quelle idée d'arriver comme ça, en catimini !

— Toutes mes excuses, répondit-il dans un salut. Peut-être devrais-je envisager de me faire annoncer par un clairon ? Je ne voulais rien interrompre, Charlotte, mais la femme de chambre de ta mère est en train de retourner la maison comme si elle cherchait quelque chose, et j'ai pensé que je ferais mieux de venir te le dire pour… Eh ! Attention !

Sans le laisser terminer, Charlotte avait bondi de son siège et lui avait fiévreusement saisi les mains.

— C'est maman ! Marie ne retrouve plus maman !

— Est-ce si grave ? demanda-t-il, visiblement interloqué. Ma foi, dans ce cas, lançons-nous à sa recherche. Nicole, tu veux bien aller voir à l'étage ? Quant à nous, nous allons fouiller le rez-de-chaussée.

Tous deux se rendirent dans le hall.

— Je dois dire deux mots à Marie, Rafe, s'écria Charlotte d'une voix tendue. Il faut que je sache depuis combien de temps maman a disparu !

— Elle s'est éloignée, c'est tout, Charlie. Que veux-tu qu'il lui arrive ici ?

— Je ne sais pas, répondit-elle en poursuivant son chemin vers les escaliers. Papa est allé au village pour négocier davantage de chaume pour les travaux du toit. Peut-être qu'il a emmené maman avec lui et que Marie a oublié…

A cet instant, elle aperçut la femme de chambre qui, en larmes, descendait l'escalier. Elle courut à sa rencontre.

— Marie ! Attendez un instant ! Dites-moi quand vous avez vu ma mère pour la dernière fois.

— Oh ! mademoiselle, je suis vraiment désolée, répondit la femme de chambre en essuyant ses larmes du coin de son tablier. J'ai à peine fermé les yeux un instant, vous savez, mais j'ai dû m'endormir…

— Pendant combien de temps ? scanda Charlotte.

Son cœur battait la chamade et elle se contrôlait à peine. Heureusement, Rafe intervint :

— Du calme, Charlie, tu lui fais peur.

— Oui, veuillez m'excuser, Marie, reprit-elle d'une voix plus douce. Ce n'est pas votre faute ; mais il faut absolument que je sache à quelle heure vous l'avez vue pour la dernière fois. S'il vous plaît, essayez de réfléchir !

L'air éperdu, la femme de chambre se tourna vers Rafe pour répondre :

— Ça fait déjà un bon moment que je la cherche, Votre Grâce, mais elle…

— You-hou ! Rappelez vos rabatteurs ! Je l'ai trouvée !

Charlotte et Rafe firent volte-face en direction de la voix et virent Nicole arriver, triomphale, Georgianna Seavers à son bras. Dieu merci, la pauvre femme semblait calme et Charlotte ressentit soudain un besoin presque incontrôlable d'éclater en sanglots.

— Maman ! s'écria-t-elle. Où étiez-vous ? Marie n'a pas arrêté de vous chercher…

Quel soulagement ! Elle en tremblait… Déjà, la semaine précédente, ils l'avaient cherchée partout et l'avaient retrouvée dans le jardin. Elle avait enfilé un manteau et était sortie pour chercher ses fleurs. Par chance, ils l'avaient rattrapée avant qu'elle n'atteigne la lisière de la forêt : elle aurait pu s'y perdre et cela aurait été un désastre !

A présent, Georgianna faisait une courtoise révérence à Rafe, en le fixant de ses yeux bleus délavés.

— Bonjour, disait-elle. Bienvenue chez nous !

Sans oser tourner la tête, Charlotte sentit le regard interloqué de Rafe posé sur elle. Comme elle aurait voulu pouvoir disparaître, se fondre dans le carrelage… Ce n'était pas sa mère qui l'embarrassait ainsi ou qui lui faisait honte, bien sûr, c'était elle-même : elle qui n'avait encore rien dit à Rafe, qui n'avait pas pris la peine de lui expliquer la situation. Après tout, il accueillait toute la famille Seavers sous son toit, il méritait de savoir !

Mais, si elle lui en avait parlé, il lui aurait posé des questions. Et, à ces questions, elle ne voulait pas répondre…

Rafe salua Mme Seavers à son tour et lui fit un baise-main en répondant d'une voix aimable :

— Je suis enchanté d'être votre hôte, madame. C'est un réel plaisir.

— Vous êtes la bienvenue aussi, mademoiselle, reprit Mme Seavers en se tournant vers sa fille. Veuillez m'excuser : je dois voir Martha et m'assurer qu'elle prévoie deux couverts de plus pour le repas. Elle prépare du poulet rôti.

— Très bien, maman, ce sera délicieux, répondit Charlotte, tandis que Marie se précipitait vers sa maîtresse pour lui prendre le bras. Allons, remontez donc vous reposer un peu : Martha s'occupe de tout.

La femme de chambre reconduisit Mme Seavers à l'étage dans le silence le plus complet.

Enfin, Nicole prit la parole.

— Je l'ai trouvée dans les cuisines : elle donnait ses ordres pour le repas du soir. D'ailleurs, elle a raison : on va avoir du poulet rôti ! La cuisinière l'avait assise à une table et lui avait servi du thé avec des biscuits.

Soudain, elle s'interrompit et fronça les sourcils.

— Mais Charlotte, pourquoi a-t-elle dit « mademoiselle » en s'adressant à toi ? Elle ne t'a pas reconnue ? Et puis elle a appelé la cuisinière Martha… C'était bien le nom de celle de Rose Cottage, n'est-ce pas ? Celle qui est morte dans la tempête ?

— Ce n'est pas le moment, Nicky, répondit Rafe d'un ton calme en prenant le bras de Charlotte. En tout cas, merci d'avoir retrouvé Mme Seavers si vite. Allons, Charlie, viens avec moi. Je crois que tu as besoin de t'asseoir un peu…

— Non, merci. Je vais bien, Rafe, je t'assure.

Malgré ses protestations, elle ne résista pas lorsqu'il la conduisit dans son bureau et l'installa à sa place habituelle. Elle y demeura prostrée et ne s'aperçut même pas qu'il lui tendait un verre de vin, avant qu'il ne le lui mette dans la main d'un geste décidé.

— Bois doucement si tu n'as pas l'habitude.

Elle obéit, frissonnant lorsque le liquide âpre franchit sa gorge.

— Comment peut-on boire quelque chose d'aussi amer ?

— Chacun a ses raisons, je suppose, répondit Rafe en s'asseyant en face d'elle. Charlie, explique-moi ce qui vient de se passer. Nicky a raison : ta mère ne t'a pas reconnue.

Charlotte ne répondit pas et but une seconde gorgée. La première semblait déjà la réchauffer de l'intérieur : c'était assez agréable, en fin de compte…

— Charlie ? répéta Rafe.

Reprenant ses esprits, elle réprima les pleurs qui lui montaient à la gorge.

— Je ne veux pas parler de maman, Rafe. Elle est comme elle est, point final.

— Donc ce que nous avons vu aujourd'hui n'a rien à voir avec la tempête ?

— Non, elle est comme ça depuis un certain temps déjà. Elle… Elle n'a jamais été très forte, tu sais. Je veux dire, sur le plan mental… Papa et moi avons toujours pris soin d'elle, nous l'avons préservée des malheurs. Mais elle a changé du tout au tout depuis que… Oh ! Rafe, c'est si dur par moments…

Rafe lui reprit le verre des mains et le posa sur une table basse avec le sien, avant de se mettre à genoux devant elle pour la serrer dans ses bras.

Une telle douceur eut pour effet de libérer Charlotte. Le serrant à son tour contre elle, elle enfouit le visage au creux de son épaule et fondit soudain en larmes. Elle laissa alors sortir toute la douleur qu'elle avait contenue durant ces longs mois, depuis cette nuit où sa mère avait perdu la raison… Entre les gros sanglots qui la secouaient, elle parvint à articuler :

— Parfois… Parfois, je voudrais aller la trouver, comme avant… Je voudrais lui dire que j'ai peur de la voir malade, pour qu'elle me prenne dans ses bras, qu'elle me réconforte… Pour qu'elle me dise que tout ira bien… Elle me manque, tu sais…

— Ma chérie, murmura Rafe en lui caressant doucement le dos et en embrassant ses cheveux. Pourquoi ne m'as-tu pas dit qu'elle était malade ? Pourquoi as-tu cru qu'il fallait me le cacher ?

Charlotte quitta le nid de ses bras à contrecœur et entreprit de fouiller ses poches. Finalement, elle leva les yeux vers lui et renifla.

— Je crois que je n'ai pas de mouchoir…

— Pour ça, au moins, je peux t'être utile, répondit-il en lui tendant le sien. Allons, Charlie, essuie-moi ça.

Elle sourit malgré elle en saisissant le mouchoir de lin blanc et lui obéit.

— Je suppose que tu ne tiens pas à le récupérer…

— Ne t'inquiète pas pour ça, ma douce, murmura-t-il

en la serrant une dernière fois dans ses bras avant de se relever. Tu sais, tu n'as pas à m'expliquer quoi que ce soit. J'ai déjà vu des regards comme celui de ta mère… Quand elles ne supportent plus le monde extérieur, de nombreuses personnes se réfugient en elles, comme dans une coquille.

Charlotte s'essuya une dernière fois les joues du revers de la main.

— Tu veux dire qu'elles ne veulent plus voir que des choses agréables ?

— Quelque chose comme ça, oui. Tu sais, j'ai vu tellement de soldats mourir dans mes bras persuadés que j'étais leur maman venue les border. J'en ai aussi vu d'autres qui n'étaient pas blessés, mais qui se fermaient au monde, comme pour se mettre en sécurité, loin de la laideur et de l'horreur de la guerre. Je ne sais pas pourquoi ni comment on peut faire ça, je ne peux pas l'expliquer, mais il est certain que c'est une façon de se protéger, Charlie. On trouve tous des moyens pour ça…

Charlotte ravala un nouveau sanglot.

— Tu l'expliques très bien… Je pense que tu as raison : maman s'est enfermée en elle pour se protéger. J'aimerais… J'aimerais seulement qu'elle me laisse entrer de temps en temps…

— Allons, bois encore un peu, répondit-il en lui tendant de nouveau son verre. Si jamais un jour tu veux m'en dire plus, je serai là.

Elle refusa le vin d'un signe de tête.

— Si je t'en dis une partie, murmura-t-elle, je suppose que je ferais aussi bien de tout te dire. Tout est relié. Et je veux te le dire, Rafe. Du moins, une partie de moi en a envie…

Il l'encouragea d'un doux sourire.

— Et quelle partie de toi est ici, en ce moment ?

— Celle qui considère que tu mérites des réponses, il me semble.

— Dans ce cas, la partie de moi qui veut les entendre t'écoute.

Il se rassit en face d'elle, tenant son verre des deux mains.

— Qu'est-il arrivé à ta mère, Charlie ? De quoi se protège-t-elle ?

Charlotte baissa la tête, son mouchoir roulé en boule bien serré dans sa main. Puis elle se mit à raconter, d'abord lentement, puis de plus en plus vite, comme si, le récit une fois commencé, elle voulait en finir au plus vite…

Tout s'était passé au début du printemps. La journée avait été agréable et elle en avait profité pour se rendre à Ashurst Hall. Emmaline venait de recevoir de nouvelles tenues de Londres et voulait les lui montrer. Charlotte n'avait pas pris soin de mettre son amazone ; elle était sortie de chez elle vêtue d'une vieille robe et d'une courte pelisse.

Elle était restée au château pour le dîner sans se soucier de l'heure, à tel point qu'il faisait déjà presque nuit lorsqu'elle avait fait demander son cheval.

Elle ne s'était pas inquiétée pour autant : sa jument connaissait bien le chemin jusqu'à Rose Cottage et la lune était pleine. Le valet qui avait amené Phaedra devant le porche lui avait proposé de la raccompagner, mais elle avait refusé, arguant qu'elle aurait eu le temps d'atteindre sa maison avant même qu'il n'ait sellé son cheval…

Cela avait été sa première erreur.

Elle avait tout juste passé la première barrière quand Phaedra avait relevé la tête. Sans doute avait-elle senti la présence d'un autre cheval.

Un instant à peine avant que Charlotte ne comprenne ce qui se passait, un cavalier sorti de la pénombre avait bondi par-dessus la clôture pour poursuivre sa route à travers champs vers Ashurst Hall.

L'espace de quelques secondes, un rayon de lune avait

éclairé son visage : il s'agissait de Nicole Daughtry, qui chevauchait Juliette.

« Emmaline devrait trouver un moyen d'attacher un boulet à la cheville de cette gamine ! » avait grommelé Charlotte en s'élançant à sa poursuite.

Elle l'avait rattrapée dans la cour des écuries. L'endroit était désert : le valet était sans doute allé se coucher. Nicole lui avait probablement abandonné une partie de son argent de poche pour qu'il ferme les yeux sur l'absence de Juliette dans son box…

— Charlotte, tu ne vas quand même pas me dénoncer ? avait dit Nicole en mettant gracieusement pied à terre.

Charlotte s'était alors aperçue que la jeune fille n'avait pas utilisé sa selle d'amazone et qu'elle portait des pantalons.

— Tu mériterais vraiment que je te donne la fessée comme à une gamine ! avait-elle répliqué en saisissant les rênes de Juliette. Tu aurais pu te briser le cou à sauter des barrières dans le noir ! Donne-moi seulement une bonne raison de ne pas aller tout raconter à ton oncle !

— Non, je t'en prie, Charlotte ! Il me battrait !

Ce ton mélodramatique était si typique de Nicole…

— Ne sois pas ridicule ! Sa Grâce ne ferait jamais ça !

Ce disant, l'image sévère de Charlton Daughtry lui était apparue. Quelle serait sa réaction dans une telle situation ? Après tout, elle ne le connaissait pas si bien que ça…

Emmaline n'avait pas l'habitude de parler de son frère, qui était bien plus âgé qu'elle et qui passait le plus clair de son temps à Londres avec des amis. Par ailleurs, depuis des années qu'elle se rendait régulièrement à Ashurst Hall, Charlotte l'avait toujours évité, instinctivement.

Plus important encore : Rafe n'avait jamais aimé ni son oncle ni ses cousins. Bien sûr, leurs relations étaient bonnes lorsqu'ils étaient enfants, mais trois ou quatre ans au moins avant son départ il avait commencé à prendre ses distances lors de ses séjours au château.

Un jour, elle lui en avait demandé la raison, mais il lui avait répondu qu'elle était trop jeune pour comprendre.

Cependant, la veille de son départ, il l'avait prise à part et lui avait conseillé de se tenir à l'écart de George et de Harold lorsqu'ils séjournaient à Ashurst Hall. Heureusement, ils n'avaient pas l'habitude d'y venir souvent…

Ce jour-là, il lui avait offert l'écharpe qu'il portait et l'avait embrassée sur le front.

— Prends soin de toi, Charlie, lui avait-il recommandé.

Elle ne l'avait plus revu pendant six ans après cela…

Durant son absence, elle avait porté cette écharpe de temps en temps et l'avait gardée nouée au montant de son lit le reste du temps.

La voix de Nicole avait soudain interrompu le flot de ses pensées :

— Charlotte ? Tu ne vas pas dire à mon oncle que je suis sortie à cheval en pleine nuit, n'est-ce pas ?

— Non, avait-elle concédé, je ne le lui dirai pas à condition que tu me promettes de ne pas recommencer.

— Je te le promets ! Je ne le ferai plus ! s'était écriée Nicole.

— Très bien.

Charlotte n'avait pas réellement cru à cette promesse, mais la nuit s'avançait et ses parents allaient bientôt s'inquiéter de son retard.

— Comment es-tu sortie de la maison sans être vue ? avait-elle encore demandé.

— Je… Je suis passée par les cuisines. Pourquoi ?

— Parce que je veux que tu rentres exactement par le même chemin. Veille à ce que personne ne te voie, surtout avec cet accoutrement ridicule ! Vas-y, maintenant ! Tu es déjà restée dehors trop longtemps : on pourrait t'apercevoir des fenêtres. Je vais m'occuper de Juliette pour toi.

Nicole s'était jetée dans ses bras.

— Tu es la meilleure des amies, Charlotte ! Merci !

Charlotte avait alors attaché Phaedra à un pieu pour rentrer Juliette dans l'écurie. Elle devait avoir perdu l'esprit, pour s'être laissé convaincre si facilement de garder le silence… Et maintenant c'était à elle de retirer cette selle ridicule, d'étriller la jument, de trouver sa stalle pour lui apporter de l'eau et la nourrir…

Une voix avait alors interrompu ses grommellements agacés :

— Bonsoir !

Charlotte s'était figée. Le fils aîné du duc se tenait là, à quelques pas, si près qu'elle voyait l'éclat bleuté de ses yeux qui la dévisageaient dans la pénombre.

— Je pensais bien avoir entendu des voix, avait-il repris. Tu nous rends une visite de politesse, sans doute ? On peut dire que tu tombes à pic…

— Euh… Bonsoir… Bonsoir, Monsieur, avait-elle articulé timidement en lui faisant une rapide révérence. Je… J'attends le valet qui doit s'occuper de la jument de Nicole. Il a dit qu'il viendrait me rejoindre…

Tout en parlant, elle avait reculé de quelques pas. Le garçon paraissait si imposant dans son élégant costume londonien… Et quel regard bizarre il avait…

Mais, à chaque pas qu'elle faisait en arrière, il avançait vers elle.

— Allons, allons, Charlotte, ne mens pas. Le valet ne viendra pas te rejoindre, et nous le savons tous les deux. Les domestiques ont un don pour comprendre quand ils ne sont pas les bienvenus…

Charlotte avait alors senti la présence de Juliette dans son dos. Elle était coincée, bloquée entre la jument et George Daughtry, qui avançait toujours. Il avait lentement levé la main pour lui attraper le menton : aucune échappatoire possible…

Il l'avait forcée à tourner la tête d'un côté puis de l'autre, comme pour l'examiner, avant de reprendre :

— Voilà longtemps qu'on ne s'était pas vus ! Comme tu as grandi… Tu as déjà passé une Saison à Londres, il me semble. Ça n'a pas marché, n'est-ce pas ? Ou peut-être as-tu encore le béguin pour mon méprisable cousin ? Quel dommage… Il ne reviendra jamais, tu sais, surtout après la punition que lui a infligée mon père. Peu importe, après tout : je suis là, moi. Harold et moi sommes là tous les deux. Et, comme on dit : à époque désespérée, mesure désespérée…

Il devait avoir bu. Charlotte pouvait sentir l'odeur d'alcool dans son haleine et, bien qu'elle n'eût aucune idée de ce qu'il avait bien pu vouloir dire, elle avait compris qu'elle devait sortir de l'écurie au plus vite.

George avait dû comprendre son intention car, à son premier mouvement de fuite, il lui avait brutalement saisi le bras.

— Tu ne vas pas partir si vite, quand même ? Tu n'as même pas vu Harold ! Il faut absolument que tu ailles le saluer ! Tu vois, il s'est mis en tête de jouer à un petit jeu, et peut-être que ça te plairait d'y participer… Mais c'est une excellente idée, d'ailleurs, tu sais ! Excellente !

— Non ! Je…

Sans l'écouter, George la tirait par le bras avec tant de brutalité qu'elle avait failli trébucher et avait dû avancer sur la pointe des pieds pour le suivre vers le fond des écuries. Là, il l'avait jetée par terre, dans la dernière stalle.

Elle s'était débattue pour se relever, mais George avait appuyé son pied botté au milieu de son dos pour la maintenir en place, la forçant sans difficulté à rester allongée, le visage dans la paille.

Elle s'était alors poussée sur les mains pour relever au moins la tête et comprendre ce qui se passait autour d'elle. Trois lanternes illuminaient la stalle.

Et, au milieu, il y avait Harold.

Il se tenait à quelques pas, nu comme un ver. Une silhouette gigantesque de chair blanche et grasse qui s'entassait en bourrelets autour de sa taille. Pire encore, son visage suant affichait une jouissance bestiale mêlée à une méchanceté pure.

Il se tenait à genoux devant une femme nue à quatre pattes dont le visage était caché sous des cheveux détachés. Un bras passé autour de la taille de la malheureuse, il la fouettait avec une cravache. Alors que Charlotte, prisonnière, découvrait avec horreur ce spectacle, il avait éclaté de rire et s'était écrié :

— Hue, ma jolie garce ! Hue ! Un peu de nerf !

Sur ces mots, il avait tourné la tête vers elle. Il l'avait fixée du regard, la bouche entrouverte, et avait entrepris de besogner la pauvre fille à la manière d'un possédé. Au bout de quelques instants, il avait émis un son guttural qui sonnait comme un cri de triomphe et s'était écroulé sur la jeune femme, l'écrasant au sol sous son poids.

Son pied toujours fermement appuyé dans le dos de Charlotte, son frère avait commenté :

— Très joli spectacle, Harold, mais un peu bruyant… Il me semble que tu es au bout de tes réserves, mon frère. Ça me laisse le champ libre avec celle-ci.

Ce disant, il avait encore enfoncé son talon dans les reins de Charlotte.

— Du diable si je te la laisse ! s'était écrié Harold, le souffle court, en luttant pour se redresser. C'est mon anniversaire, pas le tien ! Donne-la moi !

— D'accord : tu t'en occuperas le premier, et après je lui montrerai de quoi un vrai homme est capable !

Sur ce, George avait agrippé les cheveux de Charlotte pour la mettre à genoux, lui arrachant un cri de douleur. Elle était incapable de contrôler sa terreur, ou même de penser. Elle n'avait pas la force pour lutter contre eux. Ils allaient la violer… Ils allaient lui faire subir tout ce qu'Harold venait d'infliger à la pauvre fille qui s'était à présent roulée en boule dans un coin pour tenter de dissimuler sa nudité et pleurait à chaudes larmes…

— Non ! avait hurlé Charlotte en se tortillant pour échapper à George.

En vain.

Il la tenait toujours par les cheveux et l'avait poussée vers son frère en s'esclaffant.

— Embrasse-le ! Allons, Charlotte, embrasse-le ! Vas-y, ou je vais être obligé de te faire mal !

Puis il s'était penché vers elle et avait murmuré :

— De toute façon, je vais te faire mal, ma belle. Ton petit esprit de pucelle ne s'imagine même pas de combien de manières je peux te faire mal… Je vais te faire mal jusqu'à ce que tu hurles de plaisir à chaque nouvelle douleur exquise que tu vas découvrir… Excitant, n'est-ce pas ?

— Toujours aussi vantard, s'était exclamé Harold, à genoux devant Charlotte.

Malgré ses airs fanfarons, il avait eu un instant d'hésitation.

— George ? Tu es certain que nous devons faire ça ? Ce n'est pas une traînée, elle…

— Non, vous ne devriez pas ! s'était écriée Charlotte, les larmes aux yeux sous l'effet de la douleur. Laissez-moi… Laissez-moi partir, et je promets de me taire. Je le jure !

Harold avait levé vers son frère un regard interrogateur, mais celui-ci avait simplement répondu :

— C'est une pucelle, Harold. Et il est trop tard, de toute manière : nous ne pouvons plus reculer. Dis-moi, depuis quand n'as-tu pas eu de pucelle ?

— Tu connais la réponse, pourquoi demander ? Jamais ! avait répliqué son frère en se pourléchant, les yeux fixés sur Charlotte. Est-ce que c'est vrai que c'est meilleur ?

— Tu ne le sauras pas avant d'avoir essayé. Bon Dieu, Harold ! Si tu la laisses partir, elle va répéter ce qu'elle a vu sur tous les toits ! Père nous a interdit de faire ça chez lui, tu te souviens ? Il sera capable de nous couper les vivres s'il découvre la vérité ! Par contre, si on lui fait sa fête, elle ne pipera pas mot : elle voudra sauver sa réputation. On n'a pas le choix, Harold !

— Je vous en supplie, non ! avait encore imploré Charlotte, incapable de retenir ses sanglots. Je vous promets que je n'en parlerai à personne. C'est… C'est entièrement ma faute. Rafe m'avait prévenue de ne…

George l'avait alors interrompue en tirant d'un coup sec sur ses cheveux, lui arrachant un nouveau hurlement.

— Tu as entendu ça, Harold ? Rafe l'a prévenue. Rafe : notre cher cousin qui t'a battu avec ta propre cravache.

Il le lui a dit, Harold. Elle sait tout. Alors, est-ce que tu veux toujours la laisser filer maintenant ?

Pour toute réponse, Harold avait posé les mains sur ses seins et les avait pressés douloureusement avant de se pencher sur elle pour l'embrasser. Sa grosse langue s'était violemment frayé un passage dans la bouche de la jeune femme, qui avait cru étouffer…

Elle avait alors fait la seule chose possible.

Elle l'avait mordu.

Elle l'avait mordu jusqu'à sentir le goût du sang sur sa langue.

Harold avait poussé un hurlement tout en reculant, tandis que George lui avait lâché les cheveux pour la frapper des deux mains contre les oreilles. Elle s'était évanouie dans la paille…

Lorsqu'elle avait repris connaissance, une paire de bottes noires bien cirées étaient plantées à quelques centimètres de son visage. Incapable de relever la tête pour voir qui se trouvait là, elle avait reconnu la voix du duc, froide et implacable.

— Espèces d'idiots ! fulminait ce dernier. J'aurais dû me douter de ce qui arriverait en faisant des enfants à n'importe qui : je n'ai récupéré que deux foutus crétins !

— Père, ce n'est pas juste ! Elle l'a mordu. Qu'est-ce que j'aurais dû faire ? Et puis elle n'est pas morte ! Vous avez dit vous-même qu'elle n'était pas morte !

— Crois-moi, ça aurait été plus simple qu'elle le soit. Elle ne porte aucune marque visible, nous aurions pu la laisser dans un champ, près d'une barrière. Tout le monde aurait pensé qu'elle était tombée de cheval. Mais maintenant…

Charlotte avait fermé les yeux de nouveau. Pourvu qu'il n'ait pas remarqué qu'elle s'était réveillée… Elle n'osait pas y croire : non seulement elle était encore vivante, mais en plus les deux brutes ne l'avaient même pas déshabillée. A présent que le duc était là, allaient-ils la tuer sur ses ordres ?

— Très bien, avait lancé le duc.

Il avait commencé à se déplacer près d'elle : elle entendait le bruit de ses pas sur la paille.

— Voilà ce que vous allez faire : George, nous allons avoir besoin de ma voiture. Attelle mes chevaux !

— Moi, père ? Mais je ne sais pas comment…

Le claquement d'une gifle l'avait interrompu et ses pas s'étaient vite éloignés.

— Bravo, père ! s'était exclamé Harold dans un gloussement. De toute manière, tout est de sa faute : c'est lui qui l'a amenée là…

— Je ne sais pas lequel de vous deux me dégoûte le plus, avait dit le duc. Nous réglerons ça plus tard, tous les trois. Pour le moment, essayons de tourner ce désastre à notre avantage.

— Que comptez-vous faire ?

Pour toute réponse, le duc s'était mis à rire d'une manière qui avait donné froid dans le dos à Charlotte. Il avait ensuite interpellé celle-ci :

— Ouvrez les yeux, miss Seavers : je sais que vous nous écoutez.

Terrorisée, elle lui avait obéi.

— Très bien, avait-il déclaré. A présent, asseyez-vous et soyez attentive. Nous sommes sur le point de mettre enfin un terme tous ensemble à un problème tenace qui me donne des insomnies depuis longtemps : le changement de propriétaire de Rose Cottage… Harold, j'ai l'honneur de te présenter ta promise. miss Seavers, recevez toutes mes félicitations, et bienvenue dans la famille !

Harold avait ouvert des yeux ronds.

— Ma promise ? Mais… père…

— Tais-toi, imbécile ! Et, pour l'amour de Dieu, remets tes caleçons ! Tu vas finir par me rendre malade ! Quand George sera de retour, déchire les vêtements de cette demoiselle. Secoue-la un peu : je veux qu'elle donne l'impression d'avoir fait ce que ton idiot de frère et toi aviez en tête. Je vous attendrai dans la voiture.

A ce moment précis, George était revenu dans la stalle et avait annoncé :

— J'ai réveillé le valet. Ne vous en faites pas, père : je lui ai donné de quoi m'assurer de son silence. Dites, pourquoi est-ce qu'elle nous dévisage comme ça ? On va quand même la tuer, finalement ?

— Je devrais vous déshériter tous les deux, avait grommelé le duc en s'éloignant. Je me demande bien ce qui arrivera à cette maison quand je ne serai plus là… Fais ce que je t'ai dit, Harold, et vite !

Sur ce, le duc était sorti. Pendant ce discours, Charlotte avait désespérément fouillé du regard chaque recoin de la stalle à la recherche d'une arme et elle en avait découvert une : une fourche. Elle ne put s'empêcher de la fixer avant de se tourner vers ses agresseurs.

Trop tard ! George avait dû comprendre ses intentions, car à peine avait-elle commencé à se redresser qu'il l'avait rejetée au sol en la poussant du pied.

— Harold ? avait-il demandé, l'air de rien. Que sommes-nous censés faire ? Allons, dis-moi tout, père est déjà assez fâché comme ça : il ne faut pas le faire attendre.

Harold ne s'était pas embarrassé de répondre. Il s'était jeté sur Charlotte, attrapant son corsage à deux mains pour le déchirer, ainsi que la chemise, dévoilant sa poitrine nue.

Instinctivement, elle s'était couverte de ses bras, ce qui l'avait laissée sans défense lorsque Harold s'était affalé sur elle, la faisant tomber de nouveau pour l'embrasser brutalement, jusqu'à lui faire saigner la lèvre.

— Bien ! s'était-il exclamé en se relevant enfin. Ça devrait le satisfaire, tu ne crois pas, George ?

— Je ne comprends rien à ce que tu me racontes. Pour l'amour du ciel, habille-toi vite pendant que je l'amène à père.

Quelques instants plus tard, roulée en boule au fond de la voiture, Charlotte espérait que les trois hommes en avaient enfin fini avec elle… C'était alors qu'on lui avait de nouveau attrapé les cheveux pour tirer sa tête en arrière et que le duc lui avait enfoncé le goulot d'une flasque dans la gorge. L'alcool âpre avait failli l'étouffer. Elle avait tout de même trouvé la force de repousser la flasque et fini par vomir sur sa robe en lambeaux.

C'était ainsi qu'elle était rentrée à Rose Cottage, et qu'on l'avait présentée à ses parents…

Son récit achevé, Charlotte leva les yeux vers Rafe. Celui-ci se massait les tempes avec une expression de douleur.

— Mon Dieu… murmura-t-il. Mon Dieu, Charlie…

Il restait encore quelque chose à raconter. Elle aurait préféré s'en tenir là mais, à présent qu'elle avait commencé, il fallait aller jusqu'au bout. Elle lui avait déjà dissimulé certains détails de son histoire, des choses qu'elle ne pouvait encore affronter, mais il devait connaître la terrible issue de cette soirée. Alors, il comprendrait. Elle reprit donc :

— Le duc a dit à mes parents qu'il avait surpris ses fils dans les écuries, en train de cabrioler avec leur garce de fille complètement ivre. Il leur a affirmé qu'il n'avait jamais vu un tel dévergondage, une telle perversion. Il l'a juré devant Dieu ! Mais, a-t-il ajouté, bien qu'il sache que je les avais tentés, il avait conscience que ses fils étaient également fautifs et il assurait mes parents qu'ils seraient punis en conséquence.

— Quelle ordure !

Il s'était levé et faisait à présent les cent pas dans le bureau. A un moment du récit de Charlotte, il avait, de rage, jeté son verre de vin dans la cheminée, et il semblait à présent chercher un autre objet sur lequel se défouler…

Charlotte continua :

— Il a dit à mes parents que je risquais de donner naissance à un bâtard à l'automne. Dieu seul savait lequel de ses fils pouvait bien être le père, mais cela n'avait aucune importance : George ne pouvait pas gâcher sa vie en épousant une moins-que-rien comme moi, quelle que fût la situation de ma famille et la vieille amitié qui unissait les Seavers et les Daughtry. Il avait l'air si contrit, si maître de lui, que mon père ne pouvait que réconforter ma mère en larmes et se taire…

A ces mots, Rafe s'immobilisa.

— Très bien, Charlie, j'en ai assez entendu. Je comprends tout : mon oncle savait très bien que ses fils t'avaient compromise, bien qu'il ait affirmé que tu étais consentante — d'ailleurs, je n'arrive pas à croire que ton père ait pu se laisser berner de la sorte ! —, et il a proposé de sauver les apparences en te faisant épouser son cadet, n'est-ce pas ? Et bien sûr il a dû demander la propriété de Rose Cottage à titre de dot ; Rose Cottage et le domaine qu'il convoitait depuis si longtemps… Je connaissais bien mon oncle, il n'avait pas son pareil pour tourner chaque événement à son avantage !

— Oui, c'est ça… acquiesça Charlotte dans un soupir. Je n'ai pas eu le choix : papa n'a pas voulu croire à ma version des faits. Il s'est laissé abuser par les mensonges du duc.

— Je vois. Il lui a fait confiance parce que c'était un duc, justement : il n'est pas facile de traiter ce genre de haut personnage de menteur.

— En tout cas, poursuivit-elle, Harold m'a raconté plus tard que George a craint de m'avoir tuée, c'est pour cela qu'il était allé chercher son père. Et c'est le duc qui a ensuite tout manigancé. Il m'a probablement sauvée du pire, mais cela n'a pas changé grand-chose pour ma mère. Elle s'est effondrée après son départ et, depuis, elle… Enfin, tu sais, tu l'as vue par toi-même… Maintenant, je ne pourrai plus jamais lui dire la vérité…

— Et ton père ?

Charlotte poussa un profond soupir.

— Il dit qu'il me croit, mais je sais qu'il m'en veut à cause de ce qui est arrivé à ma mère. Quelques semaines après cela, le duc et ses fils mouraient en mer, mais le mal était fait.

— Et il est trop tard pour revenir en arrière, ajouta Rafe. Moi, je n'ai pas besoin de Rose Cottage, je n'en veux pas, Charlie, tu le sais. Je vais aller voir ton père pour l'en informer, à moins que tu ne préfères le faire toi-même.

— Je te remercie. J'ai encore une chose à te dire : en fait, Emmaline et moi avons brûlé le contrat de mariage. Papa dit que nous pourrions être envoyées en prison pour ça…

Rafe garda un instant le silence, avant de sourire.

— Je reconnais bien là Emmaline ! s'exclama-t-il. Elle savait donc la vérité ?

Charlotte acquiesça, se forçant à sourire à son tour.

— J'avais besoin d'en parler à quelqu'un. Quand elle a appris mes fiançailles avec Harold, elle a cru que j'avais perdu la raison.

— Maintenant que je connais moi aussi la vérité, je ne peux que m'excuser pour le comportement de mon oncle et de mes cousins et me réjouir de leur disparition… Comme tu dois détester la famille Daughtry ! Et je ne peux pas t'en vouloir pour cela.

— Tu ne leur ressembles pas, Rafe, dit-elle d'une voix douce, et tu ne leur ressembleras jamais. C'est sans doute pour ça que je m'énerve chaque fois que tu te comportes comme si tu n'avais pas ta place ici ou que tu ne méritais pas ton titre. Ceux qui ne le méritaient pas, c'étaient bien ton oncle et ses fils !

Rafe s'approcha d'elle à ces mots, mais s'immobilisa à quelques pas, comme s'il n'osait pas aller plus loin.

— Je voudrais tant te prendre dans mes bras, Charlie ! Je voudrais pouvoir chasser toute cette douleur ! Cependant, la seule douleur que cela apaiserait, ce serait la mienne, n'est-ce pas ? Je suppose que la dernière chose que tu désires est le contact d'un homme, n'importe lequel…

— Mais non, Rafe ! répondit-elle vivement. C'est moi qui ne me contrôle pas toujours. Tu n'es pas eux, et je le sais très bien. Seulement…

— Seulement, tu n'es pas encore prête, affirma-t-il

avec douceur. Je comprends, et je ne me montrerai plus impatient, je te le promets.

Elle refoula de nouvelles larmes et se leva avec peine, comme une vieille femme pour qui l'effort de vivre était devenu un fardeau.

— Il faut que je monte voir ma mère maintenant, murmura-t-elle.

Elle arrivait à la porte quand la voix de Rafe l'arrêta :

— Est-ce que tu serais allée jusqu'au bout, Charlie ? demanda-t-il. Est-ce que tu l'aurais épousé ?

Charlotte se retourna vers lui.

— Je ne sais pas, souffla-t-elle. Je me suis posé cette question des centaines de fois avant et après la mort d'Harold… Est-ce que j'aurais eu le courage de m'enfuir, peut-être même de me tuer pour éviter ce mariage ? Est-ce que j'aurais pu faire subir ça à mes parents, avec ma mère si malade ? Est-ce que j'aurais pu contraindre mon père à ne pas tenir sa parole ? Sincèrement, je ne connais pas la réponse. Tout ce que je sais, c'est que je n'aurais pas dû me trouver dans les écuries ce soir-là. Je n'aurais pas dû partir à cheval sans chaperon non plus. Je suis en tort dans toute cette affaire.

— Mais si tu n'avais pas commis ces erreurs, fit remarquer Rafe, ce serait Nicole qui aurait ramené Juliette aux écuries, ce serait elle qui aurait été à ta place pour…

— Je sais, Rafe… Pendant longtemps, je me suis consolée avec l'idée de l'avoir sauvée de ça.

Rafe leva les yeux vers le portrait de son oncle et de ses cousins, tandis que Charlotte s'éclipsait. Pour rien au monde elle n'aurait voulu que Rafe la regarde comme il regardait à présent ce tableau…

Le lendemain, Rafe fit retirer le portrait de son bureau pour l'entreposer au grenier. Dès lors, il se sentit plus confiant, plus à l'aise dans son rôle de maître du domaine…

Charlotte l'avait assuré qu'il ne ressemblait en rien

à son oncle et à ses cousins, et cela aussi lui redonnait confiance. Elle avait ajouté qu'il était quelqu'un de bon, contrairement à eux, et qu'il ne devait pas se sentir coupable d'avoir pris leur place au château.

Il se félicitait que la jeune femme ait mené sa propre bataille pendant que lui-même était au combat et que, malgré la terrible expérience qu'elle avait vécue, elle soit restée égale à elle-même : franche, ouverte, honnête...

Après le récit que lui avait fait Charlotte, il était monté voir Fitz et s'était ouvert à lui de ses angoisses. Ensemble, ils avaient pioché dans les réserves de brandy de son oncle et Rafe s'était endormi, complètement ivre, au pied du lit.

Désormais, il parcourait les allées de son domaine d'un pied plus sûr. Aux repas, il présidait sans jeter un seul regard à la place dans un coin de la table qu'il occupait autrefois.

John Cummings semblait avoir remarqué ce changement chez son maître : dorénavant, il ne se contentait plus de l'informer de ses décisions après les avoir mises à exécution : il le consultait avant de prendre la moindre initiative. Rafe, quant à lui, assumait la gestion d'Ashurst Hall, examinant les livres de comptes, notant scrupuleusement les dates de plantation des arbres, supervisant les cultures et l'évolution du prix de vente des récoltes. Il s'attelait à ces tâches avec la même rigueur qu'il mettait autrefois à organiser les tours de garde de ses hommes au front, les manœuvres militaires et le rationnement alimentaire.

Comme Fitz le lui avait rappelé avec beaucoup d'agacement — en lui jetant un livre à la tête —, le capitaine Rafael Daughtry n'était pas stupide ; c'était un homme capable, voire brillant, lorsqu'il s'attelait sérieusement à une tâche. Il était plus que temps qu'il montre au monde ce que devait être un duc !

Charlie avait fait face à ses propres épreuves avec une remarquable force d'âme, et lui-même était bien résolu à se comporter avec le même courage.

Tous deux n'avaient plus reparlé du passé. Ils s'étaient évités pendant une quinzaine de jours, avant de renouer doucement avec leur ancienne amitié.

Le mois de janvier tirait désormais à sa fin et ils étaient redevenus les meilleurs amis du monde : ils riaient ensemble, plaisantaient et se chamaillaient parfois. Sans plus de secrets pour les séparer, ils étaient libres de profiter de nouveau de leur compagnie mutuelle.

Quelquefois cependant, au dîner, Rafe surprenait un regard interrogateur posé sur lui depuis l'autre extrémité de la table. Charlie, les lèvres entrouvertes, semblait sur le point de dire quelque chose, de faire, peut-être, un aveu qui bouleverserait leurs vies…

D'autres fois, il éprouvait le besoin de s'isoler afin de ne pas perdre le contrôle de lui-même, tant le désir de la prendre dans ses bras, de l'embrasser, de la réconforter et de lui dévoiler ses sentiments se faisait pressant.

Mais il attendrait. Il prendrait son temps. Il n'avait pas le choix, de toute façon…

Bientôt, Edward et Georgianna Seavers assistèrent eux aussi aux repas. La mère de Charlotte demeurait persuadée d'être la maîtresse de maison et on lui laissait cette illusion. Au fond, quelle importance ?

Un incident assez embarrassant survint toutefois à table la veille de l'Epiphanie. Georgianna Seavers, qui avait été très calme pendant le dîner, se leva soudain alors qu'un domestique apportait à chaque convive des coupelles de crème anglaise et de fruits rouges et s'exclama, en plongeant l'index dans la crème :

— Qu'est-ce que c'est que ça ?

Edward Seavers poussa un cri embarrassé et se leva à son tour pour la calmer. D'un air surpris, son épouse observait son doigt plein de crème.

Lydia sauva alors la situation en déclarant :

— Mais voyons ! Vous savez bien que c'est comme ça que l'on mange la crème anglaise pour l'Epiphanie chez les Daughtry, n'est-ce pas, Nicole ?

Joignant le geste à la parole, elle plongea elle-même le doigt dans sa coupelle.

— Mmm, que c'est bon ! s'exclama-t-elle. Une excellente tradition familiale !

Nicole ne se fit pas prier pour imiter sa sœur, et bientôt tous les convives firent de même sous le regard ébahi des domestiques.

Mme Seavers, quant à elle, passa de la gêne à la surprise, puis sourit. Ses yeux délavés trahirent même une étincelle de malice lorsqu'elle s'écria :

— Que nous sommes bêtes !

Rafe se tourna vers Charlotte, qui, visiblement au bord des larmes, alla embrasser Lydia sur la joue.

— Tu es la plus gentille personne que je connaisse…

Elle se tourna alors vers Rafe et lui sourit, comme pour le rassurer.

Après ce jour-là, Georgianna Seavers descendit tous les après-midi prendre le thé avec Charlotte et les jumelles. Elle passait également une partie de son temps dans le jardin d'hiver, enchantée d'y retrouver quelques-unes de ses plantes d'autrefois, qui avaient survécu à la tempête.

Un soir, Edward Seavers vint trouver Rafe dans son bureau. Il se présenta comme un homme d'honneur et ajouta qu'en tant que tel il éprouvait le besoin de se confesser : il avait cédé Rose Cottage à feu monsieur le duc et il se devait de tenir sa parole auprès de son successeur.

Rafe l'écouta, assis derrière son bureau recouvert de registres, une plume encore à la main, tétanisé par une rage soudaine et incontrôlable. Il ravala les insultes qui lui montaient aux lèvres devant cet homme qui osait lui parler d'honneur. Enfin, il releva la tête et répondit d'une voix contenue :

— Si je ne me trompe pas, monsieur Seavers, votre domaine n'était pas la seule chose que vous vous apprêtiez à céder en tout honneur à mon oncle.

Le vieil homme pâlit et Rafe le vit s'aggriper au dossier d'une chaise comme s'il craignait de défaillir.

— Quoi, elle vous l'a dit ? s'écria-t-il. Ciel, quelle honte ! Puisque c'est comme ça, Votre Grâce, permettez-nous de quitter le château sur-le-champ !

Voilà ! Le moment était venu. Rafe allait pouvoir prouver qu'il n'était pas uniquement duc sur le papier…

Il déposa sa plume sur le bureau et se leva sans brusquerie.

— Vous avez donc cru ce que vous a dit le duc, monsieur Seavers ! Vous avez eu plus confiance en sa parole qu'en celle de votre fille ?

— Mais… Mais je… J'ai vu ma fille à ce moment-là… bredouilla le pauvre homme. J'ai vu à quoi elle ressemblait… Mon Dieu, je la vois encore, debout devant moi, les vêtements déchirés, en train de me regarder. Elle n'a fait que ça : me dévisager pendant que j'acceptais la proposition de votre oncle. Ma foi, c'était… C'était magnanime de la part de Sa Grâce, après ce que Charlotte avait osé faire. Vous vous rendez compte ? Il a accepté de lui donner son fils !

— Il a surtout réussi à mettre la main sur Rose Cottage, un domaine qu'il lorgnait depuis des années ! s'exclama Rafe. Et par la suite Charlie vous a bien dit qu'ils avaient menti, lui et ses fils ! Et Charlie est votre fille, bon sang ! Pourquoi ne l'avez-vous pas crue ?

— Mais je l'ai crue… Je la crois… Enfin, je suppose que je la crois…

Edward Seavers dut sentir ses jambes se dérober sous lui, car il contourna la chaise à laquelle il s'appuyait pour s'effondrer dessus. On eût dit qu'il portait sur ses épaules tout le poids de sa défaite…

— Avais-je le choix ? reprit-il d'un ton abattu. Les deux frères auraient colporté cette histoire partout, ils auraient exposé le péché de Charlotte sur la place publique ! Elle aurait été perdue !

— Ainsi que ses parents… Je ne doute pas que la pensée des conséquences pour votre femme et vous-même a pesé lourd dans votre décision.

Le père de Charlotte passa une main tremblante dans ses cheveux.

— Oui… C'est vrai. Je devais penser à ma femme… A nous. Vous me comprenez, n'est-ce pas ? Charlotte n'avait pas à se trouver là-bas. Ce qui s'est passé est aussi sa faute !

Rafe avait peine à en croire ses oreilles… Luttant encore pour se maîtriser, il interrogea :

— Si je comprends bien, vous lui en voulez pour les actes de mes cousins ? S'ils l'avaient violée, monsieur, cela aurait-il été également sa faute ?

Il fixa Edward Seavers dans les yeux et le vit alors pour ce qu'il était : un homme qui avait vieilli trop tôt, mais surtout un faible. Un individu qui avait toujours dû être faible ! Comment ne s'en était-il pas rendu compte plus tôt ? Si Charlie s'était toujours montrée forte, c'était par nécessité : elle avait dû prendre en charge ses propres parents.

Edward Seavers explosa soudain.

— Vous ne comprenez pas, Votre Grâce !

— Si, monsieur, je comprends tout à fait, répliqua froidement Rafe. Et je peux vous dire que vous ne méritez pas votre fille.

Il se rassit à son bureau, les poings sur la table. Il redevenait le capitaine Rafael Daughtry : habitué aux décisions rapides et attendant que l'on obéisse à ses ordres.

— Voilà comment nous allons procéder, monsieur Seavers. Votre épouse et vous allez demeurer sous ce toit jusqu'à la fin des travaux de Rose Cottage. Ensuite, vous me ferez le plaisir de quitter le château. Je me montrerai civil avec vous, bien entendu, et vous seul saurez à quel point votre présence m'écœure.

— Votre Grâce…

— Ne m'interrompez pas, monsieur, coupa Rafe en lui lançant un regard qui aurait fait taire le plus rebelle des sergents. Ne m'interrompez plus jamais… Votre femme et vous retournerez à Rose Cottage en tant que métayers et je conserverai les titres de propriété de votre domaine. Vous me les remettrez d'ailleurs avant la fin de la semaine.

— Mais... Mais...

— Je n'ai jamais eu envie de posséder votre fichu domaine ! ajouta Rafe. Je ne fais pas cela de gaieté de cœur, croyez-moi ! Poursuivons : je ne vous demanderai aucun loyer. Vous continuerez à gérer vos terres et vos finances comme avant, mais Rose Cottage est à présent à moi et je peux en disposer à ma convenance. Agissez encore avec moi comme vous venez de le faire, monsieur, ou parlez à qui que ce soit de ce changement de propriétaire, et vous courrez de gros risques. Est-ce bien clair ?

Edward Seavers poussa un profond soupir.

— C'est à cause de Charlotte, n'est-ce pas ? Vous voulez que je lui pardonne...

— Non, monsieur Seavers, répondit sèchement Rafe. En fait, je pense qu'il est grand temps que vous alliez la voir pour la supplier de vous pardonner, elle. Quoi qu'il en soit, Charlotte restera ici quand vous retournerez à Rose Cottage. Elle ira à Londres à la fin du mois de février avec mes sœurs et moi, pour y rejoindre notre mère. Là-bas, elle vivra enfin la Saison qu'elle mérite, et je gage qu'elle y trouvera le bonheur et la gaieté qu'elle aurait dû connaître depuis longtemps. Et si j'ai vraiment beaucoup de chance, monsieur Seavers, à la fin de la Saison, elle aura réussi à tourner la page sur cette année terrible et sur tout le mal que vous, le duc et mes cousins lui avez fait, et elle acceptera de m'épouser.

A ces derniers mots, Edward Seavers leva vers Rafe un regard abasourdi. Les coins de sa bouche se mirent à trembler comme s'il hésitait entre surprise et amusement.

— De vous... De vous épouser ?

— Oui, monsieur Seavers. Je me dois de réparer le tort que la famille Daughtry lui a fait subir ; et je vous saurais gré de bien comprendre que je ne compte pas vous demander de permission. Je me contente de vous informer des faits. Cependant, si vous soufflez mot de cette conversation à qui que ce soit, je me verrai obligé de vous chasser de Rose Cottage, vous et votre épouse malade. Vous avez pris suffisamment de décisions concernant Charlie en fonction de ce que vous jugiez bon pour elle ; je ne laisserai pas de telles erreurs se répéter.

Edward Seavers se leva avec lenteur, manifestement vaincu, et se dirigea vers la porte. La main sur la poignée, il se retourna une dernière fois.

— Vous l'aimez, n'est-ce pas ?

— Vous avez depuis longtemps perdu votre droit de poser une telle question, répondit Rafe en lui tournant le dos. Bonne nuit, monsieur Seavers.

La porte à peine refermée, Rafe remplit de nouveau son verre de vin. Ses mains tremblaient, ce qui n'était pas si surprenant, après la scène qu'il venait de vivre. Et puis cet entretien lui avait fait comprendre une chose capitale qu'il refusait de reconnaître jusque-là : en effet, il aimait Charlie…

Bien sûr, il l'avait toujours appréciée. Elle faisait partie de sa vie, elle était son amie, même pendant leur enfance, lorsqu'elle le rendait fou, à le suivre partout comme son ombre.

Mais lui devait-il vraiment réparation malgré l'horreur qu'elle avait endurée aux mains de ses cousins, puis de son oncle ? Peut-être… En tant que duc, mais aussi en tant qu'ami, il avait une dette envers elle, une dette envers la fillette qu'il avait connue et envers la femme qu'elle était devenue. L'épouser semblait une manière logique de la dédommager.

Mais cela allait plus loin que ça. Bien plus loin… Cette sensation… Cette étrange, exaltante et effrayante sensation qu'il découvrait en lui… Ce qu'il éprouvait en ce moment précis était bien plus profond que l'amour que l'on porte à une amie, à une précieuse compagne…

Oui, il se serait battu pour elle. Si elle le lui avait demandé, il aurait même risqué sa vie sans la moindre hésitation ! Il aurait vendu son âme au diable pour elle !

Comment était-ce arrivé ? Quand donc était-ce arrivé ?

Rafe vida son verre d'un trait avant de s'effondrer dans son fauteuil.

— Alors, c'est ça, être amoureux ? murmura-t-il pour lui-même avant de froncer les sourcils. Bon sang ! Qu'est-ce que je vais bien pouvoir faire, maintenant ?

DEUXIÈME PARTIE

Londres, mars 1815

L'amour conquiert toutes choses
Soumettons-nous donc tous à l'amour

VIRGILE

10

Dès son arrivée à Londres, Charlotte passa la journée à explorer chaque recoin de l'hôtel particulier de Grosvenor Square. Visiblement, on l'avait récuré et dépoussiéré de la cave au grenier. Tous les meubles avaient été cirés de frais par les domestiques, qui ne devaient pas avoir eu grand-chose à faire durant toute l'année où la famille avait été en deuil… Du moins, officiellement en deuil.

Toutes les pièces étaient magnifiques et superbement agencées. Au cours de son exploration, Charlotte n'en finissait pas de complimenter le personnel, tout en remerciant intérieurement l'ancienne duchesse, qui avait eu un goût de la décoration si raffiné. Elle découvrit néanmoins une table qu'elle trouva hideuse, avec des pieds qui imitaient des pattes d'éléphant, installée dans le petit salon du rez-de-chaussée. Tout ne pouvait pas être parfait, voilà tout ! Au moins, elle n'aurait pas à se rendre souvent dans cette pièce, réservée aux invités de moindre rang qui n'étaient pas reçus au grand salon.

Au premier étage, tous les murs étaient tapissés de papiers peints à motifs chinois. Les douze chambres bénéficiaient du plus grand confort : il y avait même quatre cabinets de toilette ! Quand Nicole rejoignit Charlotte à l'étage, elle gloussa :

— Mais cet endroit est absolument décadent !

Décadent ? Si Charlotte avait dû employer ce mot, elle l'aurait réservé à lady Daughtry, qui arriva peu de temps après eux. Helen Daughtry (de son nom complet Carstairs-

Higgenbottom) apparut dans une voiture crème tirée par quatre chevaux bais parés de plumes roses. Seigneur ! songea Charlotte en apercevant cet équipage extravagant.

lady Daughtry traversa le hall dans un nuage de parfum, enveloppée dans une tenue de voyage de velours rose qui couvrait à peine ses pieds fins. Ses cheveux blonds étaient réunis en un chignon sophistiqué d'une hauteur impressionnante qui laissait quelques boucles couler de part et d'autre de son visage, encadrant des joues savamment maquillées.

Elle embrassa les jumelles en les priant de ne pas froisser sa robe, sourit vaguement à Charlotte et exigea que son fils, le duc, vînt saluer sa très chère mère. Et elle apprécierait également un petit verre de vin, bien frais, merci bien…

Cette dernière demande était adressée à Charlotte. L'avait-elle donc prise pour une domestique ou pour une dame de compagnie ?

Surprise, la jeune femme baissa les yeux sur sa propre robe, qui vivait déjà sa troisième — non, quatrième — saison. Rafe lui avait proposé de profiter de la première promenade que les jumelles feraient dans Bond Street le jour même pour enrichir sa garde-robe, mais elle avait refusé. Après tout, peut-être serait-il plus avisé d'accepter, finalement. Quelques tenues neuves lui seraient utiles quand la Saison commencerait et que les invitations afflueraient.

Lorsqu'on lui proposa d'accompagner ses filles dans les boutiques, lady Daughtry refusa tout net : elle-même avait sa propre couturière, vous comprenez, et celle-ci se déplaçait à domicile ! Ainsi Charlotte fut-elle désignée pour chaperonner seule les jumelles durant leur première excursion en ville.

A sa grande surprise, le capitaine Fitzgerald insista pour être de la partie. Il n'était pourtant pas homme à apprécier les modistes, les tailleurs pour dames et les hurlements hystériques dans les boutiques de gants et de fanfreluches, mais il insista…

Cette idée ne plaisait guère à Charlotte. Le capitaine et Lydia étaient devenus très proches ces derniers mois. Certes, ce n'était pas une raison pour s'inquiéter, mais mieux valait peut-être en parler à Rafe.

Trois heures plus tard, alors qu'ils se trouvaient tous les quatre chez une modiste et que Nicole souffrait le martyre face à un choix cornélien qu'elle devait effectuer entre deux chapeaux, Charlotte s'approcha du capitaine, qui, appuyé contre un mur, attendait en ayant l'air de ronger son frein.

— Dites-moi, Fitz… commença-t-elle. Je me pose une question : en fait, pourquoi êtes-vous venu ?

Le capitaine se raidit. Toute son attention était tournée vers Lydia, qui, de loin, lui montrait un chapeau de paille orné d'une cascade de cerises rouges.

— Il est vraiment charmant, Lyddie, répondit-il à la jeune fille. Mais celui avec le ruban bleu met mieux en valeur vos jolis yeux…

Charlotte s'apprêta à lancer un commentaire bien senti sur cet élan de flatterie, mais elle se ravisa. Comment se faisait-il que Fitz s'entête à appeler la jeune fille Lyddie au lieu de Lidya et que celle-ci ne s'en offusque pas ? En temps normal, elle l'aurait rappelé à l'ordre…

— Vous n'avez pas à me répondre, Fitz, reprit-elle. En fait, je crois connaître la réponse. C'est Lydia qui vous l'a demandé, n'est-ce pas ? Et vous n'avez pas eu le cœur à refuser, tant elle est charmante… Elle vous mène à la baguette, méfiez-vous !

Fitz se pencha vers elle pour lui murmurer à l'oreille :

— Savez-vous garder un secret ?

— Je suis connue pour ma discrétion.

— A vrai dire, j'ai perdu un pari.

— Je vous demande pardon ? fit Charlotte, surprise. Lydia et vous, vous jouez ? Et que lui avez-vous appris ? Le whist ? Voyons, Fitz, ce n'est qu'une…

Fitz secoua la tête.

— Non, non, ce n'est pas ce genre de pari ! J'ai parié

que Lyddie ne pourrait pas me nommer toutes les capitales d'Europe ; et elle a parié en retour que non seulement elle les nommerait, mais aussi que moi, de mon côté, je serais incapable de nommer tous les comtés d'Angleterre. Si je gagnais, elle cirerait mes bottes le jour où je pourrais remiser mes béquilles, et si c'était elle qui l'emportait je devrais l'accompagner dans les boutiques de Bond Street pendant notre voyage. D'ailleurs, si cela vous intéresse, c'est le Lincolnshire que j'ai oublié. J'avais bien tous les autres, mais pas celui-là.

Charlotte se mordit la lèvre pour ne pas éclater de rire. Cela ne se faisait pas en public.

— Vous êtes si bon pour elle, Fitz ! déclara-t-elle. Mais vous savez, Nicole et moi, nous pensons qu'elle se croit un peu amoureuse de vous. Vous devriez faire attention…

Fitz tourna les yeux vers Lydia, qui examinait le chapeau au ruban bleu d'un air indécis, et soupira.

— Voyons, Charlotte, ce n'est qu'une enfant ! Oh ! elle en brisera, des cœurs, je n'en doute pas… Mais pas avant quelques années. D'ici là, elle aura bien eu le temps de m'oublier…

Charlotte baissa la tête.

— N'y comptez pas trop, Fitz, insista-t-elle. Ne misez pas sur cet amour.

— Ne vous inquiétez pas pour moi, répliqua-t-il en souriant. Je ne mise sur rien et j'ai l'habitude de ne dépendre de personne ! Mais on peut quand même rêver un peu de temps à autre, vous ne croyez pas ?

— Vous êtes impossible ! Je suis sérieuse, Fitz : toutes les femmes ne suivent pas leur cœur, toutes ne sont pas volages.

— Je sais. Et vous en êtes la preuve vivante : vous avez toujours été fidèle à Rafe, non ?

— Fitz !

Elle sentit son cœur s'accélérer. Ses sentiments étaient-ils donc si transparents ?

— Et je dois préciser, ajouta-t-il plus bas, que depuis

qu'il vous a retrouvée Rafe ne vous a pas fait la moindre infidélité, ce qui ne lui ressemble pas…

Charlotte rougit, mais n'eut pas le temps de répondre : Nicole était devant eux, tenant triomphalement les deux chapeaux entre lesquels elle hésitait depuis un bon moment déjà.

— Charlotte, je ne sais pas pourquoi je me torture depuis une heure ! lança-t-elle. Je vais prendre les deux, et puis c'est tout ! Celui-ci sera parfait pour les promenades au parc, et le deuxième pour aller en ville. Et l'autre, le tout premier que j'ai déjà acheté, je le mettrai le dimanche. Donnez-moi votre avis, capitaine Fitzgerald, puisque Lydia a réussi à vous convaincre de venir arbitrer nos choix.

Mais Fitz ne l'écoutait pas. Il s'était tourné vers la vitrine et, les sourcils froncés, fixait la rue.

— Pincez-moi ! marmonna-t-il. Mais si, c'est bien le lieutenant général Hill, là-bas ! Comme il a l'air drôle sans son uniforme ! Il ressemble à tout le monde, n'est-ce pas ? Et il a pris du poids, ce qui est la malédiction de tous les soldats en temps de paix… Et regardez qui l'accompagne ! Je n'en crois pas mes yeux ! Un homme que je n'ai pas revu depuis notre dernière nuit à Paris. Si je me souviens bien, il avait disparu dès l'arrivée des dames… Enfin, peu importe… Je me demande de quoi le père Hill et lui peuvent bien causer…

— Pourquoi ne pas aller les saluer, Fitz ? proposa distraitement Charlotte.

En fait, elle prêtait peu d'attention aux propos de l'ancien soldat, se demandant plutôt quelle tête ferait Rafe quand il découvrirait la note de la modiste pour les sept chapeaux.

— Nicole, reprit-elle, tu ne penses pas que deux chapeaux te suffiraient ?

L'intéressée lui lança un sourire diabolique. Elle se savait insupportable et s'en réjouissait…

— Certainement pas ! Je ne pourrais pas survivre sans les trois ! Franchement, quand nous viendrons faire nos vrais débuts, l'an prochain, je pense que je n'oserai pas me montrer si j'en ai moins d'une dizaine, alors, vois-tu, je me trouve très raisonnable aujourd'hui… De plus, il faut que Rafe se prépare à ce qui va arriver à sa bourse l'an prochain. Je me trouve bien bonne de lui offrir l'occasion de s'entraîner !

Il ne servait à rien d'argumenter avec Nicole. Toutefois, elles allaient devoir faire attention : si elles continuaient leurs achats à ce rythme, il n'y aurait bientôt plus de place pour le capitaine dans la voiture au retour…

Lydia les rejoignit alors sans cesser d'observer Fitz, qui s'était décidé à sortir de la boutique.

— Avec qui parle le capitaine, Charlotte ?

— Je ne sais pas. Il a reconnu deux hommes dehors, mais j'ai l'impression que le plus âgé est parti. Ah, voilà Fitz qui revient avec l'autre. Nicole, tiens-toi bien, je te prie.

Nicole leva les yeux au ciel.

— Pourquoi ne dis-tu jamais : « Nicole et Lydia, tenez-vous bien » ? Pourquoi est-ce toujours à moi que tu dispenses tes bons conseils ?

— Tu tiens vraiment à ce que je te réponde ?

Charlotte n'en dit pas plus. L'air soucieux de Fitz, qui venait vers elle, l'inquiétait soudain. Que se passait-il ?

Lorsqu'il les rejoignit, son regard démentait le sourire qu'il affichait. Il leur présenta son compagnon : Tanner Blake, comte de…

— Comte de quoi, déjà, Blake ? demanda-t-il.

— Je ne suis plus comte, maintenant, mais duc. Mon père est allé rejoindre le Seigneur, enfin, je l'espère pour lui, quoique j'aie quelques doutes sur sa destination… Il est mort au printemps dernier, quand nous étions encore à Paris avec Rafe. Maintenant, je suis donc duc de Malvern. Alors, Fitz, impressionné ? Moi, en tout cas, je n'en reviens toujours pas…

Il se tourna ensuite vers Charlotte et les jumelles, qu'il salua avec élégance. Charlotte vit son regard s'attarder longuement sur le beau visage serein de Lydia.

— C'est un grand honneur de vous rencontrer, mesdames.

Les trois jeunes femmes lui firent la révérence : Lydia toujours très humble, et Nicole s'exécutant sans même baisser les yeux et examinant le duc de Malvern sans la moindre pudeur.

Un intérêt que l'on pouvait comprendre : le duc était jeune et d'une incroyable beauté, avec des yeux verts et des cheveux d'un blond sombre coiffés à la dernière mode. Il était au moins aussi grand que Rafe, semblait avoir le même âge et évoluait dans ses vêtements bien coupés comme s'il n'avait jamais porté que cela… L'on voyait en lui un homme éduqué pour devenir duc, et très à l'aise dans ce rôle.

Se rappelant soudain les convenances, Charlotte lui adressa ses condoléances. Dieu merci, les jumelles eurent la présence d'esprit de ne rien ajouter et de se contenter de hocher la tête. Les leçons qu'elle leur avait données sur le comportement que l'on attendait des jeunes filles semblaient avoir porté leurs fruits… Sans doute avaient-elles peur, en outre, de se voir confinées à Grosvenor Square pour le reste de leur séjour à Londres.

— Je suis réellement désolé, déclara alors Fitz en se tournant vers Charlotte, mais je dois vous prier de m'excuser pour le reste de notre petite sortie. Je vais accompagner Blake un moment. Vous savez ce que c'est : il est grand temps pour nous d'aller vider quelques chopes en dissertant sur le fait que cette guerre aurait été perdue sans nous, entre autres choses… Vous pourrez retourner à Grosvenor Square sans moi, n'est-ce pas ?

Charlotte jeta un regard aux jumelles, qui envisageaient déjà de s'arrêter à la boutique de rubans qu'ils avaient aperçue en se rendant chez la modiste.

— Ne vous inquiétez pas, Fitz, répondit-elle, nous nous en sortirons sans vous. La voiture est juste là et nous ne risquons rien, à rester encore un peu dans les parages.

Elle salua une nouvelle fois le duc de Malvern et prit congé de lui, imitée par les jumelles.

Avant de s'éloigner, elle lança cependant un dernier coup d'œil à Fitz, qui lui adressa un discret signe de tête, avant de déclarer à Lydia qu'il aurait le cœur brisé si elle ne se décidait pas pour le chapeau au ruban bleu. Enfin, le duc et lui quittèrent la boutique.

— J'aimerais bien en trouver un comme celui-là dans les bals, quand il faudra danser, lança Nicole dès qu'ils eurent disparu. Ou plutôt des dizaines comme celui-là ! Lydia, est-ce que ce n'est pas le plus bel homme que tu aies jamais vu ?

— Je n'y ai pas prêté attention, affirma sa sœur. Le capitaine semblait contrarié, Charlotte, n'est-ce pas ? Penses-tu que nous l'ayons épuisé ? Sa jambe blessée l'élance toujours quand il est fatigué, il me semble…

— Oh ! Lydia, arrête tes bêtises ! répondit Nicole. Ce n'est pas un bébé, et tu n'es pas son infirmière ! Ils sont sans doute en route pour un pub quelconque où ils s'apprêtent à boire jusqu'à rouler sous la table…

Elle poussa un soupir avant d'ajouter d'un ton rêveur :

— Comme ce serait bien d'être un homme et de jouir d'une telle liberté !

Charlotte et Lydia échangèrent un regard surpris.

— Mais, si tu étais un homme, ne regretterais-tu pas tous ces charmants chapeaux ? demanda sa sœur.

— Il est vrai que ce ne serait pas facile ! dit Nicole en jouant avec les chapeaux qu'elle tenait encore à la main. Et je sais bien que je vais adorer pouvoir danser dans les bals et être admirée quand je me promènerai à cheval au parc. Mais je pense quand même que les hommes s'amusent davantage, tu ne crois pas, Charlotte ?

— Tu as peut-être raison… déclara la jeune femme. Bon, si nous allions terminer nos achats, les filles ?

Les hommes s'amusaient peut-être plus, mais Fitz et le duc, malgré leurs sourires de façade, n'avaient pas semblé avoir le cœur léger…

*
* *

Quand il revint à Grosvenor Square, quelques heures plus tard, Fitz s'empressa de rejoindre Rafe dans son bureau.

— Ma foi, tu as l'air bien content de toi, mon ami ! lança-t-il en s'asseyant.

— Figure-toi, répondit Rafe en reposant le document qu'il était en train de lire, que je viens de recevoir une convocation au Parlement demain. On me demande de reprendre le siège de mon oncle à la Chambre des lords. Bon sang, je ne suis pas très doué pour les réunions solennelles : je risque d'avoir une crise de fou rire en pleine séance ! Ce qui me discréditerait à jamais…

Fitz se releva et se dirigea vers le bar. Il semblait ne pas pouvoir tenir en place.

— Tu veux du vin ? demanda-t-il en remplissant deux verres d'office. Et toutes mes félicitations ! Il nous sera très utile d'avoir un homme comme toi au Parlement : surtout avec les quelques nouvelles qu'on m'a annoncées !

Rafe accepta le verre que son ami lui tendait et l'observa de plus près.

— Des nouvelles préoccupantes, j'ai l'impression. De quoi s'agit-il ?

— C'est Bonaparte, répondit Fitz en se retournant vers lui. Je viens de rencontrer Tanner Blake, qui bavardait avec le père Hill sur Bond Street. Dieu, que cet homme était impressionnant à Almaraz, tu te souviens ?

— Oui, ils l'étaient tous les deux. Mais que diable faisais-tu sur Bond Street ? Enfin, peu importe ! Continue !

— Oui, je vais faire court. De toute façon, je suis énervé à la simple idée d'en parler… Il se trouve que Bonaparte s'est enfui de l'île d'Elbe. Apparemment, ça ne lui plaisait pas tellement d'être empereur là-bas. Il paraît qu'il a déjà accosté près de Cannes avec un millier d'hommes et qu'il marche à présent sur Paris.

— Mon Dieu… murmura Rafe en s'enfonçant dans son fauteuil. Et pourtant nous le savions, toi et moi.

Nous savions qu'un tel personnage n'accepterait jamais de vivre en exil jusqu'à la fin de ses jours. Et maintenant que fait-on ?

— Eh bien, maintenant, le major Tanner Blake et moi — d'ailleurs, tu savais qu'il était devenu duc ? Ces derniers temps, les ducs fleurissent comme des pâquerettes… Bref, Blake et moi nous sommes déjà présentés au bureau de recrutement pour suivre tous les ordres qu'on voudra bien nous donner. Nous partons pour le continent et attendrons là-bas les directives de Wellington. Apparemment, il est toujours à Vienne, pour le moment.

— Je viens avec toi. Tu dis que Bonaparte est en route pour Paris ? Il faut espérer qu'il ne sera pas reçu comme un sauveur par ses chers sujets et que les Français s'en occuperont sans que nous ayons à intervenir de nouveau…

Fitz hocha la tête.

— D'après Blake et les dépêches que l'on reçoit de Paris et de partout en France, Louis XVIII hésite. Il semblerait qu'en ce moment il se dépêche d'emballer ses brocarts et ses bijoux. Il va quitter la ville en abandonnant ses sujets et le joli trône que nous lui avons dressé. Ce foutu gros lard est stupide et lâche ! S'il s'en va, Bonaparte aura récupéré son pays sans même avoir eu à combattre. Enfin, Blake m'a dit que nos troupes vont sans doute se rassembler à Bruxelles.

— Très bien, fit Rafe en se levant. Quand partons-nous ?

— Blake et moi, nous partons demain, sur son navire particulier. Nous avons reçu l'ordre de nous rendre à Bruxelles et d'explorer les alentours pour en établir une carte pour Wellington. Mais toi, mon ami, tu ne vas nulle part. Tu es duc, maintenant, tu te rappelles ?

Rafe fut tenté de répliquer que Blake l'était aussi, et que cela ne l'empêchait pas de partir, mais cela aurait été infantile. Il choisit un autre argument :

— Te laisser partir seul, Fitz ? Mais enfin, sans moi, tu ne tiendrais pas cinq minutes dans les jungles belges, et nous n'entendrions plus parler de toi !

— Je savais bien que tu tiendrais ce genre de discours. Tu as raison : ça va être dur pour moi de m'en sortir sans toi, mon ami. Mais tu as des responsabilités ici, maintenant. Sans parler de la Chambre des lords, où tu vas siéger… Pense donc à tout ce que tu pourras faire pour nous, pauvres soldats, si tu travailles au conseil de guerre, ici, à Londres. Tu pourras peut-être leur faire comprendre que les soldats ont besoin de nourriture, de munitions et, occasionnellement, d'une nouvelle paire de chaussettes ! Qu'en dis-tu ?

— Je ne peux pas, Fitz. Je ne peux tout simplement pas rester ici alors que Bonaparte est de nouveau dans la nature. Cela me rendrait fou !

Fitz perdit le sourire à ces mots et répondit d'une voix dure :

— Ne sois pas égoïste, Rafe. Je pèse mes mots : si tu quittais l'Angleterre maintenant pour aller te battre, ce serait égoïste. Qu'espères-tu que Nicole et Lydia fassent sans toi ? Ashurst Hall ne peut pas se permettre de perdre un nouveau duc, le dernier de la lignée, en plus. Blake, lui, a trois petits frères — oui, nous en avons parlé parce que nous savions tous les deux que tu chercherais à venir avec nous. Toi, tu es le dernier descendant Daughtry, en tout cas, jusqu'à ce que tu te mettes un peu de plomb dans la cervelle et que tu te décides enfin à épouser Charlotte pour avoir un héritier…

Rafe secoua la tête et se rassit, son verre à la main.

— S'il te plaît, Fitz, laisse Charlie en dehors de tout ça, veux-tu… Mais je reconnais que tu as raison : je ne peux pas prendre ce risque, au moins pour les jumelles. Il faut que quelqu'un prenne soin d'elles. Ma mère ne leur serait d'aucun secours si je mourais ; et de toute façon je me soucie bien trop d'elles pour les lui confier. Bon sang ! Alors, comme ça, Blake est vraiment persuadé que l'on va se battre encore ?

Fitz se rassit à son tour en se massant la jambe, comme si toute son énergie s'était dissipée.

— Eh bien, je doute sincèrement que Bonaparte se rendra gentiment et retournera sur l'île d'Elbe à notre demande ; et nous ne pouvons pas le laisser en liberté, n'est-ce pas ? Bon sang, Rafe, est-ce que tu penses à toutes ces années de guerre, à tous ces gens qui sont morts ? Je n'arrive pas à croire que nous ayons perdu tant d'hommes pour en arriver là ! Comment l'ambition d'un seul individu peut-elle causer tant de dégâts ?

— Je suppose que tous les soldats de l'histoire se sont posé la même question au sujet de Jules César, d'Alexandre le Grand ou d'autres… La vraie question est plutôt pourquoi il y a toujours des politiciens bornés pour déblatérer stupidement à propos de ce que doit être une guerre d'honneur. Si ça n'avait tenu qu'à nous, nous aurions exécuté Bonaparte, Fitz, n'est-ce pas ? Ou alors, nous lui aurions tendu un pistolet chargé et laissé quelques instants d'intimité. A mon avis, il ne méritait pas moins.

Rafe ne contenait plus sa colère. Il tenta de se calmer, cependant, avant de poursuivre :

— Nous l'avons vu à l'œuvre pendant tous ces mois. Etait-ce le comportement d'un homme qui attend de mourir dans son lit ? Combien devront encore mourir pour lui offrir la fin héroïque à laquelle il aspire ?

— Tu tiens encore ce journal à son sujet, n'est-ce pas ? Cela ne te permet pas de le comprendre ?

— Je ne sais pas. Parfois, quand je le voyais marcher seul au clair de lune, sur l'île d'Elbe, j'avais l'impression qu'il s'adoucissait, qu'il commençait à comprendre ses fautes… Il semble que je me sois trompé. Bref, qu'as-tu appris d'autre ?

— Eh bien, il paraît que le Congrès se réunit à Vienne pour déclarer Bonaparte hors-la-loi. Ils attendent juste l'intervention de sa femme pour le condamner ; ensuite, il ne nous restera plus qu'à rassembler les Alliés, Blücher et les autres. Ça sera la bataille décisive, Rafe, la dernière. En tout cas, on dit que c'est comme ça que Wellington voit les choses. Il va reprendre le commandement, tu sais. Avec lui, on est sûrs de gagner.

— Même si Bonaparte et lui ne se sont jamais fait face sur le champ de bataille. Dieu, que j'aimerais y être !

Il venait d'achever ces paroles lorsqu'on frappa à la porte.

— Charlie ! s'exclama Rafe en voyant entrer la jeune femme.

Il lança à Fitz un regard d'avertissement. Il ne fallait pas lui parler de tout cela : elle avait déjà suffisamment de soucis.

— Alors, reprit-il, déjà de retour ? Les filles t'ont donc épuisée ?

— Pas vraiment. Est-ce que j'ai l'air épuisé ? répliqua-t-elle. Non, inutile de répondre ! Oh ! je vous en prie, Fitz, asseyez-vous : vous n'avez pas besoin de bondir sur vos pieds chaque fois que j'entre dans une pièce. Vous feriez mieux de reposer un peu votre jambe. S'il vous plaît, j'aimerais que vous répondiez à une question, tous les deux. Vous ne pensez quand même pas qu'on va vous laisser retourner sur le continent ? Seigneur, n'en avez-vous pas eu assez, de la guerre ?

Fitz, qui venait de lui obéir, bondit une nouvelle fois de la chaise.

— Bon, je pense que je ferais mieux de vous laisser causer en privé, déclara-t-il. Je vais aller demander à Phineas de préparer mes affaires. Dieu merci, j'ai pu au moins l'arrêter avant qu'il ne fasse un feu de joie avec mon uniforme à moi…

Il quitta la pièce sans demander son reste, laissant Charlotte et Rafe face à face. Après un silence, Rafe fit signe à la nouvelle venue de prendre place en face de lui, près du feu. Ils auraient presque pu se croire de retour à Ashurst Hall…

— Rafe…

— Assieds-toi, Charlie, et arrête de me regarder comme ça ! Je ne pars pas, rassure-toi. Alors, comment as-tu appris la nouvelle, au sujet de Bonaparte ?

Elle s'assit et se pelotonna dans son siège, quittant ses chaussons pour glisser les jambes sous ses jupes, comme à son habitude.

— Comme j'ai mal aux pieds… Nous avons dû monter et redescendre Bond Street au moins deux fois, soupira-t-elle en se massant les orteils à travers le tissu.

Elle semblait bien plus à l'aise à présent dans leurs discussions en tête à tête…

— Pour répondre à ta question, poursuivit-elle, je dirais qu'il n'y a pas meilleur endroit que chez une couturière pour se tenir informé de ce qui se passe. Nous avons croisé une multitude de femmes élégantes qui choisissaient des tenues convenables pour passer le printemps à Bruxelles. Il y en avait même une, très excitée, qui commandait un ensemble complet avec des épaulettes dorées. C'était ta mère, Rafe…

— Seigneur ! murmura-t-il. Bonaparte est de nouveau en liberté et, elle, elle se soucie de sa garde-robe… Mais où est-ce qu'elle compte aller ?

— Je te l'ai dit, Rafe : à Bruxelles. Quand nous étions chez la modiste, il y avait une femme — une certaine lady Uxbridge — qui racontait qu'elle avait reçu une lettre de sa fille, en voyage à Paris. A l'en croire, le tigre avait été relâché, mais ça ne semble pas inquiéter grand monde, là-bas. Beaucoup de personnes envisagent de rester à Paris jusqu'à juin, ou alors de se rendre à Bruxelles, qui paraît moins dangereux si la situation s'aggrave. On dit que l'armée se rassemble là-bas et on jase à propos des bals, qui y seront, du coup, mieux fréquentés.

Rafe lâcha un petit rire exaspéré.

— Et nous qui espérions que nos mouvements de troupes resteraient discrets ! Donc tu dis que ma mère envisage de partir pour Bruxelles ?

— Oui. Je pense qu'elle fera ses bagages à la seconde même où ses épaulettes seront cousues sur sa nouvelle redingote. Rafe, est-ce que c'est bien vrai que tu ne pars pas ? Parce que tu sais…

— Parce que je dois absolument éviter de me prendre une balle en pleine poitrine, pour le bien de mes sœurs et d'Ashurst Hall. Oui, je sais, Charlie, je sais…

— C'est une excellente nouvelle, Rafe, mais ce n'était pas ce que je m'apprêtais à dire. Je voulais dire que je me ferais du souci, si tu y allais, et que… et que tu me manquerais beaucoup.

— Quel plaisir d'entendre ça de ta bouche, Charlie… Je te remercie.

— Mais… de rien, souffla-t-elle en baissant les yeux.

Puis elle releva la tête et, le regardant de nouveau bien en face, ajouta :

— Je ne sais pas ce que je ferais sans toi, tu sais. Tu es le meilleur ami que j'aie jamais eu.

Il lui sourit. Que répondre à cela ?

S'il devait trouver une raison pour charger l'un des pistolets de duel qu'il avait découverts dans un tiroir et le porter à sa tempe, entendre Charlie l'appeler son meilleur ami en ferait une excellente. Ainsi, il n'était que cela pour elle ? Un ami ?

Déjà, elle s'était relevée et glissait les pieds dans ses chaussons.

— Je dois aller voir Lydia, dit-elle. Si elle apprend que Fitz s'en va, elle va être dans tous ses états…

Rafe se leva à son tour.

— Parce que Lydia est capable de se mettre dans tous ses états ? J'ai pourtant toujours pensé qu'elle était le calme incarné…

— C'est parce que Nicole est si agitée que sa sœur donne cette impression, expliqua Charlotte avec un sourire. Mais il faut se méfier de l'eau qui dort… Rafe ?

— Oui ?

Il attendit, mais elle ne fit que le regarder en silence.

— Tu sais, déclara-t-elle enfin, quand j'ai entendu cette lady Uxbridge parler de tout cela, mon cœur a fait un bond… J'ai eu tellement peur pour toi que je me suis précipitée ici. J'ai cru que je ne rentrerais jamais à temps pour te dissuader de partir ! J'ai passé le trajet à trouver des arguments pour que tu… pour que tu ne laisses pas tes sœurs seules ici…

Il lui prit la main — elle était glacée — et déposa un baiser à l'intérieur du poignet.

— Fais-moi confiance, répondit-il avec douceur. Je ne pars nulle part. Je me suis promis une chose, le soir où j'ai appris ce que mon oncle et mes cousins t'avaient fait : je me suis promis de ne jamais plus te laisser seule. Tu seras toujours en sécurité avec moi.

Elle retira sa main à ces mots. Elle semblait tendue, tout à coup.

— Mais quelle condescendance, Votre Grâce, de vous placer ainsi en protecteur ! protesta-t-elle d'une voix blanche. Suis-je donc devenue votre pupille, et vous, mon tuteur ? Sérieusement, Rafe, j'ai des parents, tu sais ! Je ne suis pas une pauvre orpheline que tu aurais sauvée d'un ouragan ! En tout cas, je ne suis pas une pauvre orpheline. En ce qui concerne l'ouragan, il y aurait beaucoup à dire, n'est-ce pas ?

Et voilà ! se morigéna Rafe. Il avait gagné ! Comment pouvait-il être aussi maladroit ! Il travaillait dur depuis des mois, pourtant, pour que leurs relations s'améliorent…

Il tenta de se rattraper. Sans doute n'allait-il faire qu'aggraver les choses, mais il devait réparer son erreur…

— J'ai dit une sottise, n'est-ce pas ? Je voulais juste te faire comprendre que tu n'auras jamais à avoir peur avec moi. Il ne me viendrait pas à l'idée de… Oh ! je n'arrange pas mon cas, je crois… Ce que je veux dire, c'est qu'un jour — pas maintenant, bien sûr… Enfin, peut-être pas avant très longtemps, d'ailleurs… Bref, si un jour tu te sens suffisamment en sécurité avec moi, alors je…

— Alors quoi, Rafe ? demanda-t-elle en scrutant son regard comme si elle tentait de lire ses pensées.

Heureusement qu'elle en était incapable !

Comme il ne répondait pas, elle reprit sèchement :

— Tu penses que quelque chose ne tourne pas rond

chez moi, c'est ça ? C'est pour cela que tu as été si… si gentil avec moi, comme si j'avais besoin qu'on m'enveloppe dans un cocon ! Tu penses que quelque chose s'est brisé, n'est-ce pas, Rafe ? Que quelque chose s'est brisé dans ma tête ?

— Seigneur, non ! s'écria-t-il, interloqué. Je pense au contraire que, de toutes les personnes que je connais, c'est toi qui a l'esprit le plus sain.

— Alors qu'y a-t-il, Rafe ? Pourquoi t'en faire à ce point ? Tu crois que ce que ta famille m'a fait me hante jour et nuit ? Que je fais tout pour paraître forte, mais qu'en réalité j'ai peur du monde entier, et en particulier de toi ?

— Je suis un Daughtry, Charlie.

Peut-être ferait-il mieux de reculer un peu ? Pour ne pas paraître menaçant…

— Je suis un Daughtry, reprit-il, et je t'ai embrassée. Et je ne suis pas certain d'avoir pris la peine de te demander la permission avant de le faire…

Il la vit ravaler ses larmes. Il n'y avait aucun doute : c'étaient bien des larmes, mais des larmes de quoi ? De colère ? De honte ?

Venait-il de tout détruire entre eux, après ces mois de travail pour s'amender des torts de sa famille ? Pour effacer en elle ce frisson de peur qu'il avait senti lorsqu'il avait osé la prendre dans ses bras et l'embrasser…

Elle lui prit les mains et s'approcha de lui.

— Rafe, murmura-t-elle, je suis désolée. Je ne pensais qu'à moi. Maintenant, je me rends compte à quel point je t'ai mis dans une situation impossible quand je t'ai parlé d'Harold et de… de cette nuit-là. Tu es le meilleur des hommes. Je te l'ai déjà dit et je le répète. Je n'ai pas peur de toi. Je… Je t'ai aimé, à une époque. Je t'ai aimé de la manière dont Lydia pense aimer Fitz, en tout cas, je le crois. Mais j'étais une petite fille et j'aimais l'adolescent que tu étais… A présent, j'apprends à connaître l'homme que tu es devenu. Et, tu sais, je… j'aime beaucoup cet homme que je découvre en toi.

Sans réfléchir, il se pencha vers elle, mais elle lui serra brusquement la main pour le rappeler à l'ordre.

— Je suis désolée, Rafe, répéta-t-elle. Je crois que tu as raison sur une chose : je ne suis pas prête à faire tout ce que… tout ce que font les femmes quand elles aiment un homme. Et pourtant Dieu sait que je tiens à toi. Mais, tu sais, ce que j'ai vu ce soir-là dans les écuries était si violent, si laid ! Et ce qu'ils m'ont fait était si humiliant !

— Tu dois effacer ces souvenirs de ta mémoire, Charlie. George et Harold n'étaient pas des individus normaux. Ils avaient des désirs pervers et étaient des monstres d'égoïsme. Ne crois pas que tous les hommes soient comme eux. S'il te plaît, ne crois pas cela quand tu penses à moi…

— Je te l'ai dit : ce n'est pas le cas, dit-elle en soupirant. Je sais que tu ne leur ressembles pas. Mais ils ont laissé une blessure en moi, une blessure qui fera toujours partie de moi, quoi que je fasse. En tout cas, pour l'instant, elle en fait toujours partie… Et puis nous sommes bons amis, n'est-ce pas, Rafe ? Est-ce qu'on a vraiment besoin de partager davantage de choses que ce que nous partageons déjà ? Est-ce que toi, tu as besoin de davantage dans l'immédiat ? Parce que, si c'est le cas…

— J'ai besoin de tout ce que tu es prête à me donner, répondit-il.

Il ne fallait surtout pas la laisser terminer sa phrase. Il ne fallait pas lui laisser le temps de dire : « Parce que, si c'est le cas, je ne peux rien pour toi. »

— J'accepterai tout ce que tu seras prête à me donner, répéta-t-il.

Il vit une larme couler le long de la joue de la jeune femme.

Seigneur, comme il aurait aimé la serrer dans ses bras, l'embrasser… Comme il aurait aimé pouvoir lui prouver qu'elle n'avait rien à craindre de lui ! N'était-il pas naturel d'échanger un peu d'affection quand on s'aimait ?

Mais c'était impossible. Pas encore. Elle avait vu Harold

en pleine jouissance et cela l'avait dégoûtée, à juste titre. L'aider à bannir de sa mémoire cette vision d'horreur et la douleur qui y était liée ne se ferait pas d'un claquement de doigts, ni grâce à quelques promesses maladroites doublées de baisers volés.

— Bon, dit-il finalement en lui déposant un rapide baiser sur le nez avant qu'elle n'ait pu lui échapper, maintenant, va vite retrouver Lydia ! Ça n'avance à rien de rester là, muets comme des carpes. Moi, je dois me rendre au conseil de guerre pour y proposer mes services. Fitz m'a donné des consignes très précises sur la façon dont je devrai me rendre utile ici, à Londres.

Charlotte lui lança un regard plein de reconnaissance.

— Très bien. Et pendant ce temps, moi, je vais aller rassurer ta sœur au sujet de Fitz. C'est un grand soldat, n'est-ce pas ? Il n'est pas du genre à foncer tête baissée vers le danger ?

Une image envahit l'esprit de Rafe à ces mots : Fitz, fou de rage, qui se précipitait à pied en brandissant son épée et en jurant comme un damné vers une troupe ennemie, parce qu'on venait d'abattre son second cheval. L'ennemi s'était replié, sans doute persuadé d'avoir affaire à quelque redoutable démon irlandais…

— Fitz ? déclara-t-il enfin. Non, Charlie, il n'est pas de ceux qui se jettent dans la gueule du loup. Et puis nous ne savons pas encore si Bonaparte pourra convaincre de nouveaux soldats de mourir pour lui. Si ça se trouve, tous ces préparatifs ne serviront à rien et ma mère aura payé cher ses épaulettes en vain.

— J'espère que tu as raison. Je vais dire à Lydia que nous ne sommes même pas certains qu'il y aura la guerre, mais je doute que cela suffise à la calmer.

Elle quitta la pièce et Rafe poussa un profond soupir. Il n'avait jamais été patient, mais il semblait que cette femme-là parvenait à le faire changer, petit à petit… Il se comportait en gentleman à présent, en faisant passer les souhaits de Charlotte et ses peurs avant ses propres désirs charnels. Et pourtant Dieu sait comme il était difficile de se contenir, parfois…

Tout en se resservant un verre de vin, il songea à une citation que lui avait enseignée le précepteur qui les instruisait, lui et ses cousins : *La vertu se suffit à elle-même et n'appelle pas d'autre récompense.* Etait-ce Diogène ? Ou un autre ?

— Quelle importance ? murmura-t-il pour lui-même. De toute façon, si la vertu est en elle-même sa propre récompense, ça ne me surprend pas que le vice ait tant d'adeptes…

Il vida son vin d'un trait avant de descendre dans le hall pour demander que l'on selle son cheval.

11

La saison londonienne de 1815 s'annonçait inhabituelle. Avec l'annonce de la guerre, la plupart des femmes du monde, et même des jeunes filles à marier, avaient décidé de partir pour Bruxelles et, avec elles, les festivités avaient presque toutes traversé la Manche. On disait que le duc de Wellington lui-même donnait de nombreux bals dans sa résidence.

Durant la dernière semaine d'avril, alors que les hôtes de la maison de Grosvenor Square étaient rassemblés autour du petit déjeuner, Rafe déclara :

— Si on en croit Fitz, toutes ces élégantes ont l'air d'attendre qu'on leur lance une invitation pour la bataille et elles espèrent être les mieux placées pour observer quelques foutus… enfin, quelques batifolages entre les deux armées.

— Oh ! que c'est méchant de sa part ! s'exclama lady Daughtry en picorant son petit déjeuner d'un air précieux. Et de ta part à toi aussi, Rafael ! A vous entendre, nous sommes des vautours… Si nous allons toutes à Bruxelles, ce n'est que pour apporter notre soutien et nos encouragements à nos braves soldats, tu sais.

— Et de quelle manière, je vous prie ? En assistant à des bals et en paradant avec vos fanfreluches ? répliqua Rafe en adressant à Charlotte un clin d'œil complice. En effet, c'est là une façon de les encourager des plus raisonnables. Je vous prie de m'excuser, mère : j'ai en effet parlé trop vite.

Charlotte réprima un sourire. Le perpétuel spectacle des disputes de Rafe avec sa mère était décidément bien plus divertissant que les vaudevilles de Covent Garden.

Nicole gloussa dans sa serviette, tandis que sa sœur ignorait la discussion et se plongeait pour la vingtième fois dans la lecture de la lettre de Fitz, qu'elle dissimulait sous la table.

Au départ, l'idée que Fitz et Lydia entretiennent une correspondance régulière avait inquiété Rafe. Il craignait que cela donne à sa sœur des espoirs contre lesquels son esprit trop jeune n'était pas armé. Mais au fil du temps il avait changé d'avis. Il avait même avoué à Charlotte qu'il était heureux que Lydia lui écrive tant, car lui-même n'envoyait que de rares missives à son ami : il n'avait pas le temps de s'étendre et Fitz avait besoin de savoir que l'on s'inquiétait pour lui. Toutefois, leurs lettres devaient rester convenables, ce devait être un simple échange en toute amitié…

Charlotte avait pu le rassurer sur ce point : guidée par son souci pour Lydia et par l'autorisation de Rafe d'agir en son nom, elle avait ouvert l'une des lettres avant qu'elle ne soit emportée au bureau de poste. Lydia n'avait rien écrit d'inconvenant : elle n'évoquait que le plat de turbot qu'ils avaient partagé la veille et la cheville foulée de l'une des bonnes, qui avait trébuché dans l'escalier. Elle glissait également quelques mots au sujet du temps qu'il faisait et concluait en lui souhaitant un aussi bon printemps à Bruxelles.

Non, il n'y avait vraiment rien à craindre. Ce n'était pas ces lettres d'amour torrides que l'on trouvait dans les romans. Cependant, nul ne pouvait ignorer le fait que Lydia se croyait fermement et irrévocablement amoureuse du capitaine Fitzgerald.

La voix de lady Daughtry tira Charlotte de ses pensées.

— Autre chose encore, Rafael : je n'ai pas l'intention de te pardonner pour m'avoir interdit de partir pour Bruxelles ! A cause de toi, j'ai raté le bal qu'on y a donné en l'honneur du roi ! Vraiment, tu ne ressembles pas à ton père pour deux sous : lui, il m'accordait de bonne grâce tout ce que je demandais !

— Oui, je sais, répondit Rafe. Mais comme vous le dites si bien, mère, je ne lui ressemble pas. Vous avez déjà dépensé bien plus que votre rente et j'ai refusé de régler la facture de votre modiste. Cependant, maintenant que vous avez reçu votre rente pour le trimestre à venir et que vous avez vous-même honoré cette dette, vous êtes bien libre de partir où bon vous chante avec vos épaulettes !

— Tu n'as pas de cœur, s'exclama lady Daughtry d'un ton théâtral.

— C'est juste. En revanche, je suis solvable et j'ai bien l'intention de le rester, contrairement à mon père. Et vous, mère, vous vous contenterez de votre rente. Est-ce que vous tenez vraiment à ce que nous continuions sur ce ton ?

— Certainement pas ! D'ailleurs, je trouve bien impoli de ta part de dire de telles choses, surtout devant de délicates oreilles féminines… et devant Charlotte, bien sûr.

Eh bien, me voilà mise à ma juste place… songea l'intéressée, amusée. Elle ne se sentait pas insultée le moins du monde : pour être blessé par des paroles, il fallait d'abord se soucier de l'opinion de celui qui les prononçait, estimait-elle.

Après une pause mélodramatique, lady Daughtry poursuivit sa litanie :

— Où en étais-je ? Ah, oui, bien sûr : je tiens à dire que mon amie lady Capel m'a écrit pour me dire que la réception en l'honneur du roi avait été la meilleure chose que l'on puisse connaître dans une vie ! Elle voulait me blesser, c'est certain ! Sans doute pour faire oublier que, si elle se trouve à Bruxelles depuis un an, c'est parce qu'elle s'y cache afin de fuir les huissiers qui harcèlent son mari…

— Vous recommencez à parler d'argent, mère. Que c'est délicat de votre part, répondit Rafe d'un ton ironique en jetant un nouveau regard à Charlotte.

lady Daughtry ne prit pas la peine de lui répondre. Lorsqu'il enchaîna, Charlotte sentit qu'il s'amusait comme un fou.

— Vous savez, mère, reprit-il, j'ai encore reçu une pile de factures par la poste du matin. Il y en a maintenant tellement sur mon bureau que celui-ci menace de s'écrouler ! Mais peut-être êtes-vous au courant ?

Sa mère balaya ces accusations d'un geste dédaigneux. Charlotte ne put alors s'empêcher de remarquer à son doigt une bague neuve ornée d'un rubis.

— Billevesées ! Ce ne sont que de petites babioles achetées en dernière minute, rien de plus ! Mais elles étaient nécessaires : tu ne voudrais tout de même pas que je sois la risée de Bruxelles, en arrivant attifée de vieux chiffons ? Pour l'amour du ciel, Rafael, n'oublie pas notre réputation ! Je m'en soucie, moi : je montre au monde ce que c'est que d'avoir un fils duc !

— Elle a raison, Rafe, lança Nicole la bouche pleine et les coudes grossièrement posés sur la table. Billevesées ! Et honte à vous !

Charlotte jeta un regard en coin à Lydia : allait-elle, elle aussi, se moquer de sa mère ? Toutefois, la jeune fille ne semblait pas prêter la moindre attention à se qui se disait autour d'elle. Pauvre enfant ! Chaque jour, Charlotte la voyait écrire de longues lettres à Fitz, puis les déchirer avant de rédiger de courts messages au sujet des détails les plus anodins de son séjour à Londres… Quel malheur d'être amoureuse et d'avoir peur de l'avouer…

Et tu le sais mieux que personne, n'est-ce pas ? songea-t-elle. S'obligeant à revenir à l'instant présent, elle but une gorgée de jus de fruit et demanda :

— lady Daughtry, quand partez-vous pour Douvres ?

Seigneur… Avait-elle réussi à paraître intéressée, ou bien simplement polie ? Ou alors avait-elle trahi son impatience de voir cette maudite femme cesser de piailler et faire ses bagages ? A voir le regard noir que lui décocha lady Daughtry, il fallait sans doute retenir la dernière hypothèse…

La mère de Rafe lui répondit malgré tout en poussant un soupir exagéré.

— Je ne suis toujours pas certaine de devoir partir… C'est une chose que de laisser mes chères filles naïves et innocentes seules en ville, mais je ne peux vraiment pas quitter les lieux en laissant sous mon toit une jeune femme à peine aussi âgée qu'elles en guise de chaperon… Rafael, je te le demande encore une fois : songe aux apparences ! Pour le bien de miss Seavers, renvoie-la chez ses parents, c'est là-bas qu'est sa place…

Sur ses mots, elle lança un large sourire à Charlotte et reprit :

— Après tout, ma chère, ce n'est pas comme si vous aviez quoi que ce soit à attendre de ce séjour à Londres…

— Je vous demande pardon ? dit Charlotte, n'y tenant plus.

Mais non, il était hors de question d'entrer dans son jeu ! Elle s'efforça de respirer calmement et de sourire… Cette satanée femme avait creusé, creusé jusqu'à tomber sur quelque chose qui faisait mal, et maintenant elle jouait avec !

lady Daughtry tapota la main de Charlotte d'un air faussement contrit.

— Vous n'avez pas à me demander pardon, ma chère petite, ce serait plutôt à moi de le faire. Vous savez, Rafael et vous n'avez plus l'âge où vous pouviez batifoler dans les champs d'Ashurst Hall avec mes pauvres neveux décédés. Que Dieu bénisse leurs âmes… Vous étiez, il est vrai, de jeunes chenapans innocents, à l'époque. Mais à présent vous avez votre réputation de vieille fille à tenir, et Rafael, lui, a des devoirs. Après tout, même si vous continuez à vous vêtir comme une jeune fille à marier, sans prendre en compte mes avis, vous n'en êtes pas moins exposée aux mauvaises langues…

C'en était trop ! Cette mégère n'aurait pu trouver de

meilleur moyen de la faire sortir de ses gonds. Charlotte parvint pourtant à canaliser sa colère en éclatant d'un rire nerveux.

Rafe, pour sa part, ne sembla pas amusé du tout.

— Ça suffit, mère, dit-il sèchement en se levant de table. Je vais faire appeler votre voiture. Il vaudrait mieux que vous atteignez l'auberge avant la nuit.

lady Daughtry soupira encore, jouant les incomprises, et replia sa serviette tandis qu'un valet approchait pour lui tirer sa chaise.

— Très bien, Rafael, répondit-elle. En ce qui me concerne, j'ai dit ce que j'avais à dire et je n'ai plus rien à ajouter.

Comme elle s'apprêtait à sortir au bras de son fils, Charlotte put encore l'entendre glisser à ce dernier :

— J'espère que je n'ai pas pris trop d'initiatives. Après tout, tu es seul responsable de tes actes. Je me suis tout de même permis de placer une liste de noms sur ton bureau : ce sont toutes des jeunes femmes de qualité qui résident à Londres pour la Saison. A mon avis, tu devrais porter la plus grande attention à lady Katharine Musgrave. Elle est charmante et elle a, paraît-il, un revenu de vingt mille livres par an. Et je suis persuadée qu'elle perdra très vite ses rondeurs de bébé. Ah, et il y a aussi miss Amelia Whitehead. Elle n'a que dix mille livres par an, mais elle est l'aînée de six enfants : la famille est réputée depuis plusieurs générations pour sa progéniture abondante, ce qui n'est pas à négliger. Oh ! il y a aussi miss Susan…

La porte qui se referma sur eux coupa court au discours de lady Daughtry. Durant ces éloquents conseils matrimoniaux, Nicole avait dû se fourrer un coin de sa serviette dans la bouche pour ne pas pouffer de rire. Dès la porte refermée, cependant, elle laissa libre cours à son hilarité.

— Tu as entendu, Charlotte ? s'écria-t-elle. Elle a fait une liste ! Pauvre Rafe… Enfin, je suppose que je ne devrais pas plaindre un duc, n'est-ce pas ? Quoi qu'il en soit, je suis contente qu'elle s'en aille. Elle n'arrêtait pas de me dire que je ne passerais pas en société parce que j'ai les cheveux trop foncés, et de dire la même chose à Lydia. Elle, c'est parce qu'elle est trop intelligente !

— Elle doit être au courant, Nicole, répondit Lydia en repliant la lettre de Fitz pour la reposer sur la table. Après tout, elle a quand même été mariée trois fois…

— En tout cas, prions pour qu'elle se trouve un quatrième mari à Bruxelles et qu'il ne meure pas dans la semaine en combattant contre Boney ! Bien que, jusqu'à présent, elle ait eu la chance de ne pas subir ses époux très longtemps. D'ailleurs, elle le dit elle-même : elle fait une veuve charmante… Franchement, qu'est-ce qui ne va pas chez elle ?

Sans écouter sa sœur, Lydia quitta la salle à manger. Charlotte la regarda partir en soupirant.

— Pourquoi fallait-il que tu mentionnes la guerre, Nicole ? J'espère que nous n'aurons pas à nous battre encore, mais si la guerre doit éclater je souhaite qu'elle éclate vite et qu'elle ne dure pas : Lydia est folle d'inquiétude et j'ai peur pour elle. Est-ce que tu as fini de manger ? Les domestiques attendent de pouvoir desservir la table.

Toutes les deux se levèrent et gagnèrent le couloir, tandis que Nicole achevait de mâchonner un toast. Là, elles trouvèrent un Rafe rajeuni et l'air aussi malicieux que sa petite sœur :

— Ça y est, elle est enfin partie ! s'exclama-t-il en les voyant. Ah, Charlie, je tiens aussi à te dire que Mme Buttram, le chaperon, est arrivée avec ses bagages. On la mène à sa chambre en ce moment. Ta réputation est sauvée…

— Très bien, répondit Charlotte, même si je ne pense pas que ma réputation ait vraiment été en danger. D'ailleurs, Rafe, pourquoi n'as-tu pas parlé de Mme Buttram à ta mère ? Elle a l'air tellement persuadée que nous allons faire les quatre cents coups et déshonorer ta famille !

— Oui, je suppose que ce n'était pas charitable de la laisser s'angoisser pour ça… En tout cas, je suis heureux qu'on m'ait parlé de ce chaperon : lord Peters ne jure que par elle.

Il se tourna vers Nicole pour ajouter :

— Je te préviens, il paraît qu'elle ne laisse rien passer. Elle est chaperon depuis bien avant ta naissance.

— Mais ce n'est pas moi qu'elle va chaperonner, affirma Nicole avec un sourire. Ni moi, ni Lydia. Elle est ici pour protéger Charlotte de toi… Maintenant, si vous voulez bien m'excuser, je dois aller voir ma sœur, qui doit s'être encore roulée en boule dans une embrasure de fenêtre pour pleurnicher. Sérieusement, je trouve l'amour bien épuisant !

— Vas-y, je te rejoins, répondit Charlotte.

Rafe, quant à lui, annonça qu'il avait des choses à faire dans la matinée.

— Ah bon ? demanda Charlotte. Je pensais que tu allais à la Chambre des lords. Tu y passes tellement de temps qu'on dirait que tu y as élu domicile…

— Et je te manque horriblement, n'est-ce pas ? répondit-il avec un sourire en l'escortant jusqu'au bas de l'escalier. J'ai demandé à ta femme de chambre de descendre ton chapeau et ton manteau. Je comptais célébrer le départ de ma mère par une petite promenade dans le parc avec toi, mais le matin on n'y trouve que des enfants accompagnés de leur nurse. A la place, je te propose d'aller au centre-ville, si cela te convient.

— Avec plaisir ! Je te remercie.

— Tu sais, ajouta-t-il alors qu'ils sortaient, je crois que je ne m'étais pas vraiment rendu compte à quel point j'avais hâte que ma mère s'en aille… Je pense que je pourrai passer plus de temps à Grosvenor Square, maintenant que je ne me fatiguerai plus à l'éviter dans les couloirs.

Charlotte eut un sourire malicieux.

— Je suppose que tu attends une réponse sérieuse à cela.

— Bien évidemment ! répondit-il en la conduisant par le bras sur le trottoir. Tu devrais me dire à quel point tu es enchantée que je t'honore de ma noble présence.

— Vraiment ? dit-elle. Méfie-toi, tu commences à parler comme ta mère. Comme ça doit être fatigant, mine de rien, de promener partout une telle infatuation…

— Une femme ne peut-elle trouver de joie dans les plus petits détails ? Ma mère, en tout cas, ne semble trouver son bonheur que dans sa propre personne. Dis-moi, tu n'as pas peur que Nicole devienne comme elle en grandissant ?

— Comme dirait ta mère : le ciel l'en garde ! Non, Rafe, je ne pense pas ; Nicole est jeune et peut avoir des idées inattendues, soit, mais ce n'est pas un héritage de ta mère. Ne t'inquiète ni pour elle ni pour Lydia. Elles ne sont encore que des enfants, après tout, et elles sont sur le bon chemin.

— Du moins, elles peuvent encore être considérées comme telles pendant un an, lui rappela-t-il. Mais au printemps prochain elles feront leurs débuts dans le monde. Tu ne penses pas qu'il faudrait les prévenir ? Les gens du monde, je veux dire.

Il s'interrompit. Un homme s'approchait d'eux d'un pas décidé et, lorsqu'il les accosta, ils n'eurent pas d'autre choix que de s'arrêter.

— Votre Grâce, déclara l'individu en se découvrant et en les saluant pompeusement, veuillez me pardonner de vous aborder de manière si cavalière, mais j'étais sur le point de me rendre chez vous pour y laisser ma carte lorsque je vous ai vu en compagnie de mademoiselle.

— Ah oui ? fit Rafe.

Charlotte examina l'inconnu : il était vêtu de manière assez insolite, avec une chemise au col tellement amidonné qu'elle devait l'empêcher de tourner la tête.

— Oui, Votre Grâce, dit l'homme. Je vous avoue que je n'étais pas certain que vous auriez envie de me voir. J'avais donc décidé de me défiler en me contentant de laisser ma carte chez vous et en espérant que vous me convieriez à vous rencontrer. Mais, puisque je vous rencontre sur le chemin, en compagnie de mademoiselle…

S'interrompant, il salua Charlotte, qui répondit par

une révérence rapide, sans savoir comment elle devait se comporter. Se trouvait-elle face à un comte ou à un vulgaire marchand venu réclamer le paiement d'une facture de lady Daughtry ?

— Eh bien, monsieur, répondit Rafe d'un ton léger, tant que je ne sais pas qui vous êtes, je ne peux pas choisir de vous parler ou non, n'est-ce pas ?

— Seigneur ! Je vous prie de pardonner ma maladresse, Votre Grâce. Je me présente : Hugh Hobart. Je… J'étais sur le navire de votre cousin avec votre famille en ce jour fatal…

— C'est donc vous ? s'exclama Rafe, tandis que Charlotte crispait sans s'en rendre compte la main sur son bras.

Un silence suivit. De plus en plus mal à l'aise, Charlotte prit la parole :

— Comme cela a dû être terrible, pour vous, monsieur Hobart ! Vous avez vécu une tragédie… Remercions le ciel que vous ayez survécu, n'est-ce pas, Votre Grâce ?

Saisissant la perche qu'elle tendait, Rafe renchérit :

— Tout à fait, monsieur Hobart. Cela tient du miracle…

— Oui, Votre Grâce, répondit M. Hobart en acquiesçant vigoureusement. C'est un vrai miracle ! Bien sûr, je n'ai pas évité toute blessure, tant physique que psychique. Vous rendez-vous compte ? Il a fallu que vos proches et leurs charmantes compagnes périssent et que moi, pauvre vermisseau que je suis, je survive ! Dire que nous passions un si agréable moment…

Il poussa un profond soupir avant d'ajouter :

— Grâce au ciel, ils ont connu une mort rapide et sans douleur, et je prie pour que leurs âmes reposent en paix au paradis, si vous voyez ce que je veux dire.

Charlotte n'avait que peu connu le monde, en dehors de sa famille, des gens du village et des rares personnes qu'elle avait pu croiser durant son unique Saison à Londres, mais elle en savait assez pour soupçonner ce M. Hobart d'être ce que l'on appelait un parasite.

Il était à peine plus âgé que Rafe, mais avait les

traits trop durs pour qu'on puisse le considérer comme bel homme : son nez était long et pointu, et ses yeux, rapprochés. En fait, il ressemblait à un furet affamé et avait tout d'une personne marginale et aigrie. Le genre d'individu qui aurait pu passer pour un gentleman, mais qui demeurerait à jamais relégué à un rang inférieur…

Ses manières, assez étudiées, ne paraissaient pas naturelles : il avait une attitude et une façon de s'exprimer guindées et peu adaptées à la présence d'une femme.

Rafe semblait avoir le même avis qu'elle, car il répondit froidement :

— Merci pour vos condoléances, monsieur Hobart. Désiriez-vous autre chose ? miss Seavers et moi souhaiterions poursuivre notre promenade.

Cependant, M. Hobart, au lieu de saluer et de s'effacer, se campa plus fermement devant eux de manière à leur bloquer la route.

— Ma foi, Votre Grâce, je souhaitais vous dire autre chose, bien que je m'en veuille de devoir aborder le sujet devant votre compagne.

Rafe interrogea Charlotte du regard, qui lui fit comprendre qu'il pouvait poursuivre la conversation. Après tout, autant en finir tout de suite, cela leur éviterait sans doute d'avoir à croiser de nouveau cet homme désagréable.

— Très bien, répondit Rafe, dites ce que vous avez sur le cœur. Je suppose que c'est une question d'argent…

— Votre Grâce, je n'avais pas l'intention d'être si direct. Mais, puisque nous ne nous embarrassons plus de circonvolutions, je dois avouer qu'en effet c'est pour une question d'argent que j'ai pris la liberté de vous aborder de manière si peu convenable. Pour en venir au fait, je dois vous dire que l'un de vos regrettés cousins me devait une somme assez conséquente.

Enfin, Charlotte comprit. Seigneur, elle était arrêtée en pleine rue, à converser avec un joueur de cabaret ! Et dire qu'elle avait failli rester à la campagne et manquer une telle excitation !

— Lequel de mes cousins ? demanda Rafe en s'avançant d'un pas, afin de laisser Charlotte légèrement en retrait.

Comme si elle n'en avait pas entendu assez pour comprendre ce qui était en train de se passer…

— Harold, Votre Grâce, répondit M. Hobart. J'aurais été fou de jouer contre son frère, qui avait une chance de tous les diables — du moins, jusqu'à son voyage sur ce bateau, apparemment… Mais Harold était persuadé d'être l'égal de son frère sur tous les plans, vous comprenez, et j'avoue que je ne l'ai jamais détrompé. Oh ! je ne m'en vante pas, Votre Grâce, mais vous devez savoir ce que c'est pour un homme de bien de tomber si bas que moi. Je n'ai que mes maigres talents pour survivre…

— Et vos talents vous ont donc mené aux tables de jeu, avec l'espoir de plumer de jeunes inconscients ! Monsieur Hobart, je dois vous avouer qu'il aurait mieux valu que vous vous en teniez à votre première idée de déposer votre carte chez moi sans m'importuner ici, en pleine rue. Je vous demanderais bien de vous excuser auprès de miss Seavers pour votre comportement, mais votre indécence ne pourrait que l'incommoder plus encore. Bien le bonjour, monsieur Hobart !

A ces mots, les traits de l'homme se durcirent et Charlotte frémit.

— Les dettes de jeu sont une affaire d'honneur, Votre Grâce, persista-t-il d'un ton glacial. J'ai sur moi les reconnaissances de dette de votre cousin et vous savez très bien que le décès n'annule pas de tels documents.

En prononçant ces paroles, M. Hobart tira de la poche de son manteau une dizaine de feuilles de papier qu'il tendit à Rafe.

— Cinq mille livres en tout, Votre Grâce, poursuivit-il. C'est à peu près ce qu'il me devait. Voilà, j'ai dit ce que j'avais à dire.

— Et vous pensez vraiment que je me soucie le moins du monde de la réputation de mon cousin, monsieur

Hobart ? répliqua Rafe. Vous avez dû recevoir un coup sur la tête dans la tragédie de ma famille, on dirait.

Charlotte dut se mordre la lèvre pour ne pas sourire. Mais, tout de même, Rafe ne commettait-il pas là une grave erreur ? Elle n'était pas femme du monde, loin de là, mais elle savait que les dettes de jeu devaient être remboursées, quitte à se priver de nourriture ou de vêtements pour cela. Ce n'était pas un problème à prendre à la légère…

Pourtant, M. Hobart semblait renoncer. Il leva les yeux au ciel, comme pour y chercher conseil, puis se mit à fixer la pointe de ses chaussures.

L'interrompant dans sa contemplation, Rafe ordonna :

— Veuillez nous laisser passer, à présent, monsieur.

L'homme s'exécuta, non sans jeter un dernier regard vers le haut. Soudain, il poussa un cri et bouscula brutalement Rafe et Charlotte, qui se retrouvèrent tous deux dans la rigole.

Un instant plus tard, un énorme bloc de pierre tombait à l'endroit exact où tous trois s'étaient arrêtés pour discuter.

— Charlie ! Tout va bien ? demanda Rafe d'un ton affolé.

Tout en serrant dans ses bras la jeune femme, qui tremblait comme une feuille, il leva les yeux vers le haut de la maison qui jouxtait son propre hôtel particulier.

— Ça va, Rafe. Mais tu as vu là-haut ? C'est un morceau de la façade qui s'est détaché ! Mon Dieu, si M. Hobart n'avait pas été là…

— Je sais, ma chérie, je sais, répondit-il doucement. Mais nous sommes sains et saufs, grâce à lui ou à une intervention divine, je ne sais pas…

Il aida Charlotte à se relever, puis se tourna vers Hugh Hobart, qui donnait de petits coups de pied dans des débris qui avaient atterri à ses pieds.

— Monsieur, vous vous êtes mis en danger pour nous sauver la vie, déclara Rafe. Nous vous devons des remerciements.

— Bah… répondit l'autre.

Un éclair d'inspiration parut soudain traverser son regard : sans doute venait-il de comprendre comment tourner cet accident à son profit.

— En effet, Votre Grâce, reprit-il. Vous me devez exactement cinq mille livres de remerciements.

Déjà, quelques promeneurs s'étaient assemblés autour d'eux et commentaient le lamentable état de la façade jumelée à l'hôtel particulier des Daughtry. Dans quelle déchéance avait bien pu tomber son propriétaire pour laisser ainsi sa demeure à l'abandon !

Rafe s'adressa à une femme rougeaude qui s'éventait vigoureusement.

— Excusez-moi, madame. Savez-vous qui est le propriétaire de ce taudis ?

— Mais, Votre Grâce, c'est vous ! répondit-elle, visiblement surprise. Votre oncle a confisqué cette maison à son propriétaire l'an dernier, pour éponger une dette de jeu. Pauvre sir Richard… Il s'est pendu dans son bureau à cause de cela, vous savez. Il faut dire qu'il était fou d'avoir voulu parier contre le duc… Veuillez me pardonner de parler ainsi, mais votre oncle était aussi dénué de conscience que de cœur !

La femme ne semblait pas se soucier de dire du mal d'un mort, devant un proche parent, de surcroît… Alors, un homme à la carrure imposante se fraya un chemin dans la foule, poussant de sa canne les badauds qui ne s'écartaient pas assez rapidement.

— Monsieur ! s'exclama-t-il en se postant devant Rafe. Oui, vous, qui semblez penser que vous venez d'échapper à un accident ! Vous l'avez échappé belle, c'est vrai, mais moi, j'ai tout vu : je passais en voiture lorsque ce bloc est tombé. Eh bien, figurez-vous qu'il y avait un homme sur le toit ! Je l'ai vu comme je vous vois ! C'est lui qui a poussé ce bloc de pierre juste au-dessus de vous !

Il se tourna ensuite vers Hugh Hobart et lui tapota la tête comme à un enfant.

— C'est une bonne chose que vous ayez été là, mon brave, vous leur avez sauvé la vie !

— Je vous remercie, monsieur, répondit M. Hobart en le saluant très bas. Je pense que Sa Grâce, le duc, est du même avis…

12

Peu de temps après, Hugh Hobart quittait l'hôtel particulier des Daughtry avec cinq mille livres en poche. Si seulement Fitz avait été là ! songea Rafe en regardant les reconnaissances de dettes de son cousin finir de se consumer dans la cheminée. Ils auraient pu discuter ensemble de cette mésaventure et peut-être tirer tout cela au clair.

Fitz aurait pu rencontrer M. Hobart et se faire son idée du bonhomme. Il aurait également accompagné Rafe lorsqu'il avait demandé à son majordome la clé de la maison voisine pour aller explorer cette propriété, dont un morceau de façade avait failli le tuer… Sa propriété.

Il aurait bien aimé s'y rendre tout de suite après l'accident, mais Charlotte avait refusé de le laisser y aller si vite et avait demandé qu'on ne lui donne pas la clé s'il ne se décidait pas à se faire accompagner par un valet.

Quant à elle, elle ne voulait rien entendre : l'homme du toit devait être parti mais, si par malheur il se trouvait encore sur place, à quoi servirait donc que Rafe se fasse tuer en y allant seul et sans arme ?

Elle avait raison, bien entendu ; et, de toute manière, il y avait encore dans la rue trop de badauds qui grommelaient que le duc lui-même était responsable de l'accident… Rafe avait donc pris le bras de Charlotte et l'avait entraînée à l'intérieur en invitant M. Hobart à les suivre.

Il attendit que l'émeute se calme pour se lancer enfin dans l'exploration de la maison en ruine, un pistolet chargé en main et accompagné par deux valets. Il n'avait pas eu le choix, car Charlotte avait menacé de le suivre elle-même s'il refusait l'escorte des domestiques. A peine entré dans la maison, il demeura cloué de stupeur.

Bien sûr, il n'ignorait pas que son oncle et ses cousins, parmi d'autres vices, avaient été des joueurs invétérés. Son oncle ne se privait pas de proclamer que son talent aux cartes remplissait régulièrement les coffres d'Ashurst Hall, bien mieux encore que les revenus du domaine…

Mais devait-on aller jusqu'à saisir la demeure d'un malheureux et le mettre à la rue ? Sous ses yeux, l'intérieur se dévoilait dans toute sa nudité : les tapisseries avaient disparu et seuls quelques rares meubles avaient survécu à la déroute. Peut-être était-ce sir Richard lui-même qui avait vendu pièce par pièce le contenu de sa maison pour rembourser ses dettes, obligeant son oncle à se contenter de saisir le peu qu'il restait quand était venu son tour de réclamer son argent. Pourtant, la demeure avait dû être magnifique à une époque…

Quoi qu'il en soit, elle lui appartenait à présent. Une maison dans laquelle un homme s'était pendu…

Tout en inspectant les pièces l'une après l'autre, il eut une idée qui finit par s'ancrer dans son esprit : l'endroit serait parfait pour accueillir sa mère à son retour de Bruxelles… Charlotte, si elle était d'accord, pourrait se charger de la rénovation.

Evidemment, ce n'était pas une solution parfaite à son désir de ne pas avoir sa mère sur le dos, mais le projet méritait d'être étudié, puisqu'il n'existait pas encore de moyen de l'envoyer en résidence sur la face cachée de la lune !

Le soir même, après dîner, Rafe profita d'un tête-à-tête avec Charlotte dans le bureau pour aborder le sujet. La jeune femme ne se montra pas aussi enthousiaste qu'il l'avait espéré.

En fait, le projet de rénovation de la maison la préoccupait beaucoup moins que la volonté de démontrer à Rafe que quelqu'un en voulait à sa vie. Ce souci, lui dit-elle, était bien le seul qu'elle avait en tête. Avait-il vraiment cru qu'elle souhaitait passer son temps à choisir des tapisseries et des meubles qui, de toute manière, ne plairaient pas à sa mère ? A moins, bien sûr, qu'elle ne s'applique à les choisir roses, dorés et tape-à-l'œil…

— Ne me regarde pas comme ça, Rafe, ajouta-t-elle, et ne crois pas que je n'aie rien remarqué de ce qui est arrivé ce matin. Je n'ai pas l'intention de fermer les yeux et de faire semblant que tout va bien ! Je sais bien que je ne suis qu'une femme, et que…

— Toi ? Mais tu es bien plus qu'une femme ! dit-il d'un ton enjoué.

Il leva son verre, comme pour porter un toast en son honneur.

— N'importe quelle autre femme serait devenue hystérique à ta place, quand ce bout de façade nous est tombé dessus. Je te le dis : je suis très fier de toi, Charlie, sincèrement.

— Je suppose que je dois te remercier du compliment. Mais, franchement, es-tu certain que tu ne préférerais pas partager tes journées avec une charmante créature qui aurait un revenu de vingt mille livres par an, et seulement quelques rondeurs de bébé ?

Rafe poussa un soupir.

— Ah, je vois… Tu as entendu ce qu'a dit ma mère !

— Bien sûr ! Il faut dire qu'elle a fait en sorte que cela ne m'échappe pas, tout comme elle s'est assurée que je comprenne bien toutes ses remarques à peine masquées censées me remettre à ma place, c'est-à-dire me renvoyer à Rose Cottage, si je ne m'abuse. Mais ne changeons pas de sujet ! Ce que ta mère n'a pas compris, c'est qu'il est hors de question que je te laisse seul ici tant que tu t'entêteras à ne pas prendre au sérieux toutes ces tentatives d'assassinat qui t'ont visé !

— Tu sais, à ma connaissance, je n'ai pas d'ennemis, répondit-il doucement.

Charlotte n'était pas Fitz, elle n'avait jamais fait la guerre, mais Rafe aimait prendre en compte ses opinions.

— Si nous parvenons enfin à résoudre l'énigme des incidents survenus à Ashurst Hall, poursuivit-il, et je pense que nous en sommes capables, nous découvrirons sans doute qu'il s'agissait d'agressions commises par les quelques amis de mes cousins qui sont toujours de ce monde. Cependant, je les vois mal me poursuivre jusqu'à Londres…

— J'en suis venue à la même conclusion. La personne qui a essayé de te tuer à Ashurst Hall n'est pas de là-bas. Elle n'y était venue que pour toi, déclara Charlotte.

Malgré l'air serein qu'elle affichait, il la voyait tripoter nerveusement les rubans de sa nouvelle robe jusqu'à en faire un vrai sac de nœuds. Qu'elle était belle, dans cette tenue neuve…

— Rafe, ajouta-t-elle, le tirant de ses pensées, je me suis dit une chose… Ne crois-tu pas qu'en fait ton agresseur pourrait être ce Hugh Hobart ?

Il la regarda, les sourcils froncés. Comment leurs pensées pouvaient-elles toujours se rejoindre ainsi ?

— J'allais suggérer la même chose, répondit-il. Et j'espère bien qu'il est parti, maintenant qu'il a reçu le remboursement de la dette de jeu d'Harold. Mais ce n'était pas tout à fait cela que tu avais en tête, n'est-ce pas ?

— Eh bien, je me disais que M. Hobart a eu vraiment beaucoup de chance de se trouver au bon endroit, au bon moment…

— Continue !

Charlotte inclina la tête comme si elle guettait sa réaction.

— Repense à ce qui s'est passé, Rafe. Hugh Hobart n'aurait pas pu nous arrêter à un meilleur endroit s'il avait voulu que nous soyons écrasés par ce bloc de pierre…

— C'est vrai. Mais il nous a rencontrés par hasard.

Elle hocha la tête, se rendant enfin compte de l'état

des rubans de son corsage, et grimaça devant le désastre. Puis elle releva les yeux et reprit :

— Oui, par hasard, sauf s'il nous guettait en espérant que nous sortirions tôt ou tard pour nous promener. Après tout, tu as l'habitude de sortir assez souvent à pied.

— Bien sûr : il a attendu, caché dans un coin nuit et jour, par tous les temps, et a posté une cohorte d'hommes sur ce toit en attendant que je pose un pied hors de chez moi ? Et tout ça pour quoi ? Pour nous sauver la vie à tous les deux en nous poussant au dernier moment ? Cela te semble logique, à toi ?

Charlotte poussa un nouveau soupir.

— En fait, ça m'avait paru logique tout à l'heure, lorsque je réfléchissais à tout ça dans ma chambre. Mais maintenant que tu le dis… C'est vrai que cela aurait été beaucoup d'efforts pour rien.

— Alors, où en sommes-nous de nos conclusions, finalement ?

— Je ne sais pas trop, répondit-elle. Je pense que nous pouvons au moins tomber d'accord sur le fait que Hugh Hobart nous est terriblement antipathique.

— En effet. Même si je mettais de côté tout ce qui a pu se passer aujourd'hui, je ne pourrais pas l'apprécier, ne serait-ce que parce qu'il était ami avec mes cousins. Tu ne trouves pas que ça démontre chez lui un manque flagrant de personnalité ?

— Je doute que l'amitié ait réellement été ce qui les liait, déclara Charlotte. Réfléchis un peu à ce que je vais dire, s'il te plaît : M. Hobart était présent lorsque ton oncle et tes cousins sont morts, et il était également présent aujourd'hui, quand tu as failli mourir à ton tour. Soit cet homme attire le mauvais œil, soit il a sa part de responsabilité dans tout cela…

Rafe acquiesça.

— Tu es fine, tu sais, Charlie. C'est vrai, et je suis entièrement d'accord avec toi : l'admiration et le respect mutuels ne devaient pas peser bien lourd dans l'amitié qui liait cet homme à mes cousins.

— Tout à fait. Mais cela nous en fait revenir à ta question : où en sommes-nous de nos conclusions ?

Rafe se leva et marcha un moment de long en large dans la pièce. Enfin, il reprit la parole :

— Je suppose que la meilleure question à poser serait : pourquoi M. Hobart voudrait-il ma mort ?

— Rafe, répondit Charlotte d'un ton ferme, si cet homme avait voulu ta mort, tu serais mort. Il t'a sauvé ce matin, tu te rappelles ?

— Alors, maintenant, c'est un héros ?

Elle le dévisagea un instant et haussa les épaules.

— Ou alors il attend quelque chose de toi... Mais non, tout cela ne nous mène à rien ! Prenons le problème dans l'autre sens : es-tu vraiment certain de n'avoir offensé personne ?

— Non, Charlie, je n'en suis pas certain. Tout ce que je sais, c'est que, si j'ai offensé quelqu'un, je ne lui ai assurément rien fait qui justifie qu'on me traque depuis trois mois pour essayer de me tuer !

— Est-ce que tu sais à quoi je pense, Rafe ?

— Non, mais je suppose que tu vas rapidement m'en informer...

— Ne te moque pas. Je pense — et j'ai réfléchi à cela toute la journée — que tu aurais pu être abattu n'importe quand à Ashurst Hall. Tu passais tes journées à cheval là-bas, tu faisais une cible facile. Ensuite nous nous sommes tous rendus à Londres. C'est un grand voyage dans lequel les occasions d'accident ne manquaient pas.

— Mais on a essayé de m'abattre avec un fusil, si tu te rappelles bien ! D'ailleurs, j'ai dû renoncer à un chapeau auquel je tenais beaucoup.

— Oui, mais cela aurait très bien pu être un accident de chasse, répondit-elle. D'ailleurs, cela a été ta première conclusion. Quant au clou coincé sous le tapis de selle de Boney, il aurait lui aussi pu être dû au hasard.

— Quant au bloc de pierre qui a failli nous tuer, dit-il, ce n'est pas la première fois qu'une telle chose se produit dans cette ville. J'en ai parlé cet après-midi à la Chambre, et on m'a dit que c'est arrivé la semaine dernière sur Brook Street. Deux personnes ont été gravement blessées, et M. Hobart n'était pas présent cette fois-là.

— Oui, Rafe, répliqua-t-elle, mais quand notre « accident », comme tu dis, est arrivé, il y avait un homme sur le toit. Quelqu'un a poussé ce bloc de pierre sur nous.

— Oui, je sais bien, il y a eu un témoin. Mais, si je poursuis ta théorie, l'homme en question aurait très bien pu ne pas être vu et toute l'affaire serait passée pour un accident. Clairement, si l'on veut ma mort, on ne veut pas qu'elle ressemble à un meurtre.

Charlotte reprit le fil de sa pensée :

— Pense donc au temps et à l'énergie dépensés pour ça, Rafe. Tu as subi trois attaques en cinq mois… L'homme qui veut ta mort est à la fois déterminé et patient. Mais peut-être y a-t-il eu d'autres accidents que tu n'as pas considérés comme des agressions qui te visaient ?

Décidément, elle était brillante… Rafe réfléchit avant de répondre :

— Non, je ne me rappelle rien de particulier. La dernière fois que l'on m'a tiré dessus, j'étais encore sur l'île d'Elbe, et les agresseurs étaient des Français en guerre. Je doute d'avoir été leur unique cible.

— Sur l'île d'Elbe ? répéta-t-elle. Mais je croyais que tu n'étais là-bas que pour t'assurer que Bonaparte ne s'enfuie pas. Pourquoi y a-t-il eu une bataille ?

Rafe se concentra pour se remémorer les détails de l'altercation.

— Non, ce n'était pas une bataille… J'avais repéré deux étrangers à l'auberge et je leur avais demandé ce qu'ils faisaient là. Ils étaient français, ou du moins l'un d'eux l'était. Je n'ai vu le deuxième homme que de dos quand ils ont quitté précipitamment l'auberge. Fitz et moi, nous les avons suivis, nous leur avons ordonné de s'arrêter — je voulais leur poser quelques questions —, et c'est à ce moment-là que l'un des deux s'est retourné et nous a tiré dessus. Je me demande bien ce qui se serait passé si nous avions réussi à les capturer et à les interroger : après tout, Bonaparte s'est enfui moins de trois mois plus tard…

— Est-ce que l'homme à qui tu as parlé t'a dit pourquoi ils étaient sur l'île ?

Rafe se caressa le menton, songeur.

— Il m'a dit que leur bateau était endommagé et qu'ils devaient le réparer, répondit-il enfin. Après les coups de feu, Fitz a couru chercher des renforts et, moi, j'ai poursuivi les étrangers, mais je les ai perdus dans l'obscurité. Ils devaient avoir une barque amarrée quelque part et ils ont disparu avec.

Il haussa les épaules et conclut :

— Non, cet incident n'a rien à voir avec ce qui nous préoccupe maintenant.

Quoique…

— A moins, ajouta-t-il en imitant avec humour les raisonnements machiavéliques de Charlotte, que le deuxième homme ne soit pas un acolyte du Français à qui j'ai parlé, mais qu'il ait engagé ce dernier pour m'assassiner. C'était un plan parfait : j'aurais été tué dans le cadre d'une tentative d'évasion de Bonaparte. Mais oui, ça ne peut être que cela ! Et, comme il m'a manqué, le commanditaire et son mercenaire français sont ensuite venus en Angleterre terminer le travail. Si tu y repenses bien, Charlie, quand le bloc de pierre s'est écrasé sur le trottoir, n'as-tu pas entendu quelqu'un crier en français : « Mon Dieu, encore raté » ?

Charlotte poussa un soupir exaspéré.

— Tu sais, Rafael Daughtry, il y a des fois où j'ai envie de te gifler ! Allons, concentrons-nous sur M. Hobart, c'est plus simple : lui, au moins, nous savons qui il est, contrairement à ton inconnu de l'île d'Elbe. J'avoue que je ne peux pas me résoudre à l'apprécier, bien qu'il nous ait sauvé la vie. Grâce à cet accident, non seulement il a empoché cinq mille livres, mais il est persuadé que nous lui sommes redevables. Je ne sais pas si tu as remarqué ce petit sourire écœurant qu'il a eu quand tu l'as prié de venir avec nous dans la maison… Je pense que tu devrais le faire suivre.

De nouveau, elle en était arrivée à la même conclusion que lui : il avait déjà décidé d'engager un coursier de Bow Street à cette fin. Après tout, il n'était pas très glorieux de rentrer au pays après six ans de guerre pour finir écrasé sous un bloc de pierre tombé d'une façade…

Il s'assit à ses côtés sur le divan de cuir.

— Très bien, déclara-t-il, je le ferai suivre. Et, maintenant que nous avons épuisé le sujet autour de ce M. Hobart, y a-t-il autre chose dont nous devons parler ce soir ? Dis-moi, Mme Buttram s'est-elle bien installée ?

— Ah oui, Mme Buttram… Eh bien, pour le moment, elle est très occupée à essayer de comprendre quel est mon rang, à chercher une raison logique à ma présence ici. Je crois qu'elle hésite entre me considérer comme une domestique de rang supérieur et me voir comme une gouvernante ou encore ta pupille… Et je pense que je ne pourrai pas éluder ses questions très longtemps : il va falloir que je trouve une réponse. Nicole, quant à elle, l'appelle le dragon, mais je n'ai pas encore vu la moindre flamme jaillir de son grand nez…

Rafe leva une main hésitante vers les cheveux de la jeune femme et en enroula une mèche autour de son doigt.

— Mais tu es là pour une raison très claire, répondit-il. Tu es là pour me faire la conversation et me soutenir quand j'en ai besoin.

— Sois un peu sérieux…

— Je suis toujours sérieux quand il s'agit de mes sentiments pour toi.

Charlotte sembla se crisper. L'atmosphère de la pièce parut tout à coup oppressante à Rafe.

— Tu sais, dit Charlotte, je me demande parfois si…

si tu ne te sens pas responsable de moi… Comme si tu me devais quelque chose après ce qui s'est passé avec ton oncle et tes cousins. Mais moi, je n'aime pas qu'on me prenne en pitié, Rafe. Voilà, c'est dit !

— Tu le crois vraiment ? Tu crois vraiment que j'ai pitié de toi ?

Charlotte baissa la tête et recommença à torturer ses rubans. Elle finit par répondre d'une voix sourde :

— Et pourquoi pas ? Je me prends moi-même en pitié, parfois… Tu sais, Rafe, ce qu'ils m'ont fait était vraiment terrible…

A ces mots, il éprouva le besoin de la rassurer et posa une main douce sur sa joue.

— Je sais, dit-il. Ils t'ont volé une chose dont tu ignorais même l'existence.

Elle le regarda dans les yeux. Mon Dieu, quel regard poignant ! Comme il aurait aimé la serrer contre lui, et bien plus encore…

— Je… Je ne comprends pas, murmura-t-elle.

— Si, je crois que tu comprends d'une certaine façon, mais je ne suis pas sûr de savoir comment te l'expliquer plus clairement.

Au moins, elle l'avait laissé la toucher. Elle ne repoussait pas sa main et restait assise tout près de lui sur le divan. Pour une fois, elle ne cherchait pas à le fuir. Elle restait là, en tête à tête avec lui, à la lueur du feu qui brûlait dans la cheminée et des quelques bougies qui les entouraient : un homme et une femme ensemble…

— Charlie, reprit-il doucement, je sais que tu as peur quand j'essaie de t'embrasser : je le sens. Je te sens trembler quand je te prends dans mes bras. C'est cela qu'ils t'ont volé, ma chérie : ils t'ont pris tout ce qui devait être beau et l'ont transformé en laideur, en douleur, en choses malsaines et brutales.

— Ce qu'il était en train de faire subir à cette pauvre fille, dans l'écurie… articula-t-elle, au bord des larmes. Ce qu'il a voulu me faire subir…

Rafe lui caressa la joue d'un geste tendre pour tenter de la calmer.

— Chut, ne dis rien : je sais. Mais sache que l'amour, le vrai, ne ressemble en rien à ce que tu as vu.

A ces mots, elle se détacha de lui et recula la tête pour fuir sa caresse. Qu'avait-il dit de mal ?

— Je sais tout ça, Rafe, du moins en théorie. Je ne suis pas stupide. Et je suis par ailleurs intimement persuadée que toi, tu ne me ferais jamais aucun mal. Je… Je sais aussi que nous ne sommes plus des enfants, que ce que tu attends de moi est normal. Je devrais partager ton désir. Je… Oui, je le partage. Seulement, tu es si compréhensif et si… si gentil ! On dirait que tu as peur de me casser, comme si j'étais un bibelot en fine porcelaine. Je me sens mal à l'aise avec toi parce que tu me regardes comme une pauvre victime ! Mais je ne suis pas une victime, Rafe ! Je sais très bien ce que tu attends de notre relation. Moi aussi, quand je sens que tu es en danger, j'ai envie de te serrer contre moi…

A ces mots, il glissa la main sur la nuque de la jeune femme et prit fougueusement ses lèvres, faisant taire ses protestations.

Il la sentit alors s'adoucir contre lui. Ce fut presque un mouvement de tendresse, mais il savait que cela ne durerait pas. D'ici peu, elle allait lutter pour se libérer et il la perdrait de nouveau…

Il se mit alors à lui parler à mi-voix, tout contre sa bouche.

— Souris, ma chérie. Souris quand je t'embrasse et quand tu me rends mes baisers…

Lorsqu'elle le repoussa malgré tout, ce n'était pas, pour une fois, dans un mouvement de peur.

— Sourire ? demanda-t-elle en fronçant les sourcils. Pourquoi veux-tu que je sourie ?

— Je ne sais pas, comme ça… Tu sais, on est quand même censés être heureux dans ces moments-là ! Essaie, Charlie. Essayons, tous les deux.

— Tu es fou, répondit-elle en secouant la tête.

Elle sourit tout de même. Alors, il lui rendit ce sourire et l'embrassa de nouveau.

Seigneur, comme c'était différent, cette fois ! Comme c'était agréable… Elle avait une bouche si douce tandis qu'elle se laissait enfin aller contre lui, sans chercher à se protéger, à garder ses distances ! Enfin, elle ne semblait pas sur le point de bondir sur ses pieds et de partir en courant…

Il lui embrassa les coins de la bouche, penchant la tête d'un côté, puis de l'autre, sans chercher à approfondir les baisers, et se contenta d'explorer chaque parcelle de ces lèvres qui hantaient depuis si longtemps ses rêves.

Pendant quelques instants, elle se laissa docilement faire, puis, tout à coup, elle se mit à rire.

En bon professeur, il tenta d'abord de conserver sa solennité, mais le son de ce rire l'en dissuada et, bientôt, il imita la jeune femme.

Les lèvres soudées, ils partagèrent alors une chose qui devait être aussi précieuse et rare que la passion pure : ils partagèrent leur joie.

Lorsque enfin il se décida à se détacher d'elle, ce fut pour voir ses beaux yeux noisette pétillants de bonheur. Aucune ombre de peur ou de malaise ne venait perturber ce regard.

— Charlie ? souffla-t-il.

— Rafe ? répondit-elle du tac au tac.

— Sommes-nous réellement fous ?

— Eh bien, Votre Grâce, je pense que c'est en effet une possibilité à envisager.

— Au moins, nous sommes fous ensemble, c'est déjà ça.

Charlotte se leva.

— Bon, il faut que j'aille voir les jumelles avant qu'elles ne viennent me chercher ici, déclara-t-elle en lissant sa jupe. Je… Merci, Rafe. Je suppose que j'avais peur de… Bref, j'attends avec impatience la prochaine leçon.

Il se leva à son tour et répondit :

— Eh bien, les choses commencent à se corser à la Chambre, mais je vais voir si j'arrive à placer une seconde leçon dans mon emploi du temps. Nous pourrons aussi poursuivre celle d'aujourd'hui, si tu veux. Voyons, nous avons atteint le stade du sourire. Peut-être pouvons-nous avancer jusqu'au stade du visage radieux, qu'en dis-tu ?

Il voulut la prendre de nouveau dans ses bras, mais elle l'esquiva malicieusement. Depuis son retour de la guerre, il ne l'avait pas encore vue si heureuse, si insouciante… Oui, il venait de se passer quelque chose entre eux. Il était difficile de trouver des mots pour l'exprimer, mais leur relation avait bel et bien fait un bond en avant…

— Je dois vraiment y aller, dit-elle.

Il la rappela au moment où elle franchissait le seuil.

— Charlie ? J'ai l'impression que tu étais sur le point de me dire quelque chose tout à l'heure. De quoi s'agit-il ?

Elle se retourna sans le regarder en face.

— Eh bien, je… j'allais te dire que, malgré ma terreur, cette nuit-là, dans l'écurie, je n'ai pas pu m'empêcher de remarquer quelque chose chez ton cousin Harold.

Harold ? Qu'avait-elle pu remarquer en le voyant s'accoupler comme une bête avec cette pauvre fille inconnue ? Avait-il vraiment envie d'entendre ce qu'elle avait à dire à son propos ? Non… Toutefois, il valait mieux la laisser parler…

— Dis-moi tout, Charlie.

Elle prit une profonde inspiration.

— Eh bien…, déclara-t-elle avec hésitation, avant d'achever sa phrase d'un seul bloc. Il ne portait pour ainsi dire rien sur lui, tu sais, et, bien que j'aie été horrifiée de le voir comme ça, je n'ai pas pu m'empêcher de le trouver ridicule…

De toutes les hypothèses qui avaient pu venir à l'esprit de Rafe pendant qu'elle parlait, cet aveu était bien la plus inattendue. Il éclata de rire.

— Pauvre Harold ! Il faut avouer qu'il a toujours été assez… assez bien en chair.

— Et rose comme un porcelet, ajouta Charlotte, encouragée par le rire de Rafe. Tu sais, cette idée ne m'a pas lâchée depuis. Je… Je ne trouve pas le corps d'un homme très beau, pour être honnête.

— Je suppose que tu as raison, répondit Rafe.

Pourquoi donc l'avait-il incitée à lui avouer cela ? Satané Harold !

Charlotte poursuivit en baissant la voix :

— Je pense aussi… Enfin, je veux dire que… que je ne crois pas que toi, tu aurais l'air ridicule. Je pense que… Ne te méprends pas, je ne passe pas mon temps à réfléchir à ces choses ! Mais j'imagine que ton corps à toi doit être assez beau…

— Charlie…

Il voulut la rejoindre, mais elle s'était déjà détournée et elle quitta rapidement la pièce.

13

Tout en faisant les cent pas dans son bureau, Rafe lut en silence la lettre qu'il venait de recevoir de Fitz. Puis il alla la tendre à Charlotte, occupée à son ouvrage de broderie, avant de retourner s'installer à son bureau, où il attendit qu'elle ait achevé sa lecture en se tapotant les lèvres du bout des doigts.

Bruxelles
Le 28 mai 1815

Mon très cher ami et compatriote,

Pendant combien de temps peut-on espérer qu'un homme enchaîne les défilés militaires avant qu'il n'aille risquer sa vie au combat, attendant la mort comme une bénédiction ? Je t'avoue que je me sens très mal à l'aise vis-à-vis des troupes que je mène à l'exercice chaque jour, quand je les vois masser leurs pieds endoloris en attendant l'arrivée de ce fichu Boney. Vraiment, tu devais avoir l'esprit à la plaisanterie quand tu as donné son nom à ton hongre ! A moins que tu n'aies pensé que Bonaparte avait été castré, lui aussi ?

Cependant, je suppose que nous devrions le remercier de se faire attendre, étant donné que Blücher et ses troupes se trouvent encore loin de Bruxelles. Il faut croire que c'est un défaut français d'être toujours en retard, n'est-ce pas ?

En tout cas, Wellington semble vouloir rassurer son peuple… Il ne fait que donner des bals et courir les mondanités mais, en sous-main, il nous fait explorer le pays à la recherche du moindre signe de l'ennemi et nous fait cartographier tous les champs de bataille envisageables aux alentours, afin de développer le plus de stratégies possible.

Je pense qu'il n'y a pas à en douter, mon vieil ami : une bataille majeure se prépare, et c'est pour bientôt. Je suis certain que tu lis toutes les dépêches et qu'elles pointent toutes dans la même direction : une seule bataille, une seule journée de lutte, une seule victoire, et nous verrons la fin de ce cauchemar…

Mais je crains qu'à mon retour nous ne devions nous bagarrer également tous les deux, d'une certaine manière, car je dois te dire une chose qui risque de te mettre en rage.

Votre Grâce… Rafe, je suis amoureux de ta sœur. Je sais bien ce que tu vas dire : Lydia n'est qu'une enfant de dix-sept ans et je suis trop vieux pour elle, avec mes vingt-six ans. C'est bien pour cela que je tiens à te jurer solennellement que je ne ferai absolument rien pour influencer ses sentiments tant qu'elle n'aura pas fait ses débuts, à la Saison prochaine.

Sincèrement, je n'ose te faire cet aveu que parce que je suis loin de Grosvenor Square et que tu ne peux pas me chasser ou m'assommer à coups de poing. Sans cela, je n'aurais jamais trouvé le courage de t'avouer ce qui occupe toutes mes pensées et de te donner le nom de celle que j'aime tant.

Je ne suis qu'un soldat, Rafe, et j'ai bien peu à offrir à la chère sœur d'un duc, à part mon domaine à l'abandon, en Irlande, et ma profonde et éternelle dévotion. Cependant, si tu acceptes d'écouter ma requête et mon aveu sincère, je prie pour que tu m'autorises à garder l'espoir de recevoir ta bénédiction un jour.

Pour le moment, je ne peux que te demander une chose évidente : veille bien sur ma chère Lyddie. Elle me manque tellement, si tu savais : son sourire, sa gentillesse, son intelligence, sa douceur me manquent... Pour la première fois de ma vie, je crains la bataille à venir, Rafe, parce que maintenant j'ai beaucoup à perdre.

Ton serviteur dévoué et humble solliciteur,

Capitaine Swain McNulty Fitzgerald

P.-S. : Pour l'amour du ciel, Rafe, brûle cette lettre ! On dirait un stupide charabia de vieille femme superstitieuse !

Charlotte relut la lettre deux fois avant de la déposer sur ses genoux et de lever sur Rafe des yeux humides.

— Oh ! Rafe, s'exclama-t-elle d'une voix brisée. Comme ce qu'il écrit est beau... et triste à la fois ! Mais je trouve cette nouvelle un peu effrayante.

— Je suis d'accord avec toi.

Furieux, il tapa du poing sur la table.

— Satané Fitz !

— Rafe !

Elle bondit pour venir se placer face à lui, de l'autre côté de la table, avant de poursuivre :

— Je sais bien qu'on pourrait penser que Fitz vise trop haut, compte tenu de son rang, mais nous deux, nous connaissons son cœur. Nous savons que c'est quelqu'un de bon, et...

— Il ne s'agit pas de ça, Charlie, dit-il. Vois-tu, je ne peux pas espérer meilleur parti pour Lydia !

Sur ces mots, il recula sa chaise et gagna le bar pour se servir un verre.

— Bien sûr, répondit Charlotte. Fitz est ton ami, tu sais mieux que personne à quel point c'est un homme exemplaire et…

Elle laissa la phrase en suspens. Rafe avala d'une traite son brandy et se resservit, avant de retourner s'asseoir.

— Ce qui m'inquiète, expliqua-t-il, c'est ce ton larmoyant qu'il emploie. Il se plaint et semble plus s'inquiéter de sa propre survie que de la bataille à mener.

— N'est-ce pas ainsi que n'importe quel homme rationnel réagirait à sa place ?

Rafe secoua la tête, préoccupé.

— N'importe quel homme, peut-être, dit-il, mais pas un soldat. Un soldat ne doit songer qu'à la bataille et aux hommes placés sous ses ordres. Il n'est pas bon de penser à soi et à sa peur de mourir… C'est le meilleur moyen pour s'attirer le mauvais œil. On commence à faire attention au moindre danger d'une façon qui, paradoxalement, nous fait prendre des risques inutiles. Fitz sait tout cela, pourtant ! Il n'en est pas à sa première bataille. Il sait tout cela !

— Que pouvons-nous faire, alors ? demanda Charlotte.

— Je ne sais pas. Je ne peux pas le rejoindre à Bruxelles : il comprendrait que je cherche à le surveiller et ça ne ferait qu'empirer les choses. Après tout, il est adulte et c'est un excellent soldat. Plus que cela, même : il est courageux, sans peur… Il m'a sauvé la vie plus d'une fois, tu sais. Bon sang, pourquoi fallait-il qu'il tombe amoureux maintenant ?

Charlotte alla ramasser la lettre et la déposa sur le bureau, devant lui.

— Je doute que beaucoup de gens parviennent à prévoir le moment où ils tomberont amoureux, fit-elle remarquer avec douceur. Il ne t'a dit que ce qu'il avait besoin de te dire. Et apparemment il avait assez de recul pour voir que sa lettre avait quelque chose de mélodramatique. Mais je pense que, quand le moment sera venu, quand

Bonaparte arrivera, il sera prêt. L'attente est simplement trop longue, à mon avis : il a eu trop de temps pour réfléchir à la bataille.

Rafe saisit la lettre et la parcourut de nouveau avant de répondre :

— Tu as sans doute raison. Non : tu as raison. Il a d'abord parlé de Wellington, de ses hommes et de la bataille, avant de me faire son aveu. Je l'imagine bien, assis seul à la lumière d'une bougie, une bouteille entamée à côté de lui. Ce n'est sans doute qu'après l'avoir entièrement bue qu'il a osé m'écrire ces choses, qu'il a immédiatement regrettées ensuite…

— Il voulait simplement que tu saches qu'il aime Lydia, répondit Charlotte, et je trouve ça merveilleux.

Rafe la considéra un instant, pensif.

— Merci, Charlie, murmura-t-il. Comme toujours, c'est toi la plus sensée. En plus, lui écrire pour lui ordonner de cesser de pleurnicher ne servirait à rien. Je ferais mieux de lui dire de ne pas agir stupidement et de s'arranger pour revenir en vie s'il veut faire la cour à ma sœur.

Il ouvrit alors le premier tiroir de son bureau et en sortit quelques feuilles de papier portant le sceau ducal en en-tête.

Charlotte lui tendit aussitôt sa plume et approcha l'encrier de lui.

— C'est bien de cela qu'il a besoin, Rafe. Et de ta bénédiction.

Rafe avait déjà commencé à écrire.

— Dans ce cas, dit-il, il est bien stupide de penser que je vais la lui refuser ! Seigneur, il est mon ami, il le sait bien ! Et il sait aussi que je l'adore, cet idiot ! Je me demande ce que je deviendrais sans lui… ou sans toi…

— Sans tes deux idiots, tu veux dire ? lança Charlotte, moqueuse. Mon Dieu, Sa Grâce s'exprime toujours de façon si délicate !

— Tu sais bien ce que je voulais dire par « idiot »… protesta-t-il. Ce n'était pas méchant !

Charlotte parut réprimer un éclat de rire.

— Oui, je le sais bien, Rafe. Seulement, tu as encore beaucoup de travail à faire pour anoblir tes manières. Peut-être paraîtrais-tu plus aristocrate si tu te mettais à priser du tabac ou à te promener avec un monocle… Sans oublier que cela plairait sans doute beaucoup à ta mère.

— Je me fiche de ce qui plairait à ma mère ! Ma mère n'attend qu'une chose : que je me comporte comme elle ! Elle veut me voir me pavaner en société sans autre but que de me montrer au bras d'une héritière grassouillette qu'elle aura choisie à son image : écervelée et superficielle ! Non, je préfère largement ta compagnie, Charlie, acheva-t-il avec un soupçon de tendresse.

Déjà, Charlotte s'était mise à rassembler son matériel de broderie.

— Encore une fois, les compliments que m'offre Sa Grâce sont près de me submerger ! s'exclama-t-elle, un brin moqueuse. Bref, tu ferais mieux de déchirer tout ce que tu viens d'écrire à Fitz et de lui envoyer un message joyeux dans lequel tu lui donnes ta bénédiction. Et ne lui dis rien d'autre, si ce n'est que tu attends son retour avec impatience, afin de pouvoir te soûler honteusement avec lui pendant qu'il te contera ses aventures.

Rafe leva les yeux vers elle.

— Tu ne t'es moquée de moi que pour me remonter le moral ? demanda-t-il. C'est bien ça ?

— Peut-être, répondit-elle. Ça a fonctionné ?

— Oui, je te remercie.

— Mais de rien, dit-elle en le fixant dans les yeux.

Quand elle le regardait de cette manière, il ne pouvait douter que tout se terminerait bien entre eux… Qu'ils finiraient par rire ensemble de toute cette histoire.

Depuis plusieurs jours déjà, Rafe passait le plus clair de son temps à la Chambre des lords, dormant parfois sur le divan du bureau que l'on avait mis à sa disposition dans le bâtiment. Le maréchal Ney, qui avait l'habitude de retourner sa chemise plus souvent qu'il n'en changeait, s'était de nouveau allié à Bonaparte, imité par beaucoup d'autres. Rafe et ceux qui travaillaient avec lui venaient de passer plusieurs semaines à envisager toutes les stratégies possibles : chaque fois qu'ils pensaient pouvoir enfin prédire le prochain mouvement de l'empereur, un événement quelconque, similaire à la défection de Ney, venait contrarier leurs plans.

Cependant, quoi qu'il arrive, la bataille inévitable approchait et Bonaparte serait vaincu. Alors, Rafe rentrerait à Ashurst Hall avec Charlotte et ils pourraient enfin ne penser qu'à eux. Avec quelle impatience il attendait ce jour !

Il s'aperçut soudain que Charlotte n'était pas encore sortie et qu'elle se tenait devant lui.

— Charlie ? fit-il, surpris.

— Tu devrais te dépêcher, tu sais. Tu as dit que tu devais aller chercher quelque chose à la Chambre ; et je suppose que tu aimerais que cette lettre parte avec le courrier du soir. Je te retrouverai pour le dîner, d'accord ?

Il acquiesça et se pencha de nouveau sur sa réponse à Fitz, tandis que la jeune femme quittait la pièce.

L'horloge du vestibule venait de sonner minuit quand Charlotte se décida à arrêter d'attendre bêtement le retour de Rafe. Depuis le début de la soirée, installée dans le salon, elle guettait le moindre bruit venu de l'entrée.

La lettre de Fitz avait beaucoup troublé Rafe et, comme lui, elle s'inquiétait : Fitz était si bon et si bienveillant… Toutefois, cela n'avait sans doute rien à voir avec ce qui préoccupait Rafe. Les deux hommes avaient combattu ensemble pendant plusieurs années et, à n'en pas douter, les soldats se liaient d'une amitié particulière qu'elle-même, simple femme, ne pouvait comprendre, puisqu'elle n'avait jamais risqué sa vie sous les drapeaux.

Rafe avait manqué le dîner. Il avait envoyé à Grosvenor Square un court message disant qu'il serait retenu à la

Chambre jusqu'à 9 heures au plus tôt et qu'il ne fallait pas l'attendre pour le repas.

Bien sûr, Charlotte n'avait pas espéré le voir rentrer à 9 heures précises : elle savait bien qu'il resterait là-bas aussi longtemps que nécessaire. Cependant, elle ne pouvait se résoudre à monter se coucher avant son retour. Elle aurait tellement voulu s'assurer que ses inquiétudes au sujet de Fitz s'étaient calmées !

Sans parler des risques qu'il courait avec ce mystérieux inconnu qui en voulait clairement à sa vie… Il savait qu'on avait tenté de le tuer au moins trois fois, peut-être même plus. Et il savait aussi qu'elle y pensait constamment ! C'était bien pour cela, sans doute, qu'il avait veillé à la prévenir de son retard. Depuis quelque temps, il avait pris cette habitude chaque fois qu'un imprévu l'empêchait de rentrer à Grosvenor Square.

Il avait donc conscience qu'elle se faisait du souci pour lui, bien qu'il n'y ait eu aucun nouvel incident depuis la chute du bloc de pierre. Chaque fois qu'elle en parlait, d'ailleurs, Rafe lui rappelait que personne n'avait revu M. Hobart dans les environs depuis. On aurait cru qu'en fait rien n'avait eu lieu…

Mais elle ne pouvait s'en empêcher : elle s'inquiétait, même si elle cherchait la plupart du temps à le cacher.

A présent, Nicole et Lydia étaient parties se coucher depuis longtemps et les deux pipelettes — comme Nicole appelait Mme Beasley et Mme Buttram — avaient abandonné leurs commérages pour se retirer à leur tour. Restée seule dans le salon, Charlotte se sentait très mal à l'aise. Il allait être évident aux yeux de tous qu'elle avait passé sa soirée à attendre Rafe…

Elle posa sa broderie, à laquelle elle ne prêtait plus aucune attention depuis un moment, et se rendit dans le hall en emportant le chandelier que l'on avait laissé là pour qu'elle s'éclaire jusqu'à sa chambre. Elle jeta au passage un regard au second chandelier posé dans l'entrée, celui que l'on avait préparé pour Rafe, et soupira. Quelle idiote elle faisait ! Rafe était adulte, il n'avait pas besoin que l'on s'inquiète de ses moindres faits et gestes !

Tout de même, il s'était montré si anxieux en lisant la lettre de Fitz…

Remontant ses jupes de sa main libre, Charlotte souhaita la bonne nuit au valet qui attendait le retour du duc dans le hall et monta d'un pas lent l'escalier en spirale. Elle avait presque atteint le sommet lorsqu'elle s'immobilisa. Ne venait-elle pas d'entendre des voix en bas ?

Rafe ! Il était enfin rentré…

Devait-elle se précipiter dans sa chambre pour qu'il ne sache pas qu'elle l'avait attendu si tard ? Ou assumer son inquiétude et descendre lui demander si c'était cela qu'il appelait « 9 heures » ? Devait-elle s'assurer qu'il avait mangé et lui proposer de sonner pour qu'on lui monte quelque chose des cuisines ?

Se reprenant, elle se dit qu'elle ferait surtout mieux de cesser de se comporter comme une simplette hystérique !

Elle entendit alors des pas dans l'escalier.

— Rafe, dit-elle d'un ton léger, j'étais sur le point de monter me coucher et…

Elle s'interrompit en l'apercevant. Il était si pâle… Il se passait la main sur le front, soulevant les boucles moites qui s'y étaient collées, et agrippait la rambarde comme s'il craignait de défaillir.

— Rafe ? Que se passe-t-il ?

— Rien… Tout va bien… Je… J'ai dû m'endormir dans mon bureau. C'est si bête…

Elle acheva de monter les dernières marches et attendit qu'il la rejoigne. Malgré la lumière hésitante de sa bougie et des quelques lampes qui brûlaient encore au mur, elle pouvait voir qu'il n'était pas dans son assiette. Ses yeux brillaient et, sur son visage livide, ses joues étaient trop roses.

Elle posa le dos de la main sur le visage de Rafe et la retira presque aussitôt.

— Mon Dieu, tu es brûlant ! Tu dois être malade !

— Non… Non, tout va bien, murmura-t-il en passant devant elle.

Il se dirigea vers sa chambre en titubant dangereusement.

— C'est juste cette… cette satanée fièvre, ajouta-t-il. Elle me rattrape parfois. Ne t'en fais pas… Elle arrive et repart aussi vite. J'irai mieux demain matin, je t'assure. Ne… Ne t'inquiète pas pour moi, Charlie. Va te coucher…

Il avait atteint sa chambre et bataillait pour ouvrir la porte. S'il espérait qu'elle irait sagement dormir, il en serait pour ses frais ! Elle ne pouvait le laisser seul dans cet état : il semblait sur le point de s'écrouler d'un instant à l'autre !

— Va t'allonger, Rafe, déclara-t-elle en le rejoignant et en l'aidant à ouvrir la porte, je vais sonner Phineas. Oh ! mais non, Phineas n'est pas là, c'est son jour de repos… Il doit être en train de se soûler quelque part…

Elle prit la main de Rafe, qui était chaude et moite, et le guida jusqu'à son lit en déposant au passage le chandelier sur un guéridon.

— Allons, viens, dit-elle, il faut te mettre au lit.

— Oui, je pense que ça vaut mieux, en effet, murmura-t-il en commençant vainement à dénouer sa cravate. Qu'est-ce qu'il fait chaud !

— Oui, oui, il fait très chaud.

Parvenue près du grand lit à baldaquin, elle se mit en devoir de lui retirer sa veste. Ce n'était pas facile : le tailleur avait très bien travaillé et ajusté le vêtement de façon à ce qu'il suive parfaitement les contours de la haute silhouette musclée.

— Pourquoi ne m'as-tu jamais parlé de cette fièvre ? demanda-t-elle en s'activant. J'ai entendu dire que certains soldats qui ont servi sur le continent sont revenus avec des fièvres. Pourquoi n'as-tu rien dit ?

Il pencha la tête et vint coller son front à celui de Charlotte. Comme son souffle était chaud… On aurait pu le croire ivre.

— Notre petite Charlie est curieuse et n'aime pas les

secrets, murmura-t-il. Est-ce que tu veux savoir autre chose, dis-moi ? Est-ce que tu veux savoir à quoi je pense, Charlie ? Est-ce que tu veux savoir à quel point j'ai envie de t'allonger dans un pré, de retirer chaque brin d'herbe de tes cheveux et de te déshabiller ? Et alors je pourrais te toucher, partout… et t'embrasser… et plonger profondément en toi…

A ces mots, Charlotte fut tentée de le planter là et de s'enfuir à toutes jambes, mais elle lutta contre sa panique et son dégoût. Après tout, il avait la fièvre, il ne savait pas ce qu'il disait… Il n'était ni George, ni Harold ! Il n'avait rien de commun avec eux ! Ce qu'il voulait vivre avec elle n'avait rien de laid : avec lui, ça ne pouvait pas être laid !

Elle répondit d'une voix qu'elle s'efforça de rendre enjouée :

— Mais oui, mais oui ! Ça a l'air merveilleux, Rafe. Maintenant, donne-moi ta main, tes manches sont trop serrées pour que je les tire comme ça… Voilà ! Quel gentil soldat ! Allons, la deuxième, maintenant.

Elle parvint enfin à lui enlever la veste, qui vint rejoindre la cravate abandonnée par terre, puis elle déboutonna le veston en le priant de le retirer aussi. Il ne lui resta plus que la chemise et le pantalon.

Elle entreprit alors de déboutonner la première.

Pourquoi se sentait-elle soudain attirée par cet homme ? Ce n'était pas le moment ! Etait-ce parce qu'il paraissait si vulnérable en cet instant ? Elle laissa furtivement courir ses doigts sur le torse dénudé. Quelle musculature puissante il avait ! Elle sentit un frisson la parcourir, mais au même instant Rafe chancela et elle se reprit. Allons, il fallait le coucher au plus vite ! S'obligeant à revenir à la réalité, elle lui dit :

— Il faut enlever tes chaussures maintenant, Rafe.

Elle s'agenouilla devant lui pour l'aider encore.

— Vas-y, soulève le pied. C'est bien… Le deuxième, maintenant. Parfait…

Elle se redressa tandis qu'il chancelait de nouveau et eut tout juste le temps de le rattraper.

— Qu'est-ce qu'il fait froid… murmura-t-il, les yeux fermés. Foutu pays, Fitz ! Il faut que Dieu l'ait abandonné pour qu'il y fasse toujours aussi chaud, ou aussi froid !

— Seigneur Dieu, je vous en prie, aidez-moi ! supplia Charlotte à voix basse tout en le soutenant. Il faut que je le mette au lit !

Mais il était trop lourd, elle n'aurait pas assez de force… En désespoir de cause, elle éleva la voix :

— Capitaine Daughtry, tenez-vous bien ! Allons, soldat, garde à vous ! Bon. Et maintenant restez comme cela, le temps que j'ouvre votre lit !

Elle ôta alors rapidement le couvre-lit de satin d'une main, puis repoussa les oreillers sans cesser de maintenir Rafe debout tant bien que mal de l'autre main.

— Nous y sommes, s'exclama-t-elle. Maintenant, Rafe, il va falloir que tu m'aides. Rafe ? Tu m'entends ?

— Oui, Fitz, je t'entends, marmonna-t-il. Mais je ne veux pas coucher avec elle… Elle me tient chaud, c'est tout… Elle pourrait laver ma chemise…

Il déglutit avec difficulté et poursuivit :

— Tellement soif… Toutes mes excuses, ma chérie : vous êtes charmante, mais je suis épuisé…

De quelle femme parlait-il ? Enfin, ça n'avait aucune importance pour le moment ! Il fallait seulement que Rafe se couche, si elle ne voulait pas qu'il s'écroule par terre avec elle.

— Assieds-toi sur le lit, ordonna-t-elle, et je t'apporterai à boire, c'est promis.

Elle lui donna un peu d'élan et il s'exécuta, se laissant tomber sur le côté lorsqu'il atterrit sur le matelas. Seigneur, elle n'avait jamais réalisé à quel point il était grand ! Même malade et délirant de fièvre, il demeurait tellement plus fort qu'elle…

— Bien, déclara-t-elle en lui posant les deux mains sur le torse pour le pousser jusqu'à ce qu'il s'allonge sur le dos.

Elle se saisit ensuite de ses pieds et, à force de persévérance, parvint à lui étendre les jambes sur le lit, puis à remonter les couvertures sur lui. Elle n'aurait jamais pensé pouvoir supporter un contact si intime… Elle allait pourtant y réfléchir, plus tard, lorsqu'elle se demanderait pourquoi elle n'avait pas sonné les domestiques afin d'obtenir de l'aide…

Epuisée par ses efforts, elle explora du regard la chambre obscure et finit par repérer un pichet d'eau et un verre à dents sur la plus haute étagère du cabinet de toilette. Les mains encore tremblantes, elle remplit le verre et retourna au chevet de Rafe.

— Voilà, dit-elle en le lui tendant, bois, Rafe. Allons, ouvre les yeux ! Tu dois boire.

Il voulut soulever sa tête des oreillers, mais apparemment son corps refusait de lui obéir. Charlotte marmonna une seconde prière — à moins que ce ne fût un juron — et retroussa ses jupes pour grimper sur le lit. Elle s'y agenouilla et porta le verre d'eau aux lèvres de Rafe en faisant de son mieux pour lui soulever la tête et ne rien renverser.

Il but avec avidité, mais ses dents se mirent bientôt à claquer si violemment que Charlotte dut reposer le verre sur la table de nuit, de peur qu'il ne se blesse avec.

Le corps entier de Rafe était pris de tremblements à présent.

— J'ai froid, Fitz… murmura-t-il. J'ai si froid… Je n'arrive pas à me réchauffer…

Charlotte, désemparée, le regardait lutter contre la fièvre. Ces paroles dénuées de sens se répercutaient dans son esprit et elle se sentait impuissante…

Elle l'avait allongé sous les couvertures. Un feu crépitait dans la cheminée, mais la chambre était grande et, même en mai, de telles pièces restaient plutôt froides la nuit…

Le pauvre… Il était brûlant et il avait froid au point de trembler comme une feuille. Et en plus il perdait la tête : quelle était cette femme dont il parlait ? Croyait-il réellement que Fitz était là, avec lui ? Et il claquait des dents si fort…

Je ne veux pas coucher avec elle, elle me tient chaud, c'est tout…

Oui, c'était bien ce qu'il avait dit. Il n'y avait qu'une seule chose à faire pour tenter d'apaiser sa fièvre…

La femme dont il parlait n'était pas là, et Fitz non plus. Mais elle, Charlotte, était près de lui, et elle, elle pouvait le réchauffer…

Elle se releva, ôta ses chaussons et, avec une profonde inspiration, souleva les couvertures pour se glisser dessous, tout contre Rafe.

Il ne parut pas s'en apercevoir. Il tremblait toujours de tous ses membres.

L'aidait-elle vraiment ainsi ? Elle n'en était pas certaine, mais elle était allée trop loin pour reculer à présent.

Elle prit le bras de Rafe et s'en entoura en se coulant encore plus près de lui.

Elle sentait son odeur masculine, et les formes musculeuses de son corps contre elle. Qu'est-ce qu'il était chaud ! C'en était effrayant…

Puis, l'espace d'un instant, elle sentit la panique refluer en elle, si brutalement qu'elle faillit bondir du lit et s'enfuir. Mais non, ce n'était pas Harold, là, dans ce lit avec elle. C'était Rafe, et il avait besoin d'elle. Il ne lui ferait jamais de mal…

Elle ferma les yeux et posa une main sur son torse. Puis elle s'approcha encore et le serra dans ses bras, dans l'espoir qu'il sente la chaleur qu'elle lui offrait, avec laquelle elle le guérirait. Elle leva ensuite le genou et posa la jambe en travers de ses cuisses, afin de l'envelopper complètement comme si elle allait le protéger d'un ennemi invisible.

Il commença alors à remuer et se tourna légèrement vers elle. Cherchait-il plus de chaleur encore ? Elle sentit la main masculine se glisser dans les replis de sa robe et s'arrêter — par hasard ? — sur son sein gauche, avant de se refermer doucement dessus.

Seigneur...

Rafe poussa un profond soupir et elle eut l'impression que son corps se détendait. Sa respiration se ralentit, se fit plus sereine.

Charlotte attendit, immobile. Les heures qui suivirent lui parurent des jours entiers, voire des années. Leurs deux corps se fondaient presque l'un dans l'autre. Il avait toujours la main posée sur son sein. Quelle sensation étrange… Une chaleur envahissait le bas de son ventre et semblait s'y pelotonner. Et elle avait envie d'offrir à Rafe cette chaleur inconnue, de la partager avec lui…

C'était ridicule…

Enfin, elle se risqua à murmurer :

— Rafe ? Est-ce que ça va ?

Il répondit par un faible grognement et un second soupir, de pur bonheur cette fois, tandis qu'il libérait enfin le sein de Charlotte. Toutefois, il ne bougea son bras que pour l'attirer plus encore contre lui et nicher la main dans le creux de son dos. Il paraissait ravi…

C'était elle qui avait fait cela ? Elle qui l'avait rendu si heureux ?

Comment se faisait-il, alors, qu'elle se sente elle-même si mal à l'aise ? Pourquoi avait-elle le sentiment qu'ils auraient dû partager plus que cela ?

Et surtout, pourquoi avait-elle envie de partager plus que cela ?

Arrête ça tout de suite !

Il lui avait dit qu'il irait mieux au matin. Devrait-elle alors lui avouer ce qui s'était passé durant la nuit ?

Combien d'heures encore restait-il jusqu'au matin ? Son esprit lui montrait des images qu'elle n'aimait pas… Ou bien peut-être les aimait-elle et savait-elle qu'elle ne devrait pas ?

Elle tenta de bouger, de se libérer doucement, mais il ne fit que resserrer son bras autour d'elle, noyé dans un profond sommeil.

Il brûlait encore de fièvre et Charlotte sentit peu à peu

son propre malaise disparaître : elle l'aidait… Elle n'aurait qu'à rester encore un petit moment, attendre qu'il aille un peu mieux, puis elle le laisserait. Elle retournerait dans sa chambre et tâcherait d'oublier ces sensations déstabilisantes qu'elle avait éprouvées.

Voilà tout ce qu'elle avait à faire ! Elle pressa la joue contre la poitrine de Rafe, maintenant leurs deux corps intimement entremêlés dans une douce étreinte. Oui, elle partirait dans un moment, c'était décidé…

14

Rafe fut réveillé par une migraine virulente. Il avait la bouche si sèche que la langue lui collait au palais et les draps étaient trempés de sueur…

Au bout de quelques instants, la mémoire commença à lui revenir. Sa fièvre était de retour, encore une fois. Bon sang ! Et dire qu'il n'avait pas eu de rechute depuis la soirée passée dans cette auberge de Paris ! Cette soirée qui lui avait apporté la nouvelle de la mort de son oncle et de ses cousins… Depuis le temps, il pensait que cette satanée fièvre avait définitivement disparu !

Il tenta d'ouvrir les yeux, mais ses paupières étaient encore lourdes et il abandonna. Il avait pris l'habitude des rechutes : il n'avait qu'à rester immobile et, au bout d'un moment, les forces lui reviendraient. Ensuite, il sortirait des couvertures pour plonger la tête dans une bassine d'eau froide, un moyen comme un autre de calmer la migraine.

Il essaya d'étirer les jambes, mais s'immobilisa de nouveau. Il y avait quelque chose d'étrange dans la manière dont les draps l'enveloppaient…

Au prix d'un nouvel effort, il ouvrit les yeux. Une masse de cheveux emmêlés reposait à côté de lui. Charlotte… ?

Il lui secoua doucement l'épaule pour la réveiller. Ciel, qu'il était difficile de bouger…

— Charlie ? chuchota-t-il. Charlie, réveille-toi !

Elle grommela quelques sons inaudibles et se pelotonna plus encore contre lui.

Charlie, dans son lit ? Mais comment était-ce possible ?

En tout cas, une chose était certaine : s'il se levait, elle s'en irait. Il demeura donc immobile en essayant de se remémorer les événements de la veille.

Tout était clair, jusqu'au moment où il avait grimpé avec peine dans le fiacre qui devait le ramener chez lui. Ensuite, c'était le vide… Ce qui n'avait rien d'étonnant : quand Fitz rapportait les paroles qu'il avait prononcées ou les choses qu'il avait faites pendant ses crises de fièvre, il était incapable de se souvenir de quoi que ce soit.

Pourvu, au moins, qu'il n'ait pas effrayé Charlie ! Pourvu qu'il n'ait rien fait ou dit qui ait pu détruire les lents progrès qu'il avait réalisés, des mois durant, pour gagner sa confiance et lui faire oublier ses peurs et ses cauchemars !

Après tout, elle était bien là, endormie contre lui, non ?

Elle n'avait pas fui. Seigneur, qu'il était bon de la sentir si près ! Tellement bon…

Il se redressa sur les oreillers en prenant soin de ne pas la réveiller et l'appuya contre son épaule de manière plus confortable. Il vit alors que cette nouvelle position rapprochait sa main de la poitrine de la jeune femme. La tentation était trop forte… Qu'il aurait aimé pouvoir laisser courir ses doigts sur le corps féminin, en explorer les moindres courbes, suivre le renflement mystérieux des hanches…

Il referma les yeux, se laissant envahir par les rêves sensuels qu'il avait faits durant ces longues semaines d'abstinence.

Il s'imaginait déjà promener les doigts sur sa poitrine si douce, englober un sein au creux de sa paume. Il lui semblait presque sentir le corps de Charlie s'éveiller à la découverte des délices que de telles caresses pouvaient lui procurer… leur procurer à tous les deux.

Elle se laisserait guider par lui, réagirait physiquement à toute cette douceur qui l'effrayait encore. Il l'embrasserait et elle se laisserait faire dans un soupir. Elle l'autoriserait enfin à lui apprendre les doux secrets de l'union des corps, et ils laisseraient l'amour, le véritable amour, se faire leur professeur…

Pouvoir la toucher… La posséder… Détruire tous ses démons et la laisser s'envoler au septième ciel… S'envoler avec elle, main dans la main, sceller leur amour dans l'union de leurs corps…

Elle ne savait pas quel bonheur elle trouverait alors. Elle ne pouvait le savoir. Il aurait besoin de lui apprendre tout cela…

Rafe sentait chaque parcelle de son propre corps s'éveiller peu à peu au désir. Oserait-il… ? Non, il risquerait de l'effaroucher.

Et pourtant il avait tellement envie d'elle ! Tant besoin d'elle !

Seulement, il était tout poisseux de sueur et son visage devait encore refléter la fièvre de la veille. En outre, il ne sentait probablement pas très bon. Nul n'apprécierait de s'éveiller à ses côtés après une nuit pareille… Tant pis pour ses rêves et ses désirs ! Il fallait oublier un instant l'appel de la chair et revenir à la réalité.

Fort de cette résolution, il secoua de nouveau l'épaule de Charlotte.

— Charlie ? Allons, ma chérie, il est temps de se lever : c'est le matin.

Elle remua, s'étira comme un chaton s'éveillant d'une sieste, commença à se redresser… et le repoussa brutalement. Il en eut le souffle coupé.

— Rafe ! s'écria-t-elle.

Seigneur, qu'elle était belle ainsi ! Elle le dévisageait avec une expression mal réveillée, les traits encore lourds de sommeil, son visage encadré par les boucles emmêlées de ses cheveux châtain clair.

— As-tu bien dormi ? lui demanda-t-il.

Sans doute une telle question risquait-elle de la mettre mal à l'aise, mais que dire d'autre ?

— Mon Dieu ! C'est déjà le matin ?

— Oui, je viens de te le dire, souffla-t-il en se frottant le ventre là où elle l'avait repoussé.

Un vent de panique traversa alors le visage ensommeillé de Charlotte.

— C'est ma faute ! s'écria-t-elle vivement. J'aurais dû te laisser quand tu t'es endormi, mais je… je ne sais pas, j'ai eu envie de rester. Tout le monde doit être levé maintenant : les jumelles, les domestiques… Je dois vraiment y aller, Rafe ! Je dois retourner dans ma chambre immédiatement !

Rafe acquiesça. Dans sa panique, Charlotte avait laissé échapper des paroles très importantes… Elle avait dit qu'elle avait eu envie de rester avec lui, la veille au soir…

— Très bien, mais nous discuterons de tout ça plus tard, n'est-ce pas ? Je crois que nous avons beaucoup à nous dire…

Elle se mordit la lèvre, mais acquiesça tout de même avant de se glisser hors du lit.

Il aurait tant aimé pouvoir la rappeler, tandis qu'elle ramassait ses chaussons et se précipitait vers la porte ! La main sur la poignée, elle se retourna un instant.

— Nous pourrons peut-être nous voir après le petit déjeuner ?

— D'accord, répondit-il. La Chambre des lords se passera de moi aujourd'hui : nous n'aurons qu'à aller nous promener.

L'idée eut l'air de lui plaire, car elle lui sourit avant d'ouvrir la porte et de s'engager dans le couloir.

Une voix alarmée la fit aussitôt rebrousser chemin, terrifiée :

— miss Seavers ? Quelle honte, Seigneur, quelle honte !

Charlotte claqua la porte derrière elle et s'appuya au panneau comme si une armée entière s'apprêtait à donner l'assaut dans la chambre.

Elle paraissait si effrayée que Rafe lutta pour ne pas sourire : ce n'était pas le moment de se moquer…

— Tu aurais peut-être dû vérifier que le couloir était vide avant de sortir, fit-il remarquer.

— Tais-toi ! répliqua-t-elle, les dents serrées. Tais-toi, Rafael Daughtry ! Laisse-moi réfléchir !

Rafe obtempéra, voyant s'évanouir ses projets de promenade romantique en rase campagne.

— Puis-je au moins savoir qui est dehors, en train de hurler comme ça, pendant que tu t'amuses à réfléchir et que je me tais ? demanda-t-il enfin, n'y tenant plus.

— Mme Buttram, répondit Charlotte dans un soupir sinistre.

Elle gagna la cheminée, s'assit sur une chaise et enfila ses chaussons.

— Comment pouvais-je deviner que cette satanée bonne femme commençait sa ronde dans les couloirs d'aussi bonne heure ? marmonna-t-elle.

Elle leva les yeux vers lui et il tâcha une nouvelle fois de dissimuler son amusement, apparemment sans succès.

— Arrête de te moquer ! lui intima-t-elle. Ce n'est pas drôle !

— Tu en es sûre ? Moi, je m'amuse beaucoup. D'ailleurs, je voulais te demander une chose : jusqu'à quel point nous sommes-nous amusés tous les deux, hier soir ? Je t'avoue que la mémoire me fait défaut…

— Arrête de te moquer ! répéta-t-elle, furieuse. Il n'y a rien à raconter : tu étais malade et je t'ai mis au lit, c'est tout.

Rafe fit les gros yeux.

— Voyons, Charlotte, répondit-il, je suis à moitié nu. miss Seavers aurait-elle profité de mon extrême faiblesse ?

A ces mots, elle ramassa une petite statuette d'ivoire sur la table basse et fit mine de vouloir la lui jeter à la tête. Sincèrement, comment espérait-elle le voir garder son sérieux ? Au moins, elle ne semblait plus effrayée, c'était déjà ça…

A cet instant, on frappa quelques coups violents à la porte et la voix sèche de Mme Buttram s'éleva :

— Je veux vous voir tous les deux en bas dans une heure. Peu m'importe que vous soyez duc : je tiens à ma réputation de chaperon ! Je ne tolérerai pas que l'on m'insulte de la sorte, Votre Grâce. Est-ce que vous m'entendez ? Je ne supporterai pas cela !

— Oui, oui, Mme Buttram, lança Rafe à travers la porte fermée. Entendu ! Vous pouvez y aller, maintenant !

Il rejeta les couvertures et se leva, mais un vertige le prit aussitôt. Fichue migraine ! Pourquoi avait-il fallu qu'il hurle de la sorte ?

— Elle ne le supportera pas ? grommela-t-il. Seigneur, quel dragon ! Quand elle a frappé, j'aurais juré que c'était Wellington lui-même qui se tenait dans le couloir !

Charlotte s'enfouit le visage dans les mains.

— Mon Dieu, dit-elle, la voix brisée. C'est ma faute… Qu'est-ce que nous allons faire ? Nicole et Lydia doivent être réveillées. Qu'est-ce que je vais bien pouvoir leur dire ? Qu'est-ce que je vais dire à Emmaline ? Je donne un bel exemple à tes sœurs, tiens ! Elles qui sont si jeunes et si impressionnables… Je ne suis pas digne de ta confiance, Rafe : je ne peux plus m'occuper d'elles.

Rafe s'approcha d'elle. Que lui répondre ? Il ne l'avait jamais vue aussi perdue…

— Ce qui vient de se passer a l'air bien terrible, déclara-t-il. Moi, je n'en ai aucun souvenir, mais peut-être devrais-tu me dire tout ce qui est arrivé, que nous y voyions un peu plus clair, toi et moi.

Charlotte bondit sur ses pieds.

— Mais il ne s'est rien passé ! Absolument rien ! Pour l'amour du ciel, tu étais malade, tu tremblais de froid ! Tu n'arrêtais pas de claquer des dents et tu divaguais. Je crois même que tu m'as prise pour Fitz !

Rafe sourit. Il valait mieux essayer de détendre l'atmosphère…

— Ma chérie, répondit-il, jamais je ne pourrais te prendre pour Fitz. Déjà, il est bien plus grand que toi, mais surtout il porte la barbe !

— S'il te plaît, Rafe, arrête de faire comme si ce n'était pas grave ! J'essaie de t'expliquer ce qui s'est passé. Tu avais une mine livide et tu tremblais de froid, alors oui, je me suis allongée contre toi dans le lit pour te tenir chaud, voilà. Et puis… et puis je me suis endormie. Il n'est rien arrivé de plus !

Rafe perdit soudain son sourire moqueur.

— Tu as vraiment fait ça ? demanda-t-il avec le plus grand sérieux. Après tout ce qui s'est passé avec mes fichus cousins ? Sachant ce que tu ressens à la moindre idée d'être touchée, je n'arrive pas à croire que tu aies fait cela pour moi ! Je te suis très reconnaissant, Charlie, vraiment. Merci.

Elle baissa les yeux.

— Oui, souffla-t-elle. Je dois dire que… eh bien, ce n'était pas si horrible, finalement. Et tu étais tellement malade…

Elle releva les yeux sur lui et ajouta :

— Mais tu sembles aller mieux, ce matin. Je pense que la fièvre a fini par tomber.

— Je le pense aussi. Je me sens très bien et je tiens à m'excuser si je t'ai fait peur hier. D'après Fitz, on me croit à l'article de la mort dans ces moments-là. Ne t'inquiète pas : ça repart en général aussi vite que c'est venu. Dis-moi, est-ce que… est-ce que je me suis bien comporté, cette nuit ?

Elle demeura un instant silencieuse, se mordillant nerveusement les lèvres.

— Je te l'ai déjà dit, répondit-elle enfin, tout ce qui s'est passé hier était entièrement ma faute.

— Il s'est donc passé quelque chose ? insista-t-il. Rassurez-moi, miss Seavers, ma vertu est-elle toujours intacte ?

Charlotte soupira d'un air exaspéré.

— Je vais me répéter, mais j'apprécierais que tu cesses de te moquer et que tu te taises. Qu'allons-nous faire, maintenant ? Mme Buttram va avoir des palpitations à l'idée de ce qui a pu se passer dans cette chambre cette nuit ! Après tout, je ne peux pas l'en blâmer : elle a quand même été engagée pour me chaperonner. En tout cas, tu sais comme moi qu'elle ne va pas se contenter d'enterrer cette affaire pour nos beaux yeux...

— C'est vrai, acquiesça Rafe. Elle gagne sa vie en chaperonnant les jeunes filles à marier et en leur trouvant d'excellents partis, si on en croit sa réputation. D'après lord Peters, tout peut bien se passer, à condition de supporter son incessant bavardage et de ne pas oublier qu'elle est incapable de garder un secret. Sérieusement, Charlie, je ne vois pas d'autre solution que d'annoncer nos fiançailles.

Charlotte le fusilla du regard.

— Tu sous-entends que tu m'as compromise ? lança-t-elle. Il est hors de question que je laisse dire une chose pareille ! Je sais bien que je suis la seule responsable de cette situation, et que ma réaction était ridicule, mais je ne supporterai pas que l'on dise que j'ai été compromise par un Daughtry une deuxième fois !

Sur ce virulent discours, Charlotte quitta la pièce d'un pas décidé.

Une heure plus tard, dans le salon, elle tentait de plaider sa défense auprès d'une Mme Buttram hors d'elle.

— Vous me croyez stupide ? s'écria celle-ci, coupant court à ses paroles. Ou bien tentez-vous, comme on dit, de vendre du lait tourné à une vache ?

Charlotte se tourna vers Rafe d'un air confus.

— Elle pense que tu mens, expliqua-t-il, et elle essaie de te le faire comprendre par une métaphore populaire...

— D'accord, répondit-elle, mais je ne vois pas ce que le lait vient faire là-dedans... Et puis je ne mens pas ! Tu étais malade, Rafe, dis-le-lui ! Dis-lui dans quel état tu es rentré hier !

Il se pencha vers elle pour lui murmurer à l'oreille :

— Je ne peux pas le lui dire, Charlie... Je suis désolé,

mais je ne me rappelle absolument rien de ce qui s'est passé cette nuit.

— Ce n'est pas drôle, Rafe : tu m'avais promis !

— Parce que tu m'y as forcé : tu étais hystérique et tu m'as menacé avec cette statuette d'ivoire ! Tu t'en souviens, n'est-ce pas ? Je dois quand même avouer pour ta défense que je ne me sentais pas vraiment en danger : même si tu l'avais lancée, tu m'aurais raté...

Mme Buttram avait suivi leur échange avec attention, et elle hocha la tête d'un air entendu.

— Elle vous a séduit, c'est bien cela ? demanda-t-elle. Vu votre tête ce matin, je suppose qu'elle a profité de votre état d'ébriété avancé... si je peux me permettre d'être aussi directe avec vous, Votre Grâce. Les gens prétendent que l'homme est toujours l'agresseur dans ce genre de cas, mais je sais d'expérience que la faute vient souvent de la femme, surtout quand un titre et une fortune sont en jeu, comme ici.

— Veuillez nous excuser, madame Buttram, dit Rafe tout en espérant qu'elle poursuivrait malgré tout son discours, mais miss Seavers et moi sommes en train de discuter en privé...

Il fallait à tout prix faire entendre raison à Charlotte... Heureusement, la brave femme ne lui prêta aucune attention et enchaîna sur sa lancée :

— Je pourrais vous en raconter, des histoires du même acabit, Votre Grâce ! Il faut toujours se méfier des jeunes filles qui se tiennent trop bien : ce sont les plus sournoises. Et leurs mères ne valent pas mieux ! Je me souviens d'une dame de très bonne famille — je ne trahirai pas son nom, je tiens à ma réputation de discrétion — qui a même introduit elle-même sa fille dans la chambre d'un lord durant une fête. Elle a couché sa pauvre enfant dans le lit, aux côtés de l'homme qui dormait... J'ai appris plus tard qu'elle avait pris soin de le droguer au laudanum pendant la soirée.

Charlotte se tourna vers Rafe d'un air affolé et chuchota :

— Je t'en prie, fais-la taire !

Sans se soucier le moins du monde de son auditoire, Mme Buttram poursuivit :

— On a publié les bans dans les jours qui ont suivi. Je peux vous assurer que j'en ai fait un point d'honneur ! Comme je vous l'ai déjà dit, je ne m'inquiète que de ma réputation : je ne suis qu'une femme seule qui essaie de gagner honorablement sa vie. Je ne me soucie pas de ce que vous avez pu faire et pourquoi ; seulement, je ne laisserai pas cet épisode sordide entacher ma carrière. Vous me comprenez, Votre Grâce, n'est-ce pas ?

Rafe la salua très bas. Il n'avait pas imaginé qu'elle l'aiderait à ce point dans la réalisation de son projet.

— Je comprends tout à fait, madame Buttram, répondit-il poliment. Je comprends aussi pourquoi lord Peters vous a recommandée si chaleureusement : vous êtes le meilleur chaperon que l'on puisse trouver à Mayfair. Je souhaiterais vous ôter toute inquiétude : je vous annonce donc que miss Seavers et moi-même sommes actuellement fiancés.

— Rafe ! s'écria Charlotte. Tu avais promis !

A cet instant, Nicole, qui avait dû suivre la scène depuis le couloir, se précipita vers eux avec des cris de joie. Elle serra Charlotte dans ses bras et lui offrit tous ses vœux de bonheur.

— Mais je… balbutia Charlotte en jetant à Rafe un regard rageur et suppliant à la fois.

Lydia, qui ne se trouvait jamais loin derrière sa sœur, apparut à son tour et gratifia Charlotte d'un large sourire.

— Vraiment, c'est une nouvelle merveilleuse, s'exclama-t-elle. Tante Emmaline va être enchantée : je me souviens à quel point elle avait été effondrée quand nous avons appris que tu étais fiancée à Harold. Je vais tout de suite remonter dans ma chambre pour lui écrire une lettre.

— Mais, je… répéta Charlotte, apparemment incapable d'achever sa phrase.

Nicole relâcha alors son étreinte pour courir serrer son frère dans ses bras avec un enthousiasme renouvelé.

— Maintenant, je peux me présenter comme jeune fille à marier et tout sera parfait ! s'exclama-t-elle.

Elle jeta un regard glacé à Mme Buttram, avant de continuer :

— Ce sera d'autant plus parfait que vous, la vieille chouette, vous n'aurez pas votre mot à dire !

— Nicky ! Présente immédiatement des excuses ! s'écria Rafe, offusqué.

— D'accord…

Elle obtempéra de mauvaise grâce, puis courut à sa chambre, sans doute pour écrire elle aussi une lettre à Emmaline.

Dès qu'elle fut partie, Mme Buttram rassura Rafe :

— Ne vous en faites pas, Votre Grâce, j'ai l'habitude des enfants gâtés. Tout de même, votre sœur n'a pas l'air d'être de tout repos… Bien, si vous me le permettez, je vais me retirer : vous devez avoir beaucoup de choses à vous dire tous les deux et, compte tenu des circonstances, je pense que je n'ai plus besoin de veiller au grain, n'est-ce pas ?

Charlotte la suivit jusqu'à la porte, qu'elle verrouilla derrière elle, puis se tourna vers Rafe, furibonde.

— Comment as-tu pu me faire ça ? s'écria-t-elle. Là-haut, tu m'avais promis que…

— Je sais bien, répondit-il en se passant la main dans les cheveux.

Comment lui expliquer sa conduite ?

— Je t'avoue que, tout à l'heure, tes arguments me paraissaient raisonnables, reprit-il : tu te sentais compromise deux fois par la même famille… J'étais d'accord pour ne pas te presser, pour continuer comme nous l'avions fait jusqu'à présent et pour prendre mon temps. Seigneur, j'avais tellement mal à la tête que j'aurais pu accepter n'importe quoi, pourvu que nous cessions de parler. Mais est-ce que tu as vu Mme Buttram ? Elle était au bord du malaise ! Si je ne lui avais pas assuré que nous allions nous marier, elle aurait démissionné et serait allée crier sur les toits que la maison Daughtry n'est pas digne de confiance !

Charlotte parut se rendre à l'évidence.

— Alors tu as manqué à ta promesse pour que le scandale n'entache pas Nicole et Lydia, c'est ça ? soupira-t-elle. Si elles doivent faire leurs débuts l'an prochain, cela n'aurait pas joué en leur faveur…

— Les jumelles ? fit Rafe, étonné. Non, ce n'est pas pour elles que je l'ai fait ! Certes, tu as raison : cela leur aurait rendu les choses très difficiles. Mais, si j'ai dit tout cela à Mme Buttram, c'est parce que je me soucie de toi.

Charlotte ouvrit des yeux ronds.

— De moi ? Mais pour l'amour du ciel, Rafe, je ne suis personne ! Je n'avais pas la moindre importance lorsque j'ai fait mes propres débuts, et les choses n'ont pas changé depuis. Il est hors de question que tu te sacrifies pour moi !

— Je ne me sacrifie pas. Ecoute, le moment est sans doute très mal choisi pour te faire cet aveu, mais je dois te le dire : je t'aime, Charlie.

A ces mots, Charlotte sembla à la fois furieuse et au bord des larmes. Lorsqu'elle lui répondit, toutefois, ce fut la colère qui l'emportait dans sa voix.

— Non, Rafe, tu ne m'aimes pas ! Tu m'apprécies, c'est tout, et je t'en remercie. Soit, je t'ai aidé à trouver tes repères quand tu es revenu de la guerre et que tu as dû reprendre la place de ton oncle. Tu ne m'aimes pas, tu m'es seulement reconnaissant. Et tu veux réparer le tort que ta famille m'a causé, ce qui est noble de ta part. Peut-être même que je t'intrigue parce que je suis… comme je suis ! Tu ne me vois que comme un défi lancé à ta virilité et à tes pouvoirs de… de…

— Persuasion ? Séduction ? suggéra Rafe. Non, je te promets que mon attachement est bien plus profond que cela… Pourquoi refuses-tu de croire que je pourrais t'aimer ?

Charlotte pointa le doigt vers lui avec un cri de triomphe.

— Tu vois ! Tu le dis toi-même : tu pourrais m'aimer !

En fait, tu n'en as aucune idée, n'est-ce pas ? Ne réponds pas ! Je sais que tu n'en as aucune idée ! Veux-tu que je te dise ce qui ne tourne pas rond chez toi ? Tu es trop bon. Et cela ne justifie pas tes efforts pour réparer le mal que m'ont fait ton oncle et tes cousins. Je… Je ne suis pas la pauvre victime de tragédie que tu imagines, je n'ai pas besoin d'être protégée ou sauvée. Je suis une grande fille et j'avais appris à m'occuper de moi toute seule bien avant cette terrible nuit dans l'écurie. Tu vois ? Tu ne me connais même pas ! Tout ce que tu connais, c'est la petite Charlie qui jouait avec toi dans le temps. Mais il y a des limites à l'amitié, Rafe, et je ne te laisserai pas les franchir en te sacrifiant pour sauver ma réputation. De toute manière, ta famille a détruit le peu de réputation que j'avais il y a déjà bien longtemps.

Rafe eut l'impression de recevoir une gifle. Que répondre à ce discours ? Elle avait peut-être fini par le percer à jour… Oui, finalement, il comprenait ce qui n'allait pas entre eux ; ce qui n'allait pas depuis le début…

— Personne ne supporte d'être à peine toléré, Charlie, déclara-t-il, avant de se reprendre. Je veux dire Charlotte. Moi, je n'ai pas supporté mon rôle de gamin dépendant de la charité de son oncle ; et je comprends que tu ne supportes pas ton rôle de femme qui s'estime assez forte et courageuse pour se prendre en charge seule. Tu es vraiment une femme extraordinaire, Charlie… As-tu vraiment cru que j'avais pitié de toi ? As-tu vraiment cru que tout ce qui s'est passé entre nous depuis mon retour était de la simple pitié ?

Elle se mordilla la lèvre. Des larmes perlaient au coin de ses yeux.

— Je… Non, Rafe, je n'ai pas pensé que tu avais pitié. Je pense que tu m'apprécies, et j'en suis ravie. Notre amitié me sera toujours très précieuse : j'aime ton honnêteté et ta nature franche et responsable. Je t'ai aimé durant toute notre enfance et je… j'ai confiance en toi.

Il fallait la pousser au bout de sa pensée maintenant,

pour pouvoir peut-être tout recommencer depuis le début. Ensemble.

— Tu as confiance en moi ? répéta-t-il. Alors pourquoi doutes-tu que je me connaisse moi-même ? Que je sache identifier mes émotions ?

— Tu sais… Si cette affreuse nuit ne s'était pas produite, si tu étais rentré de la guerre sans devenir duc, que tu m'avais revue et que tu avais décidé de me courtiser comme j'en ai rêvé pendant ta longue absence, j'aurais été la plus heureuse des femmes. Je te le jure ! Je ne vais pas te mentir, cela ne nous aiderait pas, mais la vérité n'est jamais très utile non plus pour deux personnes coincées dans une telle situation, comme nous. Ton retour de la guerre ne s'est pas passé comme ça, rien n'est arrivé comme dans mes rêves, et nous ne pouvons pas faire semblant, tous les deux… Quand tu m'embrasses, je dois lutter contre la peur qui me saisit, alors que je voudrais simplement pouvoir te rendre tes baisers…

Il s'approcha d'elle, la main tendue.

— Mais nous avons fait des progrès pour adoucir ta peur, non ? Charlie… Charlotte, dis-moi que nous avons progressé !

Une première larme coula le long de la joue de la jeune femme.

— Oui, murmura-t-elle. Nous avons progressé… Mais ça ne veut pas dire que tu es amoureux de moi, ni que je le suis de toi.

— Qu'est-ce que ça veut dire, alors ?

Charlotte le dévisagea de son regard humide.

— Je… Je ne sais pas. Tout ce que je sais, c'est que je ne veux pas participer à des fiançailles qu'on te force à accepter. Je sais ce que c'est, crois-moi, que d'être fiancé de force à quelqu'un.

— Tu es sérieuse ? demanda-t-il avec douceur. Même dans cette situation, tu arrives encore à penser à moi et pas à toi ? Seigneur, pourrais-tu au moins, pour une fois, penser un peu à toi ?

— Mais je pense à moi, égoïstement, même ! affirma-t-elle avec le même calme. Si… Si jamais notre relation devait devenir plus intime, j'ai besoin d'être certaine que nous prenons cette décision ensemble, et au bon moment. Et je me fiche de ce que pense Mme Buttram !

Au milieu des larmes, une expression de défi venait d'apparaître, songea Rafe. En tout cas, il comprenait mieux les choses, à présent : il n'avait fait qu'essayer de protéger cette femme qui, de son côté, avait voulu le protéger, lui. Ils n'étaient finalement que deux idiots !

Mais ce n'était peut-être pas encore le moment de partager ces conclusions avec elle…

— Très bien, déclara-t-il. Là-dessus, au moins, nous sommes d'accord : nous nous fichons de Mme Buttram ! Mais dis-moi, toi qui l'as plus fréquentée que moi : penses-tu que l'on puisse la soudoyer pour la faire taire ?

Elle parut soulagée : apparemment, il avait enfin dit ce qu'il fallait !

— Eh bien, répondit-elle, on ne peut rien affirmer avant d'avoir essayé.

— Nous essaierons donc !

Il lui tendit sa main pour sceller leur pacte, mais lorsqu'elle lui donna la sienne il l'attira contre lui. Un instant plus tard, leurs visages n'étaient plus qu'à quelques centimètres l'un de l'autre.

— Rafe ! souffla-t-elle tandis que des larmes se mettaient à couler sur ses joues.

— Tu as dit que tu tenais à ce que nous prenions notre décision nous-mêmes le moment venu, déclara-t-il d'une voix douce. Je le comprends et je ferai ce que je peux pour m'en contenter et attendre encore. Cependant, miss Charlotte Seavers, j'aimerais qu'une chose soit bien claire entre nous, même si nous prenons notre temps pour rendre notre relation plus intime, comme tu le dis : je t'aime.

— Oh ! Rafe…

Il embrassa une dernière fois son visage ruisselant de larmes et lui lâcha la main.

— Laisse tomber tes « Oh ! Rafe… » pour le moment : si je dois m'occuper de Mme Buttram, je te laisse le soin d'aller annoncer à mes sœurs que nous ne sommes pas fiancés, en fin de compte.

— Flûte !

Charlotte essuya ses larmes d'un revers de la main.

— Tu dis flûte, mais tu n'es pas crédible, tu sais. Allons, file avant que je ne me souvienne de mon rang et que j'exige qu'on obéisse à mes ordres !

— Tu ne m'ordonnerais jamais de t'épouser, tu le sais bien.

— miss Seavers, vous seriez surprise de ce que je peux faire si vous abusiez de ma bonté supposée… Allez, vas-y !

Elle lui obéit sans rien ajouter.

Ainsi commencèrent-ils à reconstruire leur relation depuis la base. Personne ne comprit ce changement de comportement, mais pour eux, au moins, il avait un sens. Et puis, quelle importance, que les autres y perdent leur latin ?

Rafe fit l'effort de rentrer dîner chaque soir, même s'il repartait souvent à la Chambre après le repas. Il apportait à Charlotte des fleurs qu'il achetait au coin de la rue à une gamine qui l'appelait « gouverneur ».

Il lui offrit un exemplaire du *Pèlerinage du chevalier Harold*, une romance écrite par Lord Byron. On disait d'ailleurs que le mariage récent de ce poète avec miss Annabella Milbanke était loin d'être aussi romantique que ses écrits…

Quand ils se promenaient tous les deux dans le parc, il lui prenait le bras pour discuter des nouvelles du jour ou, plus souvent, pour marcher simplement en silence et savourer ces moments d'intimité.

Rafe offrit même à Charlotte un chaton noir et blanc. Un après-midi qu'elle se trouvait dans le salon avec le petit animal et Nicole, celle-ci demanda :

— Est-ce que Rafe te fait la cour ?

Charlotte frémit, ce qui ne parut pas échapper à la jeune fille.

— C'est bien ça ! s'écria-t-elle. Ça paraît étrange de sa part, tout de même : il t'a compromise et maintenant il te fait sa cour comme si de rien n'était. Lydia m'a dit qu'elle comprenait pourquoi notre frère faisait ça, mais elle dit tout le temps des choses comme ça pour avoir l'air plus intelligente que moi ! Pour ma part, je n'ai pas son orgueil et je te le dis : je ne comprends pas.

Charlotte s'absorba dans la contemplation du chaton qui essayait de grimper sur sa cuisse pour attraper le ruban avec lequel elle jouait.

— Nicole, je ne suis pas sûre qu'il soit nécessaire que tu comprennes…

— Nécessaire ?

Nicole grimaça.

— Non, tu as raison, ajouta-t-elle. Mais une véritable amie comprendrait que je sois curieuse.

— Peut-être. Cependant, dans ce genre de circonstance, une véritable amie éviterait que sa curiosité se remarque et attendrait patiemment le moment où l'autre personne lancerait elle-même la conversation sur un sujet aussi délicat.

— Sottises ! Tu ne réussiras pas à me faire entendre raison en disant des choses pareilles, puisque nous savons toutes les deux que je ne suis pas patiente ! Dis-moi tout… Il ne t'appelle plus que Charlotte maintenant, pourquoi ?

Charlotte réprima un petit rire. Nicole ne pouvait décidément pas s'empêcher de dire tout ce qui lui passait par la tête !

Elle laissa tomber le ruban dans le panier du chaton, qui commençait vraiment à s'agiter, et s'adossa aux coussins du divan.

— Rafe m'appelle Charlotte, expliqua-t-elle, parce que je le lui demande depuis des mois. Charlie est un surnom stupide et nous ne sommes plus des enfants…

Nicole médita ces paroles quelques instants, puis secoua la tête d'un air peu convaincu.

— Non, ça ne tient pas debout. Est-ce qu'il t'en veut d'avoir refusé de l'épouser ?

— En quoi m'appeler Charlotte indiquerait qu'il m'en veut ?

Elle n'avait plus envie de rire à présent : cette gamine ferait perdre patience à un saint !

— Eh bien, je trouve que sa manière de t'appeler Charlie sonnait un peu comme s'il disait « ma chérie »… C'est tout : juste la façon qu'il avait de le dire. Et ne me dis pas que tu ne l'avais pas remarqué, parce que je suis peut-être jeune, mais je ne suis pas née de la dernière pluie !

Que répondre à cela ? Est-ce que Nicole plaisantait ? Ou bien avait-elle réellement remarqué quelque chose de différent dans la voix de Rafe quand il l'appelait par son surnom ? Elle avait l'air tellement certaine de son hypothèse… Soit, cette gamine était insupportable, mais Charlotte ne put s'empêcher de sourire de nouveau.

Le majordome interrompit leur discussion en entrant dans le salon à cet instant. Il salua les deux jeunes femmes.

— miss Seavers ?

— Qu'y a-t-il, Harris ?

— Un certain M. Hugh Hobart est là, mademoiselle, et il demande à vous voir de toute urgence. Il dit que c'est très important. Je l'ai introduit dans le petit salon du rez-de-chaussée.

Il était vrai que Hugh Hobart n'avait pas vraiment l'apparence d'un visiteur qui méritait d'être reçu dans le grand salon, songea Charlotte.

— Il a dit qu'il voulait me voir, moi ? Vous en êtes certain ? J'aurais pensé qu'il demanderait plutôt une audience au duc.

Harris salua de nouveau.

— Il vous a demandée personnellement, mademoiselle. Dois-je le reconduire ?

Charlotte poussa un soupir. Elle aurait adoré ordonner

qu'on mette l'intrus dehors, mais dans ce cas elle n'aurait plus cessé ensuite de se demander avec angoisse ce qu'il avait voulu lui annoncer.

— Non, je vais le recevoir, répondit-elle. Dites-lui que je descends et appelez Mme Beasley. Je veux qu'elle m'accompagne.

— Vous voulez dire Mme Buttram ? demanda le majordome.

— Non, Harris. Je sais très bien qui je veux auprès de moi, merci.

Hors de question que Mme Buttram mette une fois de plus son nez dans les affaires de la famille Daughtry ! Après tout, elle ne faisait pas partie de la maison. Mme Beasley, en revanche, était tellement sourde qu'elle n'entendait pas un mot de ce qui se disait : le chaperon parfait, vu les circonstances…

Une fois le majordome reparti, Nicole dévisagea Charlotte d'un air soucieux.

— Qui est ce M. Hobart ? Tu es devenue toute pâle quand tu as entendu ce nom…

Charlotte se leva en s'assurant que son chignon n'était pas défait.

— M. Hobart, répondit-elle, était à bord du navire de ton cousin George le jour du naufrage ; et, pour je ne sais quelle obscure raison, il semble persuadé que cela suffit pour que ton frère le reçoive chez lui — certitude que ton frère est loin de partager, d'ailleurs. Mais je dois tout de même écouter ce qu'il a dire.

— Je ne vois pas pourquoi ! protesta Nicole, catégorique. Si c'était un ami de George ou de Harold, il doit être tout aussi mal élevé et désagréable qu'eux. Dis à Harris de le mettre dehors sans ménagement ! C'est ce que je ferais, en tout cas, si j'étais toi.

— Je n'en doute pas, Votre Majesté : vous auriez sans doute même ordonné qu'on lui coupe la tête ! Mais parfois on ne peut pas se contenter de fuir les personnes que l'on n'aime pas.

Il était temps pour elle de descendre dans le petit salon. Elle sentit la peur s'insinuer en elle et lui nouer l'estomac à la perspective de revoir l'odieux personnage…

— En tout cas, moi, je peux fuir ceux que je n'aime pas, et j'en ai bien l'intention, répondit Nicole. Après tout, pourquoi se soucier de ce que les gens pensent ? Je n'aurais aucune honte à mettre dehors une personne qui me rend mal à l'aise à ce point : non mais regarde-toi !

Charlotte se força à sourire.

— Tu sais, Nicole, je pense parfois que tu es plus futée que nous tous réunis, sous ce toit, même si tu fais tout pour le cacher. Surveille le chaton pendant que je ne suis pas là, s'il te plaît, je ne veux pas qu'il s'éloigne.

Lorsqu'elle sortit du salon, Harris et Mme Beasley l'attendaient sur le palier. Tous trois descendirent jusqu'au petit salon décoré de l'affreuse table à pieds d'éléphant.

Là, Mme Beasley commença par se fendre d'une révérence à l'intention de M. Hobart, avant de le dévisager un instant, l'air dégoûté. Elle se redressa alors et alla prendre place sur une petite chaise, à l'écart. Cette femme était un excellent juge des caractères, songea Charlotte.

Hobart ne releva pas cet accueil peu amène et salua très bas Charlotte.

— Je vous suis très reconnaissant de me recevoir, miss Seavers.

Charlotte lui rendit froidement son salut et s'assit à son tour. M. Hobart portait un habit de bien meilleure qualité qu'à leur première rencontre, bien qu'il parût toujours aussi mal fagoté dans ces nouveaux vêtements : une partie des cinq mille livres de Rafe, au moins, avait dû faire long feu…

Sans plus attendre, il entama la conversation d'un ton mielleux.

— Vous devez vous demander pourquoi j'ai pris une nouvelle fois la liberté de me présenter dans votre charmante demeure. Eh bien, j'ai des nouvelles à vous annoncer, miss Seavers. Je voulais en parler à Sa Grâce, pour ne pas vous déranger, mais lorsque je me suis présenté à son bureau il n'y a pas une heure il n'a pas pu me recevoir. Mais il est essentiel que je vous confie ces nouvelles.

Charlotte poussa un profond soupir : cet homme était vraiment d'une obséquiosité ridicule ! Et voilà qu'elle lui ouvrait sa porte, alors que Rafe venait de lui claquer la sienne au nez !

— Peut-être auriez-vous dû écrire à Sa Grâce, M. Hobart, au lieu de venir à moi. Je ne vous serai pas d'une grande aide, je le crains.

— Je ne demande pas votre aide, répliqua-t-il sèchement.

Puis, sans doute pour adoucir son propos, il se fendit d'un large sourire.

— Je vous prie d'excuser mon emportement, miss Seavers : j'ai eu une matinée agitée. Si je suis là, c'est parce que je me suis donné pour tâche de découvrir l'identité de celui qui a osé attenter aux jours de Sa Grâce et aux vôtres, lors de notre dernière rencontre.

— Vraiment ? fit-elle, incapable de dissimuler sa curiosité. Je vous assure que ce n'était pas nécessaire, mais je vous remercie de vos attentions.

— Après tout, miss Seavers, j'aurais pu être également blessé dans cette affaire, ou pire… Bien sûr, on peut supposer que cette horrible tentative de meurtre m'était destinée, n'est-ce pas ? Dans mon métier, si vous me pardonnez cette franchise, il est courant de se faire des ennemis ou, du moins, de rencontrer des personnes qui ne nous veulent pas du bien… Si vous voyez ce que je veux dire…

— Je le vois très bien : vous trichez au jeu pour collecter les reconnaissances de dettes de jeunes hommes de bonne famille qui arrivent en ville et vous piégez les plus imprudents. Je suppose que nombre de vos débiteurs pensent qu'il serait plus simple de ne pas avoir à vous payer du tout. C'est bien ce que vous sous-entendez, M. Hobart ?

A ces mots, l'homme la dévisagea d'une manière qui lui fit froid dans le dos.

— Puisque vous êtes si directe, oui, c'est bien ce que je voulais dire. Certains pensent en effet que leur vie serait plus simple si je tirais ma révérence…

Elle savait qu'elle n'aurait pas dû l'encourager à parler, mais sa curiosité fut la plus forte.

— C'est donc ce que vous a appris votre enquête ? Que Sa Grâce et moi-même nous sommes simplement trouvés là au moment où l'un de vos débiteurs avait décidé d'effacer sa dette ?

M. Hobart secoua la tête d'un air navré et prit une profonde inspiration, avant de répondre.

— Hélas, non. J'ai découvert, au contraire, que quelqu'un, ici, cherche à mettre un terme aux jours de Sa Grâce.

Le sang de Charlotte ne fit qu'un tour et elle ne put réprimer un frisson.

— Je… Je vous demande pardon ?

— Croyez-moi, mademoiselle, je suis bien placé pour savoir que quelques pièces glissées dans la bonne main et quelques mots échangés discrètement suffisent souvent pour obtenir une information que d'aucuns voulaient garder secrète. Bref, il est de mon devoir de vous dire que j'ai pu découvrir un homme qui a avoué avoir été engagé pour se tenir sur ce toit et faire tomber ce bloc de pierre dès que Sa Grâce passerait en dessous.

— Seigneur…

— Eh oui, miss Seavers. L'homme m'a dit qu'il avait attendu pendant trois jours avant de vous voir arriver en compagnie du duc. Il a d'ailleurs ajouté que ce délai ne valait pas la misérable paie qu'il avait obtenue.

— Et où est-il, à présent ? Est-ce qu'il vous a dit qui l'avait engagé ?

De nouveau, Hugh Hobart secoua la tête avec un soupir.

— Voyons, miss, on n'emploie pas pareil énergumène en lui confiant son nom, son adresse et son mobile ; et je ne sais rien de plus que lui-même. Cependant, il m'a semblé que cette information était suffisante pour prévenir Sa Grâce que sa vie pouvait bien être toujours en danger.

Charlotte se leva alors, bien décidée à clore cette conversation.

— Je vous remercie, M. Hobart. J'apprécie votre dévouement et je transmettrai votre message à Sa Grâce. Merci encore.

Hobart lança alors un bref regard à Mme Beasley, qui observait la rue d'un air rêveur, avant de reprendre d'un ton confidentiel.

— A ce propos, miss, je dois vous dire que, bien que vos remerciements me touchent, j'ai essuyé un revers de fortune au jeu dernièrement... Ces jeunes hommes fraîchement débarqués en ville, comme vous le dites si bien, ne semblent plus aussi naïfs et inconscients depuis quelque temps, hélas, et je me trouve en bien mauvaise posture...

— Vous aviez reçu cinq mille livres de la main de Sa Grâce, dit Charlotte. Essayez-vous de me dire que vous avez dépensé une telle somme en quelques semaines ?

— Mademoiselle, cette somme s'est envolée en quelques jours à peine. Mais je sais que ma chance va tourner. Tout ce dont j'ai besoin, c'est quelques centaines de livres pour me refaire dans des salles de jeu plus modestes, et...

— Et vous espérez que le duc d'Ashurst va...

Charlotte fut interrompue par Nicole, qui glissa la tête par l'entrebâillement de la porte avant d'entrer dans la pièce d'un pas assuré.

— Excusez-moi. Je suis sincèrement désolée de devoir vous interrompre ainsi, Charlotte, mais je crains que nous n'ayons une urgence à l'office : il faut que vous alliez là-bas immédiatement... Ne vous en faites pas, il ne s'agit pas d'un incendie... mais je suis certaine que ce gentleman comprendra que l'on a besoin de vous et qu'il vous laissera vous en occuper.

Hugh Hobart salua très bas la jeune fille en une révérence exagérée.

— Je me présente : M. Hugh Hobart, milady. C'est un honneur de vous rencontrer.

Nicole se tourna vers Charlotte, l'air surpris par tant de ridicule. Elle tenait le chaton dans ses bras, la joue appuyée sur la petite tête : un tableau frappant de beauté et d'innocence. Sans trop savoir pourquoi, Charlotte se sentit soudain peu rassurée.

— Je vous remercie, lady Nicole. Je descendrai dès que j'aurai fini de discuter avec M. Hobart.

— Non, vous devez venir immédiatement. Je suis certaine que M. Hobart comprend que les affaires domestiques prévalent parfois sur tout le reste ! N'est-ce pas, monsieur ?

Mais Hugh Hobart ne paraissait plus prêter attention à ses paroles ; il se contentait à présent de la dévisager, à tel point que Charlotte aurait aimé pouvoir la faire disparaître sur-le-champ.

Enfin, il s'humecta les lèvres et répondit d'une voix hésitante.

— Je… Oui, bien sûr… Je pourrai revenir demain, mademoiselle, quand… quand vous aurez eu le temps d'informer Sa Grâce de ma visite.

Tout en balbutiant ainsi, il ne quittait pas Nicole des yeux, l'examinant des pieds à la tête. Seigneur, songea Charlotte, il avait le même regard qu'Harold, dans l'étable, lorsqu'il lui avait déchiré son corsage et mis la poitrine à nu…

Elle s'avança alors entre eux, dissimulant Nicole du mieux qu'elle put.

— Harris ! appela-t-elle.

Heureusement, le majordome n'était pas loin. Il fit immédiatement irruption dans le petit salon et salua.

— M. Hobart s'en va, Harris, raccompagnez-le.

— Bien, mademoiselle. Veuillez me suivre, ajouta-t-il à l'intention du visiteur en lui décochant un regard méprisant.

Dès qu'elles entendirent la porte d'entrée se refermer, Nicole se laissa aller à un grand éclat de rire qui l'obligea à s'appuyer contre le montant de la porte.

— Bien, j'espère que vous avez retenu la leçon, miss Seavers, dit-elle en imitant Mme Buttram. On ne trompe personne éternellement !

Le chaton niché dans son cou la chatouilla soudain en remuant, ce qui la fit rire de plus belle. Charlotte se força à sourire et l'entraîna hors de la pièce.

— Merci, Nicole. Tu avais raison, je n'aurais pas dû le recevoir, c'est évident.

Elles remontèrent lentement jusqu'au grand salon.

— J'espère que tu me remercies d'être venue à ton secours, et pas seulement pour mes sages conseils, ajouta Nicole. Je pense que tu m'es même tellement reconnaissante que tu vas t'empresser de me raconter tout ce qu'il t'a dit !

— Certainement pas, rétorqua Charlotte.

Arrivées sur le palier, elles furent rejointes par Lydia, qui tenait une enveloppe à la main.

— Qu'est-ce que c'est ? demanda Charlotte, espérant clore ainsi sa conversation avec Nicole.

Lydia rougit jusqu'aux oreilles et poursuivit son chemin vers l'escalier d'un air détaché.

— Une lettre pour le capitaine Fitzgerald, répondit-elle par-dessus son épaule. J'espérais la descendre avant le départ du courrier de l'après-midi, même si je crains que le capitaine ne soit déjà sur le chemin du retour.

Elle descendit alors l'escalier sous le regard de sa sœur.

— Entre Rafe et toi qui jouez à cache-cache sans vous apercevoir de rien, et Lydia qui rêve de son capitaine dans l'espoir que leur relation mènera à quelque chose, j'ai l'impression que je suis la seule femme de cette maison à garder un tant soit peu les pieds sur terre !

Mais Charlotte ne l'écoutait déjà plus. Comment confierait-elle à Rafe ce que cet odieux M. Hobart venait de lui dire ?

15

Rafe avait beau tout faire pour conquérir le cœur de Charlotte, il semblait échouer lamentablement depuis la visite de Hugh Hobart. Il avait même l'impression qu'elle cherchait de nouveau à le fuir…

Bien sûr, elle se souciait de sa sécurité, mais il ne parvenait pas à croire un seul mot de ce que Hobart avait bien pu raconter.

A plusieurs reprises, il s'était évertué à expliquer à Charlotte — patiemment d'abord, puis de plus en plus nerveusement — que l'on ne pouvait se fier à un homme qui se proposait d'offrir des informations, pour tenter de les monnayer l'instant d'après.

Il avait mené l'enquête à son sujet. L'homme avait dit vrai : il passait son temps dans des salles de jeu de seconde zone à priver les plus malchanceux de leur argent et n'hésitait pas à les faire molester pour collecter ses reconnaissances de dettes. Ce n'était pas un individu que l'on pouvait accepter en bonne société.

Rafe avait même découvert qu'il entretenait des relations douteuses avec une abbesse de Piccadilly qui lui apportait régulièrement « de jeunes vierges de la campagne sans aucune maladie gênante ».

Bref, il était le type même de l'ami que ses cousins auraient pu apprécier, hélas…

Au départ, pourtant, Rafe n'avait rien dit : il préférait ne pas avoir à blâmer Charlotte de l'avoir reçu à Grosvenor Square. Toutefois, le temps passant, il avait essayé de calmer ses inquiétudes en lui expliquant la différence entre un vrai problème et un mensonge destiné à enrichir un homme sans moralité.

En désespoir de cause, il lui donna même le nom fantaisiste de l'abbesse, une certaine Lottie Lutsy, dans l'espoir que cela la persuaderait que M. Hobart n'était pas un homme en qui l'on pouvait avoir confiance. On lui demanderait l'heure qu'il mentirait encore, si cela pouvait l'arranger !

Mais la jeune femme ne s'était pas laissé convaincre et leurs relations se détérioraient depuis lors. Bien sûr, le fait qu'il refuse ses demandes répétées de se faire accompagner par Phineas quand il se rendait à son bureau ou de sortir toujours dans une voiture fermée n'avait pas amélioré leurs relations…

Un jour qu'il se trouvait dans le salon, il prit le chaton noir et blanc entre ses mains et le regarda gravement dans les yeux. On avait fini par le baptiser Galopin, et pour cause !

Le chaton finit par lui lécher le bout du nez.

— Ah, les femmes ! soupira Rafe. Je te préviens, mon petit, ne cherche pas à les comprendre, tu n'y arriveras jamais… Elles ne te croient pas même quand tu es parfaitement sincère et que tu leur ouvres ton cœur. Mais que le moindre vaurien vienne leur déblatérer des mensonges, et elles les prennent pour paroles d'Evangile !

Soudain, il s'interrompit et se retourna vers la porte.

— Tiens, bonjour, Charlotte ! Je ne t'ai pas entendue entrer !

— Bien sûr que si ! Je t'ai vu m'épier du coin de l'œil en parlant, répondit-elle en se laissant tomber sur le divan en face de lui. Je suis épuisée… Je ne pensais pas être si vieille et décrépite avant d'avoir à chaperonner tes sœurs pendant des heures en ville… Nous avons arpenté Bond Street de long en large jusqu'à ce qu'elles trouvent enfin les plus jolis rubans, pour changer ceux de leurs chapeaux avant les célébrations de paix. Elles sont persuadées que ça ne va plus tarder et passent leur temps à s'y préparer !

Rafe l'observait. Comme il aurait aimé la prendre dans ses bras et sentir sa tête posée sur son torse…

— Les célébrations se passeront de nous, dit-il. Je sais que tu n'as pas vécu la Saison que j'espérais pouvoir t'offrir et j'en suis navré, mais maintenant que Bonaparte est vaincu j'ai hâte de rentrer à Ashurst Hall. Je viens de recevoir un pli de John Cummings.

A ses mots, Charlotte s'alarma.

— Il y a un problème ?

— Tout dépend de ta définition du mot « problème », répondit-il en souriant. Après m'avoir énoncé toutes les informations essentielles de la vie du domaine, les charrues cassées et les travaux de la laiterie, notre M. Cummings m'informe l'air de rien qu'il a dû tuer deux cochons pour la célébration d'un mariage…

— Mais c'est une très bonne nouvelle : un mariage ! dit-elle en se rasseyant.

— Celui de la gouvernante, Mme Piggle, avec mon majordome.

Il guetta la réaction de Charlotte.

— Grayson ? Mais… ils se détestent !

Il hésita un instant à souligner que leur relation avait bien eu le temps d'évoluer depuis le jour où Mme Piggle avait surpris Grayson sans ses caleçons, mais se ravisa.

— C'est vrai que l'on aurait pu croire qu'ils se haïssaient, vu leurs disputes incessantes. Mais j'ai entendu dire que l'amour ne se commande pas…

Elle lui lança un regard en biais.

— Qu'est-ce que je dois comprendre ?

— Je ne sais pas, répondit-il en replaçant Galopin dans son panier, mais si on le dit il doit y avoir un fond de vérité… Pour parler d'autre chose, reprit-il, il y a une nouvelle liste de soldats morts ou blessés ce matin dans le journal. Heureusement, elle n'est pas bien longue.

Ce n'était peut-être pas un sujet de conversation réjouissant, mais c'était le seul qu'il avait trouvé pour couper court à cette discussion.

Charlotte le dévisagea, l'air à la fois surpris et navré.

— Je croyais qu'on en avait fini avec ces horribles listes. Lydia est presque devenue folle, depuis dix jours, à force d'y chercher le nom de Fitz. Et comme cela faisait deux jours qu'il n'y en avait plus…

— Hélas, parmi ceux que l'on avait recensés comme blessés, certains ont succombé, répondit-il en ouvrant le journal. Charles Canning. Je l'ai connu : il était aide de camp de Wellington. C'était un bon soldat… Et William de Lancey… Et il y en a d'autres : on les savait tous blessés. Hélas, j'ai bien peur que nous trouvions de nouvelles listes dans les journaux à l'approche de l'été.

— Si seulement nous avions des nouvelles de Fitz…

— Son nom n'est apparu nulle part, et aucune des dépêches reçues à la Chambre ne le mentionnait : il va bien, ne t'en fais pas. J'attends un mot de sa part à chaque distribution du courrier. Ou peut-être va-t-il finir par passer cette porte sans se faire annoncer : ce serait tout lui !

A cet instant, les jumelles entrèrent dans la pièce et Nicole se jeta sans ménagement sur le divan, à côté de Charlotte.

— Bien le bonjour, mes chères sœurs ! s'exclama Rafe. Il paraît que vous m'avez ruiné aujourd'hui sur Bond Street…

— Bien sûr que non, Rafe ! répondit Nicole. En fait, Lydia a bien plus dépensé que moi.

Sa jumelle rougit jusqu'aux oreilles avant d'acquiescer.

— J'ai trouvé un coupon de tissu bleu, de la même couleur que le ciel du matin… Je n'ai pas pu résister : le capitaine Fitzgerald m'a toujours dit que cette teinte faisait ressortir mes yeux.

Rafe et Charlotte échangèrent un bref regard. Bien sûr, ils se réjouiraient tous du retour de Fitz, mais ils auraient sans doute quelques problèmes à régler aussi. Toutefois, avec un peu de chance, tout rentrerait dans l'ordre facilement : après tout, personne au monde ne serait plus digne d'épouser Lydia que lui, songea Rafe.

Nicole, cependant, renifla avec mépris.

— Et si le capitaine te disait que les cheveux courts t'iraient mieux, tu te raserais la tête ? Le capitaine par-ci, le capitaine par-là… Sérieusement, Lydia, j'ai parfois l'impression que tu ne sais plus parler de rien d'autre !

Elle acheva son discours en faisant un clin d'œil à son frère, sans doute pour bien lui montrer qu'elle ne faisait que plaisanter.

A cet instant, Harris se présenta.

— Je vous demande pardon, Votre Grâce. Le duc de Malvern est ici et demande à être reçu.

Rafe bondit sur ses pieds.

— Blake est ici ? Pour l'amour du ciel, faites-le monter tout de suite !

Mais sa joie s'évanouit aussi rapidement qu'elle était venue.

— Attendez, Harris. Est-ce que le duc est seul ?

Harris baissa les yeux. Il avait été soldat : il comprenait ce que Rafe craignait.

— Oui, monsieur, il est seul.

Seigneur, non ! Non… non…

— Très bien, je vous remercie.

Charlotte se leva sans bruit et glissa sa main dans celle de Rafe pour la serrer très fort.

— Lydia, Nicole, remontez dans vos chambres, s'il vous plaît, ordonna Rafe.

Heureusement, sa voix ne tremblait pas. Il ne pouvait cependant détacher le regard de la porte restée ouverte.

— Non, répliqua Lydia avec une fermeté inhabituelle. Le duc nous apporte sans doute des nouvelles du capitaine Fitzgerald.

En temps normal, Nicole se serait moquée de cette intransigeance, mais elle n'en fit rien.

— Lydia, je t'en prie…

Blake se présenta alors à la porte du salon, lourdement appuyé sur une canne. En un seul regard, Rafe comprit.

— Oh ! mon Dieu… murmura-t-il, sentant ses forces l'abandonner.

Tanner Blake, duc de Malvern, était livide et la tristesse crispait son beau visage. Son uniforme était propre, mais on l'avait rapiécé au genou. Il semblait épuisé.

Il dévisagea Rafe et les trois jeunes femmes qui l'entouraient.

— Je suis désolé, mon ami, commença-t-il doucement. Je suis venu dès que j'ai pu… Je ne suis même pas passé chez moi. Je sais ce que tu ressentais pour Fitz : c'était un homme de qualité, et le meilleur des amis. Je suis vraiment… désolé.

— Taisez-vous ! hurla Lydia.

Rafe se tourna vers elle.

— Lydia, ma chérie…

— Non ! Je ne veux pas entendre ça ! Je ne le laisserai pas dire des choses pareilles !

Elle avança en direction de Blake, les poings serrés.

— Sortez ! Allez-vous-en !

— Vous êtes Lyddie, c'est ça ? demanda Blake avec douceur. Oui, sans aucun doute. Fitz m'a beaucoup parlé de vous. Je vous présente toutes mes condoléances, lady Lydia, et sachez que ses dernières paroles…

— Non ! Vous mentez ! Il n'est pas mort ! Il m'a promis… Menteur ! Vous n'êtes qu'un homme méprisable ! Je vous hais !

Lydia s'approcha encore du duc et commença à le frapper des deux poings sur le torse.

— Lydia ! s'écria Rafe.

Il esquissa un mouvement pour intervenir, mais Blake lui fit signe que tout allait bien. Il laissa tomber sa canne et prit la jeune fille dans ses bras, bien qu'elle le frappât toujours. Il la serra jusqu'à ce qu'elle abandonne la lutte et elle se mit à sangloter contre lui.

Personne ne bougea. Nul ne parla. Il n'y avait rien à dire.

Enfin, Nicole, le visage baigné de larmes, se dirigea vers l'escalier pour monter à l'étage. Sa sœur lui emboîta aussitôt le pas.

— Blake, je suis navré, dit Rafe lorsqu'elles furent sorties. Lydia est dévastée. Viens t'asseoir. Veux-tu un peu de vin ?

Charlotte pressa une dernière fois la main de Rafe avant de s'éloigner à son tour.

— Je vais vous laisser seuls, annonça-t-elle. Nicole a besoin d'aide.

— Non, reste ! répondit Rafe avec, peut-être, un peu trop de vivacité.

Il n'était pas prêt à affronter cette épreuve tout seul…

— Très bien. Je vais juste demander à Harris de monter quelque chose à manger pour notre visiteur, et je reviens.

— Je vous remercie, madame : je n'ai pas faim. J'ai seulement besoin de m'asseoir.

Blake s'était penché avec difficulté pour ramasser sa canne et il boitait à présent vers le divan.

Rafe, les mains tremblantes, leur servit du vin avant de s'asseoir avec son propre verre. Fitz s'en était allé. Il était mort. Plus jamais il ne verrait son visage, ni ne pourrait plaisanter avec lui, plus jamais il ne jouirait de la compagnie de cet homme extraordinaire… Cela paraissait si irréel, comme un cauchemar…

— Comment ? demanda-t-il, incapable d'articuler autre chose.

— Je ne sais pas, répondit Blake, serrant son verre entre ses mains sans le porter à sa bouche. Il était posté au carrefour des Quatre Bras, sous les ordres de Picton, et la bataille faisait rage. La dernière fois que nous nous sommes vus, nous étions au bal de la duchesse de Richmond et nous nous étions promis de nous retrouver dans une taverne que nous connaissions, après la bataille. Nous avions alors l'intention de déchirer les testaments que nous nous étions échangés et de nous enivrer. Tu sais bien ce que c'est, Rafe…

— Oui, je sais.

Une fois de plus, Charlotte glissa la main dans la sienne.

— Nous plaisantions toujours, ajouta Rafe, en disant que nous ne laisserions rien à nos familles, mais nous avons tous écrit ce genre de testament avant de nous battre.

Blake acquiesça et but enfin une gorgée de vin, craignant sans doute que sa gorge ne devienne trop sèche pour parler.

— Quand je ne l'ai pas vu arriver à la taverne, je suis parti à sa recherche. J'ai fini par le retrouver dans une grange. Il avait la jambe droite brisée et la tête enveloppée dans des linges. J'ai bien failli passer à côté de lui sans le reconnaître…

Charlotte lâcha un sanglot étouffé et enfouit le visage dans les plis de la manche de Rafe.

— Je vous demande pardon, madame, dit Blake en lançant à Rafe un regard désespéré. Tout ce qu'il a eu le temps de me dire, c'était de prendre bien soin de sa Lyddie. Je le lui ai promis, et il a fermé les yeux. Il était parti… Je pense qu'il n'attendait que mon arrivée et ma parole d'honneur pour… Je… Je ne l'ai pas quitté avant qu'il n'ait été enterré convenablement dans un petit cimetière, non loin de là. Il y avait encore tant de pauvres bougres abandonnés dans les prés lorsque je suis parti… Je n'ai donné son nom au quartier général pour les listes que le jour de mon départ d'Ostende. Je voulais t'annoncer la nouvelle moi-même, Rafe. En tant que votre ami à tous les deux, je vous devais au moins cela. J'aurais tant aimé pouvoir faire plus…

Il fouilla sa poche et en tira un petit paquet en toile cirée, qu'il déposa sur la table basse.

— Je sais que tu sauras t'occuper de tout, Rafe.

S'appuyant sur sa canne, il se releva et salua Charlotte.

— Madame !

— Je te raccompagne, dit Rafe en détachant avec peine le regard du paquet.

Il connaissait trop bien le contenu de cette toile cirée :

il avait vu de nombreuses fois ce paquet entre les mains de Fitz.

Blake s'arrêta un instant sur le palier et leva les yeux vers les étages, avant de descendre lentement et avec difficulté.

— Ta petite sœur… Fitz tenait tellement à elle ! Elle est vraiment charmante, et si jeune ! Est-ce qu'elle ira bien ?

— Fitz avait conscience de sa jeunesse : il m'avait promis d'attendre avant de se déclarer. Mais je crois qu'il savait que Lydia avait déjà pris sa décision…

— Que de larmes ! Que de cœurs brisés ! soupira Blake. Et tout ça pour quoi ? Pour emprisonner un homme que nous avions déjà capturé une fois ! Qu'est-ce que tu vas faire, maintenant ? Pour ma part, je dois rentrer à Malvern.

— Je vais moi aussi rentrer chez moi. Nous n'avons plus aucune raison de rester ici. Nous repartirons pour Ashurst Hall dans quelques jours. Comme Fitz me l'a dit une fois, l'an dernier, il semble que nous soyons à court d'ennemis. Je prie pour que cela soit vrai, cette fois…

Tous deux se serrèrent la main et s'embrassèrent, puis Harris escorta personnellement le duc de Malvern jusqu'à sa voiture.

Rafe demeura un long moment dans le vestibule, les yeux fixés sur la porte fermée. Fitz ne passerait plus jamais ce seuil. Ils ne s'installeraient plus jamais ensemble autour d'un feu de camp au champ de bataille, ni devant la cheminée de son bureau d'Ashurst Hall, pour parler des problèmes sérieux et plaisanter des pires futilités. Il n'entendrait jamais plus son rire franc et enjoué…

La voix d'Harris le tira de sa rêverie.

— Je me permets de vous présenter mes plus sincères condoléances, Votre Grâce. Le capitaine était un homme d'honneur.

— Oui, n'est-ce pas ? Un homme d'honneur… Je vous remercie, Harris.

Rafe remonta alors lentement dans le salon pour retrouver Charlotte. Il avait besoin d'elle.

Elle l'attendait dans l'embrasure de la porte et ils s'assirent ensemble, main dans la main. Le paquet de toile cirée était encore sur la table basse. La seule chose qu'il lui restait de son ami…

— Tu n'es pas obligé de l'ouvrir maintenant, dit-elle doucement.

Il secoua la tête et prit le petit paquet qui avait voyagé avec Fitz pendant six longues années de guerre.

— Je sais ce qu'il y a dedans, mais je dois le faire maintenant, sinon je n'en aurai plus le courage.

Il défit la ficelle d'une main tremblante et étala le contenu du paquet sur la table. Trois fois rien… Charlotte voulut prendre une montre à gousset en or, mais immobilisa son geste : le métal était souillé de sang séché. Le sang de Fitz.

Le testament n'avait rien de surprenant. Fitz laissait à Rafe tous ses biens, qui consistaient — en dehors de la montre — en un petit domaine à l'abandon dans le comté de Cork, en Irlande. Selon ses vœux, tout devait être entretenu par son ami en attendant que Lydia atteigne sa majorité.

Il y avait également une lettre non cachetée. Sur l'extérieur, on lisait : *A ma chère Lyddie.*

— Seigneur, murmura Rafe en la prenant délicatement. Dois-je la lui donner ?

Charlotte essuya ses larmes de son mouchoir.

— Est-ce que tu as le choix ? Fitz voulait qu'elle la lise.

— Je n'étais pas là-bas, Charlie. Je n'étais pas avec lui… Si seulement je l'avais accompagné…

— Ne dis pas ça, Rafe, je t'en prie ! Fitz a fait son devoir, et toi aussi. Maintenant, tu dois penser à Lydia : elle a besoin de toi.

Il la dévisagea, les yeux mouillés de larmes.

— Que puis-je faire ? Que puis-je lui dire ?

Charlotte lui déposa un tendre baiser sur la joue.

— Tu n'as pas besoin de dire quoi que ce soit, Rafe.

Va la voir. Prends-la dans tes bras. Laisse-la pleurer. Vous avez tous les deux besoin de laisser parler votre douleur.

Rafe prit une profonde inspiration et acquiesça.

— J'ai aussi besoin de toi, Charlie. Je ne peux pas te dire à quel point…

Il glissa la lettre de Fitz dans la poche de son veston et se dirigea vers l'escalier. Monter ces marches était comme monter vers la potence… Mais il devait accomplir son devoir, faire ce que son ami aurait voulu qu'il fasse.

Arrivé en haut, il frappa à la porte de Lydia. Ce fut Nicole qui vint lui ouvrir. Au lieu de le laisser entrer, elle le rejoignit dans le couloir et referma la porte avec soin derrière elle. Ses yeux violets étaient humides et animés d'une douleur à fendre le cœur.

Que lui avait dit Fitz, un soir qu'il était ivre, après une bataille sanglante qui avait vu mourir trop de bons soldats ? *Les hommes se battent, les femmes et les enfants pleurent leurs morts. C'est comme ça depuis toujours, mon ami, et ça le restera jusqu'à ce que nous découvrions une meilleure façon de faire.*

— Comment va-t-elle ? articula-t-il.

— Elle est brisée, Rafe, murmura-t-elle. Et je suis incapable de la consoler.

— Je vais lui parler.

Nicole acquiesça, puis son regard s'anima d'un nouvel éclat.

— Je ne laisserai jamais une chose pareille m'arriver, je le jure ! L'amour ne me détruira pas comme il détruit Lydia en ce moment. Je ne tomberai jamais amoureuse. Jamais !

Il ne répondit pas ; il n'y avait rien à dire. Il suivit sa sœur des yeux comme elle retroussait ses jupes et s'enfuyait vers sa chambre. Elle était si jeune encore ! Toutes les deux étaient encore si jeunes !

Toutefois, Lydia venait de vieillir un peu. Trop brutalement.

Il frappa une nouvelle fois à la porte, sans vraiment attendre de réponse.

Enfin, au bout d'un moment, il ouvrit et entra dans la chambre.

16

Depuis la visite du duc de Malvern, l'hôtel particulier de Grosvenor Square avait rejoint la longue liste des maisons de Grande-Bretagne et d'Irlande en deuil.

Ce soir-là, personne n'était descendu rejoindre Charlotte pour le souper, et elle avait fini par demander que l'on porte des plateaux dans les chambres du duc et de ses sœurs. Elle avait dîné tristement dans la salle à manger ou, du moins, elle avait essayé : Mme Buttram lui avait tenu compagnie en tentant sans cesse d'engager la conversation. Au moins, le chaperon avait eu le bon sens de finir rapidement son assiette et de se retirer dans sa chambre assez tôt…

Demeurée seule, Charlotte avait alors passé un long moment devant le bow-window à observer la tombée de la nuit et l'apparition de milliers d'étoiles dans le ciel — il était rare de les voir à Londres —, un coussin serré dans ses bras.

Fitz se trouvait-il parmi ces étoiles, à présent ?

Enfin, l'horloge du couloir sonna 9 heures et elle se traîna lentement jusqu'à sa chambre. Elle avait pris cent ans en une journée… Sa femme de chambre, les yeux rougis de larmes, elle aussi, lui proposa de se délasser dans un bain chaud. Quelle bonne idée… Peut-être qu'ensuite elle parviendrait à s'endormir d'un sommeil sans cauchemars.

Deux heures plus tard, il ne faisait aucun doute que le bain n'avait servi à rien. Lasse de se tourner dans son lit, Charlotte se leva et enfila ses chaussons. Elle allait demander un verre de lait chaud en cuisine elle-même ; sa femme de chambre avait eu l'air bien assez abattue et fatiguée, ce n'était pas la peine de la réveiller pour si peu.

Elle remonta le couloir en silence et s'immobilisa devant la porte de Rafe.

Il était là, dans sa chambre, éperdu de chagrin…

Et elle était là, dehors, dans le même état que lui…

Ce n'était pas logique.

Sans plus réfléchir, elle frappa deux petits coups discrets à la porte.

Aucune réponse. Elle avait le choix : passer son chemin, ou frapper de nouveau. L'angoisse revenait la hanter…

Bon sang ! Elle devait à tout prix cesser d'être aussi égoïste et de faire passer son bien-être et ses peurs avant toute chose.

Il avait besoin d'elle. Il le lui avait dit.

Et elle, elle avait besoin de lui, de ce qu'il pouvait lui offrir, même si elle n'était pas certaine de bien comprendre cette émotion en elle. Elle avait besoin recevoir ce don de lui et de le lui rendre en retour…

Elle se décida enfin, ouvrit la porte et se glissa sans bruit dans la chambre. La pièce baignait dans la pénombre, éclairée par un rayon de lune qui pénétrait à travers la fenêtre et par le feu qui achevait de brûler dans la cheminée. Cela fut suffisant pour qu'elle aperçoive Rafe, avachi dans un fauteuil près du feu, les jambes étendues devant lui.

— Rafe ? appela-t-elle avec hésitation. Est-ce que je peux venir m'asseoir avec toi un moment ? S'il te plaît…

Le regard du duc se perdait dans les flammes qui illuminaient son profil. Lentement, il lui fit signe en levant son verre à brandy, avant de laisser son bras retomber sur l'accoudoir.

Sans doute cela voulait-il dire qu'il était d'accord.

Au lieu de s'installer dans le second fauteuil, elle s'agenouilla au sol et posa la tête sur ses genoux.

Ils restèrent ainsi un long moment, regardant en

silence la danse des flammes dans la cheminée. Puis Rafe commença à caresser doucement les cheveux de Charlotte. Elle ferma les yeux et ravala un sanglot.

— Pourquoi ? murmura alors Rafe. Pourquoi lui ? Il était si bon…

— Je ne sais pas.

Elle se redressa et le regarda dans les yeux, les mains appuyées sur ses genoux. Il avait les traits tirés et la douleur rendait son visage dur.

— Je connais la guerre, reprit-il. J'ai vu suffisamment de batailles pour cela. Je sais qu'il n'y a jamais de bonne raison à la mort d'un soldat, et je le comprends. Mais Seigneur, pas Fitz ! Il a toujours été… invincible !

— C'était quelqu'un de bien, dit-elle avec sincérité, et il t'aimait du fond du cœur.

Rafe eut un sourire triste.

— Nous étions frères d'armes, et tellement plus encore… J'espère seulement qu'il savait que je l'aimais aussi.

Charlotte ravala de nouvelles larmes.

— J'en suis sûre. Tout comme je sais, moi, que je t'aime.

— Merci, Charlie, dit-il avec un nouveau sourire.

— Non, Rafe, ne me remercie pas. Pardonne-moi. J'ai… j'ai laissé mes peurs stupides… et mon orgueil aussi, t'empêcher d'obtenir ce que tu désires de moi. Et m'empêcher moi-même de faire ce que je désire pour nous deux. Tu es bien plus important à mes yeux que mes peurs. C'est à toi que je devrais me raccrocher pour avancer, et non pas à ce qui s'est passé il y a déjà si longtemps.

— Charlie…

— S'il te plaît, ne me coupe pas, laisse-moi aller jusqu'au bout. C'est parce que j'ai eu la faiblesse de craindre mes fantômes qu'ils sont restés vivants en moi. Je pensais que nous avions le temps, toi et moi… Mais Fitz et Lydia pensaient eux aussi avoir du temps, sans doute. Et si… si je te perdais… avant même d'être venue à toi… si je te perdais avant de découvrir ce que c'est que d'aimer, de t'aimer complètement et sans frein…

A ces mots, il déposa doucement son verre sur la table basse et lui prit les mains. Ensemble, ils se relevèrent.

— Est-ce que tu comprends bien de quoi tu parles, ma chérie ?

Elle chercha à percer le mystère de son regard dans la pénombre, mais en vain.

— Oui, je crois, répondit-elle. Enfin, non, je ne sais pas vraiment… Tout ce que je comprends vraiment, c'est ce que je ressens. Et je sens que j'ai besoin de toi, Rafe. J'ai besoin de te serrer contre moi, de te réconforter, et j'ai besoin que tu fasses la même chose pour moi. Je ne suis plus une enfant : je suis devenue femme, et je veux être comme toutes les autres. Je veux être aimée et je veux aimer en retour. Je veux que nous soyons enfin ensemble et que nous trouvions ce que nous désirons. Et ce soir, plus que jamais, je pense que nous avons besoin l'un de l'autre…

Il la prit par les épaules.

— Alors partageons nos joies et nos peines ! Soyons toujours là l'un pour l'autre ! Soyons les meilleurs amis du monde… et plus encore !

Elle lui posa doucement la main sur le torse et sentit le cœur battre sous la fine toile de la chemise. Elle l'aimait… Seigneur, oui, elle l'aimait et elle l'avait toujours aimé…

— Rafe, chuchota-t-elle, tu as essayé de m'aider à cicatriser de mes blessures et tu y es arrivé. Maintenant, c'est mon tour.

Il la prit dans ses bras et la porta jusqu'au lit, l'allongeant en douceur sur les draps avant de la rejoindre et de l'embrasser tendrement.

Les larmes qu'elle avait si longtemps contenues se mirent alors à couler le long de ses joues, apportant leur goût salé à la douceur du baiser. Voilà qu'elle avait fini par trouver sa place…

Elle n'eut pas peur, parce qu'enfin elle avait cessé de penser à elle-même. Elle avait compris que Rafe comptait plus que tout. Il avait besoin d'elle et, dans son désir de l'aider, dans la puissance de l'amour qu'elle lui portait, ses propres angoisses s'effaçaient.

Tendrement, elle l'enveloppa de ses bras et lui rendit ses baisers. Elle ne voulait pas rester passive sous ses caresses ou, pire encore, les fuir.

S'abandonnant à l'instant, elle laissa courir les mains le long de son dos. Enfin, elle entrouvrit les lèvres et le laissa glisser la langue dans sa bouche. Un frisson les parcourut tous deux. Le baiser se fit passionné, si délicieusement intime qu'elle sentit une contraction étrange et douce entre ses jambes…

— Charlie… murmura-t-il contre ses lèvres. J'ai tellement besoin de toi…

Il déposa alors de petits baisers sur sa gorge, explorant la peau nue dévoilée par la robe de chambre. Puis il entreprit de dénouer celle-ci et de la faire glisser le long de ses épaules, provoquant chez elle un léger frisson.

Il continuait à l'embrasser, longeant le décolleté de la chemise de nuit tout en tirant légèrement le tissu vers le bas pour dévoiler lentement — si lentement… — un premier sein. Il avait les lèvres brûlantes contre la peau dénudée qu'elle lui offrait. Elle ne put s'empêcher de soupirer, de se soulever un peu du matelas pour rejoindre sa bouche, qui se referma enfin sur le téton. Elle sentit le bout de sa langue en titiller la pointe tendue…

Sa respiration s'accéléra, saccadée, comme si elle avait oublié comment faire et devait la provoquer consciemment…

Ne sachant pas vraiment ce qu'elle devait faire, elle se contenta de s'agripper à lui pour mieux savourer le plaisir qu'il lui faisait découvrir, ce plaisir qui la ramenait peu à peu à la vie. Elle ne songeait plus à l'arrêter…

Ses dents, sa langue, le jeu délicat des baisers qu'il posait sur elle et des mordillements qu'il lui infligeait transformaient peu à peu l'étrange contraction entre ses jambes en une délicieuse brûlure. C'était comme si son corps entier s'épanouissait pour accueillir cet homme qu'elle aimait tant.

Alors, il s'éloigna. Elle rouvrit les yeux, surprise et frustrée, mais fut vite rassurée.

Il s'était redressé pour déboutonner sa chemise et ne la quittait pas des yeux. Quel regard enflammé… Elle attendit, lui souriant timidement.

Il descendit ensuite du lit pour déboutonner son pantalon, et eut un instant d'hésitation en le maintenant ouvert sur ses hanches. Il interrogea la jeune femme du regard dans la pénombre. Elle laissa ses yeux descendre en bas de son ventre, et s'empressa de le rassurer :

— Je n'ai pas peur, Rafe.

Non, elle n'avait pas peur…

Nu, il revint sur le lit et commença à soulever la chemise de nuit. Incapable de se contrôler, elle se surprit en train de lever légèrement les hanches pour l'aider.

Il hésita encore, tandis que la chemise dévoilait déjà ses genoux. Ils savaient tous les deux qu'il était sur le point de retirer la dernière barrière qui les séparait, ou presque…

— Tu es sûre que tu n'as pas peur ? demanda-t-il doucement.

— Non… Non…

— Je t'aime tant.

— Je sais…

Elle déposa le bout de ses doigts sur son torse nu, sentant les muscles se contracter sous sa caresse.

— Tu es si beau, Rafe…

Il ne répondit que par un sourire qui la fit fondre, tout en lui rendant un peu de sa légèreté d'autrefois.

Enfin, il lui ôta sa chemise de nuit et s'allongea sur elle, son corps si musclé collé au sien.

Il l'embrassa de nouveau, mutin, l'invitant sans un mot à prendre l'initiative, à imiter ses mouvements. Enfin, il poussa un profond soupir, ce qui déclencha en elle une satisfaction sans doute typiquement féminine. Désormais, il lui appartenait, et tirait son plaisir des faveurs qu'elle seule pouvait lui accorder…

Comment avait-elle jamais pu penser qu'il y aurait quoi que ce soit de laid ou d'effrayant dans cette délicieuse étreinte ?

Il glissa doucement la main le long de son ventre, descendant plus bas, toujours plus bas, jusqu'à effleurer sa chair la plus intime. Elle ne put s'empêcher de soupirer, tant cette caresse lui donnait de plaisir.

— Abandonne-toi à moi, ma chérie…

Il continuait de lui embrasser l'oreille, les cheveux, la bouche, tandis que ses doigts la caressaient, glissaient dans son intimité, abolissant toute honte et toute frayeur. Chacun de ses mouvements provoquait une nouvelle vague de sensations… Elle ouvrit les cuisses, un peu plus à chaque instant, pour qu'il poursuive cette caresse si délicieuse…

Soudain, un plaisir fulgurant s'empara d'elle et son corps entier se raidit. Rafe avait atteint son but.

— Rafe…?

— Je sais, ma chérie… Laisse-toi faire…

Ses doigts se mirent alors à bouger plus vite… De plus en plus vite… Elle retint son souffle. De telles sensations existaient donc ? C'était comme de la magie… C'était la découverte du paradis… Un paradis doux, brûlant, qui l'envahissait par vagues…

— Rafe…

Sans lui laisser le temps de se remettre de ses émotions, Rafe se hissa au-dessus d'elle et vint se glisser entre ses cuisses. Il bougeait rapidement. Soudain, une douleur furtive la traversa. Elle s'agrippa à son dos, lui griffant la peau. Tout son corps se pressait contre lui, l'accueillait et tentait de lui rendre la volupté qu'il lui avait fait découvrir.

Ils ne faisaient plus qu'un dans la passion de l'étreinte. Un seul être, à tout jamais… Et lorsque Rafe fut parcouru par un frisson et que ses mouvements cessèrent brusquement, l'amour effaça les dernières craintes qui restaient encore en elle. Rafael Daughtry avait pris possession de son cœur et en avait chassé toutes les ombres…

Rafe, son ami.

Son amant.

Sa vie.

Il reposait à présent dans ses bras, son corps chaud tout contre elle. Elle le berça, le couvrit de baisers tandis que leurs larmes qui coulaient mêlaient leur sel à la saveur de leurs peaux.

Ils s'endormirent ainsi, l'un contre l'autre. Avant de fermer les yeux, Charlotte jeta un regard par la fenêtre et vit les étoiles scintiller sur les toits de Londres. Peut-être n'était-ce qu'une illusion, mais l'une d'entre elles paraissait briller plus que toutes les autres...

Durant la longue semaine qui suivit, elle le retrouva tous les soirs, heureuse de le voir sourire lorsqu'elle franchissait la porte de la chambre. Les seuls sourires qui lui venaient encore...

La température montait petit à petit et il fit bientôt trop chaud pour s'asseoir au coin du feu. Ils passèrent donc leurs soirées devant la fenêtre ouverte, profitant du silence du parc, se laissant bercer par la brise. Parfois, elle s'asseyait sur ses genoux et se pelotonnait comme un enfant, en l'écoutant évoquer Fitz et leurs souvenirs de guerre.

C'étaient des histoires souvent tristes, mais parfois hilarantes. Il se souvenait de toutes leurs aventures, et cela lui faisait du bien de les raconter.

Puis, comme la nuit avançait, ils faisaient l'amour. Inévitablement. Leur union, si tendre, si intime, faisait partie de leur guérison à tous les deux. C'était comme un signe qu'ils étaient encore vivants, que la vie poursuivait son cours et qu'ils avançaient avec elle.

Lydia, quant à elle, ne quittait plus sa chambre, et Nicole refusait de la laisser seule un instant. Elle avait même pris l'habitude de dormir avec elle, dans son lit, comme à l'époque où elles étaient petites filles.

Les listes macabres de noms, qui avaient quitté les colonnes des journaux, réapparurent avec l'arrivée de la chaleur, comme l'avait prédit Rafe. Les cloches de Londres ne semblaient plus s'arrêter de sonner. Mme Buttram apprit le décès d'un neveu et demanda la permission de se rendre dans le Kent pour s'occuper de sa sœur en deuil. Elle quitta la maison, effondrée, après avoir serré tout le monde dans ses bras.

Le duc de Malvern rendit deux nouvelles visites à Grosvenor Square pour prendre des nouvelles de Lydia. Rafe et lui passèrent de longs moments enfermés dans le bureau, à discuter. A chaque visite, le duc demanda si Lydia accepterait de le voir, afin qu'il lui en dise plus sur les dernières semaines de Fitz à Bruxelles, mais elle refusait toujours. Rafe ne pouvait s'empêcher de penser qu'elle voyait Tanner Blake comme son ange de la mort : l'homme qui lui avait enlevé son cher capitaine Fitzgerald.

Charlotte avait tenté de le rassurer : Lydia avait besoin de temps, elle était encore bien jeune pour subir pareille perte. Peut-être feraient-ils mieux de rentrer à Ashurst Hall… Bien sûr, Lydia aurait sans doute plus de souvenirs douloureux à affronter là-bas, mais peut-être aussi pourrait-elle commencer à faire son deuil.

Faire son deuil… Oui, comme lui, grâce à Charlotte.

Comment avait-il pu passer tant d'années sans connaître le véritable amour ? Sans que sa tendre Charlie n'illumine sa vie ?

Un soir, alors qu'elle était occupée à démêler ses longs cheveux, assise à la coiffeuse qui avait certainement appartenu à feu l'épouse de son oncle et à de nombreuses duchesses d'Ashurst avant elle, il se pencha sur son épaule.

— Laisse-moi les coiffer, dit-il doucement. Après tout, c'est moi qui les ai emmêlés…

— Oui, en effet, répondit-elle en lui souriant dans le miroir.

Elle lui tendit la brosse d'argent et le peigne. Elle semblait si délicate, presque fragile, enveloppée dans le peignoir de soie brune qu'il lui avait prêté ! Elle avait fait deux tours de ceinture pour ceindre sa taille et retroussé les manches trop longues pour dévoiler ses bras jusqu'aux coudes.

Il prit la brosse, non sans avoir déposé un baiser sur le dos de sa main, et entreprit de coiffer la chevelure souple. Sa deuxième main glissait avec délices sur les mèches brunes où la brosse avait laissé ses sillons.

— Qu'ils sont beaux ! murmura-t-il.

Elle reposa le peigne avec un soupir de bonheur. La jeune fille nerveuse, effrayée au moindre contact, avait peu à peu fait place à une femme épanouie, sensuelle et superbe. Il était si fier d'elle… et si comblé.

— Pourquoi est-ce que les femmes se sentent toujours obligées d'emprisonner leurs cheveux sous des montagnes d'épingles ? demanda-t-il.

— Pour impressionner les hommes, répondit Charlotte.

Leurs regards se croisèrent dans le miroir.

— Attacher ses cheveux, continua-t-elle, est une preuve que nous sommes adultes. Les vieilles filles les couvrent bien avec ces hideux chapeaux noirs pour montrer qu'elles ont manqué leur chance. On m'a déjà offert trois de ces horreurs, mais je n'ai jamais pu me résoudre à les porter. Aïe, ça tire !

— Désolé… C'est l'idée que tu puisses cacher ces beaux cheveux qui a dû me distraire… Tu es tellement belle, tu sais, quand tu les laisses lâchés. J'adore y glisser les doigts.

Rafe reposa la brosse sur la coiffeuse et caressa les mèches brunes du bout des doigts. Charlotte ferma les yeux et, alors qu'elle penchait la tête en avant, la masse de sa chevelure glissa sur son épaule droite. Rafe lui déposa aussitôt un baiser sur la nuque.

— J'adore aussi te caresser… murmura-t-il.

— Rafe…

Il posa les mains sur ses épaules et commença à la masser. Quand elle fut totalement détendue et laissa aller sa tête en arrière, appuyée contre lui, la soie du peignoir se tendit sur sa poitrine, invitant à la caresse.

Debout derrière elle, il laissa glisser ses mains sur la soie, et ses pouces trouvèrent les tétons tendus.

— Que c'est bon… murmura-t-elle lorsqu'il commença à les caresser.

Il la regardait dans le miroir : les yeux ouverts, les pupilles dilatées, le regard alangui, elle le laissait faire.

Il ouvrit alors le peignoir, dévoilant sa poitrine, et saisit chaque téton entre le pouce et l'index pour jouer doucement avec. Il les sentit se durcir encore sous la caresse.

Hypnotisé, il regardait dans le miroir la poitrine de Charlotte s'élever puis retomber au rythme d'une respiration de plus en plus saccadée. De nouveau, leurs yeux se rencontrèrent.

— Rafe, je…

— Chut, coupa-t-il. Ne dis rien. Savoure…

Elle poussa un doux soupir et ferma les yeux. Lorsqu'elle les rouvrit, il était pressé contre elle, la joue appuyée contre la sienne. Sans cesse d'emprisonner son sein gauche d'une main, il dénoua alors la ceinture de l'autre. La soie coula sur le sol.

— Rafe, non…

— Je crois que tu voulais plutôt dire : « Rafe, oui »… chuchota-t-il.

Il glissa la main le long du ventre, puis entre les cuisses. Elle avait beau protester, elle était déjà offerte : brûlante, frémissant au moindre contact.

Il trouva le cœur de son désir et l'explora, lui offrant ce qu'elle attendait, mais se retirant chaque fois qu'elle était prête à succomber.

Elle poussa un gémissement grave, tentant de rapprocher un peu plus son corps de la main qui lui infligeait cette douce torture.

— Ne ferme pas les yeux, ma chérie. Regarde avec moi…

Elle lui obéit et son regard doux et intense à la fois plongea dans le sien.

— Oui, c'est ça, murmura-t-il contre son visage. Maintenant, pose ta main sur la mienne, montre-moi comment t'aimer.

Un éclair d'appréhension traversa les yeux noisette, mais après un instant d'hésitation elle s'exécuta.

Le plaisir commençait à l'envahir, lui aussi : non seulement elle faisait ce qu'il lui demandait, mais elle se laissait aller à soulever légèrement les hanches en guidant sa main là où elle le voulait, là où elle avait besoin de lui…

Il vit ses lèvres s'entrouvrir, sa respiration s'accélérer. Il était temps de lui accorder ce plaisir qu'elle attendait tant… Sa belle et téméraire Charlie…

Il la caressa plus vite, suivant le rythme de son souffle saccadé.

— Dis-moi oui, chuchota-t-il. Dis oui à notre amour. Dis que tu me veux à tes côtés. Dis que tu veux bien m'épouser. Ma duchesse, mon amour, ma vie… Charlie, dis-moi oui…

Il la vit déglutir. Son corps entier se tendit, presque immobile, à l'exception des tremblements qui venaient par vagues entre ses cuisses…

— Oui… murmura-t-elle d'une voix rauque. Oui, Rafe. Oui… Oui…

Elle fit alors volte-face si soudainement qu'il n'eut pas le temps de réagir et se retrouva allongé par terre. S'agenouillant alors au-dessus de lui, elle défit les boutons de son pantalon en le couvant de son regard de braise.

Puis elle se pencha vers lui et sa main vint emprisonner le sexe dur et tendu.

— Et toi, dis-moi oui aussi. Dis-moi oui…

17

Le lendemain, Rafe entra d'un pas vif dans la salle à manger où tout le monde s'était rassemblé autour du petit déjeuner.

— Bonjour à tous ! lança-t-il à la cantonade.

Charlotte n'osa croiser son regard que lorsqu'ils se rencontrèrent devant la table, où il se régala d'un petit déjeuner gargantuesque : trois œufs au plat, deux tranches épaisses de jambon et une de bacon, le tout assorti d'un bol de porridge. Vraiment, on aurait juré qu'il avait passé la nuit à courir autour du pâté de maisons pour s'ouvrir l'appétit !

Mais il était vrai que, d'une certaine manière, sa nuit avait bien été agitée…

Charlotte sentit le sang lui monter aux joues et elle garda la tête baissée en feignant de s'occuper du contenu de son assiette d'œufs pochés et de tomates grillées. Malgré le tour nouveau qu'avait pris leur relation depuis une semaine, la nuit qu'ils venaient de passer avait été si intense, si intime, qu'elle avait du mal à se comporter comme si ce matin était semblable aux autres.

Car ce jour-là ils allaient annoncer officiellement leurs fiançailles… Et dire qu'il était possible d'éprouver un tel bonheur ! Elle n'aurait jamais pensé que l'on puisse se sentir aussi sereine que cela ! Malgré la tristesse qui avait envahi la maison, l'amour avait le pouvoir de redonner goût à la vie, il permettait de surmonter les défis et les peines que l'on rencontrait…

Nicole et Lydia s'étaient jointes à eux ce matin. Elles étaient arrivées un peu tard, car depuis plusieurs jours Nicole avait pris l'habitude de faire une promenade matinale dans le parc avant le petit déjeuner.

Bien que Lydia semblât encore perdue dans ses pensées, Nicole perçut tout de suite le changement survenu entre son frère et Charlotte.

On ne pouvait en attendre moins d'elle…

— Charlotte, pourquoi évites-tu de regarder Rafe dans les yeux ? Ne me dites pas que vous êtes de nouveau à couteaux tirés ! J'ai assez de soucis comme ça, ne me donnez pas de raisons de m'inquiéter pour vous aussi !

Charlotte lui lança un regard agacé. A l'entendre, elle portait le monde entier sur ses épaules ! Et cela ne semblait guère lui plaire…

Lydia parut elle aussi sentir l'humeur qui perçait dans la voix de sa sœur.

— Je suis désolée si je suis un poids pour toi, dit-elle d'un ton hésitant. Je vais essayer d'aller mieux, je te le promets.

Elle n'avait pas encore touché à son assiette et la nourriture refroidissait. Nicole se tourna vivement vers elle d'un air navré et posa la main sur son bras.

— Non, ma douce, je ne parlais pas de toi, assura-t-elle. Tu n'es pas un poids pour moi, loin de là ! Tu sais bien comment je suis : je dis des sottises sans réfléchir. Je te demande pardon…

Lydia répondit par un pauvre sourire. La voir dans un tel état avait de quoi briser le cœur… Rafe, quant à lui, poussa un profond soupir. Il s'inquiétait lui aussi pour sa sœur, c'était évident.

— Nous repartons à Ashurst Hall demain, annonça-t-il pour briser le silence gênant qui s'était installé autour de la table. Est-ce que vous savez à quoi je pense, mesdemoiselles ? Je me dis que vous devriez vous accorder une dernière sortie pour faire les boutiques : je suppose que vous aurez envie de rapporter quelques petits cadeaux

aux domestiques du château, non ? Peut-être un ballotin de sucreries à chacun, qu'en pensez-vous ? Charlie ?

Quelle brillante idée ! Charlotte aurait voulu se jeter à son cou.

— Je pense qu'une sortie ferait du bien à tout le monde, répondit-elle simplement. Il fait bon, et aucun d'entre nous n'a mis le nez dehors depuis longtemps, excepté Nicole. Qu'en dites-vous, les filles ?

Charlotte n'avait pas douté un instant de l'accord de Nicole, mais Lydia la surprit en acquiesçant immédiatement elle aussi.

Ainsi, Rafe se rendit une dernière fois à son bureau avant de rejoindre le duc de Malvern à leur club. Toutes les trois, de leur côté, se préparèrent, puis quittèrent la maison en fin de matinée.

Avant leur départ, Rafe avait embrassé longuement Charlotte. Si la jeune femme avait encore eu quelques craintes quant à la soirée passionnée qu'ils avaient passée ensemble la veille, ce baiser les balaya. Voilà sans doute ce que serait sa vie désormais : elle s'efforcerait de respecter les convenances sociales le jour, et se donnerait à Rafe sans retenue dès la tombée de la nuit…

D'ailleurs, elle attendait déjà avec impatience le crépuscule, qui leur permettrait de se retrouver de nouveau seuls tous les deux. Quel délice de sentir monter en elle ce léger parfum de débauche…

Harris, interrogé par Nicole, leur conseilla de ne pas se rendre à Bond Street, mais plutôt dans une autre rue, moins fréquentée, où ces dames pourraient trouver un confiseur qui proposait — à son avis — les meilleures friandises de Londres. Bien entendu, le fait que sa propriétaire ne soit autre que la sœur du majordome n'entrait pas en ligne de compte.

Ce fut ainsi que les trois jeunes femmes se retrouvèrent dans la boutique, à remplir avec gourmandise de petits ballotins. A qui allait-on offrir les pâtes de fruits ? Et les caramels ? Certainement pas à Mme Piggle, qui commençait à perdre ses dents ! Charlotte, quant à elle, se demandait si la cuisinière apprécierait une boîte de thé au jasmin…

Enfin, Nicole prit le sac de papier brun rempli de petites boîtes colorées et lança :

— Je vais porter tout cela à la voiture et en profiter pour donner leurs cadeaux au cocher et au valet de pied. Je tiens à voir leur réaction : j'aime tellement faire des cadeaux aux gens !

— Non, ne sors pas seule, protesta Charlotte. Cette rue est peut-être calme, mais nous sommes tout de même à Londres. Attends-moi, j'en ai pour quelques minutes.

Nicole lui lança un regard agacé.

— Franchement, Charlotte, je n'ai plus besoin de nounou ! Est-ce que je n'ai pas prouvé que je suis devenue une adulte raisonnable, après tout ce qui s'est passé cette semaine ? Je ne ferai que porter ça à la voiture et je reviens tout de suite ! Lydia est fascinée par les pots de réglisse, là-bas, et je ne veux pas la déranger. Tu ne trouves pas qu'elle a meilleure mine, d'ailleurs ?

— Oui, en effet, et c'est grâce à toi. Elle n'aurait pas pu avoir une sœur plus attentionnée.

Charlotte jeta alors un regard à la rue à travers la vitrine. On voyait l'arrière de la voiture garée tout près, et le cocher et le valet se trouvaient juste là, presque devant la porte… Après tout, il n'y avait rien à craindre ici, en plein jour.

— Très bien, reprit-elle, va porter ce sac à la voiture. Mais je veux que tu reviennes tout de suite.

Ravie, Nicole sortit de la confiserie. Au bout de plusieurs minutes, toutefois, elle n'était pas revenue.

Inquiète, Charlotte jetait de nombreux coups d'œil à la rue. La propriétaire du magasin, qui avait hérité du même visage rougeaud que son frère, prenait son temps pour envelopper avec un soin excessif les morceaux de réglisse choisis par Lydia.

Enfin, leurs achats terminés, elles sortirent de la boutique.

— En fin de compte, Nicole a dû décider de nous attendre dans la voiture, dit Charlotte en masquant sa contrariété.

Elles rejoignirent vite la voiture. Installés sur le siège du cocher, les deux domestiques étaient occupés à regarder un combat de rue qui avait éclaté un peu plus loin. Aucun d'eux ne les entendit arriver. Et aucun d'eux ne mâchonnait de friandises.

Pire encore, la voiture était vide et Charlotte aperçut, jeté au sol, le sac de friandises dont le contenu était répandu dans le ruisseau.

Charlotte appela les deux hommes. Au même moment, les inconnus qui se battaient non loin abandonnèrent leur lutte et prirent la fuite dans une petite allée, non sans jeter au passage un regard moqueur à Charlotte. L'un d'eux éclata de rire et l'autre lui adressa même un signe de la main. Charlotte s'immobilisa, d'abord interloquée, puis l'angoisse la saisit.

Il n'y avait aucun doute : Nicole rencontrait de graves problèmes…

— Charlotte ? appela Lydia en examinant la rue. Où est-elle ?

Le cocher se tourna enfin vers elles et les salua, tandis que le valet sautait au sol, prêt à leur ouvrir la portière.

— Veuillez nous excuser, mesdames ! Nous n'avons pas pu nous empêcher de suivre cette dispute : ces deux bougres ne savaient pas se battre, c'en était comique, ils n'étaient même pas capables de viser juste quand ils se frappaient !

— Oubliez ça ! ordonna Charlotte. Où est Sa Grâce ?

— Mais, madame…

— Savez-vous où il est en ce moment ? demanda-t-elle en sentant son cœur s'emballer. Attendez, il devait retrouver le duc de Malvern à son club…

Désespérée, elle se tourna une fois de plus vers le cocher.

— Savez-vous où se trouve le club de Sa Grâce ?

L'homme, qui parut enfin comprendre qu'il se passait quelque chose de grave, hocha nerveusement la tête.

— Alors conduisez-nous là-bas ! ordonna-t-elle. Tout de suite !

— Mais, protesta Lydia, les yeux fixés sur le siège vide, nous ne pouvons pas partir sans Nicole !

— Etant donné qu'elle a filé sans nous, je ne vois pas le problème !

Charlotte poussa la jeune fille dans la voiture et retroussa ses jupes sans pudeur pour monter à son tour. Une fois installée, elle frappa furieusement la cloison du plat de la main pour commander au cocher de partir. Le valet eut à peine le temps de grimper à l'arrière que déjà la voiture s'ébranlait.

Charlotte trépignait sur son siège. Que ferait-elle, une fois au club ? Elle ne pourrait pas y entrer… Enfin, après un quart d'heure de route qui lui parut durer une éternité, ils arrivèrent à destination. Soulagée, Charlotte aperçut Rafe sur le perron du club, en grande conversation avec le duc de Malvern.

— Rafe ! hurla-t-elle en ouvrant la portière sans attendre que la voiture s'immobilise. Rafe, elle a disparu ! Nicole ! Il a enlevé Nicole !

Lydia poussa un petit cri de terreur à ces mots.

Le valet n'eut pas le temps d'abaisser le marchepied. Charlotte avait déjà bondi hors de la voiture. Elle se précipita dans les bras de Rafe.

— Charlie ! De quoi parles-tu ? Comment ça, Nicole a disparu ? Qui l'a enlevée ?

Elle s'efforça de se calmer. Ce qu'elle allait dire semblait soudain ridicule…

— M. Hobart, souffla-t-elle. Hugh Hobart, l'ami de tes cousins…

— Oui, oui, je sais qui est Hugh Hobart. Mais pourquoi veux-tu que ce soit lui ?

— Eh bien, le jour où… le jour où tu as refusé de le recevoir à ton bureau, tu te souviens ? Il était venu à

Grosvenor Square. Je t'avais tout raconté, rappelle-toi… Eh bien, Nicole était venue nous rejoindre, pour me secourir, et… et il l'a regardée d'une drôle de façon… Oh ! si tu avais vu de quelle façon il l'a détaillée !

Apparemment alarmé par l'affolement de Charlotte, Blake s'était avancé.

— Que se passe-t-il, Rafe ? demanda-t-il. miss Seavers, je vois bien votre détresse. Y a-t-il quelque chose que je puisse faire ?

Lydia descendit alors de la voiture, mais demeura à bonne distance, sans doute en raison de la présence du duc de Malvern, qu'elle haïssait à présent. Mais ce n'était pas le moment de se soucier de ces enfantillages !

— Oui, Votre Grâce, répondit Charlotte, vous pouvez nous aider. Si vous êtes libres, accepteriez-vous d'escorter lady Lydia jusqu'à Grosvenor Square ?

— Non ! hurla Lydia en agrippant le bras de Charlotte. Je n'irai pas avec lui ! Ne m'y oblige pas !

Rafe intervint alors d'une voix si sévère que Charlotte elle-même en fut stupéfaite.

— Lydia, tu obéis ! Vous partez maintenant !

— Mais… mais… Nicole ? balbutia sa sœur. Que fait-on pour Nicole ?

— Je vais la retrouver, n'aie crainte ! Tanner, je te remercie de ton aide.

— Tu n'as pas besoin de me remercier. J'ai une paire de pistolets dans ma voiture : je les avais emportés parce que je m'apprêtais à rentrer à Malvern après t'avoir quitté. Je vais te les prêter.

Toujours agrippée au bras de Charlotte, Lydia leva vers elle des yeux brillants de larmes.

— Mais Rafe n'a pas besoin de pistolets, n'est-ce pas ? Je vous en prie, soyez prudents ! Si je devais perdre aussi Nicole ou l'un d'entre vous, j'en mourrais…

Quelques instants plus tard, le duc de Malvern était de retour avec un long coffret de bois, qu'il tendit à Rafe.

— Tu as une idée de l'endroit où tu vas chercher ?

Rafe secoua la tête.

— Moi, je sais, déclara Charlotte. J'ai eu plus de temps que toi pour y réfléchir, Rafe, et je me souviens de l'expression de M. Hobart quand il a vu Nicole. Il avait le même regard que George et Harold quand... Enfin, je n'ai aucun doute sur ce qu'il avait en tête. Nous devons aller à Piccadilly, chez cette prétendue abbesse dont tu m'as parlé.

— Seigneur... Que dis-tu là ? Mais oui, tu as sans doute raison...

Il lâcha un juron à peine audible en lui prenant la main.

— C'est ma faute : j'ai refusé de lui donner davantage d'argent. Et maintenant il tient Nicole et il va tenter de la monnayer. Il n'aura aucun mal à trouver des hommes comme mon oncle ou mes cousins pour lui verser la somme qu'il leur réclamera...

Il se tourna vers Blake.

— Prends-les toutes les deux et ramène-les à Grosvenor Square. Tu sais où tu pourras me trouver ensuite.

— C'est hors de question ! répliqua Charlotte. Je dois être là quand tu la retrouveras ! Je ne la laisserai pas subir une telle épreuve seule, comme j'ai dû le faire, moi, Rafe ! Je veux être là si une chose pareille lui arrive ! Il s'agit de Nicole !

Rafe parut prêt à protester, puis il se ravisa et hocha la tête.

— Très bien. Tanner, Charlie vient avec moi.

— Et moi, je vous rejoindrai dès que possible. Vous allez chez cette Lottie Lutsy, c'est bien ça ? J'ai entendu pas mal d'histoires à son sujet. Rien de bon ne peut arriver là-bas, Rafe, vous feriez mieux de vous dépêcher.

Dans la voiture qui les emmenait à Piccadilly, Rafe s'empressa de charger ses deux pistolets. Toutefois, sa hâte n'était pas nécessaire : à cette heure de la journée, les rues étaient encombrées et la voiture n'avançait pas vite.

Au moins, ils eurent le temps de réfléchir et de concocter un plan…

Ils se présenteraient ouvertement à la porte de la maison close. Charlotte dissimulerait les pistolets dans les poches de son manteau — ce n'était pas une cachette très discrète, mais on ne leur ouvrirait certainement pas si Rafe se présentait avec une arme dans chaque main.

Ils joueraient le rôle d'un frère et d'une sœur à la recherche de la plus jeune fille de la famille, qui se serait enfuie de leur maison du Sussex. Ils diraient qu'ils avaient remonté sa trace jusqu'à la White Tavern, à Londres, dont on avait vu sortir la jeune fille, Marianne Wilcox, en compagnie d'une femme d'âge mûr — car Rafe avait appris que Lottie Lutsy avait l'habitude de se présenter comme une femme bienveillante qui recrutait des apprenties pour son atelier de modiste. Après une petite enquête, le frère et la sœur auraient trouvé cette adresse et seraient venus remercier la propriétaire d'avoir si gentiment pris soin de leur Marianne, en attendant de pouvoir ramener celle-ci à sa mère désespérée.

Une fois à l'intérieur de l'établissement, Rafe récupérerait ses pistolets, et advienne que pourrait ! Il exigerait qu'on lui rende sa sœur sur-le-champ.

Enfin, la voiture s'arrêta au coin d'une rue, à proximité de la maison close ; mieux valait que le personnel ne voie pas, de la fenêtre, le sceau ducal qui ornait les portières.

— Mets ta capuche et rabats-la sur ton visage, Charlie ! ordonna Rafe. Grâce au ciel, il faisait encore frais quand vous êtes sorties ce matin, sinon tu n'aurais pas pris ce grand manteau… Et je ne pense pas que nous aurions pu cacher les pistolets dans ton chapeau.

Charlotte lui obéit et lui tendit une main glacée pour qu'il l'aide à descendre de voiture. Rafe observa rapidement les passants, avant de tourner et de s'engager dans la ruelle étroite pour s'approcher de l'entrée.

Son œil exercé de soldat examina les lieux : aucun rayon de soleil ne parvenait entre les balustrades tarabiscotées des maisons, qui étaient si rapprochées que leurs toits semblaient presque se toucher par-dessus la chaussée.

Une fois ses yeux habitués à la pénombre de la rue, il aperçut un grand homme maigre vêtu de noir appuyé nonchalamment contre un tuyau d'évacuation, à quelques mètres de là.

L'individu les repéra sans doute au même moment, car il s'éclipsa aussitôt dans une allée qui longeait la maison close.

— En voilà un, murmura Rafe. Il y avait bien deux hommes qui se battaient à l'endroit où vous étiez quand Nicole a disparu, n'est-ce pas ? Eh bien, celui-ci doit être le premier : regarde, il entre par cette porte, là-bas ! On nous attend, semble-t-il : ah, et en voilà un autre là-bas, tu l'as vu ? Et un troisième doit nous attendre derrière, au cas où nous essayerions d'entrer. Mais où est Hobart ? Bah, peu importe, de toute façon, il ne la touchera pas : elle lui est trop précieuse.

— Tu penses vraiment qu'il veut la vendre ? demanda Charlotte. Je me disais… Je me disais qu'il voudrait peut-être la garder pour lui…

Comme pour répondre à sa question, une voiture noire sans blason s'engagea dans la ruelle. Lorsqu'elle s'arrêta devant la maison close, Rafe remarqua que les stores du véhicule étaient tous baissés.

La portière s'ouvrit et un homme descendit. Il portait un habit noir et le haut de son visage était dissimulé par son chapeau rabattu. Sans un regard pour la ruelle, il grimpa deux à deux les marches du perron. Il n'eut pas besoin de frapper : la porte s'ouvrit d'elle-même.

— Où est-elle ? lança-t-il sans prendre la peine de baisser le ton. Je vous préviens, elle a intérêt à être vraiment pucelle, cette fois !

— Mon Dieu, quel pervers ! murmura Rafe. Charlie, reste là…

Mais déjà la jeune femme se précipitait vers la porte

en maintenant son manteau serré pour éviter que les pistolets ne ballottent contre ses cuisses.

L'homme que Rafe avait vu surveiller l'entrée surgit près de l'escalier, armé d'une massue, qu'il dissimulait jusque-là derrière lui. Rafe n'eut que le temps de se précipiter sur lui. Agrippant la rampe pour prendre appui, il frappa violemment l'homme sous la mâchoire.

Charlotte tira alors l'un des pistolets de sa poche et le lui tendit, tout en luttant de l'autre main pour dégager la seconde arme.

— Rafe ! Derrière toi ! hurla-t-elle en même temps.

L'homme qui avait ouvert la porte au client, une brute imposante, venait de sortir, sans doute alerté par le tapage. Du haut des marches, il voulut attraper Rafe par l'épaule mais, prévenu par Charlotte, celui-ci pivota et lui décocha un puissant coup de tête dans l'abdomen. Il saisit ensuite les jambes de l'homme, qui, sonné, bascula par-dessus la rambarde et atterrit la tête la première sur le pavé.

— Seigneur… balbutia Charlotte. Comment as-tu fait ça ?

— C'est Fitz qui m'a appris, répondit-il en la prenant par la main. Allez, viens ! Entrons tant que c'est ouvert. Donne-moi l'autre pistolet !

— Je le garde, ne t'en fais pas.

Pas le temps de discuter ! Rafe se rua dans le petit vestibule, arme au poing, suivi de près par Charlotte.

Une femme grisonnante à l'air aimable se tenait là, vêtue d'une robe pudique qui lui donnait l'air d'une grand-mère. Rafe ne se laissa pas berner.

Ivre de colère, il oublia son plan longuement étudié et hurla :

— Où est-elle ? Où est la fille que Hobart vous a amenée ce matin ? Répondez-moi !

— Que se passe-t-il ici ? demanda le client qui était entré lui aussi, les yeux braqués sur l'arme de Rafe. Et qui êtes-vous ? J'étais là le premier, bon sang ! J'ai couru de mon club dès que j'ai reçu le message d'Hobart ! Mais c'est un fichu menteur ! Et un voleur : on ne vend pas une vierge deux fois !

— Vraiment ? répliqua froidement Rafe en pointant son pistolet sur lui. Par contre, j'ai entendu dire qu'on ne mourait qu'une fois. Voulez-vous vérifier ? Je suis votre homme ! Vous êtes un être méprisable, et le monde se porterait mieux sans vous !

A ces mots, le client fit volte-face et s'enfuit à toutes jambes, manquant de renverser Charlotte au passage.

Rafe pointa de nouveau son arme sur Lottie Lutsy.

— Charlie, mon ange, veux-tu bien fermer la porte ? demanda-t-il. Je ne voudrais pas être de nouveau interrompu.

L'abbesse ne semblait ni effrayée ni surprise par l'agitation que Rafe et Charlotte avaient causée.

— Il est en haut avec elle, soupira-t-elle en leur indiquant l'escalier. J'ai su que cette fille-là allait me causer des problèmes dès que je l'ai vue. Elle était trop bien habillée… Il faut faire attention aux fleurs qu'on cueille, il peut y avoir des épines, c'est ce que je dis toujours. Mon ami Hughie ne peut pas faire autrement, c'est plus fort que lui, il attire les problèmes. Et la plupart du temps je ne touche même pas ma part du gâteau, vous vous rendez compte ? Mais bon, je ne lui en veux pas : il lui arrive aussi de faire de jolis coups…

— Je vous ai demandé où elle était !

— Oui, oui, on y vient, grommela la vieille. Elle est avec Hughie. Montez au deuxième étage, c'est la troisième porte à gauche, Monseigneur. Ma meilleure chambre : la suite nuptiale, comme je l'appelle. Il n'a pas de pistolet, mais je serais vous je ne m'approcherais pas : un couteau, ça se cache. Il n'y a personne d'autre en haut, ce n'est pas encore l'heure. Il y a que mes filles qui dorment.

Rafe baissa son pistolet et se tourna vers Charlotte.

— Je te le demande une fois de plus, Charlie, reste là.

— Oui, restez là, ma belle, roucoula Lottie, et baissez cette arme… Je vais faire monter un plateau de thé dans mon boudoir pendant que vous attendrez ce monsieur. Vous n'avez rien à craindre pour la fille : Hughie n'est pas un tendre, mais il n'est pas stupide. Dites-moi, Monseigneur, encore une question : c'est vous, le duc ?

Rafe, qui avait commencé à gravir les premières marches, s'immobilisa.

— Je vous demande pardon ?

— C'est pas à moi de pardonner, répondit Lottie en haussant les épaules, mais à Hughie. En tout cas, c'est ce qu'il dit.

Elle l'examina alors de la tête aux pieds.

— Non, reprit-elle, je ne peux pas dire qu'il y ait une vraie ressemblance…

Charlotte tendit à Rafe le second pistolet.

— Laisse-moi parler avec elle. Prends ça…

— Non, Charlie, garde-le. Je sais que tu ne ferais mouche que par accident, mais je serai plus tranquille que tu l'aies. Attends Tanner et fais-le entrer. Je veux qu'il reste en bas avec toi. Il ne devrait plus tarder.

— Sois prudent…

Bien sûr, qu'il serait prudent… C'était son intention depuis le début. Nicole était en haut, avec Hugh Hobart, qui avait sans doute guetté leur arrivée fracassante. Il devait l'attendre avec Nicole en otage, un couteau sous la gorge, dos au mur, prêt à marchander sa vie.

Ce scélérat serait bien avisé d'utiliser ses derniers instants à prier pour son âme…

Rafe commença par explorer le premier étage, désert, puis il monta au deuxième, dont il ouvrit toutes les portes. Il ne comptait pas faire confiance à Lottie Lutsy et n'avait pas l'intention d'être pris à revers par Hobart ou l'un de ses acolytes.

Les deux premières chambres sur la gauche étaient vides, mais il trouva dans les trois de droite des filles qui n'étaient guère plus vieilles que Nicole et Lydia. Seigneur… Jamais il n'avait vu de regards si ternes, si éteints…

— Restez où vous êtes, leur dit-il avec douceur. Cachez-vous sous les lits et ne bougez pas !

Enfin, il ne resta plus qu'une seule porte à pousser : la troisième sur la gauche.

Rafe prit une profonde inspiration, leva le canon de son arme et ouvrit la porte d'un coup de pied. Il se glissa à l'intérieur avant qu'elle ne se referme, emportée par l'élan.

Il s'immobilisa, le temps d'habituer ses yeux à la pénombre, puis abaissa son arme.

— Nicole, qu'est-ce que… ?

Nicole était assise au bord d'un grand lit de bois sculpté de motifs hideux et tendu de velours rouge usé. Ses jambes se balançaient dans le vide, comme si elle se trouvait dans un jardin public.

Elle avait presque l'air normal… A l'exception du tisonnier menaçant qu'elle tenait à la main.

Hugh Hobart était étendu par terre, sur le ventre, le nez dans un tapis sale. Sur sa tempe fleurissait une bosse de la taille d'un œuf de pigeon. Il ouvrit les yeux et grommela, puis, apercevant Rafe, essaya de se redresser.

— Ne faites pas ça, M. Hobart, prévint calmement Nicole. Vous ne voulez pas que je vous frappe encore, n'est-ce pas ? Votre petit cerveau étroit risquerait de vous sortir par les oreilles… Franchement, vous ne me connaissez pas bien si vous pensiez que je ne me défendrais pas.

Hugh Hobart se laissa retomber sur le sol et referma les yeux.

— Quel brave garçon ! s'exclama Nicole.

— Elle a raison, Hobart : vous feriez mieux de ne plus bouger, renchérit Rafe, partagé entre le désir de serrer Nicole dans ses bras et l'envie de la gifler.

Finalement, elle n'avait pas l'air si innocente que ça dans cette affaire…

— Nicole, dit-il enfin, explique-moi ce qui s'est passé.

Nicole abandonna son sourire narquois.

— Je ne préfère pas, soupira-t-elle, étant donné que je suis en partie responsable de ce qui m'est arrivé… En fait, je l'ai cru quand il m'a dit qu'il pourrait m'aider à trouver la personne qui essayait de vous tuer…

Rafe demeura un instant bouche bée.

— La personne qui essaie de me tuer ? Mais comment es-tu au courant de ça ?

— Oh ! Je vous en prie, Rafe ! Pensiez-vous vraiment que l'on puisse me cacher quoi que ce soit ? Le jour où il est venu voir Charlotte, j'ai tout entendu à travers la porte. Quoi qu'il en soit, j'ai communiqué avec M. Hobart au parc tous les matins depuis ce jour-là. Enfin, nous ne nous voyions pas, mais il me laissait des messages sous l'un des bancs. Je les récupérais pendant ma promenade du matin, et j'y répondais. J'avoue que c'était assez… excitant !

Rafe abaissa ses yeux sur l'homme allongé au sol.

— Vous êtes un homme mort, Hobart.

— Mais il ne s'est rien passé ! protesta Nicole. Je veux dire qu'il ne m'a rien fait après m'avoir amenée ici, ligotée. De toute façon, n'importe quel homme avec un peu de jugeote saurait qu'il faut attacher les mains de quelqu'un dans le dos, sinon, ça ne sert à rien ! Surtout quand on a de très bonnes dents comme moi !

Rafe ne sut que répondre à ce discours.

— Cessez de me dévisager comme ça ! ajouta Nicole. Je suis vraiment désolée, Rafe. Mais le capitaine Fitzgerald est mort, et je ne voulais pas courir le risque de vous perdre, vous aussi. Je voulais simplement aider — même si j'admets que ça n'a servi à rien. M. Hobart m'avait écrit qu'il savait qui essayait de vous tuer, et je voulais en parler avec lui en personne. Dès que j'ai su où nous allions, je lui ai laissé un message et… Dois-je vraiment raconter la suite ? Je suis sincèrement désolée…

Rafe poussa un profond soupir.

— Oui, je veux bien te croire. Et il semblerait aussi que tu te sois débrouillée seule pour te libérer ; je me sens dès lors un peu inutile.

— Non, Rafe ! J'ai besoin de vous ! Je vous attendais : je n'ai absolument aucune idée de l'endroit où je me trouve. Tout ce que je sais, c'est que c'est laid, sale, et que ça sent mauvais… Dites-moi, comment va Lydia ? Elle a dû être terrorisée quand elle a vu que j'avais disparu…

— Elle va bien, la rassura Rafe.

Finalement, avoir des sœurs affectueuses pouvait apporter autant de souci qu'avoir des ennemis agressifs…

— Allons, dit-il en tendant la main vers le tisonnier. Donne-moi ça : nous n'allons pas le tuer, tout de même.

— Pourquoi ? répliqua Nicole avec insolence. Il le mérite : j'ai eu à peine le temps de sortir de la confiserie pour le retrouver qu'on m'a jeté un horrible sac puant sur la tête et qu'on a attrapé mes bras pour m'empêcher de bouger. Et puis j'ai senti quelque chose d'affreux qu'on appuyait sur mon visage — cette odeur, c'était écœurant ! — et j'ai perdu connaissance. Je ne me suis réveillée qu'ici, sur ce lit, avec les mains et les pieds attachés. J'ai cru que j'allais éclater en sanglots, mais je me suis dit que ça ne servirait à rien. Alors, je me suis libérée, j'ai attrapé ce tisonnier et j'ai attendu derrière la porte que quelqu'un entre.

— Et M. Hobart a été assez aimable pour se présenter…

Nicole acquiesça.

— Oh, oui, il a été très coopératif, parce qu'il s'est placé juste à l'endroit que je pouvais atteindre en restant cachée derrière la porte. Je ne me suis pas gênée et je l'ai frappé en pleine tête, parce que… je ne suis pas aussi gentille que lui, moi !

Elle avait l'air presque réjoui… Rafe lui tendit de nouveau le tisonnier.

— Tu as bien raison, soupira-t-il. Reprends ça un instant, veux-tu, et surveille-le le temps que j'appelle Charlotte.

— Charlotte est là aussi ? Quelle bonne nouvelle ! C'est une vraie petite fête, alors !

Hobart se retourna sur le tapis en grimaçant de douleur.

— Petite garce ! Quelle insolente… grommela-t-il.

— Oui, insolente : c'est le mot !

Ce disant, Rafe serra un instant Nicole dans ses bras avant de sortir dans le couloir appeler Charlotte.

Une voix masculine s'éleva alors d'en bas. C'était Tanner, qui l'assurait que tout était sous contrôle. Un instant plus tard, Charlotte arrivait en courant. Elle bouscula Rafe pour se précipiter dans la « suite nuptiale » et s'immobilisa en voyant Hobart par terre.

— Mon Dieu, Rafe, qu'est-ce que tu as fait ? Il n'est pas mort, au moins ?

— Non, hélas ! répondit Nicole en rendant le tisonnier à son frère, je n'ai pas réussi à frapper assez fort. Maintenant, est-ce que ça vous dérangerait de me dire pourquoi cet homme horrible m'a menti et m'a kidnappée ?

Rafe se tourna vers Charlotte, qui haussa les épaules. Elle semblait peu encline à expliquer quoi que ce soit. De toute façon, connaissant Nicole, cela ne ferait qu'apporter une interminable série d'autres questions.

— Je te raconterai tout dès que nous serons rentrés. Rafe, allons-y.

— Une minute, ma chérie…

Il releva Hobart et l'installa de force dans l'une des chaises de la chambre.

— Avant de partir, j'aimerais que M. Hobart nous donne le nom du client que nous avons croisé en bas. J'ai bien l'intention de rendre une petite visite à ce monsieur qui s'est enfui comme un lâche. Enfin, bientôt, il n'aura plus l'occasion de déguerpir : je compte lui briser les deux genoux !

Hobart se prit la tête dans les mains et commença à se masser douloureusement la nuque.

— Je vous donnerai son nom, et tous les noms que vous voudrez : ça n'a plus d'importance, maintenant, marmonna-t-il. Prenez juste la gamine et fichez le camp ! Cette garce a failli me tuer !

— Et je pourrais recommencer jusqu'à ce que ça marche, espèce de pervers ! s'écria Nicole en s'approchant de lui, triomphante.

A ce moment précis, Hobart bondit de sa chaise et

attrapa Nicole, qu'il menaça aussitôt d'un poignard fin qu'il dissimulait sous sa veste.

Cet homme n'est pas champion de triche au jeu pour rien, songea Rafe, trop tard. Il portait un fourreau de cuir sous ses vêtements, sans doute parce qu'un tel individu ne pouvait prévoir le moment où il aurait à défendre sa vie.

Rafe prit soin de se placer entre Hobart et la sortie pour l'empêcher de fuir.

— Laissez-la, Hobart. Le duc de Malvern est en bas avec au moins une douzaine de ses hommes : vous n'avez aucun moyen de vous échapper. Dites-moi ce que vous voulez et laissez partir ma sœur.

— Je vais chercher le duc, annonça Charlotte d'un ton posé.

— Non, répondit Rafe tout aussi calmement. Nous ne voulons pas effrayer M. Hobart. Allons, obéissez-moi, maintenant : laissez-la !

— Si je la lâche, qu'est-ce qui me dit que vous ne me tuerez pas ?

Rafe haussa les épaules.

— Personne ne vous le dit. Par contre, si vous la blessez, je peux vous assurer que vous mourrez. Disons que vous avez plus de chances de vivre si vous la relâchez. Je suppose que vous comprenez cela, en joueur que vous êtes ?

— Je ne sais pas. Rien ne s'est passé comme il faut, depuis le début.

L'homme paraissait désespéré.

— J'ai pensé que je pouvais trouver ma place quelque part, ajouta-t-il, mais apparemment ce n'est pas possible. Je ne suis que Hugh Hobart, et je ne compte pour personne. J'ai dû me frayer un chemin de force pour en arriver là… Mais je suppose que cette notion vous est étrangère, Votre Grâce ?

— Peut-être, répondit Rafe.

Charlotte lui posa doucement la main sur le bras, sans doute pour le calmer. C'était gentil de sa part, mais il aurait préféré qu'elle redescende au rez-de-chaussée. Seulement, elle partie, Hobart ne se gênerait plus pour faire du mal à Nicole. Charlotte devait s'en douter autant que lui…

Hobart parut ravaler des larmes et appuya la pointe de son poignard sur la gorge de Nicole. Une goutte de sang perla.

— Ça devait être facile, pour un homme patient comme moi… reprit-il. Même quand vous avez réussi à rentrer de l'île d'Elbe, j'avais encore toutes mes chances. Je suis patient, parce que je n'ai jamais eu le choix. Mais il arrive toujours un moment où on comprend que ce qu'on attend n'arrivera pas, et alors il ne reste plus qu'à se retirer. Vous avez eu une chance de tous les diables, Votre Grâce, et moi, je ne suis qu'un empoté, comme disait ma mère. Ce n'est pas gentil, n'est-ce pas, de dire une chose pareille de son fils ? Mais elle avait raison. Il est temps pour moi de rompre les amarres et de me retirer : j'ai trop de dettes et trop d'usuriers sur le dos. Je n'ai plus d'argent. Je pensais partir en Amérique : personne ne se soucie de qui vous êtes, là-bas.

Charlotte se pencha vers Rafe.

— Mme Lutsy m'a raconté tout ça, en bas… Il veut le duché, Rafe, il pense qu'il lui revient. Mais je t'expliquerai tout à la maison. Nicole saigne ; il faut que tu fasses quelque chose, et tout de suite !

Rafe avait cependant besoin d'en entendre davantage. Il fit signe à Charlotte de se taire.

— Vous avez parlé de l'île d'Elbe, lança-t-il. Comment savez-vous que j'y étais, M. Hobart ?

L'homme lança alors des regards à droite et à gauche, puis il entreprit de reculer lentement vers la fenêtre en entraînant Nicole avec lui. La jeune fille avait attrapé son bras, mais ne luttait pas. On aurait presque pu penser qu'elle l'aidait, au contraire, mais elle ne faisait en réalité que se protéger de son mieux. Le poignard était trop acéré pour tenter quoi que ce soit.

— Comment j'ai su ? fit Hobart. Ma foi, l'argent

délie bien des langues, tout le monde sait ça. Mais apparemment je ne me suis pas très bien débrouillé pour ça non plus… Quoi qu'il en soit, j'ai tenté ma chance, mais c'était stupide. Et vu le résultat malgré tout le mal que je me suis donné, je me suis dit que vous me deviez quelque chose. Du coup, quand j'ai vu votre sœur, j'ai compris la valeur qu'elle pouvait avoir. Dix mille livres au moins ! Alors je me suis dit que j'allais la vendre ! Dix mille livres ! Et en fait c'était le minimum : si j'avais eu plus de temps, j'aurais organisé des enchères. Je l'aurais déshabillée, montrée à ces messieurs et je n'aurais eu qu'à les regarder s'arracher le privilège d'être le premier à l'avoir. Après, ma foi, ils auraient bien pu se la partager, tant que je touchais mon argent.

Nicole s'était mise à pleurer silencieusement. De grosses larmes coulaient le long de ses joues.

— Taisez-vous ! ordonna Rafe.

Mais Hobart continua son discours.

— C'est vrai ! J'en aurais obtenu trois fois ça — cinq fois ça ! Et ce n'était pas grand-chose, par rapport à ce que je méritais… par rapport au titre ! Vous auriez dû vous laisser tuer et je n'en aurais pas été réduit à faire ça ! Je me serais contenté de la garder pour moi. Mais j'aurais bien dû me douter que ça ne marcherait pas comme prévu : rien ne marche jamais comme prévu pour moi…

De nouveau, Charlotte chuchota à l'oreille de Rafe.

— Il est fou : il pense qu'il aurait dû succéder à ton oncle comme duc. Mme Lutsy dit qu'il a une preuve de ça. Peut-être qu'il baisserait sa garde si tu le flattais…

— Que suggères-tu ?

La frustration le rendait nerveux : il ne pouvait même pas se servir de son pistolet tant que l'homme tenait Nicole sous la menace de son couteau…

— Hobart ? reprit-il. C'est vous qui m'avez tiré dessus sur l'île d'Elbe ? Arrêtez de bouger, bon sang ! Et faites attention avec ce poignard !

— Vous savez que ça a été bien plus facile de les

tuer… Ma propre famille ! En fait, s'ils me toléraient, c'était juste parce que je leur procurais des femmes. Mais j'étais avec eux sur le bateau, et rien ne pouvait être plus facile. Ils étaient tellement ivres… et tellement occupés ! Je n'ai eu qu'à verser de la drogue dans leur vin et à leur mettre des filles entre les pattes. Quel dommage de perdre mes trois meilleures filles, mais que voulez-vous ? Nécessité fait loi. J'ai quand même été obligé d'en tuer une à coups de fusil : je n'imaginais pas qu'une femme puisse savoir nager.

Il ferma les yeux et tressaillit.

— Rafe… articula Nicole, la voix rauque.

Un mince filet de sang coulait maintenant le long de son cou.

— Reste calme, ma chérie, répondit-il sans quitter Hobart des yeux.

— Celle-ci va devoir mourir aussi, hélas, ajouta ce dernier d'un air désolé. C'est bien dommage, mais je ne peux pas prendre le risque qu'elle parle. Ou peut-être que si je l'envoyais dans un bordel du continent… Non, ça ne suffirait pas. En plus, elles meurent presque toutes le premier soir, de toute façon…

Tandis que Hobart poursuivait ses divagations obscènes, Rafe chuchota à l'oreille de Charlotte.

— Je vais le tuer… Tu vas prendre Nicole avec toi et vous descendrez rejoindre Tanner, mais cet homme-là ne sortira pas vivant de cette chambre. Je me fiche qu'il soit fou ! Il pourrait bien être le prince de Galles que ça ne changerait rien !

De nouveau, Charlotte lui pressa le bras.

— M. Hobart, déclara-t-elle à voix haute, cessons cette folie. Vous êtes blessé, vous avez besoin de soins. Si vous perdez connaissance, comment allez-vous pouvoir dire au duc qui vous êtes réellement : Hugh Hobart Daughtry ? Car vous vouliez le lui dire, n'est-ce pas ? Pour qu'il vous comprenne… Alors, laissez partir lady Nicole et nous vous aiderons. Je vous le promets.

Hobart lui répondit par un sourire machiavélique et recula encore de quelques pas vers la fenêtre ouverte. On pouvait entendre le bruit de la rue monter comme un appel…

— Si je la relâche, vous apporterez ma tête au bourreau, oui ! s'écria-t-il. En fait, j'aurais préféré que ma mère ne me dise jamais la vérité ! J'aurais préféré ne pas savoir ! Elle aurait dû… Elle aurait dû se douter que je gâcherais tout… Après tout, je n'ai jamais rien fait de bien depuis ma naissance…

Rafe se décida à avancer, lentement, comme pour approcher une bête sauvage. Mais Hobart s'en aperçut et recula encore de deux pas. Il n'était plus qu'à quelques centimètres de la fenêtre… et de la rue, deux étages plus bas.

Il fallait à tout prix rester calme et ne pas l'effrayer…

— De toute évidence, vous en voulez à ma famille, déclara Rafe. Vous avez mentionné mon oncle et mes cousins, n'est-ce pas ? Je crains, hélas, de n'avoir pas su rattraper leurs torts…

Un seul mot de travers pourrait mener à la catastrophe, il en était conscient. Il eut l'impression que Charlotte savait encore quelque chose qu'il ignorait et pensait pouvoir s'en servir contre Hobart.

— Vous êtes venu me voir, poursuivit-il, et j'ai refusé de vous écouter. C'est ma faute et je… je m'en excuse.

— Vous avez de quoi vous excuser ! s'exclama Hobart en souriant. Ce n'était pas très fair-play de votre part de vous entêter à survivre, Votre Grâce ! Votre oncle et vos cousins ont été plus faciles à éliminer, eux, peut-être même trop ! Mais, vous…

— Et pourtant vous m'avez sauvé la vie, Hugh. Pourquoi ?

Hobart soupira.

— Vous ne comprenez toujours pas… En vérité, je n'ai jamais voulu vous sauver ! J'essayais de vous pousser sous le bloc de pierre, au contraire ! Vous voyez comme je suis maladroit ! Et, quand vous en avez réchappé, j'ai compris que je n'arriverais pas à vous tuer. C'est alors que je l'ai vue, elle…

Il pressa un peu plus le poignard contre le cou de Nicole, comme pour illustrer son propos.

— Quand je l'ai vue, ajouta-t-il, j'ai décidé de tourner tout de même la situation à mon avantage, vous comprenez ?

— Non, je ne comprends pas. Expliquez-moi ça.

Une seconde traînée de sang coula le long du cou de Nicole en suivant le sillon de la première. Il fallait faire vite…

— Mais c'est très simple, claironna Howard. Si je ne pouvais pas mettre la main sur le duché, je pouvais au moins en tirer un peu de profit. Si vous étiez arrivés une heure plus tard, cette demoiselle aurait été en chemin pour participer à une petite fête dans le Hampshire avec plusieurs messieurs impatients de la connaître, et moi, j'aurais été en chemin pour le port. J'aurais commencé une nouvelle existence…

Sur ce, Hobart recula encore un peu et Nicole commença à se débattre pour se libérer.

— Reste calme, ma chérie ! ordonna Rafe.

— M. Hobart, dit Charlotte de sa voix posée, vous pouvez toujours prendre votre bateau, je vous assure. Vous n'avez qu'à relâcher cette jeune fille et vous sortirez d'ici libre. Dis-le-lui, Rafe.

Mais Hobart jeta un rapide coup d'œil en arrière et serra Nicole plus fort encore. Elle était maintenant obligée de se tenir sur la pointe des pieds pour que le poignard ne s'enfonce pas davantage encore dans sa chair.

— Non, répliqua-t-il, c'est faux ! Vous, à la limite, vous me laisseriez peut-être partir, mais pas lui ! Regardez-le : il meurt d'envie de me tuer ! Tout est fini, plus personne ne pourra rattraper mes erreurs, cette fois-ci. Seulement, je ne quitterai pas ce monde tout seul. Si je perds, eh bien, pour une fois, j'entraînerai les autres dans ma chute ! Elle et moi allons partir ensemble… Et qui sait, Votre Grâce, l'un de nous survivra peut-être à la chute par cette fenêtre, quoique je ne parierais pas là-dessus…

Rafe sentit sa hargne le déserter : seule Nicole importait à présent…

— Ne faites pas ça ! s'écria-t-il. Je vous donnerai tout ce que vous voudrez ! Un laissez-passer ! De l'argent ! Tout !

Hobart eut un sourire diabolique.

— Comme c'est aimable à vous, Votre Grâce ! Dites-moi, est-ce que vous aimez cette jeune fille ?

Nicole se remit à pleurer et grimaça de douleur quand la pointe du couteau s'enfonça encore un peu plus dans son cou.

— Oui ! hurla Rafe, désespéré. Oui, je l'aime !

— Très bien… Alors, pour une fois, je vais vraiment gagner. Adieu !

Sur ces mots, Hobart se jeta en arrière, tenant toujours Nicole contre lui. Au même instant, Rafe plongea et attrapa les chevilles de sa sœur, qui poussa un cri de douleur et lâcha le bras de Hobart tout en cherchant de toutes ses forces à éloigner l'arme de son cou. Mais Hobart ne la lâchait pas…

Rafe retenait sa sœur du mieux qu'il pouvait. Hobart et elle étaient maintenant en équilibre sur le rebord de la fenêtre, prêts à basculer à tout moment. Soudain, le poignard tomba au sol et Hobart empoigna alors fermement Nicole des deux mains.

A cet instant, Charlotte se précipita vers eux. Rafe aperçut le pistolet dans sa main… Elle leva l'arme et la pointa sur Hobart.

— Vous allez lâcher immédiatement cette jeune fille, commanda-t-elle.

Allongé au sol pour retenir sa sœur, Rafe ne voyait pas le visage de Charlotte, mais il ne l'avait jamais entendue parler d'un ton aussi glacial et assuré…

— Charlie, non ! s'écria-t-il.

Seigneur ! Elle était incapable de viser correctement ! Si elle faisait feu, elle toucherait Nicole, ou même la maison d'en face ! Et puis c'était une femme, elle ne pouvait pas faire ça… Elle ne tuerait jamais un homme. Hobart aussi devait le savoir et triompher par avance. Il ne lâcherait pas Nicole : en bon joueur, il savait calculer ses chances de l'emporter…

La voix de Charlotte s'éleva alors de nouveau.

— Vous êtes pire qu'eux : ils n'étaient que des bêtes sauvages, mais vous preniez soin de les nourrir. Eux, et de nombreux autres hommes comme eux… Je pointe une arme sur votre tête, Hobart, et je vous promets que je vais tirer. Relâchez cette jeune fille !

Nicole pleurait toujours : elle devait se savoir aux portes de la mort. Hobart et elle penchaient de plus en plus vers l'extérieur, vers le vide… Pire encore : le cadre de la fenêtre était sur le point de céder. Le bois sec et décomposé craquait sous leur poids.

Toujours au sol, Rafe sentait les jambes de Nicole lui échapper : il ne pouvait pas l'agripper comme il fallait à travers ses jupes et ses jupons. Le poids de son ravisseur et la simple gravité allaient l'emporter… Mais, si jamais il essayait de se relever, il risquait de la lâcher…

— Charlie, ne t'occupe pas de lui ! Attrape Nicole ! Charlie, je vais lâcher…

Un coup de feu claqua soudain dans la pièce et se répercuta contre les murs, tandis que Nicole retombait avec Rafe sur le plancher. Elle était sauve ! Il la serra dans ses bras à l'étouffer et la couvrit de baisers. Enfin, il leva les yeux vers la fenêtre, à présent vide… et vers Charlotte.

Elle se tenait debout près de lui. Le pistolet qu'elle avait à la main fumait. Hugh Hobart était mort.

Elle se tourna lentement et laissa tomber l'arme.

— Charlie ! s'écria Rafe.

Au même instant, des pas précipités se firent entendre dans l'escalier et Tanner fit irruption dans la chambre, son sabre militaire à la main.

— Que s'est-il passé ? s'écria-t-il.

— M. Hobart a fait son choix, répondit Charlotte d'une voix éteinte.

Elle aurait pu tout aussi bien dire : « M. Hobart voudrait du thé »...

— Il a fait son choix, mais cette fois j'ai aussi fait le mien.

Epilogue

Depuis leur retour à Ashurst Hall, les jumelles étaient inséparables. Elles passaient leurs journées à se promener main dans la main dans les jardins, ou bien penchées sur un puzzle, leurs chevelures brune et blonde mêlées au-dessus du jeu, ou encore appliquées à confectionner un herbier pour leur tante Emmaline.

L'été étendait ses longues journées calmes et paisibles. Charlotte n'avait plus peur pour Nicole et Lydia. Elles n'avaient peut-être que dix-sept ans, mais les événements qu'elles avaient vécus ces derniers mois les avaient fait mûrir. Quand elles fêteraient leurs dix-huit ans et retourneraient à Mayfair pour la Saison, elles seraient sans aucun doute prêtes à effectuer leurs débuts…

Charlotte serait fière de les accompagner. Certes, elle craignait de voir Lydia rester trop en retrait, et Nicole tenir sa promesse de briser des dizaines de cœurs.

Quoi qu'il en soit, Rafe et elle — en tant que duc et duchesse d'Ashurst — donneraient de nombreux bals et autant de dîners pour tenir leur rôle de tuteurs respectables. Puis, à la nuit tombée, ils se retireraient dans leur chambre et redeviendraient Charlie et Rafe — amis, amants, mari et femme…

Elle ne pouvait que souhaiter à Nicole et Lydia de rencontrer, chacune de son côté, l'ami et l'amant qu'elles méritaient.

Un matin, alors qu'elle rêvassait dans le salon, un valet lui apporta le courrier. Elle examina paresseusement les enveloppes jusqu'à trouver une lettre d'Emmaline, cachetée par le sceau du duc de Warrington.

Elle bondit sur ses pieds et courut rejoindre son époux dans son bureau. Elle le trouva en train de relire un feuillet d'un air soucieux, sa plume à la main.

Il ne leva pas même les yeux : il avait sans doute reconnu son pas.

— Charlie, tu tombes bien, lança-t-il. Dis-moi, quel autre mot peut-on trouver pour « canaille » ? Je crois que j'ai épuisé mon vocabulaire de synonymes pour qualifier Bonaparte en écrivant ce fichu livre ! Si Fitz était là, il se moquerait de moi, comme il l'a fait quand je lui ai parlé de ce projet d'ouvrage…

— Fitz serait très fier de toi, au contraire, assura Charlotte. Allons, laisse ça de côté un instant : je viens de recevoir une lettre d'Emmaline.

— Ah bon ? Alors le bébé est né ?

Elle glissa un doigt sous le sceau et décacheta l'enveloppe.

— Je ne sais pas encore, je t'ai attendu pour l'ouvrir…

Après avoir parcouru la missive, elle sourit malicieusement.

— Eh bien, il semblerait que le duc n'ait pas encore d'héritier : c'est une fille. Ils devront réessayer… ce qui ne doit pas les désoler plus que ça, d'ailleurs !

Rafe se leva et, contournant son bureau, vint lire la lettre par-dessus son épaule.

— Sans doute. Est-ce qu'ils ont choisi un nom ?

— Oui, regarde : lady Anne Emmaline Lucas. Elle est née il y a trois jours. Et Emmaline affirme qu'elle est ravissante.

Elle s'assit et déposa la lettre sur ses genoux. Enfin, elle leva les yeux vers son mari.

— Est-ce que tu crois que nous pourrons leur rendre visite bientôt ? demanda-t-elle. John Cummings est capable de gérer le domaine seul pendant un certain temps, et je suis certaine que les jumelles seront ravies de rencontrer leur nouvelle cousine.

— Si je refuse, que pourrais-tu me proposer pour me convaincre ? demanda-t-il malicieusement.

— Rien du tout ! Mais si tu acceptes je peux trouver de nombreux moyens de te remercier…

Rafe sourit et se dirigea vers le guéridon qui portait le grand livre de famille.

— Tu vas inscrire Anne dans l'arbre généalogique ? demanda Charlotte.

— Bien sûr, et avec grand soin.

Il trempa sa plume dans l'encrier et inscrivit sur la page : « Anne Emmaline Lucas, une fille. »

— J'ajouterai les détails plus tard, dit-il.

Charlotte revint à la page précédente et fronça les sourcils en déchiffrant les noms des Daughtry, consignés par de nombreuses mains différentes.

— « Marion Daughtry », lut-elle. Même Emmaline a cru qu'il s'agissait d'une femme… Je me rappelle avoir lu ce nom quand je l'ai aidée à contacter ta famille pour les funérailles de ton oncle et de tes cousins. Plus tard, Nicole l'avait noté dans sa liste de chaperons potentiels pour Londres. Aucune d'entre nous n'a compris notre erreur…

— Oui, Marion Daughtry, le mouton à cinq pattes, soupira Rafe en refermant le livre. Renié, déshérité et banni, il a fini par mourir et sa pauvre veuve, après le deuil, s'est laissé séduire par le frère de notre brave Grayson et l'a épousé. Sans cela, nous n'aurions sans doute jamais su la vérité à son sujet.

Il l'invita à se relever et lui prit le bras.

— Viens, dit-il, allons annoncer la bonne nouvelle aux filles.

Mais Charlotte s'immobilisa.

— Rafe, attends ! Je sais bien que Hugh Hobart est mort — je suis bien placée pour cela — mais je pense que tu devrais quand même l'ajouter à l'arbre généalogique.

Après tout, nous avons vu l'acte de mariage de ses parents chez Lottie Lutsy. Bien que Marion ait été déshérité, Hugh Hobart reste son fils légitime. Si... Si tu étais mort à la guerre, il aurait bel et bien été l'héritier des Daughtry.

— Et s'il n'avait pas assassiné mon oncle et mes cousins, répliqua Rafe, je n'aurais jamais été duc d'Ashurst. Bien que je n'aime pas avoir à dire ça, Hugh leur ressemblait finalement plus que moi... Charlie, si son nom était inscrit dans le grand livre, il aurait été de mon devoir de chef de famille de l'effacer. Je ne peux pas l'ajouter par souci pour ton sentiment de culpabilité...

Charlotte secoua la tête. Il ne comprenait pas.

— Je ne me sens pas coupable ! protesta-t-elle. Je me fais même peur parfois, tu sais, quand je me rends compte que je n'ai aucun regret... Si c'était à refaire, je n'hésiterais pas une seconde.

— Je te crois, répondit-il en l'embrassant sur la joue. Tu es la femme la plus courageuse que je connaisse. Si tu avais été un soldat, Fitz t'aurait portée sur ses épaules au milieu des baraquements pour ton acte de bravoure. Hélas, tu n'es pas un homme, et c'est moi qui ai reçu tous les remerciements pour avoir libéré le monde de mon misérable cousin et vous avoir protégées, Nicole et toi. Mais, crois-moi, j'aurais préféré pouvoir vous rendre publiquement hommage à toutes les deux pour votre héroïsme !

Ils se dirigèrent ensemble vers le hall.

— Nicole aurait adoré que tu lui rendes hommage comme ça... Elles doivent être dans le jardin ouest : Lydia voulait demander des fleurs à Higbee pour Fitz.

Rafe avait fait élever un monument à la mémoire de son ami dans le jardin ouest. Il s'agissait d'un obélisque de marbre noir sur lequel on avait gravé : « Capitaine Swain McNulty Fitzgerald, soldat, ami dévoué et frère regretté ». L'imposante structure avait beaucoup perdu de sa formalité lorsque Lydia avait décidé de faire pousser un jardin fleuri tout autour. Mais Fitz aurait sans doute apprécié cela aussi…

Rafe conduisit Charlotte jusqu'au grand hall.

— Rafe, où vas-tu ? Il serait plus court de passer par-derrière !

— Je sais, lui chuchota-t-il à l'oreille, mais je pensais retarder un peu notre promenade. La naissance de la petite Anne m'a rappelé qu'en tant que duc j'avais le devoir d'assurer moi aussi ma descendance… Qui sait combien de petites Anne nous aurons, nous, avant que tu ne donnes naissance à un héritier ? J'ai des responsabilités, tu sais, et je pense que nous devons nous y mettre immédiatement !

Il l'incita à monter l'escalier par une petite tape joueuse sur les fesses qui fit glousser le valet posté à l'entrée.

Charlotte gronda son époux d'une voix qui se voulait sévère.

— Rafael Daughtry, vous devriez avoir honte !

Mais ses yeux brillaient de malice. Elle poussa alors un petit cri, retroussa ses jupes et courut à l'étage.

Rafe la suivit aussitôt, non sans avoir décoché au valet un clin d'œil complice…

Découvrez *Séduite par le marquis*, la suite de la série « Ashurst Hall » en novembre, dans le Best-Sellers n°625.

A paraître le 1er novembre

Best-Sellers n°621 • suspense
Le secret de la nuit - Amanda Stevens

Au loin, elle aperçoit la silhouette familière d'un homme se diriger vers elle. Malgré le masque d'assurance qu'elle s'efforce d'afficher, Amelia Gray se sent blêmir. Robert Fremont est de retour. Une fois encore, cet ancien policier aux yeux constamment dissimulés derrière d'opaques lunettes de soleil est venu lui demander son aide. Pourquoi l'a-t-il choisie elle, simple restauratrice de cimetières, pour tenter d'élucider le meurtre qui a ébranlé la ville dix ans plus tôt ? Amelia ne le sait que trop bien, hélas : Fremont est le seul à avoir perçu le don terrible et étrange qu'elle cache depuis l'enfance… Bien que désemparée, elle accepte la mission qu'il lui confie. Mais tandis que ses recherches la mènent dans les quartiers obscurs de Charleston, elle comprend bientôt qu'elle n'a plus le choix. Si elle veut remporter la terrible course contre la montre dans laquelle elle s'est lancée, elle va devoir solliciter le concours de l'inspecteur John Devlin. Cet homme sombre et tourmenté dont elle est pofondément amoureuse mais qu'elle doit à tout prix se contenter d'aimer de loin…

Best-Sellers n°622 • suspense
Neige mortelle - Karen Harper

Un cadavre de femme, retrouvé enseveli sous la neige. Puis, quelques jours plus tard, une autre femme, découverte assassinée à deux pas de chez elle… Comme tous les autres habitants de la petite communauté de Home Valley où elle vit, Lydia Brand est bouleversée. Ces décès inexpliqués sont-ils de simples coïncidences ? Au plus profond de son cœur, Lydia est persuadée que non. Pire, elle éprouve le désagréable sentiment qu'ils sont intimement liés à l'enquête qu'elle mène pour retrouver ses parents biologiques… Cherche-t-on à l'empêcher de découvrir la vérité ?
Bien que gagnée peu à peu par la peur, Lydia se résout à vaincre ses réticences et à se confier à Josh Yoder, l'homme pour qui elle travaille… et qui fait battre son cœur en secret. Aussitôt sur le qui-vive, Josh lui en fait la promesse : il l'aidera à lever le voile sur ses origines, et la protègera de l'ennemi invisible qui la guette dans l'ombre.

Best-Sellers n°623 • thriller
Sur la piste du tueur - Alex Kava

A la vue du corps qui vient d'être déterré par la police sur une aire de repos de l'Interstate 29, dans l'Iowa, l'agent spécial du FBI Maggie O'Dell comprend qu'elle vient enfin de découvrir le lieu où le tueur en série qu'elle traque depuis un mois a enterré plusieurs de ses victimes.
Pour démasquer ce criminel psychopathe qui a fait des aires d'autoroute son macabre terrain de chasse, et l'empêcher de tuer de nouveau, Maggie est prête à tout mettre en œuvre. Et tant pis si pour cela, il lui faut accepter de collaborer avec Ryder Creed, un enquêteur spécialisé que le FBI a appelé en renfort. Un homme mystérieux qui la trouble beaucoup trop à son goût.
Mais tandis que Maggie se rapproche de la vérité, il devient de plus en plus clair que le tueur l'observe sans répit, et qu'elle pourrait bien être son ultime proie…

Best-Sellers n°624 • roman
Noël à Icicle Falls - Sheila Roberts

La magie de Noël va-t-elle opérer à Icicle Falls ?
Tout avait pourtant si bien commencé… Cassie Wilkes, propriétaire de la petite pâtisserie d'Icicle Falls, doit pourtant l'admettre : si le repas familial qu'elle a préparé pour Thanksgiving frise la perfection absolue, il n'en va pas de même pour le reste de son existence. Loin de là. Sa fille unique ne vient-elle pas d'annoncer à table, devant tous les convives, qu'elle comptait se marier le week-end avant Noël (autant dire dans 5 minutes) avant de déménager dans une autre ville ? Pire, qu'elle voulait que son père (autrement dit son épouvantable ex-mari) la conduise à l'autel ? Déjà proche du KO, Cassie doit encaisser l'ultime mauvaise nouvelle de ce repas qui a décidément viré au cauchemar : son ex-mari, sa nouvelle femme et leur chien vont demeurer chez elle le temps des festivités.
Pour Cassie, cette période des fêtes sera à n'en pas douter pleine de surprises et de rebondissements…

Best-Sellers n°625• historique
Séduite par le marquis - Kasey Michaels

Londres, 1816
Lorsque débute sa première saison à Londres, Nicole est aux anges. Elle a tant rêvé de ce moment ! Et certainement pas dans l'espoir de dénicher un mari, comme la plupart des jeunes filles. Non, tout ce qu'elle désire, c'est savourer le plaisir d'être enfin présentée dans le monde et de vivre des aventures passionnantes. Mais à peine arrivée à Londres, elle fait la connaissance d'un ami de son frère, le marquis Lucas Caine. Un gentleman séduisant et charismatique qui, elle le sent aussitôt, pourrait la faire renoncer à ses désirs d'indépendance si elle n'y prenait garde. Mais voilà que Lucas lui fait alors une folle proposition : se faire passer pour son fiancé afin de décourager les soupirants qui ne manqueront pas de se presser autour d'elle. Nicole est terriblement tentée. Grâce à ce stratagème, aucun importun n'osera lui parler de mariage ! Mais si ce plan la séduit, est-ce parce qu'il l'aidera à conserver sa liberté, ou parce qu'il la rapprochera un peu plus de ce troublant marquis ?

Best-Sellers n°626 • roman
Avec vue sur le lac - Susan Wiggs

Etudes brillantes, parcours professionnel sans faute… Sonnet Romano s'efforce chaque jour de gagner la reconnaissance d'un père dont elle est « l'erreur de jeunesse », la fille illégitime. Une vie parfaite et sans vagues qui a un prix : Sonnet ne se sent jamais à sa place…
Mais voilà que le vent se lève en ce début d'été. Une nouvelle bouleversante pousse Sonnet à tout quitter — son poste à l'Unesco et la mission prestigieuse qu'on lui offre à l'étranger —, pour rentrer s'installer au lac des Saules, où elle a grandi. Là-bas, une épreuve l'attend. Une épreuve, mais aussi la chance inestimable d'une nouvelle existence. Portée par l'amour inconditionnel de ses amis, de sa mère adorée, de son beau-père qui l'a toujours soutenue, Sonnet va ouvrir les yeux. Sur la nécessité de sortir du carcan des apparences, sur la liberté de faire ses propres choix. Mais surtout sur la naissance de ses sentiments profonds et passionnés pour Zach, l'ami de toujours, l'homme qu'elle n'attendait pas…

Composé et édité par HARLEQUIN

Achevé d'imprimer en août 2014

BRODARD & TAUPIN

La Flèche
Dépôt légal : septembre 2014

Pour l'éditeur, le principe est d'utiliser des papiers composés de fibres naturelles, renouvelables, recyclables, et fabriquées à partir de bois issus de forêts qui adoptent un système d'aménagement durable. En outre, l'éditeur attend de ses fournisseurs de papier qu'ils s'inscrivent dans une démarche de certification environnementale reconnue.

Imprimé en France